ATRIUM

AF216862

ANNE HOLT IM ATRIUM VERLAG

Die Hanne Wilhelmsen Reihe
Blinde Göttin · *Selig sind die Dürstenden* · *Das einzige Kind* ·
Im Zeichen des Löwen · *Das achte Gebot* · *Das letzte Mahl* ·
Die Wahrheit dahinter · *Der norwegische Gast* · *Ein kalter Fall* ·
In Staub und Asche

Die Selma Falck Reihe
Ein Grab für zwei · *Ein notwendiger Tod* · *Eine Idee von Mord*

ANNE HOLT ist mit zehn Millionen verkauften Büchern weltweit
eine der erfolgreichsten Krimiautorinnen Skandinaviens. Sie ist
ehemalige Justizministerin Norwegens, Anwältin, Journalistin, TV-
Nachrichtenredakteurin und Moderatorin. Zu großem Ruhm als
Autorin gelangte sie mit den zwei Krimiserien um Hanne Wilhelmsen und um Inger Johanne Vik (verfilmt als »Modus. Der Mörder
in uns«). Ihre neueste Serie dreht sich um die Juristin Selma Falck.
Im Atrium Verlag sind die Krimiserien um Hanne Wilhelmsen und
Selma Falck erhältlich.

GABRIELE HAEFS übersetzt seit über fünfundzwanzig Jahren u. a.
aus dem Norwegischen, Dänischen und Schwedischen. Sie wurde
mit dem Gustav-Heinemann-Friedenspreis und der Königlich
Norwegischen Verdienstmedaille ausgezeichnet. Zu den von ihr
übertragenen Autor:innen zählen neben Anne Holt unter anderem
Jostein Gaarder und Camilla Grebe.

ANNE HOLT

IN STAUB UND ASCHE

HANNE WILHELMSENS ZEHNTER FALL

Aus dem Norwegischen von Gabriele Haefs

Atrium Verlag · Zürich

Die deutsche Erstausgabe erschien 2018 im Piper Verlag, München.

This translation has originally been published with the financial support of
· NORLA, Norwegian Literature Abroad

Taschenbuchausgabe
1. Auflage 2024
© Atrium Verlag AG, Zürich, 2024
Alle Rechte vorbehalten
Copyright © Anne Holt 2016
Die Originalausgabe erschien 2016 unter dem Titel
I støv og aske bei Vigmostad & Bjørke, Oslo.
Für die vorliegende Ausgabe wurde die deutsche Übersetzung
von der Übersetzerin überarbeitet.
Published by agreement with Salomonsson Agency
Umschlaggestaltung: zero-media.net, München
Umschlagmotiv: Stocksy / VISUALSPECTRUM,
Shabby vintage grain Struktur: FinePic®, München
Satz: Pinkuin Satz und Datentechnik, Berlin
Druck und Bindung: GGP Media GmbH, Pößneck
Printed in Germany
ISBN 978-3-03882-148-9

www.atrium-verlag.com
www.facebook.com/atriumverlag
www.instagram.com/atriumverlag

Deshalb spreche ich mich schuldig
und tue Buße in Staub und Asche.
Buch Hiob, 42:6

FREITAG, 1. JANUAR 2016

Noch knappe zwei Wochen, dann würde alles vorüber sein.

Und alles könnte beginnen.

Das neue Leben. Seine Frau und er in der Provence. Sie hatte auf diesem Umzug bestanden. Er sprach kein Französisch und trank auch keinen Wein, aber das Klima dort unten war jedenfalls angenehm. Seit er 1978 an der Polizeischule aufgenommen worden war, arbeitete er als Polizist, und es wurde höchste Zeit, sich eine neue Beschäftigung zu suchen. Hundezucht, darauf hatten er und seine Frau sich geeinigt.

Das Ende der Siebzigerjahre lag ein ganzes Leben zurück; zwei Generationen von Norwegern und neununddreißig Jahrgänge von Dienstanwärtern. Oder Polizeistudierenden, wie es neuerdings so vornehm hieß. Als er selbst bei der Polizei angefangen hatte, verwendeten sie noch Kugelschreiber und Papier und hier und da eine Kugelkopfmaschine von IBM, und die jüngsten Kollegen hießen Wachtmeister, womit sie vollauf zufrieden waren. Nun war er vor wenigen Monaten noch zum Hauptkommissar befördert worden, nur ein knappes halbes Jahr vor seiner Pensionierung. Mitte Februar wurde er achtundfünfzig, und dann konnte er seine Habseligkeiten im Büro zusammenpacken und zum allerletzten Mal aus der Tür der Wache von Stovner gehen.

Kjell Bonsaksen war in den meisten Lebensbereichen ein zufriedener Mann. Er würde nicht zurückblicken, und selbst da unten in der Provence musste es doch möglich sein, ein anständiges

Bier aufzutreiben. Da er nur einen Sohn hatte und die Enkel zur Hälfte Franzosen waren, ließ sich Kjell Bonsaksen überreden, in ihre Nähe zu ziehen. Das Reihenhaus in Korsvoll war nach einer wilden Auktion für eine Summe verkauft worden, die ihm die Schamesröte ins Gesicht trieb. Auch nachdem das kleine Haus mit dem großen überwucherten Garten bei Aix vollständig abbezahlt war, blieb ihnen noch eine Stange Geld übrig.

Allerdings würde er dort unten wohl nicht sehr viele Würstchen essen können, wenn seine Frau die ganze Zeit auf ihn aufpasste.

Er legte einen Fünfziger auf den Tresen, nahm das Wechselgeld entgegen und steckte es in die Tasche. Großzügig zog er eine Ketchuplinie im Zickzack über die Wurst und schüttelte kurz den Kopf, als der Verkäufer ihm die Senfflasche hinschob.

Sein Blick wanderte durch die großen Fenster zu den Zapfsäulen hinüber. Seit Weihnachten war das Wetter erbärmlich. Feuchte Schneeflocken schmolzen, noch ehe sie den Boden erreichten, und man sah eigentlich nur grau in grau. Ein Lastzug war stehen geblieben und versperrte Kjell Bonsaksen den Blick auf die E18. Vermutlich war der Wagen unter all dem Schmutz rot.

Ein Mann kam auf die automatischen Türen zu. Er war groß und hatte vielleicht irgendwann einmal gut ausgesehen. Kjell Bonsaksen war da kein Kenner, aber der große Mund und die sehr gerade, symmetrische Nase deuteten darauf hin. Als der Mann durch die Tür trat, hob er den Blick und schaute Kjell Bonsaksen direkt ins Gesicht.

Der erstarrte mitten im Kauen.

Der Mann blieb für einen Moment stehen, so kurz, dass er eigentlich nur mitten in einer Bewegung etwas langsamer geworden war, dann ging er in seinem ursprünglichen Tempo weiter. In der Hand hielt er einen blanken Becher mit dem Statoil-Logo, den er an einem Automaten am Fenster auffüllte, ohne ein Wort an den Mann hinter dem Tresen zu richten.

Kjell Bonsaksen war ein besonnener Polizist. Niemals außergewöhnlich, und die letzte Beförderung war wohl eher ein Dank für lange und treue Dienste denn eine wirkliche Anerkennung dafür, dass er auch zum Chef taugte. Seine Stärke war es, hart und nach den Vorschriften zu arbeiten, ehrlich und genau zu sein und sich niemals auf krumme Wege locken zu lassen. Er war ein Arbeitstier. Polizisten wie ihn gab es immer seltener. Lange hatte ihm das zu schaffen gemacht, jetzt war es ihm egal. Es blieben ihm nur noch neunzehn Tage einer soliden, wenn auch etwas grauen Laufbahn.

Als Polizist mit fast vierzig Jahren Dienstzeit war er vor allem auf seine Erinnerung stolz. Denn ein Polizist musste sich erinnern. An Namen und Fälle. An Verwandtschaftsverhältnisse und Gesichter. An Tatorte, Verbrecher und Opfer. Man benötigte ein Gedächtnis, in dem einfach alles haften blieb.

Obwohl der Mann am Kaffeeautomaten jetzt fast kahl war und zudem viel dünner als bei ihrer letzten Begegnung, erkannte Kjell Bonsaksen ihn gleich beim ersten Blickwechsel. Die Augen waren groß und saßen ungewöhnlich tief in dem mageren, fast hohlen Gesicht.

Aber sie strahlten nichts aus.

Keine Neugier, keine Bosheit. Keine Freude, nicht einmal ein Anzeichen dafür, dass der Fremde Kjell Bonsaksen ebenfalls erkannt hatte. Es lag auch kein Hauch von Vorwurf in diesen Augen, als der Mann den Deckel auf den Becher setzte und mit ruhigen Schritten auf den Würstchen essenden Polizisten zuging. Einen Meter vor ihm blieb er stehen.

»Du hast gewusst, dass ich unschuldig war«, sagte er leise.

Kjell Bonsaksen gab keine Antwort, er war vollauf damit beschäftigt, ein zu großes Stück Wurst mit Brot und Ketchup hinunterzuschlucken.

»Du hast es gewusst«, wiederholte der Mann. »Und trotzdem hast du nichts unternommen.«

Er ließ den Blick für eine Sekunde auf seinem Gegenüber ruhen, ehe er fast unmerklich mit den Schultern zuckte, sich umdrehte und auf die Tür zuging.

Kjell Bonsaksen blieb stehen, mit einer halb gegessenen Wurst in der Hand, bis der Fremde sich in den möglicherweise roten Lastwagen gesetzt hatte und in Richtung Oslo auf die Europastraße gefahren war.

MONTAG, 3. DEZEMBER 2001

Der Verzicht auf eine zusätzliche Tasse Kaffee hatte ihm alles genommen.

Hätte er sie sich nur gegönnt! Dann wäre der Tag wie alle anderen Tage im Dezember verlaufen, und sie hätten am folgenden Wochenende Dinas dritten Geburtstag feiern können. Oder aber, wenn sie früher losgekommen wären ... Doch er hatte sich den Daumen an einer Konservenbüchse mit Makrelen geschnitten, und Dina wollte unbedingt die Krankenschwester spielen. Sie verbrauchte eine ganze Rolle Verbandszeug und befestigte es locker mit einem Donald-Pflaster. Er hätte sich selbst verarzten sollen. Das hätte die nötigen Sekunden eingespart, und der Tag hätte seinen gewohnten, sicheren Gang gehen können.

Es hätte auch etwas ganz anderes sein können, irgendeine dieser Bagatellen, die sich an jenem ganz normalen, verregneten Adventsmorgen häuften, gab den Ausschlag. Zum Beispiel, dass er nicht verschlafen hatte. Dass er keine dritte Tasse Kaffee getrunken hatte oder die zweite sofort leerte. Zwei weitere Schlucke hätten gereicht, um sie später auf die Straße hinauskommen zu lassen, und vielleicht hätte er auch nicht mehr im Briefkasten nachgesehen, denn sie hätten noch weniger Zeit gehabt.

Er hatte es ausgerechnet, später, als sich sein Haus mit Betrachtungen über Zeitabläufe füllte, und er hatte einen ganzen Tag auf der hohen Tanne im Garten der Nachbarn verbracht. Sie stand gleich neben dem Briefkasten, den er noch am selben Morgen heruntergerissen und mit einem Hammer zerschlagen hatte. Dann saß er, kurz vor Weihnachten, auf einem dicken Ast in der Tanne, hoch oben und unsichtbar für die Vorübergehenden, und zählte die Autos, die an der kleinen Ausfahrt vorbeifuhren, von sieben Uhr morgens bis sieben Uhr abends. Er kam auf sechzehn. Und wenn er fünf Sekunden für jedes ansetzte, fünf Sekunden, in denen eine möglicherweise gefährliche Situation entstehen konnte, in der ein fast drei Jahre altes Kind auf die Straße hinauslief, während der Vater den Briefkasten öffnete und irritiert Werbung sortierte, kamen doch nicht mehr als achtzig Sekunden dabei heraus. Zwölf Stunden, eben jene zwölf Stunden, in denen es überhaupt vorstellbar war, dass Dina sich draußen beim Briefkasten aufhielt, während ihr Vater abgelenkt war und sie für einen winzigen Moment nicht im Auge behielt, ergaben 43 200 Sekunden. In achtzig davon war alles möglich.

In weniger als zwei Promille der Zeit.

0,185185185 Prozent, das würde er sich in alle Ewigkeit einprägen.

Wenn er sich nur die Zeit gelassen hätte, den Milchkarton zurück in den Kühlschrank zu stellen, wäre nichts passiert.

Wer schrie, war Jonas. Von Dina kam kein Laut.

Aber Jonas schrie in dem Augenblick auf, als das Leben noch nicht in Stücke gebrochen war, als er Dina jedoch stolpern sah. Er brüllte so laut, dass der Fahrer wütend auf die Bremse trat. Dann versuchte Jonas verzweifelt, das Auto weiterzuschieben, weg von Dina, die unter dem linken Vorderrad eingeklemmt lag. Jonas schrie, bis der verdutzte Fahrer das Fenster herunterkurbelte, ohne zu begreifen, was passiert war, und endlich den BMW einen Meter weiterrollen ließ.

In den folgenden Jahren ließ ihn dieses Bild nie wieder los. Dinas Sturz vor dem Winterreifen. Der Blick, den sie ihm noch zuwerfen konnte, während die geöffneten Lippen unter dem trüben Licht der Straßenlaterne bleich wurden. Die Sekunden, in denen er mit Dina in den Armen dastand und sah, was geschehen war, ohne es jedoch fassen zu können. Bild für Bild setzte sich zu einem Horrorfilm zusammen, der ihn wachhielt, wenn er schlafen müsste, und ihn so erschöpfte, dass er einschlief, wenn es nicht angebracht war.

Er würde sich immer an dieses Bild erinnern. Den blauen Overall und die rosa Mütze, die er zurechtzurücken versucht hatte, ehe die Polizei kam. Dinas Augen, die durch ihn hindurchstarrten. Den Rucksack mit den Sachen für den Kindergarten. Das Donald-Pflaster und den blutigen Verbandsfetzen, der hinuntergefallen war, als sie sie aufhob. Den Gestank von Exkrementen, der sich aus Dinas Windel verbreitete, ehe die Blaulichter sich näherten. Niemals würde Jonas den Fahrer vergessen, der telefonierte und telefonierte, während er selbst dastand und weinte und weinte.

»Es war meine Schuld«, rief Jonas dem Fahrer zu, wieder und wieder. »Es war meine Schuld.«

Das war das Einzige, was er an jenem Morgen sagte, an dem er sein einziges Kind verloren hatte.

»Es war meine Schuld.«

13

DONNERSTAG, 7. JANUAR 2016

Seine Hand wärmte ihre Schulter durch den dünnen Pullover.

Hanne Wilhelmsen konnte es nicht ertragen, von anderen Menschen berührt zu werden als denen, mit denen sie zusammenlebte. Ihrer Tochter und ihrer Frau, die sie als ihre Familie bezeichnen würde, wenn sie jemals mit anderen über sie spräche. Diese Hand, schmal und behutsam, fühlte sich dennoch seltsam willkommen an. Eine Rettungsleine, dachte sie, etwas Bekanntes und Stabiles in einer Situation, in die sie hineingezwungen worden war und vor der ihr seit Tagen gegraut hatte.

Sie kniff die Augen in dem wütenden Blitzlicht zusammen. Die Fotografen waren so aufdringlich, dass es ihr ohnehin schwerfiel, ihren Rollstuhl zu manövrieren, und blind war es nicht leichter.

»Weg da«, forderte sie mit scharfer Stimme und spürte, dass der Mann hinter ihr seine Hand zurückzog und stattdessen die Griffe des Rollstuhls packte.

»Lass dich ausnahmsweise mal von mir schieben«, sagte Henrik Holme über ihr Ohr gebeugt, »wir müssen hier weg.«

»Werden sie verurteilt?«, rief ein Journalist. »Allesamt, meine ich.«

»Was sagen Sie zu dem Plädoyer der Staatsanwaltschaft?«, fragte ein anderer und hielt Hanne ein iPhone vors Gesicht.

»Weg da!«

Henrik Holmes Stimme schlug ins Falsett um, während er

ihre Forderung wiederholte und dabei energisch den Rollstuhl durch die Menschenmenge schob. Als sie die großen Türen des Gerichtsgebäudes fast erreicht hatten, schien es, als greife Moses ein. Die Presseleute, sicher zwanzig an der Zahl, wichen zur Seite und waren plötzlich gewaltig damit beschäftigt, ihre Handys zu überprüfen. Die Fotografen, einige jedenfalls, waren verwirrt von dem plötzlichen Stimmungswechsel und ließen ihre Kameras sinken. Henrik Holme hielt für einen Moment inne, überrascht, weil plötzlich freie Bahn zur Tür und zum draußen wartenden Einsatzwagen war.

»Was ist los?«, fragte Hanne Wilhelmsen und griff selbst in die Räder.

»Weiß nicht. Machen wir, dass wir fortkommen.«

Draußen schlug ihnen das Winterwetter entgegen. Nach einem dunklen Weihnachtsfest hatte es endlich angefangen zu schneien. Es war zwar noch nicht kalt genug, um die Stadt in Weiß zu hüllen, aber jetzt fielen feuchte Flocken und zwangen Hanne, die Augen zusammenzukneifen.

»Meine Güte«, sagte Henrik und blieb wieder stehen.

Der Einsatzwagen, der einige Meter entfernt gestanden hatte, rollte langsam auf die Treppe zu. Eine uniformierte Frau stieg aus.

»Was ist los?«, fragte Hanne übellaunig und zog die Jacke enger um sich zusammen.

»Iselin Havørn ist tot.«

Hanne sah Henrik an. Er hielt sich das Handy so dicht ans Gesicht, dass seine feuchten Wangen ein vages blaues Licht reflektierten.

»Wenn du mir erzählen willst, dass sie ermordet worden ist, nachdem wir endlich zweiundzwanzig Rechtsextremisten hinter Schloss und Riegel bringen konnten, dann ...«

Die Polizistin kam näher. Sie schien plötzlich nicht zu wissen, wie sie Hanne in den Wagen schaffen sollte.

»Es sieht nicht gerade nach Mord aus.« Henrik wischte mit dem Daumen über das Display. »Sie schreiben nicht wortwörtlich von Selbstmord«, fügte er hinzu. »Aber offenbar hat sie freiwillig den Löffel abgegeben.«

Er steckte das Handy in die Tasche und ging halb um den Rollstuhl herum.

»Gestattest du?«, fragte er lächelnd und breitete die Arme aus. »Leichter so, weißt du.«

»Dieses eine Mal muss ich es wohl hinnehmen«, murmelte Hanne und hob langsam die Arme wie ein widerwilliges Kind.

Er trug sie zum Auto. Für einen ungewöhnlich schmächtig gebauten Mann war er stark, das merkte Hanne, obwohl ihr fast schlecht vor Unbehagen darüber wurde, dass sie getragen werden musste.

»Nimmst du den Stuhl?«, fragte Henrik die uniformierte Frau, die bereits angefangen hatte, den Rollstuhl zusammenzuklappen.

Er setzte Hanne auf den Rücksitz.

»Iselin Havørn«, sagte Hanne leise. »Was für ein blöder Name. Aber um ganz ehrlich zu sein ... «

Henrik rückte vorsichtig ihre Beine zurecht.

»... gibt es wohl kaum einen Menschen in diesem Land, der mehr Grund hätte, sich zu schämen als ... «

Sie schob ihn mit beiden Händen weg und griff nach dem Sicherheitsgurt.

»... Iselin Havørn. Was für ein Name. Und was für eine grauenhafte Frau.«

Während die Polizei wortkarg und zurückhaltend versuchte, Iselin Havørns Tod nicht als Drama erscheinen zu lassen, drehten die Medien richtig auf. Sogar an dem Tag, an dem das Urteil im größten Prozess gegen rechtsextreme Terroristen in der norwegischen Geschichte erwartet wurde, war der Selbstmord der Zweiundsechzigjährigen überall das Hauptthema.

»Vor drei Wochen kannte sie so gut wie niemand«, sagte Henrik Holme und griff nach der Fernbedienung, um den Fernseher leiser zu stellen. »Und jetzt geht es ihretwegen hier zu wie in Hollywood.«

»Tja«, antwortete Hanne. »Viele haben allerdings ihr Pseudonym gekannt. Dem konnte man ja auch kaum entgehen. Irgendwann wird aber jeder Tarnname geknackt. Bei ihr hat es nur ungewöhnlich lange gedauert.«

»Ich dachte, die Presseethik verlangt, dass über einen Selbstmord zunächst nicht berichtet wird?«

»Gilt offenbar nicht mehr, vermutlich weil sie in den letzten Wochen dauernd über sie berichtet haben. So gesehen ist es ein Paradox, dass die Presse sie verfolgt hat und sich jetzt in einem Selbstmord suhlen kann.«

»Du findest, sie wurde verfolgt?«

Hanne zuckte vage mit den Schultern.

»Streng genommen wurde sie das doch. Nachdem ihr Name bekannt geworden war, hat sie ihre Wohnung kaum noch verlassen, habe ich gelesen. Und das Haus wurde ja regelrecht belagert.«

»Das schon, aber verfolgt? Es ist ja wohl ihre Schuld, dass ...«

»Willst du hier einziehen?«, fiel ihm Hanne ins Wort und schaute demonstrativ auf die Uhr.

Henrik errötete und fuhr sich nervös mit den Fingern über die Nase.

»Das nicht. Das nicht. Aber verfolgt? Wie meinst du das?«

Hanne gab keine Antwort. Sie schaltete den Fernseher aus und nickte in Richtung Tür.

»Iselin Havørn war nicht dumm. Also war sie ein schlechter Mensch. Ich vergieße keine Träne über ihren Tod, das tun vielleicht andere. Aber was sie in den letzten Wochen durchmachen musste, würde sicher auch die größte Stoikerin in Depressionen und Selbstmordgedanken verfallen lassen. Und du musst jetzt gehen und brauchst nicht wiederzukommen oder dich zu melden, ehe nicht ein neuer *cold case* auftaucht.«

»Auch nicht, wenn das Urteil bekannt gegeben wird?«

»Unnötig. Die werden verurteilt, alle, wie sie dort sitzen.«

»Glaubst du?«

Er war aufgestanden und ging auf die Tür zu, während Hanne in Richtung Küche losfuhr. Doch plötzlich blieb sie stehen und sah ihn über die Schulter an.

»Das ist unser Verdienst. Oder eigentlich ...«

Fast unmerklich huschte ein Lächeln über ihr Gesicht.

»Dein Verdienst, Henrik. Dein Verdienst.«

Henrik hatte ein eigenes Büro bekommen.

Es war nicht groß, aber es gehörte ihm. Jahrelang war er in unpersönliche Kämmerchen verbannt gewesen, die er einige Tage, einige Wochen oder einmal anderthalb Monate behalten durfte. Dieses Zimmer hatte er nun kurz nach dem 17. Mai 2014 erhalten. Sechzehn Menschen waren während der Zweihundertjahrfeier für das norwegische Grundgesetz durch in einer Tuba und vier Trommeln versteckte selbst gebaute Bomben getötet worden. Und ohne seinen und Hanne Wilhelmsens Einsatz hätte es noch viel mehr Opfer gegeben. Sie kamen zwar zu spät, um den Angriff zu verhindern, aber rechtzeitig, um das Ausmaß zu beschränken und zuerst zwei Täter und danach zwanzig weitere festzunehmen, ein beängstigendes Netzwerk, das ihm lange den Schlaf geraubt hatte. Nachdem Hanne sich strikt weigerte, während der darauffolgenden intensiven Ermittlungen im Polizeigebäude zu arbeiten, wurde er zu einer Art Stellvertreter befördert. Und zu einem Boten, was er ja schon seit einer Weile gewesen war.

Er liebte sein Büro.

Seine Mutter war einige Tage nach seinem Einzug zu Besuch gekommen. Da er die Vorhänge hasste, die seiner Meinung nach an eine Anstalt erinnerten, hatte sie ihm mit der Post neue geschickt. Zuerst hatte er mit dem Aufhängen gezögert, vielleicht gab es irgendeine Vorschrift, nach der es untersagt war, öffentlichen Räumlichkeiten eine private Prägung zu geben. Doch als eine der älteren Beamtinnen den Stoffstapel auf dem Besucherstuhl entdeckte, half sie ihm beim Anbringen. Zusammen mit zwei bei IKEA gekauften Postern und einer Topfblume, die er jeden Montag und Donnerstag gewissenhaft goss, auf der Fensterbank machten die Vorhänge sein Büro nun geradezu gemütlich.

Henrik Holme kam jeden Morgen um Viertel nach sieben zur Arbeit und ging selten vor zehn Uhr abends nach Hause. Er fuhr zu Hanne, wenn sie ihn dazu aufforderte, und kehrte zurück auf das Revier, wenn sie ihn aus ihrer Wohnung in der Kruses gate hinauskommandierte. Im ersten halben Jahr nach den Terroranschlägen hatte er fast jedes Wochenende an dem Fall gearbeitet. Als die Unterlagen für die Staatsanwaltschaft vorbereitet waren, hatte man ihnen zwei andere ungelöste Fälle übertragen. Dem einen waren sie nie auf den Grund gekommen. Den zweiten, einen uralten Mordfall, konnten sie nur zwei Monate nach Ende der Verjährungsfrist aufklären. Der Mörder war seit sechzehn Jahren tot, aber die betagte Mutter des Opfers kam immerhin ein wenig zur Ruhe, da sie nun wusste, was wirklich geschehen war.

Jetzt war es halb neun Uhr abends, und Henrik Holme starrte verdrossen den leeren Korb für eingehende Post auf seinem Schreibtisch an.

Sie hatten keine Fälle mehr.

Nichts zu tun. Keinen Vorwand, um Hanne aufzusuchen.

Eigentlich müsste er sich bei seiner Vorgesetzten, der Polizeidirektorin Silje Sørensen, melden, wenn er Kapazitäten frei hatte.

»Hast du einen Moment Zeit?«

Ein korpulenter Mann mit einem breiten Lächeln stand in der Türöffnung und klopfte leise an den Rahmen. Über der rechten Schulter trug er einen kleinen Rucksack.

»Mehr als nur einen«, antwortete Henrik. »Komm rein.«

»Bonsaksen«, sagte der Mann und streckte ihm seine Pranke hin. »Hauptkommissar Bonsaksen. Dienststelle Stovner.«

Seine Knubbelfinger berührten die Polizeiplakette, die an einer blauen Schnur um seinen Hals hing.

»Henrik Holme«, entgegnete Henrik und versuchte, bei dem allzu festen Händedruck keine Grimasse zu schneiden. »Aber das weißt du sicher, da du ... «

Er lächelte verlegen, schlug sich kurz mit der Faust gegen die Schläfe und setzte sich.

»Da ich dich aufsuche«, beendete Bonsaksen den Satz, nickte und nahm auf dem freien Stuhl Platz.

»Ja.«

»Du machst dir ja langsam einen Namen, Holme.«

Henrik gab keine Antwort. Er hatte mehr als genug damit zu tun, sein aufsteigendes Erröten zu bekämpfen und seine Hände unter seinen Oberschenkeln in Sicherheit zu bringen.

»Es wird über dich geredet. Voll Respekt. So, wie früher einmal über Hanne Wilhelmsen gesprochen wurde.«

Er lächelte wieder.

»Obwohl ... so weit bist du doch noch nicht. Ich war damals in den harten Tagen hier, deshalb weiß ich, wovon ich rede. Wir haben niemals zusammengearbeitet, Wilhelmsen und ich, aber meine Güte, was hatte diese Frau für einen Ruf. Am Ende wie eine Königin. Ehe ... ehe sie angeschossen wurde und ein wenig ... «

Der Zeigefinger rotierte langsam an seiner Schläfe.

Dann war es ganz still im Raum. Eine Sirene im Hinterhof durchbrach endlich Wände und Boden.

»Viel zu tun?«

Bonsaksen ließ seinen Blick über die fast leere Tischplatte wandern, bis er an dem inhaltslosen Postkorb haften blieb.

»Im Moment gerade nicht.«

»Schön. Ich würde mich nämlich freuen ... «

Der ältere Polizist hob den Rucksack von seinen Knien und zog einen Ordner heraus, blau und so voll, dass der von selbst aufsprang. Mit einem dumpfen Knall legte Bonsaksen ihn auf den Schreibtisch.

»Ich würde mich wirklich freuen, wenn du hierauf einen Blick werfen könntest ... «

»Wir ... Die Polizeidirektorin teilt uns die Fälle zu. Wir können nicht einfach ... «

»Ich weiß, ich weiß.«

Kjell Bonsaksen fuhr sich nachdenklich mit dem Zeigefinger über den Nasenrücken.

»Du bist erst seit drei Jahren hier?«

»Im Sommer sind es fünf.«

»Fünf.«

Bonsaksen nickte.

»Ich gehe in genau einer Woche in Rente«, sagte er dann. »Werde am 14. Januar achtundfünfzig. Dann war ich fast neununddreißig Jahre bei der Polizei.«

Henrik starrte den abgegriffenen blauen Ordner an.

»Und wenn man so viele Jahre im Dienst ist, lässt es sich ja nicht vermeiden, dass man ab und zu einen Fehler macht«, fügte Bonsaksen hinzu. »Selbst wenn es bei mir wohl weniger sind als bei den meisten anderen. Aber wie gesagt …«

Er schaute sich um und entdeckte Henriks Moccamaster auf einem Beistelltisch in der Ecke.

»Kann ich eine Tasse haben?«

»Der steht schon eine Weile, fürchte ich.«

»Ach, egal«, sagte Bonsaksen und erhob sich.

Er ging zu dem Tisch in der Ecke, nahm sich eine saubere Tasse und goss sich ein. Ehe er trank, schnupperte er kurz an dem Kaffee.

»Sehr gut«, sagte er und setzte sich wieder.

»Wie gesagt?«, fragte Henrik. »Du wolltest eben …«

»Wie gesagt«, unterbrach ihn Bonsaksen und hob abermals die Tasse an den Mund, überlegte sich die Sache dann aber anders und stellte sie wieder hin, »… natürlich hat man den einen oder anderen Fehler gemacht. Leute zu einfach davonkommen lassen. Sich bei irgendeinem Fall vielleicht nicht ausreichend in die Riemen gelegt. In einzelnen Fällen konnte man vielleicht auch nicht ganz so objektiv bleiben, wie die Regeln es vorschreiben. Die Sache ist die, Holme, dass ich trotzdem …«

Er schniefte ein wenig und fuhr sich mit dem Finger unter der Nase entlang.

»Es gibt nichts, womit ich nicht leben könnte. Nichts, das mich quälen wird, wenn ich in einer Woche meinen Kram in einen Karton packe und aus dem Büro trotte, um mich ins erste Flugzeug nach Frankreich zu setzen. Es gibt nichts, was ich in all diesen Jahren getan oder unterlassen habe, das mich in den kommenden Jahren eine Minute Schlaf kosten wird. Rein gar nichts.«

Das betonte er, indem er mit der Hand auf den Tisch schlug.

»Mit einer Ausnahme«, fügte er hinzu und berührte den blauen Ordner. »Das hier liegt seit 2004 wie ein Stein in meinem Schuh.«

»Na gut. Es kann schon eine Belastung sein, wenn der Schurke ungeschoren davonkommt.«

»Der hier ist nicht ungeschoren davongekommen.«

»Was?«

»Er ist nicht ungeschoren davongekommen. Er wurde angeklagt, vor Gericht gestellt und verurteilt.«

»Dann ... dann verstehe ich nicht ganz ...«

Henrik schluckte. Noch immer war die Umgebung seines Kehlkopfes empfindlich, nachdem er Anfang Dezember seinen Adamsapfel hatte verkleinern lassen. Um einiges. Jetzt trug er Rollkragenpullover oder Schals und fürchtete den Frühling, wenn es wärmer werden würde. Der Operationsschnitt lag zwar so exakt zwischen Hals und Kinn, dass er kaum noch zu sehen war, aber alle würden die große Veränderung an seinem Hals bemerken. Was ja auch der Sinn der Sache gewesen war, wie er zugeben musste.

Er nestelte am Kragen seines militärgrünen Pullovers herum.

»Hanne Wilhelmsen und ich arbeiten an ungelösten Fällen«, sagte er und versuchte, energisch zu klingen. »*Cold cases.* Ich fürchte, wir können nicht ... Und außerdem, wie schon gesagt, wir sind der Polizeidirektorin unterstellt, und zwar nur ihr.«

»Ich verstehe«, sagte Kjell Bonsaksen. »Es gibt ja wenig andere hier im Haus, die hoffen könnten, mit Wilhelmsen fertigzuwerden, was? Aber dieser Fall ...«

Er legte die Pranke auf den Ordner und schob ihn auffordernd zu Henrik hinüber. Der seinerseits wich zurück, als ob die Ansammlung an Unterlagen ihm Angst machte.

»Es geht hier um einen Fehler«, erklärte der ältere Kollege jetzt. »Einen Justizirrtum. Oder ...«

Plötzlich ließ sich Kjell Bonsaksen in den Stuhl zurücksinken, dann fischte er eine halb gerauchte Zigarre aus der Brusttasche und schob sie in den Mund.

»Ich saug nur daran«, murmelte er beruhigend. »Gib mir kein Feuer.«

»Justizirrtum«, wiederholte Henrik tonlos. »Wenn du meinst, dass ein Fehlurteil gefällt wurde, dann gibt es die Kommission zur Wiederaufnahme, an die man sich wenden kann.«

»Klar doch. Wenn der Bursche daran Interesse hätte. Das Problem ist ...«

Kjell Bonsaksen erhob sich mit einem leisen Stöhnen, die Zigarre im Mundwinkel. Er hatte mindestens zwanzig Kilo Übergewicht. Henrik fand, die Zigarre habe Ähnlichkeit mit eingetrocknetem Hundekot, und er schlug die Augen nieder.

»Ich habe mich damit getröstet, dass er nie gekämpft hat«, sagte der bald in Rente gehende Polizist und starrte vor sich hin. »Seit fast zwölf Jahren versuche ich jetzt, mich damit zu beruhigen, dass er niemals kämpfen wollte. Also kann er doch nicht unschuldig sein, oder?«

Henrik gab keine Antwort.

»Ich meine ...«

Bonsaksen spuckte unsichtbare Tabakkrümel aus, ohne die Zigarre von den Lippen zu nehmen.

»Alle Beweise deuteten auf ihn. Er hat nachweislich gelogen. Zwei Rechtsinstanzen haben ihn für schuldig befunden. Verdammt, nicht einmal sein Anwalt hat dem armen Teufel geglaubt!«

Er drehte sich zu Henrik um und hob die Arme.

»Verstehst du?«

Henrik hätte gern Nein gesagt. Stattdessen starrte er den Ordner an.

»Eigentlich war ich der Einzige, der Zweifel hatte«, fuhr Kjell Bonsaksen fort. »Ich war der Hauptermittler in diesem Fall. Es hätte für den Burschen natürlich ein verdammt großer Vorteil sein können, dass ich mir nicht vollkommen sicher war, ob wirklich er seine Frau umgebracht hatte, aber ...«

»Seine Frau umgebracht?«

Henrik schaute auf.

»Ja. Er wurde wegen des Mordes an seiner Frau zu zwölf Jahren Gefängnis verurteilt.«

»Dann ist er also ...« Henrik rechnete rasch im Kopf. »Sicher hat er nicht die ganze Zeit abgesessen. Er ist jetzt also frei?«

Bonsaksen nickte und setzte sich wieder.

»Er kam nach acht Jahren raus, wie ich mittlerweile weiß. Ich habe mich kundig gemacht, nachdem ich ihm neulich über den Weg gelaufen bin. Am Neujahrstag, genauer gesagt, an einer Tankstelle draußen an der E 18. Es war purer Zufall. Er hat sich nicht gut gehalten, um es gelinde auszudrücken. Er ist klapperdürr und fast kahl. Die paar Strähnen, die er noch auf dem Kopf hat, sind grau. Früher war er wirklich ansehnlich. Fescher Kerl mit Superjob bei Statoil. Jetzt fährt er Lkw zwischen Norwegen und Schweden und sieht auch so aus. Bleich und verhärmt und derart mit Kaffee vollgepumpt, dass man vor Schreck wach wird, wenn man ihn nur anschaut. Einfach nicht mehr wiederzuerkennen. Aber die Augen, Holme ...«

Er legte seine beiden Pranken auf den Tisch und beugte sich plötzlich vor.

»Die waren genau wie damals. Haargenau!«

»Klar«, sagte Henrik kleinlaut. »Augen verändern sich in zwölf Jahren ja auch nicht so sehr.«

»Manchmal schon. Diese aber nicht.«

Henrik nahm den sauren, widerlichen Geruch der kalten Zigarre wahr und wich mit seinem Bürostuhl ein wenig zurück.

»Weißt du, was meine Frau sagt, was nach all diesen Jahren bei der Polizei das Schlimmste an mir ist?«, fragte Kjell Bonsaksen todernst.

»Nein.«

»Dass ich so verdammt zynisch geworden bin. Dass ich an niemanden zu glauben scheine. Dass ich immer Einwände habe und alles überprüfen muss. Da hat sie sicher recht. Ich bin milieugeschädigt.«

Endlich nahm er die Zigarre aus dem Mundwinkel und steckte sie wieder in die Brusttasche.

»Aber weiß du, was Bjørg-Eva als meine beste Fähigkeit nach all diesen Jahren bezeichnet?«

Henrik schüttelte heftig den Kopf.

»Dass ich Leuten an den Augen ansehen kann, ob sie lügen.«

Henrik saß mäuschenstill da.

»Das kann ich natürlich nicht«, beschwichtigte Bonsaksen. »Aber fast. Doch das Problem damals war, dass ich in seinen Augen nicht die Spur einer Lüge erkannte, als er sagte, er habe es nicht getan. Aber es lag auch keine Wut über die ungerechte Behandlung darin. Nur ... «

Er packte den Ordner mit beiden Händen und stellte ihn hochkant. Henrik konnte sehen, dass der Trauring fast in den rechten Ringfinger eingewachsen zu sein schien, und er erkannte an der anderen Hand einen ebenso engen Ring der Odd Fellows.

»Resignation«, sagte nun Bonsaksen. »Der Typ war einfach total resigniert. Hatte keinen Zunder mehr, um das mal so zu sagen. Also habe ich versucht, mich damit zu beruhigen, dass schon alles seine Richtigkeit hätte. Wie gesagt, der Fall war nur ein Stein in meinem Schuh. Unangenehm, aber nicht gefährlich. Lästig, doch ich konnte damit leben.«

Er legte den prallvollen Ordner wieder hin und schob ihn abermals zu Henrik Holme hinüber.

»Das ist heute anders«, fügte er hinzu und seufzte tief. »Der Blick, mit dem er mich da draußen bei der Tanke angesehen hat ...«

»Wie heißt der Mann?«, fragte Henrik, mehr, um irgendetwas zu sagen, als aus wirklichem Interesse.

»Dieser Blick sagte die Wahrheit, Holme. Und da ...«

Kjell Bonsaksen erhob sich, packte den fast leeren Rucksack und warf ihn sich über die rechte Schulter, dann ging er auf die Tür zu. Den Ordner ließ er auf Henrik Holmes Schreibtisch liegen.

»... da hat er sich für den Titel der meistgequälten Seele im Land qualifiziert. Dieser Mann hat alles verloren. Absolut alles, und zwar innerhalb kürzester Zeit. Werft einen Blick auf den Fall, bitte. Gebt dem Mann die Chance, die ich ihm vor zwölf Jahren hätte geben müssen.«

»Wie heißt er?«, wiederholte Henrik.

»Er heißt Jonas«, antwortete Kjell Bonsaksen und öffnete die Tür. »Jonas Abrahamsen, und ich hoffe bei Gott, dass ihr ihm helfen könnt.«

FREITAG, 8. JANUAR 2016

»Das ist doch ein Geschenk. Trotz allem. Ein Geschenk.«

Der Geschäftsführer der Gesundheitskostfirma VitaeBrass AS, Halvor Stenskar, seufzte tief und legte seine Hand auf die ihre. Sie zog ihre Hand zurück, langsam genug, um abweisend, aber nicht direkt unhöflich zu erscheinen.

»Ich meine ...«

Er erhob sich und ging zum Fenster. Das verdammte Wetter färbte den Fjord unter dem düsteren Himmel dunkelgrau. Nesoddlandet lag wie ein geducktes Raubtier auf dem anderen Ufer und war unter der tief hängenden Wolkendecke über Oslo gerade noch zu erkennen.

Novemberwetter im Januar.

»Selbstmord ist natürlich eine Tragödie«, sagte er.

Sicher zum fünften Mal seit seinem Eintreffen, wie ihm aufging. Er räusperte sich leise und versuchte einen neuen Anfang.

»Dennoch ist Selbstmord eine bewusst gewählte Handlung. Ich bin sicher, dass er niemandem leichtfällt. Niemandem. Auch Iselin nicht. Aber es ist dennoch ein gewählter Tod.«

Er drehte sich wieder zum Wohnzimmer um. Obwohl die Wohnung in einer unglaublich teuren Gegend auf Tjuvholmen lag, war sie nicht beeindruckend groß. Außerdem gab es hier zu viele Möbel, wodurch sie beengt wirkte. Möbel, allerlei Gegenstände und kräftige Farben, der vollkommene Gegensatz zu dem strengen Minimalismus, den seine Frau so liebte. Ein gigantisches Gemälde über dem Kamin, das einen fliegenden Seeadler zeigte, war das einzige Bild im ganzen Raum. Im Übrigen gab es nur Gegenstände. Aus Ton und Holz. Aus Kupfer und Schmiedeeisen. Und aus Messing. Überall standen Messinggegenstände herum. Das hellgoldene Metall war zwar der Schlüssel zum Erfolg der Firma, aber es musste ja wohl Grenzen geben. Halvor hatte die Leuchter gezählt und war auf vierzehn gekommen, ehe er aufgegeben hatte. Das Zimmer erinnerte ihn an ein Boudoir, mit seinen tiefroten Sofas, zahllosen weichen Kissen und dem Duft einer Räuchermischung, von dem ihm ein wenig schlecht wurde. Aber Boudoir passte ja auch gut, schließlich hatten hier zwei alternde Lesben gelebt.

Andererseits hatte er noch nie einen Fuß in ein Boudoir gesetzt, hatte im Grunde also keine Ahnung.

Er ertappte sich dabei, dass er Maria anstarrte.

Das Sofa, auf dem sie saß, war so niedrig, dass ihre Beine fast auf dem Boden lagen, wenn sie sie ausstreckte. Trotz ihres Alters war sie schlank, gesund und ziemlich durchtrainiert. Sie hielt ein Kissen auf ihren Bauch gepresst, wirkte jedoch weder verweint noch sonderlich erschüttert.

»Am wichtigsten ist es jetzt, die Gemüter zu beruhigen«, sagte er. »Die letzten Wochen waren für uns alle unangenehm. Nicht gerade günstig für die Firma, all dieses ... «

Seine Hand bewegte sich unschlüssig durch die Luft, als ob er ein Insekt verscheuchen wollte.

»... Gerede in den Medien. «

Endlich schaute Maria auf. Sie hatten einander niemals nahegestanden, dazu waren sie zu verschieden, und er wurde nicht schlau aus ihr. Für ihn war BrassCure lediglich eine Geschäftsidee. Zwar eine überaus einträgliche, aber er hatte sich niemals versucht gefühlt, auch nur eine einzige der Pillen zu schlucken, die sie so teuer verkauften. Iselin hingegen hatte an dieses Produkt geglaubt. Mit ihrer Darstellung der großartigen Wirkung von BrassCure auf den menschlichen Körper hatte sie ganze Versammlungen von Agenten und Vertretern fesseln können. Einer medizinischen Überprüfung hätten ihre Theorien kaum standgehalten, aber sie hatten für Iselin und noch einige andere den Grundstein zu einem kleinen Vermögen gelegt.

Wo Maria bei all dem stand, war ihm nicht so klar.

Sie hatte Iselin gegenüber immer loyal gewirkt, und einige Male hatte diese Loyalität an Selbstverleugnung gegrenzt. Während Iselin einen Raum durch ihre bloße Anwesenheit dominieren konnte, wurde Maria zur großäugigen Bewunderin, die kaum den Mund aufbrachte, wenn ihre Ehefrau in der Nähe war.

Er hatte Maria gewarnt, ehe sie ihre Geliebte in die Firma aufnahm. Iselin einfach die Hälfte von Marias Anteilen zur Hochzeit zu schenken, ganz ohne Bedingungen, war der pure Wahnsinn. Halvor Stenskar sagte seine Meinung, erst indirekt, dann immer direkter und ungehobelter, aber es half alles nichts. Nur Monate nach ihrer ersten Begegnung waren die beiden Turteltauben registrierte Lebenspartnerinnen. Und heute musste Halvor Stenskar zugeben, dass VitaeBrass erst mit Iselins Eintritt in die Firma wirklich erfolgreich wurde.

Maria war offenbar in Iselin vollkommen aufgegangen. Zu jeder Zeit.

»Das Gerede in den Medien«, wiederholte er, vor allem, um das peinliche Schweigen zu brechen.

»Du behauptest doch immer, jede PR sei gute PR.«

»Damit meine ich relevante PR.«

Er betonte »relevant« auf übertriebene Weise.

»Wie Artikel darüber, dass wir mehr versprechen, als wir halten?«, fragte sie. »Dass wir keine wissenschaftlichen Belege dafür hätten, dass BrassCure überhaupt wirkt? Dass die Verbraucherzentrale unsere Werbung immer wieder vernichtend kritisiert hat?«

»Wenn jemand so etwas schreibt, können wir sofort ein Dutzend Patienten aus dem Ärmel schütteln, die das Gegenteil behaupten. Und das Einspruchsrecht, Maria, sollte man nicht so einfach abtun. Das Einspruchsrecht hat uns im Laufe der Jahre eine Menge Gratisreklame beschert. Für VitaeBrass als Firma und für BrassCure als Produkt. Dass Iselin entlarvt wurde als ...«

Er wusste nicht so recht, wie er sich ausdrücken sollte. Trotz allem stand er einer frischgebackenen Witwe gegenüber.

»Extremistin«, kam sie ihm zu Hilfe. »So nennen sie das. Aber ich kann mich nicht erinnern, dass du je behauptet hättest, anderer Meinung zu sein als Iselin.«

»In Gesellschaft, nein! Wir sind uns doch alle einig, dass die Sache mit den Zuwanderern einfach zu weit geht und drastische Maßnahmen ergriffen werden müssen, um zu verhindern, dass ...«

Er fuhr sich mit den Fingern durch die dichte graue Mähne. Dann wischte er sich diskret ein paar Schuppen von den Schultern seines Jacketts und setzte sich auf die Armlehne des einen Sessels.

»Gesunde Skepsis angesichts dieser Flut von dysfunktionalen Analphabeten und zukünftigen Sozialhilfebeziehern ist das eine. Etwas ganz anderes sind jedoch diese Predigten, triefend von purem ...«

»Rassismus«, schlug sie hilfsbereit vor, als er zögerte.

Er blinzelte hektisch, entgegnete aber nichts.

»Iselin, oder genauer gesagt Tyrfing, war keine Rassistin im Sinne der Boulevardpresse. Sie war eher eine moderne Nationalistin. Sie wollte unser Land von seinem multikulturellen Joch befreien. Rassismus baut darauf auf, dass die einen den anderen unterlegen sind. Iselin wollte keine Rangordnung der Rassen aufstellen. Sie war der Meinung, dass unsere Ethnizität, Eigenart und Kultur zu wichtig sind, um sie weiter der Infiltrierung durch den Islam auszusetzen. Dem hast du bisher immer zugestimmt.«

»Nein. In diesem verdammten Blog hat sie ganz andere Dinge geschrieben als jene, die sie zu gesellschaftlichen Anlässen gesagt hat.«

»Aber du hast nie Einwände gegen ihre Äußerungen gehabt. Ich auch nicht, aber das kommt daher, dass ich mich eigentlich kaum für Politik interessiere.«

»Du interessierst dich kaum dafür?«

Er starrte sie ungläubig an.

»Du fischst dir Iselin aus dem Nichts heraus«, sagte er viel zu laut. »Du hast alles finanziert ...«

Er begann, mit den Händen in der Luft zu fuchteln, als würde er von einem ganzen Insektenschwarm angegriffen.

»... ihre Aktivität als Bloggerin, meine ich. Du hast diesen Kreuzzug ermöglicht. Du hast ihr die Hälfte deiner Anteile überschrieben, und du hast ...«

»Du scheinst zu vergessen, dass die Firma in den zehn Monaten, seit Iselin in die Geschäftsführung eingetreten ist, ihren Umsatz verdoppelt hat. Außerdem hätte Iselin auch ohne mich Tyrfing sein können. Ein Blog kostet zwei Kronen fünfzig. Aber vergiss es. Ich habe keinen Nerv für solche Diskussionen.«

Maria Kvam erhob sich. Schwerfälliger als sonst, so kam es ihm jedenfalls vor. Als trüge sie eine kaum erträgliche Last. Der hitzige, fast aggressive Blick war verschwunden. Vielleicht war das ihre Art zu trauern.

»Es ist trotz allem ein Geschenk«, sagte Halvor Stenskar und hob sein Hinterteil von der weichen Armlehne. »Wie gesagt. Bei allem Respekt, Maria, aber wenn es schon so schlimm kommen musste, dass Iselin dermaßen vernichtet und aller Ehre beraubt wird, ist es trotz allem das Beste für ... «

Er zögerte, gerade so lange, dass sie ihn mit einem Lächeln bedenken konnte, das er noch nie gesehen hatte.

»Für die Firma«, beendete sie seinen Satz. »Dass sich der Sturm um Iselin gelegt hat, ist gut für die Firma. Und das ist natürlich das Wichtigste. Das Allerwichtigste.«

»Deine Firma«, korrigierte er. »Vor allem jetzt. Jetzt, nachdem das passiert ist, meine ich ... «

Seine Hand schweifte ziellos durch den Raum, als ob Iselins Selbstmord sich irgendwo zwischen Samtkissen und Krimskrams versteckte.

»Meine«, sie nickte. »Jetzt gehört sie beinahe nur mir.«

Jetzt weinte sie. Ganz still und fast unmerklich, nur die laufenden Tränen machten Halvor klar, dass es höchste Zeit war zu gehen.

Henrik Holme hatte starke Zweifel, ob er es überhaupt wagen könnte, Hanne aufzusuchen. Der Abschied am Vortag war so abrupt und gebieterisch gewesen wie immer, und streng genommen hatte er ja keinen neuen Fall unter dem Arm.

Im Grunde war es überhaupt kein Fall.

Die Unterlagen in dem abgegriffenen blauen Ordner enthielten kein Rätsel. Es gab keine unbekannten Täter, keine Blindspuren wie in den Fällen, die sie bisher bearbeitet hatten. Im Gegenteil. Henrik hatte den Tag damit verbracht, die meisten Unterlagen durchzusehen, und das Urteil gegen Jonas Abrahamsen wirkte alles andere als ungerecht. Zu allem Überfluss hatte der arme Tropf es sofort nach der Verkündung angenommen. Allerdings mit einem auffälligen und eher seltenen Vorbehalt:

Als dem Verurteilten das Wort erteilt wurde, hatte er seine Unschuldsbehauptung wiederholt – und dann seine lange Freiheitsstrafe akzeptiert. Es kam zwar durchaus vor, dass jemand Vorbehalte anmeldete, wenn es um einen Vergleich oder eine geringe Strafe ging, aber zwölf Jahre Gefängnis anzunehmen, ohne sich schuldig zu bekennen, war außergewöhnlich. Der Anwalt hatte auch sofort eingegriffen und seinen Mandanten dazu überreden wollen, um Bedenkzeit zu bitten.

Aber das hatte nicht geholfen.

»Offenbar ist das Urteil korrekt«, sagte Hanne Wilhelmsen und schlug den Ordner mit einem Knall zu, nachdem sie weniger als eine Viertelstunde lang schweigend darin geblättert hatte. »Dieser Hauptkommissar Bonsaksen leidet vermutlich nur an einem Anfall von Ruhestandsblues. Es ist immer schwer für diese Alten, wenn ihre Zeit bei der Polizei zu Ende geht.«

Henrik verspürte einen gewissen Drang zu erwähnen, dass Hanne nur zwei oder drei Jahre jünger war als der Hauptkommissar. Doch er hielt sich zurück.

»Bonsaksen kam mir ziemlich überzeugt vor«, sagte er stattdessen.

»Sicher.«

»Und er verfügt über große Erfahrung.«

»Sicher.«

»Er hat gesagt, es sei der einzige Fall in fast vierzig Jahren, bei dem ihm Zweifel zu schaffen machen.«

»Dann ist er ein Idiot. Ich hatte bei jedem zweiten Fall Zweifel. Warum läufst du eigentlich nur noch in Rollkragen durch die Gegend? Und sehe ich eine Andeutung von Bart, Henrik? Machst du neuerdings auf Hipster, oder was?«

Er griff sich an den Hals, zögerte kurz und fragte dann: »Ist es dir nicht aufgefallen?«

»Doch. Dein Adamsapfel ist kleiner geworden. Das sieht man auch durch den Pullover. Ich gratuliere. Tut es noch immer weh?«

»Nein. Ist nur ein bisschen empfindlich.«

»Das legt sich sicher. Und es war höchste Zeit, diesen schrecklichen Knubbel zu operieren. Und da die Narbe ...« Sie legte den Kopf schräg und musterte seinen Hals aus zusammengekniffenen Augen. »... so sauber und ordentlich oben in der Falte unter dem Kinn sitzt, begreife ich nicht, was der Pullover soll.«

Henrik gab keine Antwort, sondern umklammerte die Esstischplatte, um den heftigen Drang zu bezwingen, seinen Nasenflügel zu berühren.

»Es ist zwölf«, sagte Hanne. »Zeit zum Mittagessen. Wenn du keinen Hunger hast, kannst du gehen.«

Henrik saß noch immer ganz still da. Sein Blick war starr auf den Ordner zwischen ihnen gerichtet, und er klammerte sich weiterhin an den Tisch. Aber sein linkes Bein, das vor Sekunden noch so heftig gezittert hatte, dass der Absatz dumpfe Trommelwirbel auf das Parkett schlug, erstarrte.

»Henrik?«

Es war etwas, das er in der Nacht gesehen hatte. Etwas, das er nicht ganz zu fassen bekommen hatte, vielleicht, weil es schon nach zwei gewesen war und die Unterlagen so umfangreich waren. So überzeugend. So voller vernichtender Belege.

»Es gibt da etwas an diesem Fall«, sagte er plötzlich und laut. »Etwas, das vielleicht nicht ganz stimmt.«

»Was denn?«

Hannes Stimmlage war ein wenig höher als sonst, wie immer, wenn sie ungeduldig wurde. Henrik hob den Blick und schaute aus den großen Fenstern in den tristen Tag hinaus. Regen lief die Fensterscheibe hinab, in der sich eine brennende Stehlampe neben dem Sofa spiegelte.

Genau das hatte er gebraucht.

Etwas Seltsames fiel ihm ein. Ein Detail. Es musste natürlich keine Bedeutung haben.

Aber es konnte.

»Nichts«, sagte er, nachdem er kurz überlegt hatte, lächelte abwehrend, nahm den Ordner unter den Arm und ging.

Wenn er ein seltenes Mal gefragt wurde, wie es ihm ginge, gab er immer dieselbe Antwort: »Kann nicht klagen.«

Jonas Abrahamsen konnte nicht klagen.

Er hatte sein einziges Kind verloren, weil er nicht gut genug aufgepasst hatte.

Seine Ehe war schon zerrüttet gewesen, als Anna zwei Jahre später gestorben war, und er hatte acht Jahre wegen einer Tat im Gefängnis gesessen, die er nicht begangen hatte. Die Stelle bei Statoil war mit Verkündung des Urteils verloren gewesen. Da er und Anna in Gütertrennung gelebt hatten und die Scheidung schon eingeleitet gewesen war, verlor er das Haus und fast alles andere.

Freunde hatte er auch keine mehr.

Zwar hatten ihn überraschend viele während der Gerichtsverhandlung unterstützt, aber die meisten zogen sich zurück, nachdem er schuldig gesprochen worden war. Ein Vetter, ein Kollege und zwei Kumpel von früher hatten ihn im ersten Jahr im Gefängnis besucht, dann waren alle bis auf den Vetter weggeblieben. Er ermunterte auch kaum zu weiteren Besuchen, wenn er ungepflegt in Kleidern dasaß, die ihn immer mehr umschlotterten.

Aber er konnte nicht klagen.

Er hätte auf Dina aufpassen müssen, aber er hatte sich von der Werbung im Briefkasten ablenken lassen. Er allein war schuld daran, dass Dina nicht mehr lebte und seine Welt zerbrochen war.

Er klagte nicht.

Es war kalt in dem spartanisch eingerichteten Wohnzimmer. Jonas warf zwei Holzscheite in den Eisenofen in der Ecke, dann fiel ihm ein, dass er seit dem Frühstück nichts mehr gegessen hatte. Sein Körper sagte schon seit vielen Jahren nicht mehr Bescheid, wenn er Nahrung brauchte. Er sagte eigentlich so gut wie nie mehr Bescheid. Das Einzige, worauf Jonas nicht verzichten konnte, war Kaffee, zwischen zwei Tassen verging selten mehr als eine halbe Stunde. Tagsüber und auch abends. Ab und zu erwachte er gegen drei Uhr nachts und musste sich ein oder zwei Tassen zubereiten. Wenn er Glück hatte, konnte er danach vielleicht noch ein Stündchen weiterschlafen.

In der Regel hatte er kein Glück.

Aber müde war er auch nie.

Das war auch gut so, da er ja Fernfahrer war. Meistens ging es nur nach Schweden, aber es gab auch ab und zu eine Tour nach Deutschland. Sein Vetter hatte ihm den Job besorgt, ein halbes Jahr nach seiner Entlassung aus dem Gefängnis. Guttorm hatte ihm sogar den Lkw-Führerschein finanziert. Als Darlehen, darauf hatte Jonas bestanden, und inzwischen war das Geld zurückgezahlt.

Er verdiente einigermaßen und brauchte nicht viel.

Das Haus, das er in Maridalen gemietet hatte, war winzig klein. Die Grundfläche betrug knapp vierzig Quadratmeter, und der Keller war so feucht, dass er zu gar nichts zu gebrauchen war. Jonas hatte die Tür von innen mit Isopor abgedichtet und sie abgeschlossen. Der Dachboden war so niedrig, dass er ihn ebenfalls abgesperrt und die enge Treppe nach oben vernagelt hatte, um Heizung zu sparen. Übrig war das Erdgeschoss mit einer alten Speisekammer, die er mit einfachen Mitteln in eine Art Badezimmer umfunktioniert hatte, einem fast zehn Quadratmeter großen Schlafzimmer, das unnötig viel Platz raubte, und einer Kochecke im Wohnzimmer. Das Haus wurde möbliert vermietet und sah im Grunde noch immer so aus wie in den Fünfzigerjahren. Die auffälligste Neuerung war ein großer Fernsehbildschirm. Um ihn unterzubringen, hatte Jonas ein Fenster abdichten müssen. Das Haus im Wald hatte keinen Breitbandanschluss, aber er hatte sich ein Abonnement bei RiksTV gegönnt. Auf diese Weise hatte er immerhin über eine Dachantenne sechs Kanäle.

Jonas Abrahamsen sah viel fern.

Trank Kaffee und sah fern. Zudem war er eine Stunde pro Tag im Internet, jedoch niemals länger. Er musste sich über 3G einloggen, und das war teuer.

Die meiste Zeit über dachte er an Dina. Sie wäre jetzt gerade siebzehn geworden. Er stellte sich vor, wie sie jetzt aussehen würde. Fragte sich, ob ihre Haare, die feinen hellen Haare, die durch die Winterkleidung elektrisch aufgeladen wurden, noch immer so blond wären. Er träumte nachts von ihr, und immer häufiger ertappte er sich dabei, dass er mit ihr sprach. Sie wäre jetzt fast erwachsen und würde in einem Jahr Abitur machen. Natürlich konnte man unmöglich wissen, welche Ausbildung ein Kind, das nicht einmal drei Jahre alt geworden war, absolviert hätte, aber Jonas hatte sich für Landwirtschaft entschieden. Dina wäre auf die Landbauschule gegangen und hätte vielleicht einen Hoferben geheiratet.

Dina hatte Blumen so geliebt.

Ab und zu, aber immer seltener, dachte er auch an den Tag, an dem Anna gestorben war. Bei seiner Festnahme hatte er dermaßen unter Schock gestanden, dass er zwei Tage nicht hatte sprechen können. Wortwörtlich, seine Stimmbänder hatten gestreikt. Selbst als dieser Ermittler, der sich als Kjell Bonsaksen vorgestellt hatte, ihm ziemlich freundlich erklärte, dass er seine

Lage verschärfte, wenn er keine Fragen beantwortete, konnte er kaum den Mund öffnen. Seine Kiefer verklemmten sich, Hände und Füße wurden taub, und er konnte achtundvierzig Stunden lang nicht schlafen. Schließlich bekam er Medikamente und war zu einer Aussage fähig, aber da war es zu spät.

Vermutlich hatten diese beiden Tage ihm acht Jahre Gefängnis eingebracht.

Sie schienen sich schon entschieden zu haben. Bonsaksen hatte die Zeit gut genutzt, während Jonas in Embryostellung in einer kahlen Zelle im Polizeigebäude gelegen hatte. Das begriff er dann bereits nach einer halben Stunde Vernehmung, als ihm ein kompromittierendes Indiz nach dem anderen vorgelegt wurde.

Nichts, was er sagte, konnte da noch etwas ändern.

Außerdem war das Erste, was aus seinem Mund kam, eine Lüge.

Er würde verurteilt werden, also gab er auf. Niemals würde er etwas zugeben, was er nicht getan hatte, aber sich für nicht schuldig erklären, das konnte er.

Die Tage und Wochen in Untersuchungshaft wurden schließlich durchaus angenehm. Vorhersagbar und vollständig ohne jegliche Verantwortung. Er konnte jede Nacht von Dina träumen und tagsüber leise mit ihr reden, damals noch immer mit der aufgesetzt kindlichen Stimme, die Dinas Großmutter für die sprachliche Entwicklung des Kindes für abträglich befunden hatte.

Heute sprach er zu ihr wie zu einer Erwachsenen.

Er könnte eine erwachsene Tochter haben, und die Sehnsucht nach ihr und die Trauer über ihren Tod hatten niemals nachgelassen. Ein Psychiater, den sie ihm aufgedrängt hatten, als der Tag seiner Entlassung näher rückte, fand seine Trauerreaktionen pathologisch. Allerdings sagte der Arzt ihm das nicht direkt, sondern starrte ihn in Grund und Boden, einen Kugelschreiber in der Hand, mit dem er nie etwas auf seinen leeren Block schrieb.

Zwei Jahre später hatte Jonas, ohne darum gebeten zu haben, per Post eine Kopie des Berichts erhalten. Dort stand schwarz auf weiß, dass Jonas nicht ganz gesund sei. Dass er gequält werde von »unkontrollierten, aufdringlichen Erinnerungen an die Tote, noch zehn Jahre nach dem Unfall«. Er lege einen »auffälligen Mangel an Interesse für anderes abgesehen von seiner Trauer« an den Tag, hieß es dort, neben einer Menge anderem Unfug, weshalb Jonas die Unterlagen sofort in den Ofen geworfen hatte.

Der Psychiater hatte garantiert keine Kinder. Bestimmt hatte er niemals jenes Glück empfunden, wenn man zum ersten Mal ein Neugeborenes in die Arme nahm, nur Sekunden alt und so schön, dass die Welt nie wieder dieselbe sein würde. Er konnte niemals den Duft eines frisch gebadeten einjährigen Kindes im Schlafanzug wahrgenommen haben. Und dieser verdammte Arzt hatte nie seinen allerliebsten Menschen in den Armen gehalten, als dessen Blick erlosch.

Der Arzt irrte. Die Schuldgefühle wegen Dinas Tod hinderten Jonas nicht am Leben.

Die Trauer um Dina war das Einzige, wofür es sich zu leben lohnte.

Die Trauer und die winzigen Augenblicke, in denen er sich segensreich schuldlos fühlte. Sie gaben Jonas Abrahamsen die Kraft, noch einen weiteren Tag zu leben, noch einen Monat und vielleicht noch ein Jahr: ewige Trauer und ein seltenes Aufflackern von glühendem Hass.

SAMSTAG, 9. JANUAR 2016

Der Mord an Anna Abrahamsen, geborene Hansen, war von Polizei, Anklagebehörden und Gericht vorbildlich behandelt worden. Das hatte Henrik Holme schon zwei Nächte zuvor bei der ersten Durchsicht der Unterlagen sofort erkannt. Der scharfe Reflex auf Hanne Wilhelmsens Wohnzimmerfenster hatte ihn dennoch auf einen Gedanken gebracht, der ihn dazu veranlasste, den dicken Ordner übers Wochenende aus dem Büro mit nach Hause zu nehmen.

Jetzt war es vier Uhr nachmittags, und er hatte die fast fünfhundert Seiten abermals durchgesehen. Diesmal allerdings bedeutend gründlicher. Dabei schien alles auf der Hand zu liegen, das Verfahren hatte auch nur drei Tage gedauert und war beeindruckend gut dokumentiert worden.

Anna war zu Silvester 2003 ermordet worden.

Ob sie vor oder nach Mitternacht gestorben war, ließ sich nicht genau feststellen, denn sie war erst gegen Mittag am Neujahrstag gefunden worden. Die Rechtsmedizin hatte dennoch ermittelt, dass sie das neue Jahr wohl kaum noch erlebt hatte. Mit anderen Worten, der Todeszeitpunkt war wohl der spätere Abend, und da viele schon vor Mitternacht Feuerwerk zündeten, war es nicht verwunderlich, dass der Knall des Pistolenschusses hinter verschlossenen Türen nicht bemerkt worden war.

Die Tatwaffe hatte offenbar ihr gehört. Anna Abrahamsen hatte begeistert an Schießwettbewerben teilgenommen, ehe ihre einzige Tochter bei einem tragischen Unfall ums Leben gekommen war. Das Unglück hatte sich fast auf den Tag genau zwei Jahre vor dem Mord an Anna zugetragen. Das hatte Henrik am Donnerstag gar nicht registriert, da der Unfall in den Unterlagen nur am Rande erwähnt wurde, und zwar bei einer Aussage des Osloer Pistolenclubs. Dort hieß es, dass Anna dem Verein schon als Jugendliche beigetreten war und auch zwei Perioden im Vorstand gesessen hatte. Nach dem Tod ihrer Tochter hatte sie sich dann von allen Aktivitäten zurückgezogen. Erst vier Monate vor ihrem eigenen Tod tauchte Anna ab und zu wieder für eine Trainingsrunde auf.

An Wettbewerben nahm sie gar nicht mehr teil.

Das Kind wurde dann in der Urteilsbegründung noch einmal erwähnt. Der Verteidiger wollte den tragischen Todesfall als mildernden Umstand anführen, doch der Richter lehnte ab.

Anna Abrahamsen war durch einen Kopfschuss getötet worden.

Der Schuss war aus nächster Nähe abgegeben worden, hatte sie aber nicht sofort umgebracht. Die Munition war eine der weltweit am meisten verbreiteten, eine 9 mm Parabellum. Anna selbst hatte vier Schachteln dieser Patronen gehabt. Sie gehörten zu einer Glock 17, die sie neben drei weiteren Pistolen und einem Salongewehr besaß. Alle Waffen befanden sich in einem vorschriftsmäßig gestalteten und verschlossenen Schrank. Abgesehen von der Glock, die verschwunden war und niemals wiedergefunden wurde.

Die Polizei versuchte auf dem Schießgelände, das Anna am selben Tag besucht hatte, aus dieser Waffe abgeschossene Patronen zu finden, um einen ballistischen Vergleich vornehmen zu können. Das erwies sich jedoch aus mehreren Gründen als unmöglich. Es stand also nicht fest, dass Anna mit ihrer eigenen Glock 17 getötet worden war, schien jedoch wahrscheinlich.

Nur zwei Personen wussten, wo die Schlüssel zum Waffenschrank und zur verschlossenen Munitionsschublade aufbewahrt wurden.

Anna selbst – und Jonas.

Henrik nahm alle Unterlagen aus dem Ordner und sortierte sie nach seinem eigenen System. Die Urteile der beiden untersten Instanzen lagen ganz rechts auf dem Couchtisch. Daneben stapelten sich alle Vernehmungen, die in diesem Fall durchgeführt worden waren. Jonas Abrahamsen war fünfmal befragt worden, und zwar von dem damaligen Hauptkommissar Kjell Bonsaksen. Insgesamt elf Freunde, Nachbarn und Kollegen des Ehepaares waren in den Wochen und Monaten nach dem Mord ebenfalls vernommen worden, wie auch Annas Schwester Benedicte. Annas Eltern waren tot, andere Verwandtschaft gab es nicht. Dazu kamen die Aussagen von weiteren Nachbarn, darunter eine Gruppe von Gästen, die gleich nebenan Silvester gefeiert hatte. Die Party hatte angedauert, bis der erste Wiener Walzer des Neujahrskonzertes die schwankenden Gäste nach Hause getrieben hatte. Ein Besucher des Festes konnte einen äußerst interessanten Beweis liefern.

Dieser Beweis lag ganz oben auf einem Stapel neben den Vernehmungen, und Henrik Holme hielt den Ausdruck auf Armeslänge vor sich.

Die Gäste in Annas Nachbarhaus waren von der ungeduldigen Sorte gewesen und bereits eine gute Stunde vor Mitternacht auf die Terrasse geströmt. Ein junger Mann, der später in der Notaufnahme des Krankenhauses landete, nachdem er sich bei einem Sturz von ebenjener Terrasse den Arm gebrochen hatte, konnte am nächsten Tag und in nüchternerem Zustand der Polizei ein Foto zeigen, das er mit seinem Handy gemacht hatte.

Um 22.58 Uhr, wie das Display verriet.

Das Bild war ziemlich unscharf. Zum einen war das Wetter mit Nieselregen und Nebel nicht gerade optimal gewesen. Zum anderen schwenkte eine junge Frau mitten im Bild eine riesige Wunderkerze, weshalb der Rest der Aufnahme fast vollständig im Dunkeln lag. Zudem war der Fotograf sturzbetrunken gewesen.

Auf dem somit nicht ganz optimalen Foto konnte man dennoch gleich hinter der rechten Schulter der Frau eine Gartenlaterne sehen. Diese wurde später als Teil der Beleuchtung an der Auffahrt zu Anna Abrahamsens Villa identifiziert. Da die Frau auf dem Bild den Kopf zur Seite neigte und wirkte, als werde sie gleich stürzen, war unter der Laterne eine Gestalt zu erkennen. Ein Mann, wie es schien, auf dem Weg von dem Klinkerhaus über das kurze Straßenstück in Nordberg.

Das war Jonas Abrahamsen, wie eine genauere Analyse des Bildes dann ergab.

Schade, dass der Mann seine allererste Aussage bei der Polizei mit einer Lüge begonnen hatte, dachte Henrik und legte das Foto zurück auf den Tisch. Bonsaksen hatte gerade erst die Formalitäten hinter sich gebracht, als Jonas auch schon behauptete, zuletzt vier Tage nach Weihnachten einen Fuß in die Nähe des Stugguvei 2 B gesetzt zu haben.

Neben allen Dokumenten von 2004 hatte Kjell Bonsaksen noch eine Zusammenfassung des Falles beigelegt, die seine Sicht der Dinge bot. Henrik hatte sie schon zweimal gelesen, griff aber dennoch zu dem Stapel ganz links auf dem Couchtisch und ging damit in die Küche. Er arbeitete lieber an dem kleinen Esstisch unter dem Fenster mit Blick auf die Straße unten, aber der Tisch war zu klein für so viele Unterlagen. Jetzt goss er Tee in eine große Tasse, die bereits dort stand, ehe er die Kerze in einem Weihnachtsleuchter anzündete, den seine Mutter ihm einige Wochen zuvor mitgebracht hatte. Er hätte den Leuchter am vergangenen Wochenende wegpacken müssen, aber ihm gefiel der muntere Weihnachtswichtel auf dem Schlitten. Er leistete ihm in gewisser Weise Gesellschaft.

Henrik las die Unterlagen zum dritten Mal.

Die Ehe von Anna und Jonas war vor dem Mord eigentlich schon beendet gewesen. Nur drei Tage zuvor hatte Jonas seine letzten Habseligkeiten abgeholt. Der Scheidungsantrag war im Herbst eingereicht worden, und in den letzten zwei Monaten hatte Jonas in einem gemieteten Zimmer in Grünerløkka gehaust.

Eine zerrüttete Ehe.

»Check«, murmelte Henrik.

Anna Abrahamsen hatte in Gütertrennung das Haus, eine Hütte in Hemsedal und einen Anteil an einem kleinen Bauernhof bei Arendal besessen, den sie als Sommerhaus benutzten.

Fast alles in Gütertrennung. Das Haus war ihr Elternhaus, und die Eltern hatten Anna und ihrer Schwester nach dem Verkauf des Familienunternehmens eine runde Summe überlassen. Allerdings mit Bedingungen. Gütertrennung war vorgeschrieben. Bei einer Scheidung würde Jonas mit leeren Händen dastehen. Dass er auch im Falle von Annas Tod alles verlieren würde, hatte er nicht wissen können.

Das Scheidungsgesuch war bereits am 28. Dezember bewilligt worden. Diese Mitteilung war Anna zugestellt worden und wurde im Laufe der Ermittlungen in einer Küchenschublade gefunden. Der nachgesandte Brief an Jonas war dagegen in der langsamen Weihnachtspost verschollen und tauchte erst wieder auf, als Jonas bereits in Untersuchungshaft saß. Das Motiv wirkte daher überzeugend, es ging um Geld, und dieses Motiv war schließlich so alt wie die Welt.

»Check«, sagte Henrik.

Lauter diesmal.

Nur wenige Tage nach dem Mord, als die Finanzen des Ehepaares überprüft wurden, entdeckte die Polizei, dass Jonas mehrmals Geld von dem gemeinsamen Sparkonto abgehoben hatte. Insgesamt hatte er während der vergangenen zwei Monate fast zweihunderttausend Kronen an eine lokale Bank in Westnorwegen überführt, an einen Ort, in den weder er noch Anna jemals einen Fuß gesetzt hatten.

Es bestand kaum Grund zu der Annahme, dass Anna von den Transaktionen gewusst hatte. DnB NOR, die eigentliche Bank des Paares, bedauerte, dass aus den Unterlagen nicht hervorging, ob die Überweisungen mit Annas Einverständnis getätigt worden waren, was eigentlich der Vorschrift entsprochen hätte.

Jonas hatte Geld seiner Frau unterschlagen.

Zudem hatte er die Polizei belogen, sowie er den Mund aufgemacht hatte.

»Check und check und doppelcheck«, seufzte Henrik resigniert.

Jonas Abrahamsen hatte nicht nur Grund genug gehabt, seiner Frau den Tod zu wünschen, er war zudem ein Dieb. Obendrein war er zur Tatzeit am Tatort gewesen und hatte das erst zugegeben, als der Beweis vor ihm auf den Tisch geknallt wurde.

Der Verteidiger hatte wirklich vor einer Herausforderung gestanden.

Henrik trank einen Schluck von dem glühend heißen Tee. Draußen war es bereits dunkel geworden. Henrik mochte den Winter nicht besonders, jedenfalls nicht hier in der Großstadt. Weniger wegen der Dunkelheit, die konnte durchaus gemütlich sein, sondern weil der ewige Matsch und der Regen das Gehen unbehaglicher machten.

Denn Henrik Holme war ein Wanderer. Er ging, um anzukommen und um zu denken. Vor allem jedoch ging er, weil er gern ging. Um seinen Körper zu benutzen. Ballspiele hatte er nie gemocht, und beim Joggen taten ihm die Knie weh. Seine schmale Gestalt, die herabhängenden Schultern und die selbst im Sommerhalbjahr blasse Haut vermittelten den Eindruck eines Mannes, der kaum je vor seine Tür trat. Weshalb die meisten nicht sahen, wie fit Henrik Holme war, so wie sie sich auch sonst häufig in der Einschätzung seiner Person irrten. Dabei war er hervorragend in Form und sehr sorgfältig bei der Verwendung von Sonnencreme, weil seine Mutter immer sagte, er habe zarte Haut.

Er ging auch im Winter, aber der Frühling war doch die beste Zeit, die er ausnutzte. Er liebte den Frühling. Dann würde er auch die Fenster putzen, dachte er, wie seine Mutter es immer getan hatte, sowie die tief stehende Märzsonne die Schmutzspuren entlarvte. Er ärgerte sich über seine Fenster, die sogar im Dunkeln sichtlich verschmiert waren. Im Winter wurden sie nie sauber, egal, wie sehr er rieb und polierte.

Bei Hanne waren die Fenster hingegen blank gewesen, das hatte er am Vortag bemerkt. Der Reflex der Stehlampe war unangenehm grell gewesen, zudem hatte im Raum ein schwacher Duft gehangen, den Henrik zunächst nicht hatte identifizieren können. Erst, als er darüber nachdachte, wie sauber und ordentlich es am Tag des Mordes bei Anna Abrahamsen gewesen war, war ihm aufgegangen, dass es bei Hanne nach Essigwasser gerochen hatte.

Ein altmodisches Mittel zum Fensterputzen.

Nur an einer Stelle im Tatortbericht wurde erwähnt, dass Annas Wohnung offenbar gründlich gereinigt gewesen war, doch darauf hatte niemand sonderlich geachtet. Der Verfasser des

Berichts hatte nur nüchtern erwähnt, wie es im Stugguvei 2 B ausgesehen hatte.

Doch es gab ausreichend Bilder.

Die meisten stammten natürlich aus dem Badezimmer, dem Tatort. Es gab Fotos der Toten und Bilder, nachdem die Tote weggebracht worden war, Vergrößerungen und Weitwinkelaufnahmen.

Das Badezimmer war nicht sonderlich aufgeräumt, zum Glück. Aber die restlichen Zimmer sahen aus, als ob sie für einen Einrichtungswettbewerb hergerichtet worden wären.

Das Haus war schön. Einladend, wie es in Reportagen in Wochenendbeilagen hieß. Allerdings wirkte es zu groß für zwei Menschen, aber sie hatten ja auch ganz andere Pläne gehabt. Die hübschen Möbel waren aufeinander abgestimmt, aber Henrik Holme hatte nicht viel Ahnung von Inneneinrichtung.

Doch es machte ihm zu schaffen, dass es bei Anna so ordentlich war.

Den Ermittlern im Spätwinter 2004 hatte es dagegen nicht zu schaffen gemacht.

Bei niemandem ist es immer so ordentlich, dachte Henrik Holme und erhob sich. Nicht einmal bei ihm, obwohl er Sauberkeit so genau nahm. Sowie er den Freitagsputz erledigt hatte, stand schon wieder hier eine schmutzige Tasse und lag dort eine Zeitung herum.

Mit der Teetasse in der Hand ging er zurück ins Wohnzimmer, stellte sich ans Fenster und schaute durch die schmutzigen Fenster hinab auf die Straße. Die Weihnachtsgirlanden leuchteten bleich und streng vom Markvei her. Seit dem November hingen sie da und schienen jedes Jahr länger Saison zu haben.

Sein Kaktus musste gegossen werden, stellte Henrik Holme fest. Die Pflanze stand auf der Fensterbank und überlebte schon seit fast drei Jahren, dabei war die Erde so trocken, dass der Kaktus schrumpfte.

In Annas Haus hatte es keine Blumen gegeben. Keine Pflanzen. Keine Christsterne oder Gestecke, wie sie fast alle nach Weihnachten herumstehen hatten. Überhaupt hatte im ganzen Haus nichts an Weihnachten erinnert. Weder ein Weihnachtsbaum noch Engel, Adventskerzen oder Sterne am Fenster.

Sie konnte natürlich bei anderen gefeiert haben, aber Henrik Holme glaubte nicht daran. Aus Bonsaksens Unterlagen ging hervor, dass Anna die Weihnachtstage allein zu Hause verbracht hatte. Am Heiligen Abend hatten die Nachbarn sie nach Hause kommen sehen, ehe das Konzert der Sängerknaben im Fernsehen begann. Auch am zweiten Weihnachtstag war sie beobachtet worden, sie hatte einen Müllsack und einen alten Rucksack in die Mülltonne geworfen. Am Silvestertag hatte ein Nachbar sogar mit ihr geredet, als sie mit dem Wagen die Auffahrt heraufgekommen war.

Die Allerletzte, die sie lebend gesehen hatte, war ihre sieben Jahre ältere Schwester Benedicte. Sie hatte Anna zu Silvester gegen halb sechs besucht, um ihr ein gutes neues Jahr zu wünschen, ehe sie auf ein Fest gegangen war. Auch Anna war dort eingeladen gewesen, hatte aber dankend abgelehnt.

Abrupt stellte Henrik die Tasse ab und drehte sich zum Couchtisch um. Er packte den Stapel Fotos und fing an, darin zu suchen. Da. Bilder von der Küche, die ebenso sauber und makellos war wie das restliche Haus. Er konnte am linken Bildrand den Kühlschrank sehen. Eine reine weiße Tür. Nicht ein einziger Magnet, kein Souvenir und keine Kinderzeichnung oder Weihnachtskarte.

Das war merkwürdig. Natürlich konnte der Mangel an Weihnachtsstimmung mit dem Tod der Tochter zu tun haben. Aber der Unfall war trotz allem zwei Jahre her gewesen, als diese Bilder aufgenommen wurden.

Henrik wünschte, es gäbe ein Foto des geöffneten Kühlschrankes. Aber er hatte die Bilder durchgesehen und wusste, dass die Suche danach vergeblich wäre. Dennoch blätterte er noch einmal alles durch.

Wenn der weiße blanke Kühlschrank mit dem Eindruck des restlichen Hauses übereinstimmte, müsste er eigentlich leer sein.

Das Haus sah nämlich aus, als ob es verlassen werden sollte. Oder genauer gesagt: als ob die Bewohnerin verreisen wollte, sehr bald und ziemlich lange.

Doch davon stand rein gar nichts in Kjell Bonsaksens dickem Ordner.

Nicht ein einziges Mal auf den über fünfhundert Seiten war erwähnt worden, dass das Haus des Mordopfers viel zu sauber war, als dass jemand sich dort hätte aufhalten können, und es gab keinen Grund zu der Annahme, dass Anna Abrahamsen Reisepläne gehabt hatte.

Und das war ganz einfach unbegreiflich.

»Was siehst du da?«

»Die Diskussion. Im Fernsehen.«

»An einem Samstagabend?«, fragte Nefis verwirrt und blieb mitten im Zimmer stehen.

»Hab sie aufgenommen«, erklärte Hanne Wilhelmsen. »Ich habe sie am Donnerstag verpasst. Pizza?«

»Ja, bitte«, antwortete Nefis und ließ sich neben Hanne auf das riesige Sofa fallen. »Worüber diskutieren die denn?«

»Über sich selbst.«

»Was?«

»Sie diskutieren über die Macht der Medien. Darüber, ob die

Hetze, der Iselin Havørn durch die Medien ausgesetzt war, sie in den Selbstmord getrieben hat.«

»Meine Güte«, murmelte Nefis und nahm sich ein Stück Pizza. »Wenn ein Selbstmord überhaupt jemals auch eine gute Seite haben kann, dann ja wohl in diesem Fall. Ich meine, weil wir nie mehr etwas über diese Frau oder von ihr hören werden.«

»Jetzt bist du gemein.«

»Sicher. Ich habe schließlich jede Menge Gemeinheit nachzuholen – in dieser Ehe.«

Hanne lächelte und wischte sich den Mund ab.

»Stimmt schon«, sie nickte. »Aber wie du selbst sagst: Alle werden von irgendwem geliebt.«

»Das habe ich nie gesagt. Denn es stimmt ganz einfach nicht.«

Hanne beugte sich vor und griff zur Fernbedienung.

»Langweilige Selbstkasteiung von Einzelnen«, fasste sie kauend zusammen und schaltete den Fernseher aus. »Törichte, sture Selbstverteidigung. Dazu die üblichen Medienkritiker, die auf die Presse einhämmern, sowie sich eine Möglichkeit bietet. Die Wahrheit über diesen Fall wird wohl irgendwo in der Mitte liegen.«

»Und wo ist die Mitte?«

»Iselin Havørn hatte die Entlarvung mehr als die meisten anderen verdient. *Verdens Gang* hat da ein solides Stück journalistischer Arbeit geleistet, es ist doch beeindruckend, wie dieser Seevogel die allerneueste Computertechnologie benutzt hat, um seine wahre Identität zu verbergen. *Fist bump* für *Verdens Gang*, denke ich wenigstens.«

Sie hob träge eine Faust.

»Das klingt nicht gerade wie ein Standpunkt aus der Mitte«, entgegnete Nefis. »Schenkst du ein?«

Hanne griff nach einer Flasche Rotwein und füllte großzügig das Glas, das Nefis aus der Küche mitgebracht hatte, wo sie mit der fast dreizehn Jahre alten Tochter Ida und deren Übernachtungsgast Monopoly spielte.

»Das Problem ist ja nicht, dass über diese Dinge berichtet wird. Man kann verdammt noch mal seine Meinungsfreiheit nutzen, aber die Leute sollen gefälligst unter vollem Namen für den Scheiß stehen, den sie absondern. Wir müssen alle zur Verantwortung gezogen werden können. Auch für das, was wir sagen.«

»Ich sehe darin noch immer keine ›Mitte‹«, meinte Nefis skeptisch und zeichnete Anführungszeichen in die Luft.

»Das Problem ist das übliche. Alle springen auf den Karren auf. Eigentlich war es *Verdens Gangs* Fall, aber er war so ergiebig, dass die anderen Medien die Finger nicht davon lassen konnten. Ihre Wohnung wurde mehr oder weniger belagert. Das halte ich für einen klaren Übergriff. Diese Ausmaße. Wenn sie wenigstens ein Promi gewesen wäre, eine Politikerin zum Beispiel, dann wäre es vielleicht …«

»Aber sie war doch bekannt!«, protestierte Nefis.

»Früher einmal, ja. Aber das war jedenfalls, noch ehe du nach Norwegen gekommen bist.«

»Das ist lange her«, meinte Nefis und legte Hanne die Hand auf den Oberschenkel. »Du darfst jetzt nicht noch dünner werden, Schatz.«

»Ich esse. Siehst du!«

Hanne griff nach einem weiteren Pizzastück.

»Erinnerst du dich an sie?«, fragte Nefis.

»Ja. Ich erinnere mich an ihre Sendungen. Das muss um die Mitte der Achtzigerjahre gewesen sein. Ehe das Rundfunkmonopol aufgehoben wurde, damals, als alle in ganz Norwegen jeden Abend dieselben Sendungen sahen. Sie kam von einer Stellung beim Feuilleton von *Dagbladet* zum *NRK*, der staatlichen Rundfunkanstalt in Norwegen, und wurde Moderatorin bei einer Infotainment-Show. Aktuelle Themen und originelle Gäste, unterbrochen durch Musik und andere Einlagen. Ich weiß gar nicht, an wie vielen derartigen Projekten der *NRK* sich versucht hat, aber Iselin Havørn war wirklich ganz in Ordnung. Da hieß sie übrigens noch nicht Havørn. Damals hieß sie Solvang. Iselin Solvang.«

»Hat sie geheiratet?«

Hanne verdrehte die Augen.

»Havørn, Nefis! Kein Mensch heißt Havørn! Das ist ein konstruierter Name. Oder ...« Sie biss in ihr Pizzastück und redete abermals mit vollem Mund weiter. »Kein Mensch in Norwegen heißt ›Seeadler‹. Sie hat diesen Nachnamen 1989 angenommen. Nachdem sie sich aus der Öffentlichkeit zurückgezogen hatte.«

»1989? Da kann sie doch noch nicht so alt gewesen sein?«

»Nein. Geboren 1953, da war sie wohl ...«

»Damals war sie sechsunddreißig«, rechnete Nefis schnell. »Was ist passiert?«

»Liest du keine Zeitungen?«

»Etwas andere Zeitungen als du. Und etwas andere Artikel.«

»Sie wurde ...« Hanne schluckte und trank einen Schluck Wein. »Sie wurde mit Amalgam vergiftet«, sagte sie mit breitem Lächeln. »Und entwickelte eine Elektroallergie.«

»Oh nein«, sagte Nefis leise. »Nicht so eine.«

»Doch. Und sie ist einen Weg gegangen, der nicht ganz ungewöhnlich ist. Komisch vielleicht. Und ziemlich tragisch, aber nicht ungewöhnlich.«

»Wie meinst du das?«

»Es fing in den Siebzigerjahren an. Mit der großen Erweckungsbewegung, die unser Land heimgesucht hat.«

»Was?«

Nefis wirkte ein wenig irritiert, zog sich eine Spur von Hanne zurück und setzte sich gerade.

»So ungefähr hieß ein Buch«, erklärte Hanne eilig. »Iselin Havørn oder Solvang war damals ungeheuer aktiv in der ML-Bewegung. Bei der AKP (m-l), den Superradikalen.«

»Aha«, sagte Nefis langsam. »Den Kommunisten.«

»Den Marxisten-Leninisten«, korrigierte Hanne. »Total verrückte Leute. Sie waren vielleicht nicht viele, aber meine Güte, was haben sie für einen Krach geschlagen. Die meisten von ihnen haben später Karriere gemacht. Sie kamen zur Vernunft und distanzierten sich von ihren früheren Ansichten und Taten, während andere sich mit ›Kontext‹ und ›Es war eine andere Zeit‹ herausredeten ...« Jetzt war sie diejenige, die Gänsefüßchen in die Luft malte. »Du kannst froh sein, dass du damals nicht hier warst.«

»Froh? Weil ich in den Siebzigerjahren in der Türkei eine blutjunge muslimische Lesbe war?«

Hanne lächelte und griff nach ihrer Hand.

»Touché.«

»Aber worauf willst du hier eigentlich hinaus?«

»Sie ist von der AKP (m-l) zur Kulturradikalen, zur Esoterikerin und dann zur glasklaren Nationalistin geworden. Und zur Rassistin, wie das oft passiert. Bei einigen kommt eine ziemlich große Prise blinder Hass auf die USA dazu, der uns im Grunde zurück auf Los bringt. Zum Vietnamkrieg, unter anderem. Ein total absurder Kreis, wenn du mich fragst. Aber überraschend viele sind diesen Weg gegangen, in der einen oder anderen Variante. Wobei viele auch einen Hang zu Verschwörungstheorien haben. Was im Grunde ja kein Wunder ist, da ...« Sie zögerte ein wenig und stellte ihr Weinglas ab. »Es gibt hier einen seltsamen Zusammenhang«, fuhr sie langsam fort. »Als ich an diesem großen Terrorfall gearbeitet habe, musste ich mich in die rechtsextreme Literatur einlesen. In die, in der zu Gewalt aufgerufen wird, und in die, die sich scheinbar an den guten Ton hält, aber mehr oder weniger dieselben Meinungen vertritt. Und es ist durchaus auffällig, wie viele dieser Leute bei der Esoterik landen.«

Zwischen Nefis' Augenbrauen zeichnete sich eine schmale Furche ab.

»Du siehst viel jünger aus als ich«, sagte Hanne leise und berührte die Furche mit dem Daumen.

»Und unter Esoterik verstehst du ...«, begann Nefis und wich ein Stück zurück.

»Häufig beginnt es mit einer dieser seltsamen Krankheiten. Dass man irgendeine Allergie oder Reaktion hat, für die es nicht den geringsten wissenschaftlichen Beweis gibt. Gegen Elektrizität zum Beispiel.«

»Es gibt vieles, was die Wissenschaft noch nicht erklären kann. Deswegen kann es trotzdem existieren.«

»Jetzt hör aber auf! Du bist Professorin der Mathematik und hast hier meiner Meinung zu sein. Du weißt, wovon ich rede. In der Türkei gibt es dieses Phänomen sicher auch. Als ich klein war, sollten plötzlich alle Aschenabsud trinken. Das half angeblich gegen alle möglichen Erkrankungen von Krebs bis zu Rheuma. Als ich dann erwachsen war, kam diese Hefepilzepidemie. Alle, die sich nicht total fit fühlten, konnten plötzlich Wunderkuren gegen einen Pilz kaufen! Einen Pilz! Den wir alle in uns haben, ob wir nun krank oder gesund sind!«

Die Furche zwischen Nefis' Augenbrauen war wieder da.

»Aber was in aller Welt hat das mit Rechtsextremismus zu tun?«

Hanne seufzte und angelte nach ihrem Rollstuhl, der neben dem Sofa stand. Aus der Tasche unter dem Sitz zog sie Papier und Stift.

»Das sind die Rechtsextremen«, sagte sie und zeichnete einen Kreis. »Und das sind die, die für Konspirationstheorien schwärmen.«

Sie zeichnete den zweiten Kreis so, dass er sich mit dem anderen teilweise schnitt.

»Was verstehst du in diesem Zusammenhang unter Konspirationen?«

»Chemtrails, zum Beispiel. Eine Theorie, nach der ...«, sie lachte leise, »... nach der die Kondensstreifen hinter einem Flugzeug eigentlich ...«

»Ich weiß, was Chemtrails sind, Hanna.«

Nach all diesen Jahren konnte Nefis Hannes Namen noch immer nicht richtig aussprechen.

»Dann brauche ich das ja wohl nicht zu erklären. Du weißt, was ich meine. Dass die Mondlandung gar nicht stattgefunden hat. Dass eigentlich die Juden hinter dem 11. September gesteckt haben. Dass die Muslime der Welt den heimlichen Plan haben, in Europa die Macht zu ergreifen und uns vor die Tür zu setzen.«

»Wollen wir euch nicht eigentlich alle massakrieren?«

Hanne lächelte noch immer, wurde plötzlich aber wieder ernst.

»Am liebsten wird Behörden vorgeworfen, hinter diesen Verschwörungen zu stecken, vor allem der CIA, außerdem ethnischen Gruppen oder sehr reichen Organisationen. Der Arzneimittelindustrie zum Beispiel, gegen die sich das ganze Gefasel der Impfgegner richtet. Aber die Schlimmsten, die also die fiesesten Absichten und die größte Macht haben, das sind ...«

»USA, Juden und Muslime.«

»Genau. Und das hier …« Hanne zeichnete noch einen Kreis. Auch der überschnitt sich teilweise mit den anderen. »Das sind die, die wir verallgemeinernd die Esoterikszene nennen können.«

Jetzt schraffierte sie mit dem Kugelschreiber das mittlere Feld ihrer Zeichnung.

»Ich behaupte, dass sich hier überraschend viele tummeln«, sagte sie.

»Das nennt sich Schnittmenge.«

»*Whatever.* Sie waren linksradikal, haben jetzt eine Heidenangst vor dem Islam, sind oft esoterisch angehaucht und glauben zudem an zahlreiche bizarre Verschwörungen. Oder sie bewegen sich von einem Kreis zum anderen. Ich werde dir zeigen, was ich im Netz gefunden habe, im Blog von einem Typen, der damals ein führender MLer war. Ich …«

Sie griff nach ihrem Laptop und schaltete den Bildschirm ein.

»Nein«, sagte Nefis und schaltete ihn wieder aus. »Das schaffe ich jetzt einfach nicht.«

»Aber es ist total wahnsinnig«, beharrte Hanne. »Der Kerl deutet an, dass hinter dem Terroranschlag in Paris eigentlich die Amerikaner stecken. Dass der ganze IS eine Konstruktion ist, eine …«

»Es ist Samstagabend.«

Hanne zögerte, ehe sie den Laptop wieder zurückschob.

»Wie du willst. Aber während meiner Ermittlung an dem Terrorfall musste ich viele Artikel lesen, die Iselin Havørn unter ihrem Alias Tyrfing im Netz geschrieben hat. Und das Seltsame dabei ist eigentlich, dass …«

Aus der Küche hörten sie Lachen und über den Tisch kullernde Würfel.

»Was?«, fragte Nefis, als Hanne zu lange zögerte.

Ida jubelte, und ihr Gast stöhnte laut.

»Es ist unglaublich seltsam, dass diese Frau sich das Leben genommen haben soll«, sagte Hanne leise. »Wenn ich mir das genauer überlege, meine ich. Zuerst fand ich einen Selbstmord ja verständlich, aber … nein. Nicht sie.«

»Warum nicht? Du hast doch selbst gesagt, dass sie dermaßen gejagt wurde, dass …«

»Weil sie überzeugt war, Nefis. Weil sie sich vollkommen sicher war, dass sie recht hatte. Sie glaubte, dass das, was sie schrieb, und der Kampf, den sie führte, das Wichtigste auf der Welt wären. Sie hat mehrmals erklärt, dass sie an einem Widerstandskampf teilnimmt, der mindestens so existenziell ist wie der während des Zweiten Weltkriegs. Solche wie sie …«

Hanne schaute zu dem schwarzen Fernsehbildschirm hinüber und griff sich an den Kopf.

»Solche wie sie bringen sich nicht um. Das Gefühl des Widerstands gibt den Fanatikern Stärke. Tiefer Schmerz und eine ganz andere Überzeugung führen zum Selbstmord, nämlich die Überzeugung, dass die Welt und deine Nächsten ohne dich besser dran sind. Dass dieser furchtbare Schmerz nicht vergehen wird.«

Nefis griff nach der Fernbedienung.

»Aber sie hat es doch getan. Sie hat sich das Leben genommen. Wollen wir einen Film sehen?«

Fragend blickte sie Hanne an. In dem Moment kamen die Kinder herein. Hanne gab keine Antwort. Sie sagte für den Rest des Abends überhaupt so gut wie nichts mehr.

Jonas Abrahamsen erinnerte sich noch genau daran, wie er Christel zum ersten Mal gesehen hatte. Die Kleine war acht Jahre alt, und Dinas Tod lag erst vier Monate zurück.

Er war noch immer krankgeschrieben.

Anna arbeitete bereits wieder, eine Tatsache, die er bei ihren immer unversöhnlicheren Auseinandersetzungen nach besten Kräften gegen sie verwandte. Anfangs, an den Tagen und in den ersten Wochen nach dem Unfall, versuchten sie auf irgendeine Weise, einander zu trösten. Jedenfalls bemühte sich Jonas, Anna zu trösten. Aber vor allem wollte er mit ihr zusammen sein. Er wollte in Alben blättern, in Dinas Zimmer sitzen, dem prinzessinnenrosa Zimmer, in das er sich oft nachts schlich, um mit Dinas Lieblingsteddy in den Armen auf einem schmalen Sofa zu liegen und auf den Morgen zu warten. Anna wollte andere Leute treffen. Freunde. Sie schien jede wache Stunde des Tages mit Unruhe und Störungen füllen zu müssen, mit Gesprächen und Mahlzeiten und für Jonas immer fremderen Menschen, die im Haus im Stugguvei 2 B ein und aus gingen. Außerdem fing sie an, zur Kirche zu gehen, und der aufdringliche Pastor mit dem milden Blick kam so oft zu Besuch, dass Jonas sich eine Zeit lang fragte, ob Anna ein Verhältnis mit ihm angefangen haben könnte.

Abends nahm sie zwei Schlaftabletten und verschwand auf ihrer Seite des Bettes.

Zog sich zurück, von ihm und von Dina.

Anna hatte ihm niemals Vorwürfe gemacht. Nicht ein einziges Mal, nicht einmal bei den giftigsten Wortwechseln hatte sie Jonas angegriffen, weil er nicht besser aufgepasst hatte.

Das provozierte ihn.

Er hatte Vorwürfe verdient. Die Schuldgefühle waren noch schwerer zu ertragen, wenn sie nicht von dem einzigen Menschen auf der Welt genährt wurden, der Dina ebenso geliebt hatte wie er selbst. Wenn sie ihm nur ihre Anklagen ins Gesicht geschrien hätte, dann hätte er sich verteidigen können. Er hätte widersprechen können. Zurückschreien. Sie hätte ebenso unaufmerksam sein können, hatte sie sich nicht damals für einen fatalen Augenblick abgewandt, als Dina mit einem Jahr eine Kaffeetasse umgestoßen und sich dermaßen den Arm verbrannt hatte, dass sie mit ihr zur Notaufnahme fahren mussten?

Aber es kam nie ein vorwurfsvolles Wort, und Jonas blieb nichts anderes übrig, als Gericht über sich selbst zu halten.

Es war an einem Frühjahrstag des Jahres 2002, als er zum ersten Mal Christels Adresse aufgesucht hatte. Sie wohnte gute drei Kilometer von Annas Haus entfernt. Er stand seit über einer halben Stunde dort, als sie auftauchte, in neuen Turnschuhen und mit der Schultasche über der rechten Schulter. In der linken Hand trug sie einen Strauß Huflattich und Blausterne.

Und sie sang.

Jonas wollte nichts von ihr. Es war einfach eine der Perioden, in denen er nicht schlafen konnte, nicht einmal nach zwei durchwachten Nächten. In diesem Zustand fuhr er niemals Auto und war zu Fuß zu der niedrigen Villa im Bauhausstil gegangen. Den Alkohol hatte er längst aufgegeben, da Anna eines Abends einen Schürhaken nach ihm geworfen hatte, nachdem sie sich durch drei Flaschen Wein hindurchgeweint hatten. Dennoch fühlte er sich wie berauscht, als er da unter einer Trauerbirke stand, die noch recht kahl war.

Ob es guttat oder schmerzte, das Mädchen anzusehen, wusste er nicht. Jedenfalls war es ein anderes Gefühl als Trauer. Und jede andere Empfindung war willkommen. Also ging er weiter dorthin.

Manchmal regelmäßig, dann wieder konnten viele Wochen vergehen, bis er erneut den Drang verspürte, Christel zu sehen. Im Laufe der Jahre erfuhr er auch mehr über ihr Leben. Sie spielte Fußball, bis sie zwölf wurde. Sie war nicht besonders gut, hatte er festgestellt, sogar aus der Entfernung war das zu sehen. Als die Trainer endlich die Mannschaft selbst zusammenstellen durften und Christel deshalb auf die Reservebank verwiesen, wechselte sie zum Tanzen. Als Jonas ins Gefängnis musste, war Christel für ihn lange Zeit unerreichbar, aber sowie ihm Hafturlaub bewilligt wurde, fand er zu ihr zurück. Inzwischen ging sie fast jeden Tag zu Bärdars Tanzinstitut in der Innenstadt. Einmal hatte er eine Eintrittskarte für eine der Vorstellungen bestellt, die am Ende des Frühlingssemesters stattfand. Als er dort ankam, fast schon zu spät, um sich noch hineinschleichen zu können, entdeckte er Christels Vater. Jonas machte auf dem Absatz kehrt.

Aber sie war eine gute Tänzerin. Das verriet ihm ihr Gang. In jedem Schritt lag Geschmeidigkeit. Ein Rhythmus, gewissermaßen als ob sie eigentlich immer tanzte. Früher war sie klein und untersetzt gewesen, fast mollig, aber in der Pubertät schoss sie in die Höhe. Mit sechzehn Jahren war Christel ein schönes, schlankes und sportliches Mädchen und immer noch so blond wie in ihrer Kindheit.

Jetzt war sie zweiundzwanzig und selbst Mutter.

Jonas wusste, dass die mittlerweile Dreijährige Hedda hieß. Sie war Dina so ähnlich, dass er schockiert war, als er sie das erste Mal sah. Damals war das Kind ein Jahr alt und wurde von der Mutter aus dem Auto in das Mietshaus auf St. Hanshaugen getragen, wo sie wohnten. Bisher war dieses Kind für Jonas nur ein unsichtbares Wesen in einem Kinderwagen gewesen.

Hedda trug einen blauen Overall und eine rosa Mütze, und der Haarflaum, der unter dem Rand hervorlugte, war so hell und fein, dass er sicher nach allen Seiten abstehen würde, wenn er ihr die Mütze abnähme.

Christel war jetzt berühmt.

Anfangs nur bei Mädchen zwischen zwölf und zwanzig, aber

ihr Blog gehörte, schon ehe sie siebzehn wurde, zu den meistgelesenen im Land. Jetzt war sie die souveräne Nummer eins in einer Welt, von der Jonas wenig wusste und noch weniger begriff. Dennoch las er Christels Blog, und zwar oft. Anfangs waren dort pastellige Bilder von Einrichtungsgegenständen, Kleidern und vor allem von Christel zu sehen. Nach und nach fügte sie Film- und Fernsehstoff hinzu, und als sie mit achtzehn einen perfekt inszenierten Angriff auf die Pelztierindustrie publizierte, wurde sie sofort zu einer Fernsehdiskussion eingeladen. Sie machte sich auf dem Bildschirm ungewöhnlich gut, und ihr Blog hatte fünfzigtausend Follower, noch ehe das Jahr zu Ende ging.

Christel war zur professionellen Prominenten geworden.

Dass sie mit neunzehn alleinerziehende Mutter wurde, gab ihr dann noch mehr Auftrieb. Doch entgegen den Erwartungen ihrer Leserinnen und Leser stellte sie niemals Bilder ihres Kindes ins Netz. In einer Radiosendung nach Heddas zweitem Geburtstag ging sie näher auf einen flammenden Blogpost ein, in dem sie erklärt hatte, alle Kinder hätten ein Anrecht auf Schutz vor dem Internet, bis sie alt genug wären, um zu begreifen, was dort passierte.

Gleich danach wurde ihr die Hauptrolle in einer Fernsehserie des *NRK* angeboten.

Die Dreharbeiten fanden gerade statt, und die Internetmedien berichteten fast täglich darüber.

Jonas hielt sich auf dem Laufenden. Wie er feststellte, hatte sie sich die Haare färben lassen.

Das gefiel ihm nicht. Dunkelbraun, mit einem kastanienroten Stich, im Halbdunkel war es nicht so genau zu erkennen. Vielleicht war die Filmrolle der Grund für die Veränderung.

Sie hatte das Kind bei der Arbeit nicht dabei. Hedda schlief bestimmt um diese Tageszeit, und dann hütete der Opa sie.

Christel hatte das oft erzählt, im Blog und in Interviews. Sie lebte schon lange mit ihrem Vater zusammen. Die Eltern hatten sich scheiden lassen, als Christel erst sechs Jahre alt gewesen war, und die Mutter war in ihr Heimatland Neuseeland zurückgekehrt. Jetzt waren sie wieder zu dritt.

Der Vater, Christel und Hedda.

Ohne den Vater wäre niemals etwas aus ihr geworden, hatte sie erklärt, und er hatte das Enkelkind mit offenen Armen aufgenommen. Auch wenn es eine Spur ungelegen und ohne Papa gekommen war.

Aus der Wohnung, aus der sie nun kam, war Lärm zu hören. Dröhnende Musik und lautes Lachen, obwohl alle Fenster geschlossen waren. Vor einer halben Stunde hatte Jonas sie dort oben gesehen, sie hatte sich zum Fenster vorgebeugt und die Hand über die Augen gehalten, als ob sie dort draußen nach jemandem Ausschau hielte. Kurz nach Mitternacht zog sie die schwere Haustür auf und ging nach rechts die Straße hinunter. Ihre Schritte waren zielstrebig und nicht so federnd wie sonst. Die Art, wie sie die Schultertasche an sich drückte, hatte etwas Angespanntes, fast, als wäre die eine Waffe.

Oder vielleicht etwas, das sie sehr liebte und um keinen Preis verlieren wollte.

Für einen Moment spielte Jonas mit dem Gedanken, ihr zu folgen. In sicherer Entfernung, wie immer, um sie nicht noch mehr zu ängstigen. Er trat einen Schritt aus dem engen Hauseingang heraus, in dem er seit über einer Stunde wartete. Da schaute sich Christel plötzlich um, und Jonas kehrte ihr blitzschnell den Rücken zu.

Hinter sich konnte er ihre Stiefel auf dem nassen Asphalt hören, jetzt noch schneller.

Jonas Abrahamsen beobachtete Christels Leben jetzt seit fast vierzehn Jahren, hatte sich aber niemals vor ihr gezeigt. Das sollte auch an diesem Abend nicht geschehen.

Ruhig ging er in die Gegenrichtung.

Er hatte ihr doch niemals Angst einjagen wollen.

Nichts war ihre Schuld, und jetzt wollte Jonas nach Hause.

SONNTAG, 10. JANUAR 2016

Maria Kvam hatte beschlossen, die Wohnung neu zu möblieren. Die Energie im Wohnzimmer floss einfach nicht, zwischen den vielen Abstufungen von Rot und Orange, zwischen den vielen Gegenständen und Möbeln und weichen Kissen.

Und mit dem ganzen verdammten Messing.

Jetzt ging Maria von Regal zu Regal und sammelte Gegenstände in einem großen Pappkarton. Der wurde zu schwer, noch ehe er halb voll war, deshalb stellte sie ihn beiseite und ließ sich auf das tiefe Sofa sinken.

Sie hasste dieses Zimmer wirklich, das ging ihr nun plötzlich auf.

Eigentlich liebte sie das Kühle. Das Strenge und Rechtwinklige. Schon als Kind hatte sie zwischen allen Gegenständen imaginäre Linien gezogen, sobald sie einen Raum betreten hatte. Wie eine Schachspielerin über dem Brett, stellte sie sich vor, und das Muster sollte aufgehen. Sie suchte Symmetrie und Ruhe für das Auge.

Jetzt musste alles weg, das hatte sie am Vorabend entschieden. Seit Donnerstag hatte sie kaum geschlafen, hatte nachts im Netz gesurft und sich einige Filme angesehen, an deren Inhalt sie sich kaum erinnerte. In der Nacht zum Vortag hatte sie aus Versehen auf dem Weg ins Badezimmer einen Tonkrug aus Marokko zerbrochen. Als sie die Scherben aufheben wollte, wurde sie von einer so plötzlichen Wut überwältigt, dass sie mehrere andere

Gegenstände auf den Boden donnerte. Bis zum Vorabend hatte sie das Chaos gelassen und es erst jetzt mit einer Kraftanstrengung zusammengekehrt und weggeräumt.

Nach allem, was passiert war, brauchte sie Veränderung.

Nach der Beerdigung, dachte sie und trug den halb vollen Karton mit Kerzenleuchtern und Figurinen zu dem großen Kleiderschrank hinten im Schlafzimmer.

Iselin wollte eingeäschert werden, und ihre Asche sollte im Wind verstreut werden. Vor vielen Jahren hatte sie den Antrag gestellt, dass die Zeremonie auf dem Meer vor Reine auf den Lofoten stattfinden dürfte, wo sie zum allerersten Mal einen Seeadler gesehen hatte. Die Antwort war positiv ausgefallen, und die Unterlagen lagen im Safe im Garderobenschrank.

Da sollen sie auch bleiben, dachte Maria und stellte den Pappkarton vor die Metalltür.

Selbst wenn die Behörden oben im Norden die Erlaubnis erteilt hatten, Iselins Asche über dem Wasser zu verstreuen, konnte sich Maria nicht vorstellen, dass der Antrag eine Verpflichtung bedeutete. Alle konnten doch ab und zu ihre Meinung ändern, und die Bürokratie hatte sicher anderes zu tun, als zu überprüfen, inwieweit dem Willen der Verstorbenen Folge geleistet wurde.

Iselin hatte es nicht verdient, dass ihr ein Wunsch erfüllt würde. Die Beerdigung sollte in aller Stille vor sich gehen, wie es sich nach einem Selbstmord gehörte. Die Polizei hatte für Freitag grünes Licht gegeben, denn dann würden wohl alle Formalitäten erledigt sein. Maria hoffte, dass niemand kommen würde. Die Todesanzeige würde erst am Sonnabend gedruckt werden, und zwar mit dem Text: »Die Beisetzung hat nach dem Wunsch der Verstorbenen in aller Stille stattgefunden.«

Maria hatte sich für den billigsten Sarg entschieden. Der Bestatter hatte fast unmerklich die Augenbrauen gehoben, als sie darauf gezeigt hatte, einen unlackierten Sarg aus Spanholz für weniger als viertausendfünfhundert Kronen.

Iselin und Maria waren so viele Jahre zusammen gewesen. Sie waren Liebende und Geliebte gewesen, Geschäftspartnerinnen und die engsten Freundinnen. Maria hatte Iselin ins Leben zurückgeholt, als Iselin alles verloren hatte. Sie hatte Iselin gesund gemacht, ihr einen neuen Anfang ermöglicht, während sie sonst zugrunde gegangen wäre. Und sie hatten einander viel versprochen. Maria hatte ihre Versprechen gehalten, aber Iselin hatte sich für das Verschwinden entschieden.

Nun war Maria ganz allein, und als sie für einen Moment Iselins Parfüm wahrnahm, das aus einem Seidenponcho an einem Kleiderbügel über dem Safe aufstieg, fing sie an zu weinen. Sie sank auf den Boden und schluchzte. Zog das gepunktete Kleidungsstück an sich und knüllte es zu einem Ball zusammen, den sie dann an die Wand zu werfen versuchte. Der Ball öffnete sich zu federleichtem Stoff, sowie sie losließ, und fiel sanft über ihre Waden.

Maria schrie auf und heulte lange, bis sie nicht mehr konnte. Dann rappelte sie sich auf, riss die oberste Schublade einer Kommode auf und griff nach einer Schere. Rasch und systematisch machte sie sich über Iselins Schrankseite her und hörte erst auf, als sie in einem Berg von Fetzen stand und alle Regalfächer und Kleiderbügel auf der rechten Seite leer waren.

Die Schere landete sanft im Lumpenhaufen.

Maria versuchte, gleichmäßig zu atmen, und riss die Augen auf, um ihre Tränen zurückzuhalten.

»Nimm dich zusammen«, flüsterte sie verbissen und wusste, dass sie eben genau das tun musste. Wenn nicht alles zum Teufel gehen sollte.

MONTAG, 11. JANUAR 2016

Hanne Wilhelmsen ertappte sich dabei, wie sie auf die Uhr schaute.

Er kam spät, und das war noch nie passiert. Es machte sie seltsam unruhig, und sie warf noch einen Blick auf ihre Armbanduhr. Zehn nach elf.

Henrik Holme war ein Geschenk.

Nefis hatte das zuerst gesagt, in der Zeit nach dem 17. Mai 2014, und Hanne hatte anfangs widersprochen. Sie konnte ihn leiden, wenn auch nicht auf den ersten Blick, dann doch nach zwei Begegnungen. Er war ihr aufgedrängt worden, ohne dass sie darum gebeten oder einen Grund gesehen hätte, warum sie sich einen Laufburschen zulegen sollte.

Doch sie hatte sich geirrt.

Zum einen war es praktisch, einen Helfer zu haben, der die meiste Arbeit außerhalb der großen Wohnung in der Kruses gate übernehmen konnte. Zum anderen war er der tüchtigste Polizist, der ihr jemals über den Weg gelaufen war.

Henrik Holme war brillant, und Nefis hatte recht gehabt.

Er war ein Geschenk.

Der junge Polizist kam und ging auf Befehl. Inzwischen war er eine Art Hausfreund geworden. Ida betete ihn an und hatte ihre Eltern schon mehrmals gefragt, ob er nicht gleich einziehen könne. Nefis hatte mit den Schultern gezuckt und Hanne angesehen, die sich ihrerseits nachdrücklich dagegen ausgesprochen hatte. Ida gab sich nicht sofort geschlagen und argumentierte eifrig, wie wunderbar es gewesen war, Marry im Haus zu haben. Die Prostituierte, die Hanne in den Neunzigerjahren bei einem Fall aufgelesen und um die sie sich danach gekümmert hatte, war gestorben, als Ida neun Jahre alt gewesen war. Die Trauer war fast nicht zu ertragen gewesen, nicht für Ida und nicht für Nefis.

Hanne hatte alles viel leichter genommen.

Während die anderen die alte Harry-Marry ehrlich geliebt hatten, hatte Hannes Gefühlsvorrat nicht ganz ausgereicht. Marry hatte sich ihr damals ebenfalls aufgedrängt, als sie weder Nefis noch Ida gehabt hatte, und es wäre schwer gewesen, die Frau vor die Tür zu setzen. Als die alte Hure sich dann durch Hausarbeit und Kochen nützlich machte, fand Hanne sich mit der hinkenden, immer vor sich hin schimpfenden Mitbewohnerin ab. Als sie Nefis kennengelernt und die kleine Wohnung in Tøyen gegen schamlos viele Quadratmeter in Oslos bester Innenstadtlage eingetauscht hatte, zog Marry einfach mit um. Wie ein Hund gewissermaßen, hatte Hanne ab und zu gedacht. Ohne es jemals laut zu sagen.

Ein Straßenhund, bei dem man es nicht übers Herz brachte, ihn wieder hinauszuwerfen.

Hanne Wilhelmsen hatte nur eine begrenzte Menge Liebe in sich zur Verfügung, das meinte sie jedenfalls selbst. Ihre ganze Kindheit über hatte sie mit aller Kraft versucht, so geliebt zu werden, wie sie wirklich war. Von ihren Eltern, die ihren unerwünschten Nachkömmling zuerst irritiert und dann fast mit Abscheu betrachteten. Von ihren Geschwistern, einem Bruder und einer Schwester, die so viel älter waren und ihr niemals irgendwelche Aufmerksamkeit schenkten.

In ihren ersten achtzehn Lebensjahren hatte Hanne Wilhelmsen sich nichts mehr gewünscht, als gesehen und geliebt zu werden. Als Erwachsene hatte sie dann versucht, sich vor allen zu verbergen. Beides hatte ihr Kraft geraubt, nein, sie hatte nicht mehr Liebe anzubieten, als sie für Nefis und Ida empfand.

Das war genug.

Demnach liebte sie Henrik Holme nicht, mochte ihn aber gern. Bewunderte ihn sogar, ohne das jemals irgendwem gesagt zu haben.

Jetzt war er schon eine Viertelstunde zu spät, und Hanne spielte mit dem Gedanken, ihn anzurufen, als sie endlich in der Wohnungstür einen Schlüssel hörte. Ida hatte ihm den gegeben, die Kleine konnte nicht begreifen, warum er an der Tür klingeln musste, wenn er erstens so oft hier und zweitens Polizist war und damit, wie alle wussten, absolut vertrauenswürdig.

Schnell und lautlos fuhr Hanne an den großen Esstisch und fing an zu lesen. Vor ihr lagen ein Buch und drei Stapel Ausdrucke.

»Hallo«, sagte sie gleichgültig, und ohne von ihren Unterlagen aufzublicken. »Du kommst zu spät.«

»Tut mir leid«, rief er vom Gang her. »In letzter Sekunde ist etwas passiert.«

»Was denn?«

»Etwas bei der Arbeit. Aber jetzt bin ich hier.«

Er blieb in der Türöffnung stehen, wie immer auf Socken. Seine Uniform trug er nur selten. Hanne schaute auf und registrierte, dass sein Hemd besser saß. Noch immer waren seine Schultern über dem mageren Leib so schmal, dass er einer Rieslingflasche ähnelte. Dennoch schienen sich die Ärmel über Muskeln zu spannen, wo sie bisher erbarmungslos gezeigt hatten, dass die Oberarme kaum dicker waren als die Handgelenke.

»Bist du zu Fuß gekommen?«, fragte sie überflüssigerweise.

»Ja«, antwortete er und zupfte an den Achselhöhlen ein wenig am Hemdenstoff. »Und auch sehr schnell. Was wolltest du?«

Er lächelte und klopfte dreimal mit den Fingerknöcheln gegen den Türrahmen, ehe er das Wohnzimmer betrat.

Hanne gab keine Antwort. Wieder beugte sie sich über ihre Unterlagen.

»Haben wir einen Fall?«, fragte sie, während er einen Stuhl heranzog und ihr gegenüber Platz nahm.

»Nein. Eigentlich seltsam. Es gibt hier in Oslo doch ungelöste Fälle genug. Soll ich die Polizeidirektorin fragen?«

»Noch nicht. Was weißt du über Selbsttötung?«

»Über Selbsttötung?«

»Ja.«

»Wie meinst du das?«

Hanne seufzte resigniert und sah ihn an.

»Ich meine genau das, was ich gesagt habe. Was weißt du über Selbsttötung? Oder über Selbstmord, wenn dir diese Laienbezeichnung lieber ist.«

»Mehr Männer als Frauen«, entgegnete Henrik rasch. »Fast dreimal so viel.«

Hanne nickte und wartete auf mehr.

»In Norwegen liegt die Selbstmordrate bei knapp zehn auf hunderttausend Menschen«, fügte er hinzu. »Und die meisten, die sich das Leben nehmen, sind zwischen zwanzig und siebzig.«

»Was?«

Hanne blickte ihn fragend an.

»Rein statistisch gesehen«, erklärte er. »Wenn du dir diese Diagramme ansiehst ...« Er zeichnete mit seinem schmalen Zeigefinger ein Zickzackmuster. »... die Alterslinien zeigen, dann siehst du, dass verhältnismäßig wenige sehr junge und sehr alte

Menschen sich das Leben nehmen, während sonst alle Altersgruppen ziemlich gleich stark vertreten sind.«

Hanne zuckte mit den Schultern und sah wieder ihre Papiere an.

»Mehr?«, fragte sie. »Methode, Geschichte ... «

»Frauen sind überrepräsentiert bei der Verwendung von Medikamenten, also Vergiftung. Männer bei Waffen. Sie erschießen sich. Natürlich nicht ausschließlich. Aber häufiger als Frauen. Frauen ertränken sich dagegen viel häufiger als Männer.«

»Weiter?«

»Die Selbstmordrate hat sich in den vergangenen fünfzehn Jahren kaum verändert. Und ... « Er überlegte kurz. »Viel mehr weiß ich eigentlich nicht.«

»Meine Güte. Ich dachte, du wüsstest alles.«

»Was machst du hier eigentlich?«

»Ich lese, wie du siehst.«

»Was denn?«

Sie schaute ihn über die Brillengläser hinweg an.

»Was glaubst du?«

»Über Selbsttötung.«

»Genau.«

Für einen Moment ließ sie ihren Blick auf ihm ruhen. Seine Wangen waren rot geworden wie so oft. Und offenbar schien er sich etwas zuzulegen, das wie ein Bart aussehen sollte. Unkleidsamer Flaum, stellte sie fest, und gleich unter dem rechten Mundwinkel befand sich eine nackte Stelle von der Größe einer Zwanzigkronenmünze.

»Das mit dem Bart ist eine schlechte Idee«, sagte sie, und jetzt wurde sein Gesicht dunkelrot.

»Entschuldige«, antwortete er, obwohl sie nun schon seit fast zwei Jahren versuchte, ihm die Unsitte abzugewöhnen, sich für alles zu entschuldigen. »Morgen rasiere ich mich.«

»Denk nicht an die Narbe unter dem Kinn. Die sieht man wirklich nicht.«

Ein rasches, verlegenes Lächeln ließ ihn noch jünger aussehen.

»Ich begreife nicht, weshalb Iselin Havørn sich das Leben genommen hat«, wechselte Hanne das Thema. »Sie ist ganz einfach nicht der Typ dazu.«

Henrik ließ die Zunge mehrmals über seine Unterlippe gleiten.

»Ich habe das so verstanden, dass es ein *open-and-shut case* ist«, sagte er leise. »Zudem ist es ein Fall, der uns überhaupt nichts angeht. Streng genommen. Hast du mich ihretwegen herbestellt?«

»Ja.«

»Na gut. Weshalb?«

»Ich will einfach nur ein bisschen Ball spielen. Hast du Hunger?«

»Nein.«

»Ich aber. Würdest du mir ein Brot machen? Käse und Schinken ohne Butter und oben ein bisschen Paprika?«

Henrik stand auf und ging in die Küche. Hanne legte die Ausdrucke auf einen Stapel, schob ihn zur Seite, rückte ihre Brille gerade und schlug das Buch auf. *On Suicide* hieß es klipp und klar. Es war von einem amerikanischen Nestor der modernen Psychiatrie geschrieben und hatte über achthundert Seiten. Hanne hatte gewusst, dass sie es besaß, aber etwa eine Stunde gebraucht, um sich daran zu erinnern, dass es in einem Kasten mit Fachliteratur im Keller lag. Nefis hatte es ihr geholt.

Henrik machte sich in der Küche zu schaffen, und Hanne ertappte sich bei einem Lächeln. Sie hörte das Klirren der Besteckschublade und die Kühlschranktür, die zweimal geöffnet und geschlossen wurde. Henrik fühlte sich jetzt fast wie zu Hause bei ihr. Sie kannte ihn nun auch ziemlich gut. Richtig gut, und die

Geräusche aus der Küche wiesen darauf hin, dass er sich ärgerte. Sie hatten einen scharfen Beiklang. Energische Bewegungen, ganz anders als sonst, wo er vorsichtig und zurückhaltend war, fast schon zögernd.

»Hier«, sagte er knapp und stellte einen Teller vor sie hin.

»Danke. Warum bist du so gereizt?«

»Ich bin nicht gereizt.«

Sie lächelte wieder, jetzt strahlender.

»Ich hätte dich nicht bitten sollen, mir etwas zu essen zu machen. Aber ich bin froh darüber, dass du gekommen bist. Was bringt Menschen dazu, sich das Leben zu nehmen, Henrik?«

»Das ist eine sehr weitreichende Frage.«

»Ja. Und ich möchte eine Antwort. Jedenfalls den Anfang einer Antwort.«

»Selbsttötung lässt sich wohl am besten erklären mit ...« Er überlegte und versuchte wohl, sich an etwas zu erinnern, das er einmal gelesen hatte. »... mit einem unglücklichen Zusammenspiel von äußeren und inneren Faktoren«, sagte er dann. »Wobei die inneren Faktoren auf der Bandbreite zwischen ernsthaften psychischen Leiden einerseits und ...« Mit der linken Hand zeichnete er an den Rand des Tisches einen Strich, »... einem geringen Selbstvertrauen andererseits variieren.«

Die rechte Hand markierte einen Strich auf der anderen Seite.

»Und Angst vor dem Verlust von Ansehen«, fuhr er fort. »Wie wir ja leider gerade gesehen haben. Damit meine ich die Medienhetze, die die arme Iselin Havørn in den letzten Wochen ihres Lebens über sich ergehen lassen musste. 2009 kam es zum Beispiel zu einem Anstieg von Suiziden bei Männern. Kann das etwas mit der Finanzkrise zu tun gehabt haben? Wenn ich es richtig verstanden habe, weiß das niemand. Aber man darf es annehmen. Das Selbstmordrisiko ist größer bei Menschen mit einer psychischen Krankheit, aber man braucht nicht unbedingt krank zu sein, um sich das Leben zu nehmen.«

Hanne nickte mit vollem Mund.

»Ich hatte recht«, sagte sie zufrieden. »Du weißt alles.«

Henrik stützte die Ellbogen auf den Tisch und beugte sich zu ihr vor, jetzt wirkte er eifriger.

»Somatische Krankheiten können ebenfalls einen Risikofaktor darstellen«, sagte er. »Starke chronische Schmerzen. Degenerative Krankheiten, bei denen du langsam zerfällst, während dein Kopf klar bleibt. War Iselin Havørn krank?«

»Keine Ahnung.«

»Wie hat sie sich eigentlich das Leben genommen, wissen wir das?«

»Wir nicht«, antwortete Hanne. »Aber du sollst das herausfinden.«

»Wie?«

Sie biss wieder in ihr Brot und kaute ruhig. Dann schaute sie ihn über den Brillenrand hinweg an und lächelte.

»Nein«, sagte er entschieden.

»Wieso nicht?«

»Ich kann mir keinen Fall ansehen, mit dem ich nichts zu tun habe.«

Hanne schluckte und starrte ihn noch kurz an, bis sie den Kopf schüttelte.

»Du kannst fragen«, entgegnete sie. »Es gibt absolut keine Vorschrift, die dich daran hindert, ins Büro der zuständigen Person zu gehen und höflich zu fragen. Das ist ein Fall von Selbsttötung, Henrik. Du hast es selbst gesagt, ein *open-and-shut case*. Liegt vermutlich brav in seiner Mappe und wartet auf die letzten Papiere aus der Pathologie, um dann ins große Archiv geschickt zu werden. Frag. Du kannst ganz einfach nachfragen.«

Sie warf einen Blick in Richtung Gang, und er erhob sich gehorsam.

»Warum interessierst du dich nun gerade für diesen Fall? Die Frau war doch grauenhaft, und sie wollte ja sterben!«

Er hob die Arme. Hanne schob ihren Teller weg.

»Weißt du irgendetwas über Seeadler, Henrik?«

Er starrte sie resigniert an.

»Na los«, bohrte sie. »Was weißt du über Seeadler?«

Er holte Luft.

»Nordeuropas größter Greifvogel«, sagte er rasch. »Der viertgrößte auf der Welt. Gehört zur Habichtfamilie und war in den Sechzigerjahren in Norwegen fast ausgerottet. Steht unter striktem Artenschutz und ist jetzt an großen Teilen der Küste wieder zu finden, auch wenn es immer noch nur wenige Exemplare sind. Vor allem kommt die Art in Nordnorwegen vor.«

Er schluckte. Sein Adamsapfel war wirklich kleiner geworden, wie Hanne bemerkte.

»Punkt«, sagte Henrik. »Mehr weiß ich nicht über Seeadler.«

»Ein lebendes Lexikon«, stellte Hanne freundlich fest. »Hast du schon einmal einen Seeadler gesehen?«

»Nein.«

»Das ist ein gewaltiger Anblick. Die Weibchen, die größer sind als die Männchen, können eine Flügelspannweite von mehr als zweieinhalb Metern haben. Sie besitzen fantastische Flugfähigkeiten und können uralt werden, Henrik. Es sind wirklich prachtvolle Vögel.«

Henrik zog seinen Uniformschlips gerade und ging zum Flur hinüber.

»Was sagt das über eine Person, die sich einen solchen Namen zulegt?«, fragte Hanne laut.

Henrik blieb stehen und drehte sich zu ihr um. Jetzt war seine Irritation unverkennbar.

»Hör doch auf«, sagte er.

»Iselin Havørn war stark und hatte ein gewaltiges Selbstvertrauen. Sie war eine heilige Kriegerin, Henrik, eine Soldatin hinter einer Tastatur, im Kampf für ihr Land. So sah sie sich selbst. Dass ihr Pseudonym Tyrfing entlarvt wurde, kam ihr sicher ungelegen und war bestimmt arg unangenehm. Aber es war nicht zerstörerisch für sie. Sie sah sich im Recht, Henrik. Ebenso wie ihresgleichen. Diese Leute kennen keine Zweifel. Iselin Havørn war eine sehr intelligente und deutlich gebildetere Ausgabe des Bloggers Fjordman, und solche Menschen schämen sich nicht. Für sie bedeutete die Entlarvung keinen Prestigeverlust. Es war nur verdammt unangenehm. Aber deswegen bringt sich niemand um.«

Sie konnte sehen, dass er überlegte. Lange.

»Das da«, sagte er endlich. »Dafür hättest du eine Bezeichnung ... «

Er seufzte tief, ging auf sie zu, stützte sich mit beiden Handflächen auf den Tisch und fing noch einmal an.

»Erstens ist es nicht dein Fall. Zweitens hast du keine Ahnung von Iselin Havørn, abgesehen von dem, was in den Zeitungen gestanden hat. Sie kann krank gewesen sein, Liebeskummer gehabt oder jemanden verloren haben, sie kann durchaus ... «

Er zögerte, richtete sich gerade auf und stemmte die Hände in die Hüften.

»Du bist das doch, die mir immer sagt, dass wir keine Hypothesen aufstellen dürfen. Dass wir uns die Tatsachen ansehen und den Fall Stein für Stein aufbauen müssen. Einen offenkundigen Selbstmord aufgrund eines selbst gewählten witzigen Nachnamens und einer kruden Einstellung zur Einwanderungspolitik anzuzweifeln, ist …« Wieder legte er eine Pause ein. »Du würdest das *far-fetched* nennen, wenn ich eine dermaßen hirnrissige Hypothese servierte. *Far-fetched.*«

Er spuckte die Wörter aus, machte auf dem Absatz kehrt und ging mit energischen Schritten in Richtung Wohnungstür. Hanne schaute ihm nach. Sie mochte ihn gern und immer lieber. Er war ein großartiger Polizist.

Wenn er so weitermachte, könnte er besser werden als sie.

»Stell fest, wie sie sich angeblich das Leben genommen hat«, rief sie hinter ihm her. »So schnell du kannst, bitte.«

Sie hätte schwören können, dass sie ihn ein »Okay« murmeln hörte.

Christel Bengtson wusste nicht genau, wie lange das schon so ging.

Sie konnte keinen eigentlichen Anfang ausmachen. Dieses Gefühl, beobachtet zu werden, begleitete sie bereits ihr Leben lang. Vermutlich hatte es eingesetzt, als sie größer wurde und sich auf eigene Faust in die Welt hinausbewegen konnte. Auf der Grundschule vielleicht. In der zweiten Klasse, als sie begonnen hatte, den kurzen Schulweg allein zurückzulegen. Einmal hatte sie ihrem Vater von diesem Unbehagen erzählt, davon, dass sie immer wieder den Drang verspürte, sich plötzlich umzudrehen, weil sie davon überzeugt war, dass jemand ihr folgte. Er hatte sie auf den Schoß genommen, sie konnte also nicht älter als dreizehn, vierzehn gewesen sein, und hatte ihre Haare gestreichelt. Dann hatte er sie getröstet und ihr gesagt, dass es durchaus nicht ungewöhnlich sei, so zu empfinden. Für niemanden, und schon gar nicht für eine Frau, wie sie jetzt eine wurde. Es sei eine durchaus vernünftige Angst, hatte er erklärt. Frauen müssten auf der Hut sein. Die meisten Menschen seien in Ordnung, aber leider könne man sich nicht auf alle verlassen. Die Welt sei kein sicherer Aufenthaltsort, und das Leben garantiere nichts, aber wenn sie sich auf sich selbst verließe, gute Entscheidungen träfe und vorsichtig wäre, brauchte sie sich eigentlich vor nichts zu fürchten.

Obwohl dieses Gespräch ihr eigentlich auch Angst gemacht hatte, war es doch eine Hilfe gewesen. Später wurde es besser. Sie fuhr nur noch manchmal herum, entdeckte jedoch nie etwas Verdächtiges. Weder in der Stadt noch auf dem Schulweg oder abends, auf dem Heimweg von Freundinnen. Irgendwann hatte sie das Gefühl fast vergessen, bis es sich gegen Ende der zehnten Klasse wieder einstellte.

Mit den Jahren hatte sie sich daran gewöhnt.

Es passierte ja niemals etwas, und vielleicht hatte ihr Vater recht gehabt. Sich beobachtet zu fühlen, war gar nicht dumm, es machte sie wachsam und half ihr, die richtigen Entscheidungen zu treffen.

Ab und zu war sie nach Einbruch der Dunkelheit allein unterwegs, aber meistens sorgte sie dafür, dass sie ein Freund oder Bekannter begleitete. Außerdem fuhr sie ihr Vater, wohin auch immer sie wollte. Wenn er konnte. Er arbeitete in einer Bank, und obwohl er viele Überstunden machte, stand Christel seit der Scheidung ganz oben auf seiner Prioritätenliste.

Diese Liste enthielt eigentlich nur sie.

Christel und später dann auch Hedda.

Als Christel nach einer zweijährigen Beziehung mit einem Klassenkameraden schwanger wurde, lief sie weinend zu ihrem Vater. Die werdenden Eltern waren seit einigen Wochen nicht mehr zusammen, als die Achtzehnjährige mit dem Schwangerschaftstest vor dem Badezimmerspiegel stand und glaubte, ihre Welt werde einstürzen. Das tat sie aber nicht.

Bengt Bengtson erklärte nach einer kurzen Denkpause, jedes

Kind habe ein Recht darauf, mit Freude willkommen geheißen zu werden. Auch dieses Kind. Er war jetzt fast zweiundsechzig und würde bald in Altersteilzeit gehen können. Sein Einkommen würde dann zwar schrumpfen, aber auch da wusste er Rat. Das Haus in Nordberg, das er immer mit einem Lächeln als seine Spardose bezeichnet hatte, würden sie für mindestens fünfzehn Millionen Kronen verkaufen können. Es musste zwar renoviert werden, aber das Grundstück war ungewöhnlich groß. Am selben Nachmittag noch setzte er sich vor den Rechner und fand eine Wohnung mit hundertfünfzig Quadratmetern auf St. Hanshaugen, die auf acht Millionen taxiert war.

Sechs Wochen später zogen Bengt Bengtson und seine schwangere Tochter in den Geitmyrsvei mitten in Oslo. Christel träumte schon lange davon, im Zentrum zu wohnen, und auch ihr Vater war begeistert. Er strich eigenhändig das kleinste Schlafzimmer in fünf Rosatönen, sowie Christel das Geschlecht des Kindes erfahren hatte. Als Hedda geboren wurde, saß Bengt Bengtson fast dreißig Stunden lang ohne Schlaf im Krankenhaus auf dem Gang. Dafür durfte er die Kleine gleich nach der Geburt in den Arm nehmen und wurde von diesem Wunder des Lebens restlos überwältigt. Zwei Jahre lang war er immer wehmütiger und fast deprimiert bei dem Gedanken gewesen, dass Christel bald auf eigenen Füßen stehen und er dann ganz allein sein würde.

Hedda war Bengts Enkelin, und er liebte sie wie seine Tochter.

Der kleinen Familie im Geitmyrsvei ging es gut. Der Vater mischte sich nie in Christels Leben ein oder eben nur durch seine Anwesenheit und Unterstützung. Und indem er Hedda den Vater ersetzte, da sich der biologische Vater der Aufgabe nicht gewachsen fühlte. Martin war vielleicht der attraktivste Junge an der Schule gewesen, aber er und seine Eltern hegten andere

Pläne für ihn als ein frühzeitiges Familienleben. Als Hedda geboren wurde, hielt Martin sich in den USA auf, wo er ein Footballstipendium an einer angesehenen Universität erhalten hatte. Jeden Monat traf die Unterhaltszahlung pünktlich auf Christels Konto ein, doch gesehen hatte Martin seine Tochter nie.

Das spielte auch keine Rolle.

Christel war bei Heddas Geburt bereits eine etablierte Bloggerin und verdiente bald rund anderthalb Millionen Kronen im Jahr mit dem Schreiben. Als 2015 bei den jungen Leuten das Interesse an Blogs plötzlich nachließ und die sozialen Medien wichtiger wurden, hatte Christel bereits Frauen von fünfundzwanzig aufwärts eingefangen und sich ihren weiteren Verdienst gesichert. Ihr Vater führte Buch und verwaltete das Geld, ohne sich auch nur eine Krone als Honorar zu gönnen, denn er kam sehr gut mit seiner Pension zurecht. Außerdem hatte er nach dem Verkauf des Hauses in Nordberg eine schöne Summe in einem Aktienfonds investiert.

Christel fühlte sich wohl in ihrem Leben.

Heute war sie ausnahmsweise einmal mit Hedda allein zu Hause. Der Vater hatte sich von einem soeben verwitweten alten Kollegen zu einem Kinobesuch überreden lassen. Normalerweise lehnte Bengt Bengtson solche immer seltener werdenden Einladungen ab. Das hätte er auch diesmal getan, wenn Christel ihn nicht fast zum Gehen gezwungen hätte.

Eigentlich hätte er bereits seit einer Viertelstunde wieder zu Hause sein müssen, überlegte sie. Seit ihre Eltern geschieden worden waren und die Mutter wieder in Neuseeland lebte, hatte Christel immer wissen wollen, wo sich ihr Vater gerade aufhielt. Die Kinovorstellung endete um kurz vor halb zehn. Das hatte sie gerade im Netz überprüft. Der Heimweg dauerte etwa zwanzig Minuten, außer er war noch auf einen Kaffee mit dem Kollegen ausgegangen. Das sah ihm allerdings nicht ähnlich. Er konnte nicht schlafen, wenn er abends noch Koffein zu sich nahm. Und Alkohol trank er selten, damit hatte er während Christels Schwangerschaft aufgehört, um sie jederzeit irgendwo abholen zu können.

Sie könnte ihn anrufen.

Andererseits wäre es dumm, ihn zu belästigen, wenn er sich gerade wohlfühlte.

Sie würde noch eine halbe Stunde warten.

Christel stellte den Fernseher lautlos und trat an eines der großen Wohnzimmerfenster, die auf die Straße hinausgingen. Sie schob die Vorhänge ein wenig zur Seite und schaute nach draußen.

Die Straße war fast menschenleer.

Ein Mann mit einem Kapuzenpullover unter der Daunenjacke war mit einem dieser Hunde unterwegs, die Christel nicht ausstehen konnte. Ein Pitbull, da war sie sich sicher, auch wenn diese Rasse in Norwegen verboten war. Nur wenige Wochen zuvor war der Mann bei seiner im Erdgeschoss wohnenden Mutter eingezogen, und Christel hatte die Polizei angerufen. Die war überraschend schnell in dem hellgrauen Wohnblock auf St. Hanshaugen zur Stelle gewesen, hatte sich den Hund genauer angesehen und Christel damit beruhigt, dass es sich um einen Staffordshire Bullterrier handelte.

Welcher erlaubt war.

Christel konnte keinen Unterschied erkennen und glaubte es auch nicht.

Die Vorstellung, dass Hedda mit einem Pitbull im selben Haus wohnte, ließ sie ab und zu wünschen, sie könnte die gemütliche, praktische und renovierte Wohnung aufgeben, die sie mit ihrem Vater teilte.

Der junge Mann und das Biest verschwanden im Park.

Ein Kastenwagen kam von Osten her angefahren und hielt langsam am Bordstein. Er war hell, vermutlich weiß, und hatte kein Firmenlogo an der Seite. Christel konnte sehen, dass sich der Fahrer an irgendetwas auf dem Sitz zu schaffen machte, ohne auszusteigen.

Bald würde sie ihren Vater anrufen. Sie konnte wirklich nicht begreifen, wo er so lange blieb.

Hedda schlief tief und fest. Eigentlich hätte auch Christel ins Bett gehen können. Die Dreharbeiten begannen am nächsten Morgen bereits um neun, was bedeutete, dass sie gegen halb sieben in der provisorischen kleinen Barackenstadt in Sørkedalen sein musste. In der nächsten Szene hatte sie soeben einen Autounfall überstanden. Sie würde eine Ewigkeit in der Maske sitzen müssen. Zum Glück wollten sie spätestens um zwölf fertig sein, da der Regisseur kurz nach Schweden musste, was anderthalb freie Tage für alle anderen bedeutete. Christel war mit einer Freundin verabredet, die ebenfalls ein Kind hatte. Sie konnte sich nicht erinnern, wann sie zuletzt Zeit für einen Bummel durch das Viertel gehabt hatte, und freute sich seit Tagen darauf, trotz des miserablen Wetters.

Von hier oben aus konnte Christel nicht erkennen, ob ein Mann oder eine Frau in dem Kastenwagen saß. Sie sah nur die Oberschenkel der Person und die Hände, die offenbar etwas montierten. Vielleicht eine Kamera.

Wieder stieg dieses vertraute, unangenehme Gefühl in ihr hoch, beobachtet zu werden. Sie versuchte, es abzuschütteln, die Person dort unten schaute nicht einmal herauf. Während sie die Straße links und rechts hinunterblickte und dann die nackten Bäume im Park musterte, versuchte sie sich zu beruhigen.

Niemand beobachtete sie.

Der Wagen wurde von einem Mann gefahren, wie sich jetzt herausstellte, denn er war ausgestiegen und schaute nun zu ihrem Fenster hoch. An einem Riemen über seiner Schulter hing eine Spiegelreflexkamera. Christel erstarrte und ließ den Vorhang los, blieb aber dahinter stehen und schaute mit einem Auge durch einen schmalen Spalt.

Der Mann dort unten hob die Kamera. Das war jedenfalls keine Einbildung. Dann trat er einen Schritt zurück und blieb breitbeinig und seelenruhig stehen, während er die Kameralinse nach Christel suchen ließ.

Sie wich zurück ins Zimmer. Ihr Puls hatte sich so rasch beschleunigt, dass ihr schwindlig wurde. Sie lief zur Tür und schlug mit der Hand auf den Lichtschalter. Es wurde stockdunkel, denn der Schalter regulierte sämtliche Lichtquellen im Raum. Sogar der stumme Fernseher wurde schwarz. Christel rang nach Atem.

»Paparazzi«, flüsterte sie in die Dunkelheit, um sich zu beruhigen. »Die sind nicht gefährlich.«

Trotz ihrer stetig wachsenden Beliebtheit war sie noch nie gegen ihren Willen fotografiert worden. Schon vor mehreren Jahren hatte ihr Vater ihr geraten, ihr Einverständnis zu geben, wenn es sein musste. Und nicht zu viel zu trinken. Sich nicht in der Öffentlichkeit lächerlich zu machen und schon gar nichts Ungesetzliches zu tun.

Bis jetzt hatte ihr das diese Leute vom Leib gehalten.

»Paparazzi«, versuchte sie sich ein weiteres Mal zu überzeugen.

Was ein Fotograf mit einem Bild von ihrem Wohnblock wollte, war ihr allerdings unbegreiflich. Dass er die Linse genau auf das Fenster gerichtet hatte, hinter dem sie stand, wusste sie mit Sicherheit. Sie versuchte, ruhig zu atmen, aber das Blut in ihren Ohren rauschte, und ihr Herz hämmerte dermaßen, dass ihre Angst noch wuchs.

In dem Moment glitt ein Schlüssel ins Schloss der Wohnungstür. Sie stieß einen so lauten Schrei aus, dass sie sich mit der Hand auf den Mund schlug.

»Christel?«, hörte sie ihren Vater vom Gang her. »Was um alles in der Welt ist denn los, mein Kind?«

»Papa«, weinte sie und lief ihm entgegen.

Als sie ihm schluchzend alles erzählt hatte und er wütend die Vorhänge aufriss, um zu sehen, wer da unten stand, war die Straße vollkommen leer.

»Ich habe gar keinen Fotografen vor dem Haus gesehen«, sagte er und sah sie an. »Seltsam. Sicher hast du dich geirrt. So jemand wäre mir doch aufgefallen, Herzchen.«

Christel konnte sich nicht erinnern, dass ihr Vater ihr jemals nicht geglaubt hätte.

Es war ein ganz entsetzliches Gefühl.

DIENSTAG, 12. JANUAR 2016

»Herein«, sagte die Kollegin freundlich.

Henrik Holme zog an seinem Rollkragenpullover und versuchte, diskret zu wirken, als er mit den Fingerknöcheln behutsam gegen den Türrahmen klopfte, ehe er der Aufforderung nachkam und das Zimmer betrat.

»Womit kann ich dir behilflich sein?«, fragte sie.

Henrik ließ sich leicht aus der Fassung bringen. Von vielen Menschen, vor allem aber von Frauen. Genau genommen von den meisten Frauen, aber am schlimmsten waren solche wie diese.

Die Kollegin war sicher nicht älter als fünfunddreißig, aber bereits Hauptkommissarin. Sie hatte langes, glänzendes blondes Haar wie in einem Werbefilm, und ihre Zähne waren regelmäßig und kreideweiß. Wenn sie lächelte, womit sie noch nicht aufgehört hatte, wurden die dunkelblauen Augen zu schmalen Schlitzen in dem scheinbar überglücklichen Gesicht.

»Wie nett«, rief sie und sprang auf. »Amanda Foss.«

Er ergriff ihre Hand. Sie war warm und trocken und der Händedruck ausgewogen.

»Wir sind uns ja schon einmal begegnet«, sagte sie. »Aber richtig vorgestellt haben wir uns noch nicht.«

»Henrik Holme«, murmelte Henrik, und ihm fiel ein, dass er ihre Hand loslassen musste.

»Das weiß ich doch«, entgegnete Amanda Foss und setzte

sich. »Dein Ruf eilt dir voraus, weißt du. Kaffee? Ich hab mir eben in der Kantine die Kanne füllen lassen.«

Sie griff nach einer Thermoskanne mit Marimekko-Muster und hielt sie in die Luft, als sei es ein Triumph, einigermaßen frisch aufgebrühten Kaffee anbieten zu können.

»Ich habe eine kleine ... Sonderabsprache.«

Sie lächelte noch strahlender und beugte sich dabei zu ihm vor, als hätte sie ein Geheimnis verraten.

Henrik konnte sich gut vorstellen, dass diese Hauptkommissarin Sonderabsprachen traf.

»Nein, danke«, sagte er. »Ja, danke. Ich meine ... ja, bitte.«

Er schnupperte in der Luft, während Amanda Foss zwei Tassen füllte, die sie aus einer Schublade gezogen hatte. Der Kaffeeduft mischte sich mit dem frischer Blumen. Sicher war das ihr Parfüm, denn er konnte nirgendwo eine Vase entdecken. Aber das Büro war gemütlich. Die Fenster gingen nach Südwesten hinaus, und obwohl das ewige Schmuddelwetter noch immer nicht Schnee und richtiger Winterkälte gewichen war, war es hier heller als bei ihm. An der Wand hing ein Plakat, das er kannte, ein Schwarz-Weiß-Foto von Robert Capa aus dem Spanischen Bürgerkrieg. In den Regalen hinter ihr standen drei gerahmte Kinderzeichnungen zwischen sorgfältig aufgestellten Ordnern und Büchern.

»Was kann ich für dich tun?«, fragte sie nun und schob ihm vorsichtig eine dampfende Tasse hin. »Hier. Und nimm auch einen Keks.«

»Ich weiß nicht, ob du überhaupt etwas tun kannst«, begann Henrik. »Es geht um einen deiner Fälle.«

»Ach? Ich dachte, du beschäftigtest dich vor allem mit alten ungelösten Fällen! Wenn ich richtig informiert bin, dann habe ich keine alten Fälle. Ungelöste ja, aber das bleiben sie nicht lange, wenn ich erst mal loslege.«

Ihr Lachen war genauso schön wie sie selbst.

Hauptkommissarin Amanda Foss schien überhaupt eine Frohnatur zu sein.

»Es geht um diesen Selbstmord«, erklärte Henrik zögernd. »Iselin Havørn.«

Sie lächelte noch immer, aber ihre Augen weiteten sich ein wenig.

»Der ist nicht besonders interessant. Sie hat sich ganz einfach das Leben genommen.«

»Wie?«

»Warum fragst du?«

Henrik streckte die Hand nach dem kleinen Kuchenteller aus, überlegte es sich aber anders. Er würde nur Krümel auf dem Tisch verstreuen, außerdem waren die Kekse mit Schokolade gefüllt.

»Weil ...«

Ehe er Hanne Wilhelmsen kennengelernt hatte, hatte Henrik Holme nie gelogen. Oder jedenfalls zuletzt als sehr kleines Kind. Er war eine ehrliche Seele und war der Meinung, dass eigentlich alle so sein müssten. Hanne dagegen hatte ein viel pragmatischeres Verhältnis zur Wahrheit. So nannte sie das: pragmatisch, als wäre Lügen etwas Positives. Wenn es leichter war, durch einen kleinen Dreh an der Wirklichkeit ein gutes Ziel zu erreichen, dann hielt sie das nicht nur für akzeptabel, sondern sogar für moralisch legitim.

Henrik hatte die Erfahrung gemacht, dass sie bezüglich der Ergebnisse recht hatte. Man bekam leichter Antworten, wenn man nicht immer offen auftrat. In der Praxis fiel es ihm jedoch schwerer, ihren Rat zu befolgen.

»Hanne Wilhelmsen und ich arbeiten an einem kleinen ... Forschungsprojekt.«

Die Röte schoss in einem Tempo seinen Hals hinauf, dass sein ganzes Gesicht im nächsten Augenblick leuchtete.

»Ach?«

»Wir möchten uns die verdeckten Selbstmorde gern ein bisschen näher ansehen. Die Unfälle. Mit dem Auto. Mit dem Boot und in den Bergen. Stürze und Ertrinken, all das. Darüber haben wir nämlich sehr wenige Informationen. Wusstest du zum Beispiel, dass jedes Jahr sechshundert Norweger im Ausland sterben, ohne dass die norwegischen Behörden die Todesursache erfahren?«

»Nein«, antwortete sie und lächelte nicht mehr.

Er begriff nicht, woher er das alles nahm, aber nun hatte er Blut geleckt. Hoffentlich hielt sie sein Erröten für ein Zeichen von Eifer.

»Viele davon können Selbsttötungen sein.«

»Ach ja. Und das hat ... Inwiefern hat das mit Iselin Havørn zu tun?«

»Die Spannweite«, sagte er verzweifelt und hob seine Kaffeetasse.

Er zitterte dermaßen, dass er die Tasse wieder hinstellen musste.

»Die Spannweite?«

»Ja. Zwischen den offenkundigen Selbsttötungen einerseits ... Hat es zum Beispiel einen Abschiedsbrief gegeben?«

»Ja.«

Als sie nickte, funkelten die Diamanten an ihren Ohren.

»Genau. Klarer Fall. Wir wollen versuchen, die ganze Skala zu untersuchen, von den offensichtlichen bis zu den verdeckten Suiziden. Wenn wir mehr über Erstere lernen, hoffen wir, Letztere leichter erkennen zu können.«

»Das klingt ja nach einem gewaltig ehrgeizigen Forschungsprojekt«, sagte sie, und jetzt wirkte sie nicht mehr besonders hell und strahlend.

Im Gegenteil, die Lachgrübchen waren verschwunden, wohingegen sich eine überaus skeptische Furche zwischen den gepflegten Augenbrauen eingenistet hatte.

»Aber ist das nicht eher eine Aufgabe für Psychologen? Oder Psychiater?«

»Wir arbeiten mit ihnen zusammen«, log Henrik und schloss die Augen. »Hanne und ich betrachten die eher polizeilichen Aspekte. Die anderen …«, er winkte vage in Richtung Tür, als ob auf dem Gang eine ganze Gehirnklempnerbande herumlungerte, »… kümmern sich um die psychischen Aspekte.«

Beinahe hätte er sich die Zunge abgebissen.

Amanda Foss musterte ihn einige Sekunden forschend, dann zuckte sie mit den Schultern.

»Davon habe ich noch gar nichts gehört«, sagte sie. »Und ich darf ohne ausdrückliche Genehmigung der Polizeidirektorin keine Kopien aus der Hand geben. Aber wenn du …«, mit einem gepflegten Zeigefinger schob sie ihren Hemdsärmel am linken Arm hoch und schaute auf die Uhr, »in zehn Minuten habe ich einige Zimmer weiter eine Besprechung. Die dauert hoffentlich nicht lange.«

Sie drehte sich mit ihrem Sessel um, öffnete einen Schrank und zog einen dünnen grünen Ordner heraus. Den legte sie vor Henrik auf den Schreibtisch.

»Es stehen noch einige Formalitäten aus, aber das meiste müsste vorhanden sein. Du kannst es dir hier ansehen, während ich weg bin. Solange du alles anonymisierst, sehe ich keinen Grund, warum du dir keine Notizen machen solltest, für dein Forschungsprojekt.«

Wieder tauchte die unkleidsame Furche über ihrer Nasenwurzel auf.

»Danke. Tausend Dank.« Henrik zog so fest an seinem Roll-kragen, dass er eine Naht reißen hörte. »Danke«, sagte er noch einmal.

Ehe er sich's versah, war sie verschwunden. Nur ein schwacher Duft hing noch in der Luft. Langsam atmete er mit offenem Mund und geschlossenen Augen ein und aus, dann setzte er sich aufrecht hin und öffnete den Ordner.

Er brauchte nicht mehr als sechs oder sieben Minuten, um alles zu überfliegen.

Kein Wunder, dass die Polizei schon wenige Stunden nach dem Leichenfund verkündet hatte, dass die Frau sich das Leben genommen hatte. Es war der offensichtlichste Selbstmord, den er sich vorstellen konnte, mit einem deutlichen Abschiedsbrief, der auf die »Hexenjagd der vergangenen Wochen« verwies. Iselin Havørn war im Bett aufgefunden worden, sorgfältig gekleidet auf dem Rücken liegend, die Hände auf der Brust gefaltet. Wie auf einem makabren Paradebett, dachte Henrik, als er sich das Bild ansah. Ihre Frau Maria Kvam hatte sie entdeckt und den Notruf informiert, genau vierzig Sekunden, nachdem sie mit der Pförtnerin in der Rezeption im Erdgeschoss gesprochen hatte, einer Einrichtung, die in norwegischen Wohnhäusern der ex-klusiveren Sorte inzwischen keine Seltenheit mehr war.

Maria Kvam war anderthalb Tage vorher am Morgen zu einem Geschäftstermin nach Bergen gefahren und hatte am Abend noch mit ihrer Lebensgefährtin gesprochen. Iselin Havørn hatte bedrückt gewirkt, aber nicht schlimmer als sonst seit der Entlar-vung der rechtsradikalen Bloggerin Tyrfing. Nach dem Telefonat, das bis 22.10 Uhr dauerte, musste sie gestorben sein.

Todesursache war Herzstillstand.

Die vorläufige Blutanalyse zeigte 0,9 Promille Alkohol.

An sich nicht so viel für eine erwachsene Frau, aber da Iselin

Havørn nur selten oder nie trank, musste sie bei ihrem Tod ziemlich benebelt gewesen sein. Was allem Anschein nach ihr Herz zunächst zum Flimmern und dann zum Stillstand gebracht hatte, war jedoch eine beträchtliche Überdosis eines trizyklischen Antidepressivums.

Dass Iselin Havørn deprimiert gewesen war, konnte Henrik verstehen. Dass sie sich nach nur drei Wochen Medienzirkus ein Antidepressivum hatte verschreiben lassen, war dagegen seltsam.

Vielleicht war sie schon vorher depressiv gewesen.

Er schaute auf die Wanduhr. Amanda Foss konnte jeden Moment zurückkommen. Henrik hätte sich gern gründlicher in die Unterlagen vertieft und am liebsten eine Kopie gemacht. Hanne würde sicher tausend Fragen haben und sich ärgern, wenn er vielleicht etwas vergaß.

Ohne weiter nachzudenken, zog er sein iPhone aus der Gesäßtasche. Mit raschen Bewegungen und erstaunlich ruhigen Händen legte er ein Dokument nach dem anderen zurecht, zielte mit der Kamera des Handys darauf und knipste. Er musste insgesamt vierundzwanzig Seiten aufnehmen, fünf davon mit Bildern. Als er fertig war, hörte er die schwarzen Pumps auf dem Gang näher kommen. Rasch schob er alle Unterlagen in den grünen Ordner und hob die Kaffeetasse an den Mund.

»Hast du etwas Interessantes gefunden?«, fragte Amanda Foss, ihr herzliches Lächeln wieder auf den Lippen. »Oder brauchst du mehr Zeit?«

»Ist schon in Ordnung«, sagte Henrik. »Ich bespreche das mit Hanne Wilhelmsen. Wenn sie die Sache interessant findet, für unser Forschungsprojekt meine ich, kann ich doch die Polizeidirektorin um Erlaubnis für Kopien bitten. Tausend Dank für deine Hilfe.«

Henrik trank noch einen großen Schluck Kaffee und stellte die Tasse weg.

»Das war doch nicht der Rede wert«, erwiderte Amanda Foss.

Als er aufstand, zitterte er nicht mehr. Im Gegenteil, er fühlte sich ruhig und dachte sogar daran, zu einem raschen Abschied die Hand auszustrecken, ehe er zur Tür ging, die er dann behutsam hinter sich zuzog.

Die Freude über seinen Erfolg war so groß, dass er der Versuchung widerstehen musste loszurennen, um Hanne sofort aus seinem Büro anzurufen. Beim Gedanken daran, was seine Mutter über seine Aktion sagen würde, hielt er inne.

Und blieb stehen.

Es war unbegreiflich, dass er sich zu einem Verstoß gegen die Vorschriften hatte verlocken lassen, wenn nicht sogar zu einem Dienstvergehen. Er beschloss, Hanne überhaupt nicht anzurufen.

Schon jetzt bereute er seine Tat bitterlich.

Jonas Abrahamsen hatte eine Ladung Lachs für Linköping.

Eine problemlose Tour, eigentlich. Er würde die Ware in Vinterbro aufnehmen, und die Straßen nach Schweden durch Østfold und Ørje waren inzwischen akzeptabel. Hinter der Grenze ging es mehr oder weniger geradeaus nach Marienberg, dann folgten zwei Stunden auf kurvenreichen kleineren Straßen. Meistens brauchte er für diese Tour etwas weniger als sechs Stunden, Pausen inbegriffen, in denen er seinen Stahlbecher mit Kaffee füllte und vielleicht eine Banane aß.

Im Moment war der Wagen beim Ölwechsel und würde erst um vier Uhr fertig sein.

Jonas schlenderte ziellos durch Grünerløkka. Er war nicht

gern in der Innenstadt, und eigentlich fuhr er nur hin, wenn er das Bedürfnis hatte, Christel zu sehen. Jetzt aber hatte er einen ganz anderen Grund, er brauchte eine neue Hose und zwei Hemden. Im Storo-Senter fand er das Gesuchte bald. Als er sah, dass er seinen Wagen erst in zwei Stunden holen könnte, schlug er den Jackenkragen hoch und ging ohne festes Ziel hinunter in die Innenstadt.

Er hatte Kaffeedurst. Eigentlich trank er am liebsten altmodischen Filterkaffee. Ein Stück die Thorvald Meyers gate hinunter blieb er vor der Bäckerei Godt Brød stehen. Der Duft nach frischem Gebäck strömte aus dem niedrigen gelben Steingebäude, jedes Mal, wenn die Tür geöffnet wurde. Jonas sah durch die großen Fenster die Regale mit Brot und Kuchen und eine Kaffeemaschine. Gerade stellten zwei Frauen neben der Tür ihre Kinderwagen ab, die Bäckerei war vollkommen überfüllt. Die Frauen blockierten die Reifen der Kinderwagen und stellten sie mit dem Verdeck zur Straße.

»Wir sehen sie ja die ganze Zeit«, meinte die eine. »Nun komm schon.« Sie hatte lange dunkle Haare unter einer blauen Mütze mit Pelzrand. Und obwohl sie lächelte, bemerkte Jonas ihre Irritation, als sie mit heftigen, fast wütenden Bewegungen die andere Frau aufforderte, in die Bäckerei zu gehen.

»Sie schlafen beide wie kleine Steine«, sagte sie genervt. Da entdeckte Jonas, wer die andere Frau war. »Wir stehen doch nur zwei Meter von ihnen entfernt. Also echt, Christel!«

Jonas blieb ruhig und wandte sich ab. Er zog sein Handy hervor und fing an, ziellos zu surfen. Als er aus dem Augenwinkel sah, dass die Tür hinter den beiden Frauen zufiel, lehnte er sich an die schmutzgelbe Mauer. Er hielt noch immer das Handy in der Hand, nur dreißig Zentimeter von seinem Gesicht entfernt.

Aber in Wahrheit sah er die Kinder an.

Hedda lag in dem Wagen direkt neben ihm. Er war neu, knallrot und hatte größere Räder als der alte. Das Kind trug einen Overall, wie er unter den Wolldecken zu erahnen glaubte, die um Hedda herum festgesteckt waren. Das Verdeck war heruntergezogen, aber er konnte dennoch das weiche Gesichtchen sehen.

Sie trug eine rosa Mütze und schlief mit offenem Mund.

Jonas trat einen Schritt näher. Er steckte das Handy in die Tasche und schob eine Hand in den Wagen, dabei schaute er sich hastig über die Schulter um. Die beiden Frauen standen in einer chaotischen Schlange, und Christel stellte sich auf die Zehenspitzen, um den Kinderwagen im Auge zu behalten. Als ein athletischer Mann in Lammfelljacke die Tür öffnete, war sie für einen Moment nicht mehr zu sehen.

Jonas strich mit der Rückseite des Zeigefingers über die Wange der Kleinen.

Sie war warm und weich. Zugleich spürte er eine leichte Rauheit unter dem Finger, die typische Winterhaut norwegischer Kleinkinder. Sein Zwerchfell krampfte sich bei der Erinnerung zusammen: Dinas Gesicht, das nach dem abendlichen Bad gründlich eingecremt wurde und dennoch am nächsten Tag wieder trocken und rau von der Kälte war, nachdem sie im Kindergarten draußen gespielt hatte.

Er zog die Hand zurück und ging davon.

Die Tränen liefen ihm über das Gesicht und mischten sich mit dem Schneeregen, der von einem Nordwind angetrieben wurde, der später am Abend Sturmstärke erreichen sollte.

Er hatte Hedda noch nie berührt.

Der Finger brannte in seiner Jackentasche, und seine Tränen flossen in Strömen.

MITTWOCH, 13. JANUAR 2016

Als Henrik Holme die Tür zu Hanne Wilhelmsens Wohnung aufschloss, spürte er den Mangel an Erwartung so deutlich, dass er verdutzt innehielt.

Das war etwas ganz Neues. Seit fast zwei Jahren kam er nun auf ihren kleinsten Wink herbei und verschwand gehorsam wieder, wenn sie es befahl. Dieser ungeschriebene Vertrag galt für Arbeit und Freizeit, Hanne entschied, wann er kommen und wie lange er bleiben durfte.

Dabei freute er sich immer. Ob sie nur zu zweit waren und arbeitsreiche Stunden vor ihnen lagen, oder ob Ida Pizza backen und sie den Freitagabend mit Kartenspielen und vielleicht einem Film verbringen würden – Hanne zu besuchen, war der Sinn seines Lebens geworden. Jedenfalls gab es nichts, was ihm lieber gewesen wäre.

Doch jetzt verspürte er keine Freude.

Stattdessen starrte er den Schlüssel widerwillig an. Am Vortag hatte er sich zurückhalten können. Er hatte seinem ersten berauschenden Impuls getrotzt und sie nicht angerufen, nachdem er verbotenerweise Iselin Havørns Unterlagen fotografiert hatte.

Doch natürlich rief Hanne ihn an, nur zwei Stunden später.

Also stand er jetzt hier, und es blieb ihm wohl kaum eine andere Wahl, als den Schlüssel herumzudrehen.

»Du bist ja schon wieder zu spät!«, hörte er ihre Stimme, als die Tür aufsprang. »Lass das nicht zur Gewohnheit werden.«

Er gab keine Antwort. Wortlos streifte er die feucht gewordenen Stiefel ab, zog eine Zeitung aus dem Altpapierstapel neben der Tür und stopfte sie damit aus. Dann stellte er die Stiefel in ein Regal. An diesem Tag gab er sich besondere Mühe damit, die Schnürsenkel so zu arrangieren, dass sie genau parallel zu den Stiefelspitzen lagen.

»Kommst du?«

»Sicher«, entgegnete er halblaut, nahm seine Tasche und stapfte ins Wohnzimmer.

»Bist du sauer?«, fragte sie gleichgültig. »Lass sehen.«

Henrik nahm auf der anderen Seite des Esstisches Platz und stellte sich die Tasche auf den Schoß.

»Wieso hast du eigentlich das tolle Büro, wenn wir doch immer hier im Wohnzimmer sitzen?«

»Außer dir und Nefis findet niemand dieses Büro toll. Ich bin lieber hier. Also, lass sehen.«

Sie streckte die Hand aus und bewegte ungeduldig die Finger.

»Hier.« Er reichte ihr einen Stapel Papiere. »Die Qualität ist nicht die allerbeste, aber das Wichtigste kann man lesen. Ich habe Fotopapier genommen, damit es so scharf wie möglich ist.«

»Sehr dunkel«, murmelte sie.

»Ja. Waren ja auch keine optimalen Verhältnisse.«

Hanne hatte sich bereits in die Unterlagen vertieft. Henrik blieb mit den Händen im Schoß sitzen, während er ab und zu den linken Nasenflügel mit dem rechten Zeigefinger berührte. Ihm war nicht ganz klar, was er empfand. Schuldgefühle? Vielleicht. Ein schlechtes Gewissen? Bestimmt.

Auf jeden Fall ärgerte er sich.

»Reg dich ab«, sagte Hanne, als ob sie seine Gedanken gelesen hätte. Dabei schaute sie nicht einmal auf. »Diese Unterlagen bleiben bei mir, und ich gehe davon aus, dass du die Aufnahmen in deinem Handy gelöscht hast.«

»Ja.«

»Niemand wird etwas davon erfahren. Und was du getan hast, war ja gar nicht so schlimm. Es ist doch nichts passiert.«

»Aber was willst du eigentlich damit?«, fragte er, schärfer, als er es beabsichtigt hatte. »Warum um alles in der Welt sollte ich mehrere Regeln brechen, nur damit du dir einen eindeutigen Selbstmordfall ansehen kannst?«

»Der ist nicht eindeutig, das habe ich doch gesagt.«

Henrik merkte ausnahmsweise, dass er blass wurde. Das Blut strömte aus seinem Kopf, und ihm wurde schwindlig, weshalb er sich am Tisch festhalten musste.

»Egal!«, entgegnete er so scharf, dass Hanne interessiert aufblickte und die Brille auf die Stirn schob. »Egal, wie interessant du diesen verdammten Haufen da vielleicht findest, *das ist nicht unser Fall!* Der Fall Iselin Havørn ist nicht deiner!«

»Meine Güte«, sagte Hanne und schüttelte den Kopf.

»Ich hab keinen Nerv dafür!«

Er hob beide Handflächen, um die Verantwortung von sich wegzuschieben, dann stand er auf.

»Behalt das alles. Und erwähne diesen Fall mir gegenüber bitte nicht mehr. Ich hab einfach keinen Nerv für diese Aktion.«

»Setz dich.«

Henrik ging zur Tür.

»Henrik, bitte. Setz dich. Es tut mir wirklich leid, wie ich dich ab und zu behandele ...«

Während sie nach Worten suchte, drehte er sich um.

»Schlecht?«, bot er an, »Respektlos? Brauchst du noch weitere Vorschläge?«

Hanne zog diese Miene, aus der er nie so ganz schlau wurde.

Sie war blank und unlesbar, aber in den Augen lag ein Funkeln, als ob sie sich amüsierte.

»Ich glaube, das reicht«, sagte sie endlich. »Ich behandele dich ab und zu schlecht. Respektlos, wenn du so willst. Aber das solltest du als Kompliment nehmen. Ich meine, falls es von Bedeutung für dich ist, was ich von dir halte.«

Henrik schüttelte resigniert den Kopf, schwieg aber.

»Ich behandele dich so, weil ich davon ausgehe, dass wir *on the same page* sind«, fuhr Hanne fort. »Ich denke, und dann glaube ich automatisch, dass du das Gleiche denkst. Dass du dasselbe wissen willst wie ich, dass du dieselben Tatsachen interessant findest. Und wichtig. Das tue ich, weil du tüchtig bist, Henrik, und weil ich wirklich ganz schön rücksichtslos sein kann. Der Umgang mit Menschen ist nicht meine große Stärke, wie du weißt.«

Sie lächelte zaghaft, doch Henrik verweigerte ein Lächeln, blieb aber immerhin stehen.

»Menschen sind absolut deine Stärke«, sagte er dann. »Aber nur theoretisch.«

Nun lachte sie. Sie lachte so selten, dass er fast zusammenzuckte. Als er ihr Lachen zum ersten Mal gehört hatte, hatte er an Eiswürfel im Sommer in einem Saftglas gedacht. Doch jetzt klang das Lachen dunkler, irgendwie echter, und es kam ihm so vor, als werde er endlich mit einem offenen wahren Lachen beehrt.

»Da hast du recht«, bestätigte sie. »In der Theorie bin ich am besten. Als ich dich vor fast zwei Jahren kennengelernt habe, dachte ich, du seist genau wie ich. Scharfer Verstand, keine Begabung für Menschen. Ich habe mich geirrt. Erstens ist dein Verstand schärfer, und zweitens bist du etwas so Seltenes wie ein echter Menschenfreund. Du kannst vielleicht auch nicht so gut mit Menschen umgehen, aber du kannst sie leiden. Sie sind dir wichtig. Ich mag nur dich und meine beiden Mädels, Henrik, und ich hoffe wirklich, dass mein hoffnungsloses Verhalten dich nicht vergrault.«

»Nicht doch«, sagte er verlegen und spürte die Röte in seinem Gesicht aufsteigen. Er versuchte, sie zurückzuhalten, aber seine rechte Hand hob sich fast von selbst und schlug siebenmal gegen seine Schläfe.

»Setz dich, bitte.«

Er gehorchte.

»Ich versuche jetzt, dir zu erklären, warum dieser Fall mich interessiert«, sagte sie. »Und ich hoffe, du kannst mir zuhören.«

Sie schob ihm eine Thermoskanne und einen Becher hin.

»Trink einen Tee.«

Henrik schenkte sich ein und verschränkte dann die Finger um den glühend heißen Becher, um sie unter Kontrolle zu haben.

»Weißt du, was das Schlimmste bei einem Suizid ist?«, fragte sie.

»Dass ein Mensch so sehr gelitten hat, dass er lieber aus dem Leben scheidet, während so viele andere mit ihrer Trauer, unbeantworteten Fragen und Schuldgefühlen zurückbleiben.«

»Sicher«, wehrte sie rasch und bereits ungeduldig ab. »Selbsttötungen sind schrecklich, das ist klar. Aber aus rein polizeilicher Sicht, Henrik? Was ist für eine Ermittlung das Schlimmste bei einer Selbsttötung?«

Er zuckte kurz mit den Schultern.

»Feststellen zu müssen, ob es sich wirklich um Selbstmord gehandelt hat«, schlug er vor. »Und nicht um Mord. So gesehen ist dieser Fall keine besonders große Herausforderung. Hier ist alles klar.«

Er ließ den Becher los und zeigte auf die Unterlagen.

»Warum ist hier alles klar?«, fragte Hanne.

Henrik zählte die Punkte an den Fingern ab.

»Erstens: Der Selbstmord ist durch die aktuelle Lebenssituation der Toten zu erklären. Zweitens: Es liegt ein Abschiedsbrief vor. Drittens: Es gibt keine Hinweise darauf, dass es etwas anderes sein könnte als ein weiterer tragischer Suizid.«

Hanne nickte und legte die linke Hand auf das Buch *On Suicide*.

»Du hast gute Argumente. Aber dennoch, Henrik ...«

Sie griff das Buch mit beiden Händen und stellte es hochkant. Doch sie schien sich nicht entscheiden zu können, was sie sagen sollte, und stieß nur einen fast unhörbaren Seufzer aus.

»Suizid ist an sich ein Rätsel«, begann sie zögernd. »Soweit ich weiß, wählen wir Menschen als einziges Säugetier auf der Erde ab und zu einen Weg, der jeglicher Evolutionstheorie widerspricht: Wir töten uns selbst. Einige Selbsttötungen geschehen ... erwartet? Kann man das so sagen? Jedenfalls nicht überraschend. Schwere Depressionen. Psychosen. Angst. Andere ernsthafte psychische Erkrankungen. In anderen Fällen können ein akutes Ereignis oder eine chronisch sich verschlechternde Lebenssituation diese definitive Lösung für das Problem fast ... verständlich wirken lassen. Ist es übertrieben, von verständlich zu reden?«

Hanne beugte sich ein wenig vor, noch immer mit dem dicken Buch in den Händen, und ihr Blick war fragend, fast bittend. Doch ehe er antworten konnte, sagte sie: »Ich meine ... wenn Nefis etwas passierte ...«

Sie legte *On Suicide* ab und klopfte auf den Tisch.

»Ich wäre am Boden zerstört. Ich habe schon einmal meine Liebste verloren, und glaub mir ...«

Henrik hätte schwören können, dass Hannes Augen feucht wurden. Er wagte fast nicht zu atmen.

»Ich weiß, wovon ich rede. Man kann nie sicher sein, ob man den Tag überlebt. Wenn Nefis etwas passierte ...«

Wieder schlug sie energisch auf den Tisch.

»... ich würde zutiefst trauern. Es würde mir entsetzlich schlecht gehen. Aber ich würde nicht einmal daran denken, mir das Leben zu nehmen!«

»Du hast ein Kind.«

»Als Cecilie starb, hatte ich kein Kind. In mir ist alles zusammengebrochen. Ich bin einfach geflohen und habe in einem Kloster bei Verona gewohnt, hast du das gewusst?«

»Nein.«

»So ist es aber. Ich war viele Monate dort und fühlte mich mehr oder weniger tot, um ganz ehrlich zu sein. Aber nicht ein einziges Mal ...«

Ihr Blick wurde abwesend, als schliefe sie mit offenen Augen. Henrik wollte schon aufstehen, vielleicht war es eine Art Anfall, und sie benötigte Hilfe. Doch da sagte sie plötzlich: »Ich habe nie daran gedacht, mir das Leben zu nehmen. Aber wenn Ida heute sterben müsste, würde ich ihr sofort folgen.«

Henrik ließ sich wieder auf den Stuhl fallen und schob die Hände tief unter seine Oberschenkel.

»Das kannst du heute nicht sagen.«

»Doch. Das kann ich sehr wohl.«

Jetzt war die alte Hanne wieder da. Sie schniefte ein wenig, rieb sich das Kreuz und schaute ihn abermals über den Brillenrand hinweg an. Wie eine Oberlehrerin einen vielversprechenden, aber unwilligen Schüler.

»Und genau das meine ich damit, dass einige Suizide verständlich sein können. Man verliert ein Kind. Oder steht vor einem tiefen gesellschaftlichen Absturz.«

»Genau«, sagte Henrik. »Wie Iselin Havørn.«

»Sie ist nicht gestürzt.«

»Wie bitte?«

»Aber darum geht es doch, Henrik! Jetzt musst du endlich zuhören. Iselin Havørn wurde als Bloggerin Tyrfing entlarvt. Das hat allerlei Unannehmlichkeiten mit sich gebracht, wie ich schon gesagt habe. Aber für Iselin war die Entlarvung alles andere als ein gesellschaftlicher Absturz. Eher im Gegenteil, die Presse ist hart mit ihr ins Gericht gegangen, das war ja auch zu erwarten. Als Fjordman, Anders Behring Breiviks großes Vorbild, sich nach dessen Tat mit eingekniffenem Schwanz ins Ausland abgesetzt hat, ergriff Tyrfing die Gelegenheit beim Schopfe und richtete sich zu voller Größe auf.«

Hanne kniff die Augen zusammen.

»Tyrfing wurde tüchtiger als er. Wusste mehr. Schrieb besser, auch wenn ihr ein Grundkurs in Grammatik und Rechtschreibung gutgetan hätte. Doch obwohl sie schon einige Jahre dabei war, hatten vor der Tragödie im Sommer 2011 nur wenige von Fjordman oder Tyrfing gehört. Sie hat viele verletzt, Henrik. Nur Tage nach dem grauenhaften Freitag fing sie an, öffentliche Aufmerksamkeit zu erregen, weil sie Gedankengut verbreitete, das siebenundsiebzig Menschen das Leben gekostet hatte. Dass es jetzt scharfe Reaktionen gegen sie gibt, ist also kein Wunder.«

Henrik öffnete den Mund, um etwas zu sagen.

»Aber hast du dir die Kommentarspalten angesehen?«, kam ihm Hanne zuvor. »Warst du mal auf einer der vielen Websites, für die Tyrfing Hoflieferantin für antiislamische Beiträge und Analysen war? Und ich spreche nicht von irgendwelchen obskuren Foren, die von Verrückten betrieben werden. Ich meine vielbesuchte und professionell redigierte Websites, und zwar zahlreiche. Kurz bevor sie sich angeblich das Leben genommen hat, wurde Iselin Havørn wie eine Königin verehrt. Bei ihren eigenen

Leuten war sie nach der Entlarvung größer denn je, Henrik. Sie wurde unterstützt, gelobt, angefeuert. Durch ihren Tod wurde sie zur Märtyrin. Zur größten Erlöserin seit Jesus, könnte man meinen.«

»Das schon, aber ...«

»Hast du gar nichts gelernt durch den Terroranschlag am 17. Mai? Hast du Kirsten Ranvik nicht bei dem Prozess gesehen, den wir jetzt gerade hinter uns gebracht haben? Die Frau ist für sieben grauenhafte Bomben verantwortlich, die insgesamt fünfundvierzig absolut unschuldigen Menschen das Leben genommen haben, aber vor Gericht hat sie gelächelt, Henrik! Tadellos gekleidet und mit diesem verdammten Lächeln stand sie da ...«

»Kirsten Ranvik ist verrückt.«

»Die Gerichtspsychiater haben sie für zurechnungsfähig befunden.«

»In meinen Augen ist so eine durch und durch verrückt, egal, was die Psychiater meinen. Iselin Havørn dagegen war nicht im Geringsten verrückt. Sie hat eine große Firma geleitet und sonst ein normales, zurückgezogenes Leben geführt.«

»Hat Kirsten Ranvik vielleicht kein scheinbar normales, zurückgezogenes Leben geführt? Mit einem Idioten von Sohn und einer Arbeit als Bibliothekarin?«

Henrik ärgerte sich über das Wort »Idiot«, aber durch Schaden klug geworden schwieg er.

»Der einzige Unterschied zwischen Kirsten Ranvik und Iselin Havørn ist«, fuhr Hanne wütend fort, »dass Ranvik ihre Worte in die Tat umgesetzt hat. Sie hat angefangen, für ihre ›Sache‹ zu töten.«

Hannes Wangen hatten Farbe bekommen, und sie hob beide Hände, um mit großer Geste Anführungszeichen zu zeichnen.

»Im Übrigen sind sich die beiden ziemlich ähnlich. Sie denken genau gleich. Sie sind gleichermaßen gefährlich. Und das Wichtigste: Sie sind vollkommen überzeugt davon, dass sie recht haben. Solche Menschen nehmen sich nicht das Leben, Henrik. *Die nehmen sich nicht das Leben!*«

Ganze sechs Mal schlug sie mit der Handfläche auf den Tisch, um ihre Worte zu unterstreichen. Henrik setzte sich aufrecht hin und spürte, dass sich seine schmalen Schultern hoben.

So hatte er sie noch nie gesehen.

Bisweilen hatte er Hanne als abweisend, kalt und höhnisch erlebt. Als warmherzig und liebevoll ihrer Tochter gegenüber, als zurückgenommen und korrekt als Zeugin vor Gericht. Sie konnte verärgert sein bis zur Quengeligkeit. Sarkastisch oder aufmerksam, aufmunternd und bisweilen fast applaudierend begeistert. Er hatte sogar einen Hauch von Frustration an ihr gesehen, das aber nur zweimal.

Niemals jedoch hatte er sie wütend erlebt.

Jetzt sprach sie in die Luft, und er sah, dass ihre Rede von einer feinen Speicheldusche begleitet wurde.

Fast, als müsste sie nach Atem ringen.

»Ich glaube, dass es dir vielleicht nicht gutgetan hat, so intensiv über Rechtsextremisten zu forschen«, sagte er vorsichtig und wartete ab. Als kein Widerspruch kam, fügte er hinzu: »Das ist kein unbekanntes Phänomen, weißt du. Polizisten bei der Sitte zum Beispiel müssen ab und zu ... pausieren. Vor allem, wenn sie bei Übergriffen auf Kinder ermitteln. Die Fälle fressen sie auf, sie ...«

»Erzähl du mir nichts über die Auswirkungen von Polizeiarbeit«, fiel sie ihm mit scharfer Stimme ins Wort.

»Nicht doch«, beschwichtigte er rasch und schluckte.

Sein Adamsapfel schien wieder gewachsen zu sein. Zum doppelten Umfang seiner ursprünglichen Größe.

»Du solltest vielleicht trotzdem bedenken, dass du Vorurteile hast, wie alle anderen auch«, wagte er doch einzuwenden. »Wenn ich ehrlich sein darf, dann neigst du dazu, Rechtsextremisten nur als das Eine zu sehen, als Menschen ohne Schamgefühle. Ohne die Fähigkeit zur Trauer. Oder als Deprimierte. Suizidal, von mir aus.«

»Durchaus nicht.«

»Du scheinst deiner Sache ja sehr sicher zu sein. Auf überaus dünner Grundlage. Das sieht dir nicht sonderlich ähnlich. Und da du gerade eine Überdosis Rechtsextre…«

»Schluss damit.«

»Aber wie erklärst du den Abschiedsbrief?«, beharrte er. »Der ist mit der Hand geschrieben, und die vorläufige Schriftanalyse bestätigt seine Echtheit. Also hat Iselin Havørn ihn selbst geschrieben.«

Hanne schenkte Tee nach und ließ sich viel Zeit damit, den Deckel auf die Thermoskanne zu schrauben. Dann hob sie den dampfenden Becher, jedoch ohne zu trinken.

»Ich hasse Abschiedsbriefe«, sagte sie.

»Äh … warum?«

»Weil es eben diese verdammten Briefe sind, die uns zu voreiligen Schlussfolgerungen veranlassen. Und weil alle Mörder, die mit einem Abschiedsbrief vorgehen, das natürlich ganz genau wissen. Es gibt kaum einen als Selbstmord getarnten Mord, bei dem kein gefälschter Brief gefunden wird.«

»Aber dieser hier ist echt!«

»Glaubst du?«

»Es spielt keine Rolle, was ich glaube, die Grafologen sagen …«

Hanne hob eine Hand, und er verstummte sofort. Sie blätterte in den Unterlagen, die er ihr gegeben hatte, und zog das Foto des Abschiedsbriefes heraus.

»Scheiß auf die Schriftanalyse«, sagte sie und schob ihm das Bild hin. »Jetzt hat diese ... « Sie warf einen Blick auf ein anderes Blatt. »Amanda Foss«, las sie vor, »jetzt hat Amanda Foss diesen Fall seit Donnerstag auf ihrem Schreibtisch, aber ich wette jede Summe, dass sie sich nicht die Mühe gemacht hat, den Brief zu lesen. Ich habe drei Minuten gebraucht. Und damit meine ich aufmerksam gelesen, Henrik. Lies du ihn. Jetzt.«

Henrik hatte den Brief schon zweimal gelesen.

»Warum?«, fragte er, ohne ihn anzusehen.

»Weil er bisher nur als Dokument behandelt worden ist. Als Beweis. Aber versuche, ihn als Text zu lesen, Henrik. Als schriftlichen Ausdruck der Gedanken eines Menschen.«

»Warum?«, fragte er erneut.

»Weil ich davon überzeugt bin, dass ein cleverer Bursche dasselbe sehen wird wie ich.«

»Und das wäre?«

»Das wäre, dass der Brief wahrscheinlich nicht von Iselin Havørn geschrieben worden ist. Egal, was die Grafologen allesamt sagen. Er ist gefälscht. Und wenn er gefälscht ist, dann haben wir es nicht mit einer Selbsttötung zu tun, sondern mit ... «

Jetzt lächelte sie strahlend und aufmunternd, und Henrik wusste, was er zu tun hatte.

»Mit einem Mord«, sagte er resigniert. »Wenn der Brief gefälscht ist, wurde Iselin Havørn wahrscheinlich ermordet.«

Jonas Abrahamsen bekam nie Besuch.

Er hatte sich nicht einmal die Mühe gemacht, eine Türklingel anzubringen. Sollte wider Erwarten doch jemand auftauchen, was in den beiden Jahren, die er nun schon hier wohnte, nur ein einziges Mal geschehen war, würde er diese Person vom Küchenfenster aus sehen können, lange ehe sie das Haus erreicht hätte.

Außerdem lag noch immer kein Schnee auf der Auffahrt, das Knirschen der Autoreifen im Kies würde problemlos durch die undichten Wände zu hören sein.

Doch jetzt wurde angeklopft, ohne dass Jonas etwas gehört oder gesehen hätte.

Er stand gerade nach einer Dusche in seiner selbst montierten Nasszelle in der ehemaligen Speisekammer. Der Kaffee war schon fertig, er hatte sich eine ganze Kanne gekocht. Vor erst zwei Stunden war er aus Linköping zurückgekommen, und die Tour war gut verlaufen, auch wenn er mit leerem Wagen zurückgekehrt war. Jonas fuhr nicht gern ohne Ladung. Das war eine Verschwendung von Diesel, und die Karre lag nicht mehr so sicher auf der Straße. Jetzt nippte er an dem glühend heißen Kaffee und überlegte, ob er überhaupt aufmachen sollte. Es war fünf Uhr, draußen war es dunkel, und er hatte ja wohl einen Anspruch darauf, in seinem eigenen Heim in Ruhe gelassen zu werden.

Es konnte niemand Wichtiges sein.

Ihm fiel jedenfalls niemand ein. Schlimmstenfalls stand dort draußen der Hausbesitzer, nur er war bisher hier gewesen. Ein an sich umgänglicher Kerl, aber er hatte Bedenken wegen der Nasszelle. Jonas hatte auf dem Dach einen Plastiktank angebracht, den er mit einer Handpumpe aus einem kleinen Boiler füllen konnte. Der Hausbesitzer hatte darauf hingewiesen, dass die Speisekammer nicht feuchtigkeitsisoliert sei.

Deshalb konnte es Ärger bedeuten, einfach nicht aufzumachen. Jonas zog ein T-Shirt von der Stuhllehne am Küchentisch und streifte es sich über.

Doch er hatte sich getäuscht. »Guttorm?«, sagte er überrascht, als er seinen Vetter vor der Tür stehen sah.

»Hallo, Jonas. Kann ich reinkommen?«

Jonas verharrte einen Augenblick stumm und verwirrt, dann riss er sich zusammen und zog die Tür weiter auf.

»Klar doch. Natürlich. Komm rein.«

Der Windfang war zu klein für beide, weshalb Jonas rückwärts in seine Wohnküche ging.

»Kaffee?«, fragte er. »Viel anderes habe ich nicht anzubieten, fürchte ich, aber der ist immerhin frisch gekocht.«

»Filterkaffee«, sagte Guttorm und lächelte. »Ich glaube, den hab ich noch nie probiert.«

»Setz dich doch.«

Guttorm Abrahamsen war ein kräftiger Bursche von über einem Meter neunzig, und er starrte skeptisch einen Stuhl neben dem Sofa an, ehe er vorsichtig Platz nahm.

»Woher weißt du, dass ich hier wohne?«, fragte Jonas und goss aus dem schwarz verbrannten Kessel noch eine Tasse ein.

»Barbro aus der Gehaltsabteilung. Aber ich habe mich verfahren und zweihundert Meter die Straße hinauf geparkt und geklingelt.«

»In dem Haus da oben könnte ich mir die Miete nicht leisten«, sagte Jonas und stellte ihm die Kaffeetasse hin. »Und es zu kaufen erst recht nicht.«

»Nein.« Guttorm kratzte sich am Handrücken. »Das kann ich mir vorstellen. Eine Frau hat mir den Weg hierher gezeigt. Durch den Wald. Ich habe mein Auto dort oben stehen lassen, aber ich nehme an, da passiert nichts.«

Jonas setzte sich auf das Sofa. Er fühlte sich seltsam unwohl, ohne genau zu wissen, weshalb. Sein Vetter war ein feiner Kerl. Sie waren als Kinder oft zusammen gewesen, wenn sie gemeinsam bei den Großeltern in Solør Ferien machten. Jonas war zwei, drei Jahre älter, aber in der Not frisst der Teufel Fliegen. Der kleine Hof der Großeltern lag idyllisch an einem See, und bis zum nächsten Nachbarn war es weit und noch weiter bis zu Kindern in Jonas' Alter, daher hatten die beiden Vettern viel Spaß gehabt.

Als Jonas aus der Haft entlassen worden war, hatte sich Guttorm als Einziger bei ihm gemeldet. Er lieh ihm Geld und besorgte ihm eine Stelle. Guttorm war ein lieber Mann, und eigentlich sollte Jonas sich über seinen Besuch freuen.

Aber das tat er nicht.

Der Vetter kratzte sich noch immer den Handrücken, und der Kaffee stand unberührt da. Die Stille wurde allmählich peinlich. Jonas überlegte, eigentlich hatte er sich nichts zuschulden kommen lassen. Seit er die Stelle bei der Kirkeland Transport AS bekommen hatte, hatte er nicht einen Tag blaugemacht, nicht eine einzige Krankmeldung eingereicht, und er hatte sich an jede Regel der Transportbranche gehalten.

»Ist irgendwas los?«, fragte er schließlich. »Wenn du dich angemeldet hättest, hätte ich eingekauft. Irgendwo habe ich noch Haferkekse, aber ... «

Er war schon halb vom Sofa aufgestanden, als Guttorm sagte: »Nein, danke. Bitte, setz dich.«

Jonas gehorchte.

»Es ist so ... « Endlich hörte Guttorm auf, sich zu kratzen. Stattdessen umfasste er beide Armlehnen, als ob er sich auf einen Zusammenstoß vorbereitete. »Der Chef«, sagte er dann und schlug die Augen nieder.

»Der Chef?«

»Ja. Georg Kirkeland.«

Guttorm nickte und starrte zu Boden. Jonas spürte, wie sein Puls schneller schlug.

»Was ist mit ihm?«

»Er hat ... Georg hat erfahren, dass du ... dass du vorbestraft bist.«

Jonas schwieg, während sich in seinen Ohren ein schriller Pfeifton festsetzte. Er schluckte dreimal hintereinander. Es half nichts.

»Ich soll dir sagen, dass du entlassen bist, Jonas.«

Guttorm schämte sich immerhin ausreichend, um den Kopf zu senken.

»Ach ja«, sagte Jonas leise. »Nach zwei Jahren tadelloser Arbeit ohne auch nur eine Buße wegen zu schnellem Fahren oder verspäteter Lieferung hat er plötzlich beschlossen, dass ich nicht gut genug bin?«

»Also …« Guttorm rutschte verlegen auf dem Stuhl hin und her. »Er wusste bisher nichts von deiner Vorstrafe. Ich musste … ich hab das damals für mich behalten. Das hätte ich wohl nicht … du verstehst …«

Er hob die Hand und rieb sich hart über das Gesicht.

»Es tut mir leid, Jonas. Wirklich.«

»Ist schon gut. Du kannst jetzt gehen.«

»Es tut mir so wahnsinnig leid. Du hast doch alles verloren. Zuerst Dina, dann die Sache mit Anna …«

»Du kannst gehen, habe ich gesagt. Bitte, geh endlich.« Jonas' Stimme war immer leiser geworden.

»Kind, Frau, Haus, Auto, Arbeit. Freunde. Du hast alles verloren, Jonas. Ich wünschte, ich könnte …« Er richtete sich auf und schob eine Hand in die Innentasche seines Anoraks, den er nicht abgelegt hatte. »Hier«, sagte er und reichte Jonas einen dicken Briefumschlag. »Hier hast du fünfzigtausend. Ich würde dir gern mehr geben, aber das hier hatte ich … ich hatte es in der Schublade, könnte man sagen. Geld, von dem meine Frau nichts weiß. Es reicht zwar nicht lange, aber es ist doch eine Hilfe, bis du beim Arbeitsamt alles geregelt hast und so …«

»Kannst du jetzt bitte gehen?«

Jonas' Stimme war so sanft, als ob er mit einem kleinen Kind spräche. Er saß jetzt ganz gerade auf dem Sofa, mit leicht gespreizten Beinen, die Hände auf den Knien.

Guttorm legte den Umschlag auf den Tisch und erhob sich. Dann zog er den Reißverschluss seines Anoraks zu und klappte den Kragen hoch.

»Es tut mir wirklich leid. Wenn ich noch irgendetwas für dich tun kann, du hast ja meine Nummer.«

Jonas schwieg. Er würde für lange Zeit nichts mehr sagen.

Doch er dachte an Dina. An seine Tochter, die jetzt siebzehn wäre, wenn er sich nicht so über die viele Werbung im Briefkasten geärgert hätte.

Guttorm ging zur Tür. Die groben Bodenbretter mit den breiten Rissen, durch die der kalte Luftzug aus dem feuchten Keller im Winter besonders quälend zog, knackten bei jedem Schritt.

Als die Tür hinter Guttorm zufiel, dachte Jonas an eine Zeile aus einem alten Lied.

Freedom's just another word for nothing left to lose.

Jetzt war er wirklich frei, und es kam ihm so vor, als wäre er tot.

Henrik Holme beugte sich über Iselin Havørns letzte Worte.

Die Schrift war gleichmäßig und nicht ein einziges Wort durchgestrichen oder korrigiert. An zwei Stellen war ein kleiner Tintenfleck, aber im Übrigen war der ganze Brief stringent und ordentlich.

»Jetzt habe ich ihn dreimal gelesen«, sagte er resigniert zu Hanne. »Und ich verstehe noch immer nicht, was du meinst.«

»Lies vor«, befahl sie.

Henrik blies die Wangen auf und ließ langsam die Luft entweichen. Zögerlich fing er an zu lesen.

Liebe Maria,

ehe ich in das Land der Finsternis und der Todesschatten
gehe und nie mehr zurückkehre, muss ich es dir erklären.
Es hätte niemals so kommen sollen. Ich hatte auf das Gute
gehofft, aber das Böse kam, ich wartete auf Licht, und es
zeigte sich Finsternis. Meine Tage sind vergebens, und ich
will nicht mehr.
Der Kampf gegen den Islam und die Zerstörung von allem
Norwegischen und Europäischen geht weiter. Ich habe mein
Teil dazu beigetragen, aber die Hexenjagd der vergangenen
Wochen hat mich zu viel gekostet. Selbst Freunde, von denen
ich weiß, dass sie mir in jedem Punkt zustimmen, kehren mir
den Rücken. Ich kann kaum die Wohnung verlassen, ohne
von Presseleuten überfallen zu werden, ganz zu schweigen
von Scheißlinken und der Multikultimafia, die mich an-
gespuckt und angepöbelt haben, als ich mich zuletzt zum
Einkaufen in den Supermarkt gewagt habe. Was über mich
gesagt und geschrieben wird, ist so ungerecht, so falsch und so
kränkend, dass ich damit nicht mehr leben kann. Ich habe
mein Leben der Rettung des Vaterlandes geweiht. Doch mir
wurden mein Leben und mein selbstverständliches Recht ge-
stohlen, meine Meinung zu sagen, und ich kann nicht mehr.
Iselin

Henrik schaute auf und legte den Ausdruck auf den Tisch.

»Ja?«, fragte Hanne. »Siehst du das nicht?«

»Was soll ich denn sehen?«

Hanne seufzte und fuhr mit ihrem Rollstuhl auf seine Seite des Tisches.

»Herrgott, Henrik. Du bist viele Jahre zur Schule gegangen. Ihr müsst doch Textanalyse betrieben haben?«

Er schlug sich gegen die Schläfe und griff erneut nach dem Brief.

»Schön«, sagte er nach einigem Nachdenken. »Fast biblisch.«

Hanne lächelte breit und fuhr zurück an ihren üblichen Platz.

»Da hast du absolut recht«, sagte sie. »Es klingt nämlich wirklich nach dem Buch Hiob.«

Ihre Hand tastete unter den Sitz des Rollstuhls, und sie zog den Laptop heraus und klappte ihn auf.

»In meinem Büro liegt ein Stapel Ausdrucke aus dem Netz«, sagte sie und schob sich die Brille höher auf die Nase. »Mitten auf dem Schreibtisch. Würdest du den vielleicht holen, bitte?«

Als er mit den Papieren zurückkam, hob sie triumphierend die Faust.

»Du hattest recht, nehme ich an?«, fragte er und legte die Unterlagen auf den Tisch, ehe er sich setzte.

»Jawohl. Der erste Abschnitt in Iselins Brief ist wirklich aus dem Buch Hiob entlehnt. Und du weißt natürlich, worum es in diesem Buch geht?«

»Tja ... Hiob hatte unendlich viel zu leiden, war das nicht so?«

»Das kann man wohl sagen. Es fängt damit an, dass Gott seine Söhne zu sich ruft.«

»Ich dachte, Gott hätte nur einen Sohn.«

»Hier sind offenbar Engel gemeint. Und einer von ihnen ist Satan oder der Ankläger, wie es in einigen Übersetzungen steht. Satan hat sich lange nicht mehr blicken lassen, und als Gott fragt, wo er gewesen sei, lautet die Antwort, dass Satan unter den Menschen gewandelt sei.«

Henrik starrte sie fasziniert an.

»Woher weißt du das?«

»Weil ich lese«, antwortete sie trocken. »Was glaubst du wohl, was ich in all den Jahren in selbst gewählter Isolation gemacht habe?«

»Im Internet gesurft«, murmelte Henrik.

Sie ignorierte seine Bemerkung und fuhr fort: »Das Buch Hiob ist ein fantastischer Text. Angeblich ist er der älteste Teil der Bibel, auch wenn er nicht ganz am Anfang steht und bis heute nicht eindeutig interpretiert werden konnte.«

»Was ist dann zwischen Gott und Satan passiert?«

»Sie haben sich gestritten. Um Hiob, den reichsten und mächtigsten Mann im Lande Uz. Gott prahlte damit, wie fromm Hiob doch sei. Satan dagegen meinte, alle wären schließlich fromm, wenn Gott ihnen so viel schenkte. Und dann schlossen sie ganz einfach eine Wette ab.«

»Eine ... Wette? Gott und Satan?«

»Ja. Satan durfte Hiob alles wegnehmen, denn Gott war sicher, dass Hiob sein Vertrauen zu ihm trotzdem bewahren würde.«

»Es war also Satan, nicht Gott, der Hiob auf die Probe gestellt hat?«

»Tja.« Hanne zuckte mit den Schultern und klappte den Laptop zu. »Man kann wohl sagen, dass sie gemeinsame Sache gemacht haben. Aber jetzt genug mit der biblischen Geschichte. Mir geht es hier darum, dass Hiob ein frommer Mann war. Er flehte um eine Antwort auf die Frage, warum er so hart bestraft wurde, er bat sogar darum, sterben zu dürfen, aber dabei zweifelte er niemals an Gottes Existenz und seiner Allmacht. Nicht einmal, als Satan dem armen Kerl sogar die Beulenpest sandte.«

Hannes Augen funkelten vor Eifer, und sie sprach leiser als sonst. So mochte Henrik sie am liebsten: Wenn er etwas von ihr lernen konnte, sie aber nicht belehrend war, wenn sie ihn in ein

Problem mit einbezog, statt ihn abrupt auszusperren, was sie sonst noch immer allzu oft tat.

»Wenn ich nun also die Primärquelle für den ersten Abschnitt gefunden hätte, was würdest du dann dazu sagen?«, fragte sie.

Henrik überlegte einige Sekunden lang, während er seine Augen abermals über den Abschiedsbrief wandern ließ.

»Resignation«, schloss er. »Es ist ein ziemlich resignierter Text, würde ich sagen. Ziemlich ... schön außerdem, auf seine Weise.«

Er lugte zu Hanne. Ihr Gesicht war ausdruckslos, aber er glaubte, eine gewisse Skepsis darin zu erahnen.

»Ein bisschen melodramatisch für einen Menschen von heute?«, war sein nächster Versuch, aber Hanne wirkte weiterhin unzufrieden. »Oder was meinst du?«

Hanne legte die Hand in den Nacken und schüttelte den Kopf.

»Melodramatik ist vielleicht keine falsche Deutung, schließlich sind ja große Teile der Bibel ziemlich melodramatisch, wenn man sie mit modernen Augen liest. Aber Resignation? Tja. Jedenfalls scheint dieser Text von einer Person zu stammen, die dem Tod mit einer gewissen Ergebenheit gegenübertritt. Einer Art ...« Sie ließ ihren Nacken los und trank einen Schluck Kaffee. »Dieser Text klingt, als stamme er von einem Menschen, der wirklich schwer gelitten hat. Der schon lange mit dem Leben gerungen hat. Wie Hiob eben. Was ist mit dem zweiten?«

»Dem zweiten Abschnitt?«

»Ja.«

Henrik überflog den Brief ein weiteres Mal.

»Selbstgerecht«, entschied er dann. »Zornig und selbstgerecht.«

Hanne beugte sich zu den Unterlagen vor, die er aus ihrem Büro geholt hatte.

»Das sind Ausdrucke von einigen der übelsten Texte, die Tyrfing auf allerlei Websites veröffentlicht hat«, sagte sie und berührte das oberste Blatt mit der Hand. »An dem Tag, an dem sie geoutet wurde, bin ich ins Netz gestürzt und habe sie mir gesichert. Das war eine gute Idee, denn schon am nächsten Tag wurde fast alles gelöscht. Und diese Artikel stammen von derselben überzeugten, selbstgerechten und hasserfüllten Autorin, die den zweiten Teil des Briefes geschrieben haben könnte. Mit einer einzigen Ausnahme.«

»Und die wäre?«, fragte Henrik, als Hanne verstummte, dann schlug er mit den Zeigefingern einen kleinen Trommelwirbel auf den Tisch.

»Ist das ein Tic, oder soll das zum Ausdruck bringen, wie gespannt du auf meine Antwort wartest?«

»Tic. Entschuldige.«

»Iselin Havørn hätte niemals einen Abschiedsbrief schreiben können.«

»Aber das hat sie doch nun mal getan«, sagte Henrik irritiert.

»Das bezweifele ich wirklich. In einem Abschiedsbrief redet man nicht von den ›Scheißlinken‹ und davon, dass man im Supermarkt angespuckt worden ist. Hast du schon einmal einen echten Abschiedsbrief gelesen?«

»Äh ... nein.«

»Lass es lieber. Das ist schrecklich traurig. In meiner Zeit bei der Polizei habe ich vielleicht fünfzehn bis zwanzig lesen müssen. Nie gab es einen Grund, einen für falsch zu halten. Einige waren hilflos, viele absolut verwirrt. Einige waren ausgezeichnet formuliert, fast schon absurd rational. Aber alle hatten die Gemeinsamkeit, dass sie – vollkommen von Schmerz erfüllt waren.«

Jetzt war ihre Stimme so leise, dass Henrik sich unwillkürlich zu ihr vorbeugte.

»Von unerträglichem Schmerz«, fügte sie hinzu. »Und sie baten um Verzeihung und Verständnis. Ich habe nie einen Abschiedsbrief gesehen, in dem ein Mensch seinen Lieben nicht versichert, dass sie schuldlos seien, sein Tod aber das Beste für alle sei. Das kann geradezu herzzerreißend sein, Henrik. Das kannst du mir glauben.«

Mit einem Ruck setzte sie sich wieder aufrecht hin. Henrik wich instinktiv zurück. Dann griff Hanne die Kopie des Abschiedsbriefes und warf sie auf den Tisch.

»Kein Wort an ihre Frau. Kein einziger Hinweis auf ihre Zuneigung.«

»Es fängt mit ›Liebe‹ an.«

»›Liebe‹? Ich beginne einen Brief an das Finanzamt mit ›Liebe‹. Ganz normale Höflichkeit, mehr nicht. Auch wenn die Jugend offenbar vergessen hat, was das ist. Du bist übrigens glatt rasiert sehr viel hübscher. Gut.«

Henrik berührte viermal seinen Nasenflügel, während Hanne weiterredete.

»Wo ist der Schmerz in diesem Brief, Henrik? Wo ist das überwältigende Gefühl, dass alles unerträglich ist und es keinen anderen Ausweg mehr gibt als den Tod?«

»Vielleicht ... am Anfang?«

»Genau. Ich kann mir nur einfach nicht vorstellen, dass dieser Brief von nur einem Menschen stammt. Es scheint, als wäre der erste Abschnitt von jemandem geschrieben worden, der wirklich leidet, vielleicht einem religiösen Menschen. Einem, der gegrübelt und gelesen und versucht hat, in einem furchtbaren Dasein eine Art Sinn zu entdecken. Aber Abschnitt zwei?«

Sie seufzte laut.

»Der wirkt in vielerlei Hinsicht wirklich so, als könnte er von Iselin stammen, auch wenn sie wie gesagt niemals ...«

»... Selbstmord hätte begehen können«, fügte Henrik mit einer Stimme hinzu, die verriet, dass er alles andere als überzeugt war.

»Bist du etwa nicht meiner Meinung, Henrik?«

Er leckte sich die Lippen und faltete die Hände. Dann öffnete er sie wieder und schob sie sich unter die Oberschenkel.

»Sagen wir, ich sehe, worauf du hinauswillst«, gab er zu. »Der Brief macht einen ziemlich seltsamen Eindruck. Und Iselin Havørn war vielleicht nicht die beste Selbstmordkandidatin aller Zeiten. Aber kannst du mir verraten, wie es möglich ist, dass zwei Personen einen Abschiedsbrief schreiben? Und warum? Obendrein, wie ist es möglich, dass dabei die Handschrift von Iselin Havørn verwendet wird?«

Glücklicherweise nutzte Hanne nicht die Gelegenheit, ihn zu unterbrechen, als er eine Pause einlegte.

»Iselin Havørn war eine verdammte Rassistin«, fuhr er fort, »die Hass, Verschwörungstheorien und Widersprüche verbreitete. Sie stand für alles, was du verachtest und wovon du dich distanzierst. Jetzt ist sie tot. Warum ... warum um alles in der Welt willst du unbedingt beweisen, dass diese fiese Schlange sich nicht umgebracht hat, sondern ...«

Jetzt zögerte er zu lange.

»Umgebracht wurde«, vollendete Hanne den Satz für ihn. »Ich glaube, sie wurde umgebracht. Und niemand darf umgebracht werden. Niemand. Egal, wer. Deine anderen Fragen kann ich nicht beantworten. Aber wir werden die Antworten finden. Du und ich, Henrik. Und deine erste Aufgabe besteht darin, dir einen Überblick über Iselin Havørn zu verschaffen. Finde einfach alles über sie heraus. Und inzwischen ...« Sie zog sich den dicken Stapel mit Ausdrucken heran. »... inzwischen werde ich mich noch weiter in Tyrfings Welt vertiefen. Irgendwo in Iselins

Leben liegt die Antwort auf die Frage, warum sie ermordet wurde. Und wenn wir diese Antwort finden, finden wir auch den Täter. Elementar, mein lieber Dr. Watson. Elementar.«

Dass Sherlock Holmes das niemals gesagt hatte und streng genommen die Osloer Polizeidirektorin ihm seine Aufgaben zuteilte, behielt Henrik Holme klugerweise in diesem Moment für sich.

»Okay«, sagte er, erhob sich und trat den Heimweg an.

FREITAG, 15. JANUAR 2016

Als Christel Bengtson um zwanzig vor zwölf am Vormittag mit der ersten Aufnahme dieses Tages fertig war, warf sie einen Blick auf ihr Handy. Sie fand vier neue Mitteilungen, drei davon von ihrer besten Freundin. In allen stand, sie solle sich so schnell wie möglich die aktuelle Ausgabe der Klatschillustrierten *Se og Hør* zulegen.

Was sich als nicht sonderlich schwierig erwies.

In dem größten der Busse, der als überaus enge Kantine für das Filmteam nach Sørkedalen geschafft worden war, lag ein Haufen Zeitschriften. Wie Christel von einer erfahrenen Kollegin wusste, hatte die Filmgesellschaft eine Absprache mit den meisten Illustrierten dieser Art. Sie bot Exklusivinterviews mit den Schauspielern an und erhielt im Gegenzug positive Rezensionen und Gratisabonnements.

Erst jetzt begriff Christel, warum der Produzent so unerklärlich sauer gewesen war, weil sie sich nicht hatte interviewen lassen wollen. *Se og Hør* hatte sie noch dazu mit einer Gratisreise nach Bali verlocken wollen, für sie, Hedda und ihren Vater, sobald die Serie im Kasten wäre, aber Christel hatte sich nicht umstimmen lassen. Ein Interview in der Wochenendbeilage der Tageszeitung *Verdens Gang* musste reichen, fand sie. Der Produzent hatte ihr tagelang zugesetzt, bis er schließlich aufgab.

Se og Hør lag ganz oben auf dem Stapel. Christel Bengtson stand im Mittelpunkt der Ausgabe.

Millioneneinnahme, hieß es in einem knallgelben Stern über einem Bild, das vor drei Monaten zu Beginn der Dreharbeiten aufgenommen worden war. Schräg über der unteren Bildhälfte stand mit großen roten Buchstaben: *Christel Bengtson – die Bloggerkönigin geht zum Fernsehen!*

Sie stöhnte laut auf und fing an zu blättern.

Fünf Seiten hatte die Illustrierte mit gestohlenen Auskünften und Bildern gefüllt, ein bisschen von hier, ein bisschen von dort, zusammengesetzt zu einem fadenscheinigen Artikel. Seltsamerweise wirkte er wie selbst geschrieben, stellte Christel seufzend nach dem ersten Lesen fest. Man musste schon ungeheuer kritisch lesen, um zu bemerken, dass es sich teilweise um fingierte Antworten handelte. Die erste Seite dominierte ein Bild ihres Wohnhauses im Geitmyrsvei. Es war offenbar am Abend aufgenommen worden, denn hinter den meisten Fenstern brannte Licht. Die Vorhänge an ihrem eigenen Wohnzimmerfenster waren zugezogen. Nur ein schmaler Spalt war dazwischen zu erahnen. Und eine Hand. Ihre Hand, wie sie wusste.

Der Mann in dem weißen Kastenwagen, der ihr solche Angst gemacht hatte, war nur ein schnöder *Se og Hør*-Fotograf gewesen. Christel fühlte sich erleichtert, im wahrsten Sinne des Wortes, sie atmete freier und merkte, dass sich ihre Schulterpartie entspannte.

Mit diesem Artikel konnte sie leben. Der Tenor war positiv, und nichts am Inhalt war direkt falsch. Sie fand den Artikel zwar ziemlich nichtssagend, aber wenn diese Leute damit ihre Seiten füllen wollten, dann bitte sehr.

Und es gab kein Foto von Hedda.

Schwungvoll warf Christel die Zeitschrift in einen halb vollen Papierkorb und verließ den Bus. Sie konnte ein kurzes Mittagessen in Røa schaffen, ehe die Dreharbeiten weitergingen. Als sie über den Parkplatz lief und dabei in der kalten, scharfen Luft tief durchatmete, fasste sie einen Entschluss.

Sie würde aufhören, sich beobachtet zu fühlen.

Es gab für alles eine Erklärung, und das vage Gefühl, verfolgt zu werden, war nichts als Einbildung. Es hatte vermutlich damit zu tun, dass ihre Mutter sie verlassen hatte, als sie noch ein kleines Mädchen gewesen war, wie ein Psychologe einmal versucht hatte, ihr zu erklären. Jetzt war sie so bekannt, dass sie eben damit leben musste, wenn hin und wieder Fotografen auftauchten. An sich wollten die ihr ja nichts Böses.

Niemand hatte es auf sie abgesehen, das entschied sie nun.

Und fühlte sich unendlich erleichtert.

Neben Maria waren nur vier Personen gekommen.

Gott sei Dank.

Und kein einziger Journalist, obwohl Iselin Havørns Leben und Selbstmord in der Öffentlichkeit noch immer ein heißes Thema waren. *Aftenposten* brachte an diesem Tag eine beißende Kritik der Behandlung, die der zweiundsechzig Jahre alten Migrationskritikerin zuteilgeworden war. Der Autor teilte viele von Iselins Ansichten, verwendete aber eine andere Ausdrucksweise und hatte zudem nie versucht, seine wahre Identität zu verbergen. Das hatte es ihm in den vergangenen Jahren ermöglicht, in der Presse zu veröffentlichen. Iselin hatte ihn anfangs interessiert beobachtet, dann aber irgendwann den Glauben an ihn verloren. Sie fand ihn zu schwach. Viel zu schwach. Heute würde sie das anders sehen, dachte Maria Kvam, als sie den Artikel überflog, während sie ein kleines Frühstück hinunterwürgte, ehe sie zur Kapelle aufbrechen musste. Der Donnerrede gegen die norwegische Öffentlichkeit im Allgemeinen und die Diktatur der Gutmenschen im Besonderen hatte die Redaktion nicht weniger als drei Seiten überlassen. Der Autor schloss damit, dass der Umgang mit Iselin Havørn eine weitere und überaus besorgniserregende Einschränkung der norwegischen Meinungsfreiheit bedeute. Die Hexenjagd werde außerdem dazu führen, dass sich noch mehr Stimmen aus der immer größer werdenden und absolut legitimen Gruppe der Migrationskritiker gezwungen fühlen würden, lediglich anonym aufzutreten. Sie müssten allerdings bei ihrem Versuch, sich zu tarnen, bessere Arbeit leisten als Iselin Havørn.

Der Artikel hätte Iselin gefallen, hatte Maria gedacht, ehe sie die Zeitung zusammengefaltet und zum Altpapier neben dem Kamin gelegt hatte.

In die Kapelle waren neben ihr nur Halvor Stenskar und drei Angestellte aus der Verwaltung von VitaeBrass gekommen, um Iselin Havørn das letzte Geleit zu geben.

Auf das Bestattungsunternehmen war offenbar Verlass, was die Geheimhaltung von Ort und Zeit anging. Der Mann, der ein wenig missbilligend gewirkt hatte, als Maria den Sarg aussuchte, schwänzelte nun in den Minuten, ehe die Orgelmusik einsetzte, diskret um sie herum. Die Kapelle war mit Kerzen geschmückt, aber es gab nur einen einzigen Kranz. Der war allerdings riesig und bestand aus roten und weißen Rosen. Auf der breiten Seidenschleife stand in Goldbuchstaben auf weißem Hintergrund:

Danke für alles. Freunde und Kollegen.

Maria hatte diesen Kranz bestellt. VitaeBrass hatte bezahlt.

Halvor Stenskar saß als Einziger neben Maria in der ersten Reihe. Gegen Ende der Rede des Pastors beugte er sich zu ihr hinüber.

»Ich hatte eigentlich den Eindruck, dass Iselin eingeäschert werden wollte? Wir haben einmal darüber gesprochen, auf einem Segeltörn ...«

»Sie wird beerdigt«, sagte Maria so laut, dass der Pastor für einen Moment überrascht verstummte, ehe er dann geschickt den Faden wieder aufnahm.

Bald würde alles vorüber sein.

Nach der Zeremonie wurde der Sarg von Halvor Stenskar und seinen Angestellten hinausgetragen. Maria ging gleich dahinter. Auf dem Weg zum offenen Grab starrte sie ihre Füße an und konzentrierte sich intensiv darauf, einen vor den anderen zu setzen, ohne zusammenzubrechen. Erst als der Sarg in die dunkle, feuchte Erde hinabgelassen wurde, die selbst im Januar so weich wie Ackerkrume war, hob Maria den Blick. Das Letzte, was sie von ihrer großen Liebe sah, war ein Sarg aus billigstem Furnier.

Endlich war es vorbei.

Hedda hatte tief geschlafen, seit sie gegen sieben ins Bett gelegt worden war. Es kam vor, dass sie gegen Mitternacht wach wurde, vor allem, weil sie seit einer Woche versuchten, nachts ohne Windel auszukommen.

Bis jetzt jedoch ohne besonderen Erfolg.

Geduldig bezog Bengt Bengtson jeden Morgen das Bett neu und wusch das Laken. Obwohl die Kleine mitten in der Nacht auf der Toilette gewesen war, schlief sie gegen Morgen so tief, dass sie einnässte. Opa tröstete sie, sprach ihr Mut zu und bezog das Bett neu, und dabei freute er sich darüber, auf seine alten Tage noch ein kleines Kind zu Hause haben zu dürfen.

Er liebte dieses Kind.

Auf eine gewisse Weise war es dieses Mal noch schöner. Als Christel geboren worden war, war er zwar schon über vierzig gewesen, aber er hatte seine Etablierungsphase doch noch nicht hinter sich gehabt. Das Elternhaus in Nordberg zu übernehmen, hatte ihn einiges gekostet. Obwohl seine Schwester und der viel jüngere Halbbruder bei der Auszahlungssumme großzügig gewesen waren, hatten Bengt und Eleonora doch reichlich Schulden machen müssen. Nach Christels Geburt hatte er deshalb so viele Überstunden wie möglich geleistet und manchmal tagelang seine Tochter nicht wach erlebt. Eleonora hatte das Dasein als norwegische Hausfrau sehr bald sattbekommen. Sie überließ die kleine Familie, das Haus und die Schulden ihrem Schicksal, und Bengt blieb mit Christel allein zurück. In den darauffolgenden Jahren war er so vollauf damit beschäftigt, ihre materiellen Bedürfnisse zu befriedigen, dass er viel zu viel verpasste.

Trotzdem war es gut gegangen, damit tröstete er sich oft. Christel war eine verantwortungsbewusste junge Frau geworden, die im Alter von nur zweiundzwanzig Jahren gut für sich und ihre Tochter sorgte.

Bei Hedda war alles anders.

Sie besuchte zwar den Kindergarten von St. Hanshaugen, darauf hatte Christel bestanden, doch Bengt war der Meinung, einige Stunden am Tag seien genug. Deshalb brachte er Hedda an vier Tagen der Woche spät hin und holte sie früh ab. Die Donnerstage gehörten hingegen Christel. Außerdem gewährte er Hedda immer wieder freie Tage, von denen Christel nichts wusste. Jetzt konnte die Kleine jedoch schon so gut sprechen, dass er sich deswegen mit seiner Tochter auseinandersetzen musste. Vor einer Woche war sie ziemlich außer sich gewesen, als Hedda ihr erzählt hatte, wie der Tag wirklich verbracht worden war. Opa und die Kleine hatten den Osloer Reptilienzoo besucht, Rosinenbrötchen gebacken und sich danach zum wiederholten Mal Disneys *Eiskönigin* auf DVD angesehen.

Es war für sie beide ein wunderbarer Januartag gewesen.

Jetzt war es nach elf Uhr am Freitagabend, und Bengt las gerade das neueste Buch von John Grisham. Im Radio wurde Jazzmusik gespielt, und auf dem Couchtisch hatte er zwei Duftkerzen angezündet. Freitags nutzte er immer Heddas Stunden im Kindergarten, um die Wohnung strahlend sauber zu putzen. Christel wollte gern eine Hilfe einstellen, aber in diesem Punkt ließ er nicht mit sich reden.

Man musste seinen eigenen Dreck selbst beseitigen.

Darüber durfte man sich niemals erhaben fühlen.

Die Teetasse war leer, und er überlegte, ob er sich ein Glas Whisky gönnen sollte. Da Christel auf einem Fest war, hatte er bisher keinen Alkohol angerührt. Diese Gewohnheit hatte er aus Christels Abiturientinnenzeit beibehalten, als sie hochschwanger gewesen war, und er ließ erst recht nicht davon ab, seit Hedda in kurzen Abständen zwei Anfälle von Pseudokrupp gehabt hatte. Das hatte Bengt und Christel furchtbare Angst eingejagt. Daher wollte er immer fahrtüchtig sein, wenn nicht alle Familienmitglieder zu Hause waren.

Aber vielleicht könnte er heute eine Ausnahme machen.

NRK Jazz spielte Chet Baker, und Bengt beschloss, sich vor dem Schlafengehen ein winziges Schlückchen zu genehmigen. Wenn Christel unterwegs war, ließ er Hedda in seinem Doppelbett schlafen. Das war am sichersten so, fanden er und seine Tochter, nachdem Hedda einige Male aufgestanden war, während er im Nebenzimmer tief und fest geschlafen hatte.

Gerade als Bengt sich einen Schluck aus einer Flasche einschenken wollte, die er noch vor der Geburt seiner Enkelin bekommen hatte, klingelte das Handy. Halb überrascht, halb verärgert sah er zu dem Apparat hinüber. Es konnte natürlich Christel sein, jedenfalls machte er sich Sorgen, während er das Glas wegstellte und zu seinem Sessel ging, um den Anruf anzunehmen. Er kannte die Nummer nicht. Um diese Zeit rief man eigentlich nur noch gute Bekannte an, und Bengt war fast wütend, als er das Telefon packte und kläffte: »Bengt Bengtson!«

Die Stimme am anderen Ende der Leitung gehörte einer Frau.

»Guten Abend«, sagte sie. »Hier ist Turid Belsvik aus Hamar. Wie gut, dass ich Sie erreiche, Bengt. Es tut mir wirklich leid, dass ich noch so spät anrufe.«

»Ja, es ist fast halb zwölf.«

Er kannte niemanden in Hamar. Außerdem fand er es unerträglich, von Unbekannten mit Vornamen angesprochen zu werden.

»Das stimmt«, entgegnete die freundliche Stimme. »Aber wir hier oben dachten, Sie wollten die Nachricht sicher sofort erfahren. Sind Sie allein zu Hause?«

»Ja. Genauer gesagt, nein. Worum geht es denn?«

»Ich rufe von der Norwegischen Lottozentrale an. Haben Sie für den Eurojackpot des heutigen Abends getippt?«

Bengt wurde es seltsam heiß.

»Doch. Ja. Das habe ich. Ich habe feste Zahlen, die ich immer für fünf Wochen auf einmal einreiche. Online, meine ich. Ich habe so ein …«

Mit einem Mal wurde ihm ganz schwindlig. Sein Kopf kam ihm leicht vor, die Füße hingegen bleischwer. Er ließ sich in den Sessel fallen.

»Haben Sie gerade Gesellschaft?«, fragte Turid aus Hamar, ihre Stimme klang jetzt sehr weit entfernt. »Oder sind Sie ganz allein?«

»Ich bin … Meine Enkelin schläft, aber meine Tochter kommt bald nach Hause. Was … Worum geht es denn?«

»Das haben Sie sicher schon erraten. Ich rufe an, um Ihnen zu berichten, dass Sie gewonnen haben.«

»Ich habe ... Habe ich gewonnen? Den Eurojackpot?«

»Ja. Wann kommt Ihre Tochter denn nach Hause?«

»Ich weiß nicht, aber nie sehr spät. Welche Prämie habe ich ... Ich meine, diese Woche gibt es doch die Höchstsumme, oder? Ich habe doch wohl nicht ...«

»Doch, Bengt.«

Die Frau ließ ein perlendes Lachen erklingen.

»Es haben schon häufiger Norweger die Hauptprämie beim Eurojackpot gewonnen. Aber nie, wenn die Summe so hoch war.«

Wieder lachte sie glücklich.

Bengt erhob sich vorsichtig. Seine Beine trugen ihn. Langsam ging er zu dem Whiskyglas, da hörte er, wie die Wohnungstür aufgeschlossen wurde. Vom Gang her rief Christel leise »Hallo«, sicher wollte sie Hedda nicht wecken. Bengt ließ Turid aus Hamar einfach weiterreden und stellte nur ab und zu einige kurze Fragen. Christel kam herein, blieb stehen und beobachtete ihn überrascht, bis das Gespräch vorüber war. Da ließ Bengt die Hand mit dem Telefon langsam sinken. Dann hob er das Whiskyglas an den Mund und leerte es in einem Zug.

»Ich habe den Eurojackpot gewonnen«, sagte er heiser. »Wir sind reich, Christel. Wir sind um siebenhundertdreiundsechzig Millionen Kronen reicher als vor einer Stunde.«

Er hob die Flasche mit dem dreißig Jahre alten Glencadam und gönnte sich noch ein Glas.

SAMSTAG, 16. JANUAR 2016

Endlich hatte sich der Frost eingestellt. Als Jonas gegen sechs Uhr mit hämmernden Kopfschmerzen aufwachte, war es draußen noch dunkel. Dennoch konnte er sehen, dass die Bäume in dem Wald auf der anderen Seite des Hofs vom Frost glasiert waren. Der Himmel hatte aufgeklart, und der Mondschein ließ die Eiskristalle glitzern.

Endlich war der Winter da. Dabei spielte es eigentlich keine Rolle.

Ausnahmsweise einmal war er verkatert. Am Freitagabend hatte er sich fünf Episoden von *The Walking Dead* angesehen, obwohl er sie in- und auswendig kannte. Jedenfalls beruhigte ihn das, während er trank. Als eine alte Flasche Rotwein geleert war, machte er sich über eine kleine Flasche Wodka her, die er vor langer Zeit in Schweden gekauft hatte. Auch sie trank er aus, bevor er ins Bett fiel.

Sein Körper verlangte nach Wasser und mehr Schlaf. Zum Glück hatte er Cola im Kühlschrank. Er leerte eine Flasche und warf drei Paracetamol ein, die lose in einem Eierbecher im Regal über dem Herd gelegen hatten.

Nackt stand er in der Küche und starrte an seinem milchweißen, mageren Leib hinunter.

Er hätte in *The Walking Dead* mitspielen können. Jedenfalls kam er sich eher tot als lebendig vor, als er über den eiskalten Boden schlurfte, um Kaffee aufzusetzen. Nach zwei Tassen würde er vielleicht wieder einschlafen können, da es ab und zu seltsamerweise möglich war, sich mit Koffein zu beruhigen.

Sein Kopf schmerzte noch immer. Er nahm eine Trainingshose von einer Stuhllehne und zog sie an, ohne sich um eine Unterhose zu bemühen. Auf dem Boden vor dem Herd lag ein Pullover. Als er den überstreifte, hielt er wegen des Gestanks den Atem an. Er hatte keine Waschmaschine und es schon lange nicht mehr über sich gebracht, die Münzwäscherei in der Thorvald Meyers gate aufzusuchen. Der Sack mit der schmutzigen Wäsche auf dem Gang war randvoll und fing ebenfalls schon an zu stinken.

Jonas schaltete den Rechner ein, während er darauf wartete, dass das Wasser kochte. Seine Augen waren so trocken, dass er mehrmals blinzeln musste.

Diese Krähe von Iselin war immerhin nicht mehr die Hauptnachricht.

Blog-Christels Papa gewinnt Dreiviertelmilliarde!, schrie es ihm aus *Verdens Gang* entgegen.

Mechanisch klickte er den Link an und fing an zu lesen. Bengt Bengtson hatte siebenhundertdreiundsechzig Millionen Kronen gewonnen.

Der Mann sei überglücklich, stand in der Online-Nachricht. So sah er auf dem Bild auch aus. Bengt grinste von einem Ohr zum anderen, er hatte eine verlegene Hedda im Schlafanzug auf dem einen Arm und neben sich eine lächelnde Christel. Das Gesicht der Dreijährigen war an Opas Hals vergraben, sicher auf Christels Befehl. Offenbar war das Bild in der vergangenen Nacht gemacht worden.

Jonas las den Artikel mehrere Male. Seine Kopfschmerzen waren verschwunden.

Alles war verschwunden.

Schließlich erhob er sich langsam und starrte seine Hände

an. Es waren seine Hände, das begriff er, und sie hingen an Armen, die ebenfalls ihm gehören mussten, obwohl es ihm nicht so vorkam. Unvermittelt holte er Luft, er hatte das Atmen ganz vergessen. Seine nackten Füße auf den Bodenbrettern wurden plötzlich heiß, als ob er auf glühenden Kohlen stünde.

Das Wasser im Kessel kochte. Doch er rührte sich nicht vom Fleck. Und als er sich endlich zum Herd umdrehte, war der Kessel beinahe leer. Jonas stellte die Platte ab und zog sich aus. Wieder nackt lief er in dem kleinen Haus umher und schaltete alle Lampen aus. Danach ging er aus der Tür und zog sie hinter sich zu.

Sofort überfiel ihn der Frost. Doch er kam ihm segensreich schmerzhaft vor, und Jonas ging langsam zu dem kleinen Holzschuppen am Waldrand. Die Kieselsteine bohrten sich in seine Fußsohlen, seit Dinas Tod war er nicht mehr barfuß im Freien unterwegs gewesen. Als er den Schuppen erreicht hatte, blieb er stehen und drehte sich zum Haus um.

Es war ein schöner Morgen.

Im gedämpften Licht der Mondsichel schien sich die Welt in Silber verwandelt zu haben. Ein schimmerndes Glitzern hing in den Bäumen, den Grasbüscheln vor der Hauswand, an den Dachschindeln, die der Hausbesitzer schon längst hätte ersetzen müssen.

Er schaute zum Himmel hinauf. Hier draußen in Maridalen, ein Stück von Oslos ewigen Lichtern entfernt, waren die Sterne so viel deutlicher zu sehen. Schräg dort oben der Große Bär, hier der Polarstern. Unter dem Dach des Holzschuppens drehte er sich nach Norden und legte sich in das eiskalte Gestrüpp. Seine Füße bluteten, und die scharfen Dornen des abgestorbenen Busches bohrten sich in seine Haut, als er sich auf dem Boden ausstreckte.

Nach einer Weile hörte er auf, mit den Zähnen zu klappern.

Er sah eine Sternschnuppe über den Maridalsalpen, wünschte sich aber nichts. Es gab nichts mehr, was er sich hätte wünschen können.

SONNTAG, 17. JANUAR 2016

Es war so kalt, dass sogar die Hunde in der Tür kehrtmachten.

Henrik war auf dem ganzen Weg kaum einem Menschen begegnet. Es war zwar erst kurz nach neun, aber so schön, wie die Hauptstadt an diesem Morgen im Raureif dalag, erschien es ihm seltsam, dass nicht wenigstens die kleinen Kinder hinauswollten. Zwar war noch immer kein Schnee gefallen, doch Rodeln wäre möglich, dachte Henrik Holme, jedenfalls in den nächsten Stunden. Er band seinen Schal fester zu und betrat den Fußgängertunnel unter Sinsenkrysset.

Der Gestank von Urin schlug ihm entgegen, ein scharfer Kontrast zum Geruch der frischen, trockenen Luft, der draußen herrschte. Als Henrik Holme seine Wohnung in Nedre Grünerløkka verlassen hatte, war es noch dunkel gewesen.

Er hatte bei offenem Fenster geschlafen und war sehr früh davon geweckt worden, dass er fror. Dennoch fühlte er sich seltsam wach. Am Vorabend hatte er eine Liste mit Fragen verfasst, die er Amanda Foss am Montag im Büro stellen wollte. Aber nachdem er sich eine halbe Stunde lang rastlos gefühlt hatte, beschloss er, ihr gleich einen kleinen Besuch abzustatten. Sie wohnte in Risløkka, und er machte einen Umweg, der ihn zum Maridalsvann führte, noch ehe es richtig hell geworden war. Er legte den ganzen Weg am Akerselv entlang zu Fuß zurück, bog dann nach Südosten ab, überquerte das Grefsenplatå und wurde mit einem prachtvollen Sonnenaufgang belohnt.

Nachdem er nun den schrecklichen Tunnel wohlbehalten hinter sich gebracht hatte, ging er zwischen den Sozialwohnungen unterhalb des Aker-Krankenhauses weiter. Hier war der Verfall nicht zu übersehen. Fenster waren zerbrochen und provisorisch mit Spanplatten und Lumpen abgedichtet. Überall lag Abfall herum, und schließlich lief dicht vor ihm auch noch eine fette riesige Ratte über den Gehweg. Es war fast nicht zu fassen, dass wenige hundert Meter weiter westlich, an der anderen Seite des Trondheimsvei, eines von Oslos teuersten Villenvierteln lag.

Entfernungen lassen sich nicht immer in Metern messen, dachte Henrik, während er am Asylbewerberheim Refstad vorbeikam und nach rechts abbog. Zweimal überprüfte er die Richtung mittels des GPS in seinem iPhone, dann stand er vor einem roten Reihenhaus, dem ein neuer Anstrich nicht geschadet hätte.

Der Briefkasten verriet, dass wirklich Amanda und Marius Foss die Renovierungsarbeiten vernachlässigt hatten und ihre drei Kinder Fredrik, Christian und Margrethe hießen. Irgendwer in der Familie schwärmte offenbar für das dänische Königshaus, doch dem auf dem reifstarren kleinen Rasen herumliegenden Spielzeug vor dem Eingang nach zu urteilen, waren die Prinzen und die Prinzessin noch ziemlich klein.

Dann war die Familie jedenfalls schon wach.

Henrik riss sich die Mütze vom Kopf und lockerte seinen Schal. Er versuchte, entschieden zu wirken, als er die wenigen Schritte zu dem niedrigen Tor und weiter zum Vordach über der Haustür ging. Vor Sonnenaufgang war ihm dieser Besuch als eine sehr gute Idee erschienen. Danach würde er einen schönen Spaziergang machen und hoffentlich über nützliche Antworten nachdenken können. Amanda Foss war es sicher lieber, am Montag keine Zeit mit Henrik vergeuden zu müssen, sie hatte im Büro bestimmt genug zu tun.

Dennoch zögerte er und blieb dicht vor einem großen Spielzeugtraktor stehen, dem ein Hinterrad fehlte.

Seit er Hanne Wilhelmsen kennengelernt hatte, konnte er besser mit anderen Menschen umgehen. Es war eine notwendige Tugend. Da die Hauptkommissarin a. D. vor allem zu Hause saß und zudem mürrisch und abweisend wirkte, wenn sie sich ein seltenes Mal unter Menschen locken ließ, hatte Henrik sich neue Gewohnheiten zugelegt. Er war ganz einfach nicht mehr so schüchtern und in den vergangenen zwei Jahren bei seinen Kollegen auf mehr Wohlwollen und Respekt gestoßen, wie er glaubte.

Dieses neue selbstsichere Ich mochte er sehr. Das Problem war nur, dass es ihm nicht ganz natürlich erschien. Er wusste, dass er andere Menschen gut einschätzen konnte, aber das geschah streng genommen vor allem in der Theorie. Genau wie bei Hanne. Der Unterschied zwischen ihm und ihr lag nicht in der Fähigkeit, andere Menschen verstehen oder deuten zu können, sondern in der Einstellung ihnen gegenüber. Hanne konnte viele Menschen ganz einfach nicht ertragen. Henrik hingegen wollte dazugehören, wie die anderen sein und Teil einer Gruppe werden. Das war ihm allerdings bisher noch nicht gelungen, obwohl er nicht mehr ganz so unbeholfen auftrat und außerdem seine verdammten, befremdenden Tics jetzt besser unter Kontrolle hatte.

Hanne isolierte sich, sperrte Menschen aus und fühlte sich dabei ungeheuer wohl.

Henrik hatte mit den Jahren angefangen, menschliches Verhalten als komplizierte Rechenaufgabe anzusehen, und war ein guter Mathematiker geworden. Wenn er selbst in der Gleichung vorkam, wurde es jedoch schwieriger.

Vielleicht wollte Amanda Foss am Sonntag beim Frühstück mit der Familie gar nicht wegen beruflicher Dinge gestört werden. Im Gegenteil, dachte Henrik plötzlich. Dies war ihr freier

Tag. Sie war eine viel beschäftigte Karrierefrau mit sicherlich tausend Eisen im Feuer und zudem drei kleinen Kindern. Vermutlich war der Besuch eines Kollegen mit Fragen bezüglich einer Selbsttötung das Allerletzte, was sie sich an diesem schönen eiskalten Morgen wünschte.

Henrik machte auf dem Absatz kehrt und wollte schon den kleinen Vorgarten verlassen, als die Tür geöffnet wurde.

»Henrik Holme!«, rief eine Stimme begeistert, und er drehte sich um. »Ich dachte mir doch, dass du das bist. Ich hab dich durch das Küchenfenster gesehen.«

Amanda Foss zeigte auf das Fenster. Sie trug ein knallgelbes Sweatshirt mit dem Aufdruck *LSK* in schwarzen Buchstaben über der Brust. Ihre Trainingshose war grau, und an den Füßen hatte sie grobe Wollsocken und rosa Crocs, die ihr zu groß zu sein schienen.

Sie war so schön wie immer.

»Komm rein«, sagte sie mit strahlendem Lächeln. »Wir wollten gerade essen. Hast du Hunger?«

»Nein, danke«, antwortete Henrik und schluckte.

Er nahm den Duft von gebratenem Speck wahr und hatte plötzlich so furchtbaren Hunger, dass ihm das Wasser im Munde zusammenlief.

»Ach, ein bisschen schaffst du doch«, sagte Amanda und winkte ihn ins Haus. »Entschuldige bitte das Chaos.«

Es war das unordentlichste Haus, das Henrik jemals betreten hatte. Der Windfang war ein überfülltes Lager für Overalls und Fußbälle, Stiefel und Daunenjacken. Der Boden war dermaßen von Sand und Kies bedeckt, dass es unter seinen Füßen knirschte, als er seine Winterstiefel abstreifte. Die Schnürsenkel parallel zu arrangieren, konnte er hier vergessen, weshalb er sich verzweifelt gegen die Schläfe schlug. Amanda musste ein Paar umgekippte

Kinderskier aus dem Weg schaffen, ehe er weitergehen konnte. Das bot ihm die Gelegenheit, mit den Fingerknöcheln nicht weniger als zehnmal gegen den Türrahmen zu klopfen, ehe er einen Gang betrat, der ebenso unordentlich und verdreckt war.

Im Wohnzimmer sah es noch schlimmer aus. Überall lagen Essensreste und Spielzeug herum. Puppen und Autos, Teddys und andere Schmusetiere und dazu eine riesige Menge Duplo-Steine. Auf einen trat er. Es tat weh, und er wünschte, er hätte die Stiefel anbehalten. Auf dem Sofa saßen zwei vielleicht drei Jahre alte Jungen, sie waren einander so ähnlich, dass Henrik die Augen zusammenkneifen musste. Sie stritten sich um ein iPad, und der eine brach in Geheul aus, als der andere das Verfügungsrecht gewann, indem er seinem Bruder mit einem großen Polizeiwagen auf den Kopf schlug.

»Hast du Zwillinge?«, fragte Henrik und biss sich angesichts dieser überflüssigen Frage auf die Zunge.

»Drillinge«, lachte Amanda und fuhr einem kleinen Mädchen durch die Haare.

Das dritte Kind war gerade die Treppe aus dem ersten Stock heruntergeklettert. Es trug einen grün-weißen Pullover mit Norwegermuster und eine gestrickte blaue Strumpfhose. Über die warmen Kleider hatte das Mädchen ein wippendes knallrosa Tutu gezogen. Ihre Füße steckten in zu großen Gummistiefeln, die sie bei jedem Schritt zu verlieren drohte.

»Ich will raus«, erklärte sie energisch. »Ich will rodeln.«

»Nach dem Frühstück. Geh du mal zu Papa. Bist du sicher, dass du nicht mit uns essen willst?«

Der letzte Satz galt Henrik. Er schüttelte heftig den Kopf.

»Ich habe nur ein paar Fragen. Dauert höchstens zehn Minuten. Länger nicht. Es tut mir wirklich leid, dich zu stören. Wir können das auch morgen im Büro besprechen.«

»Ach was«, sagte sie und winkte ihn hinter sich her zur Treppe. »Marius!«

Ihr Kopf verschwand, als sie sich in einen Raum vorbeugte, den Henrik für die Küche hielt, denn aus der Türöffnung quoll Bratendampf.

»Halt die Eier noch zehn Minuten warm«, bat sie ihren Mann. »Ich muss nur kurz mit meinem Kollegen Henrik reden.«

»Der kann doch mit uns essen«, hörte Henrik den Mann antworten. »Wir haben jede Menge Bacon.«

»Er hat keinen Hunger. Nur zehn Minuten.«

Jetzt ging sie auf die Treppe zu. Mit den Füßen schob sie ein mit Barbieaufklebern bedecktes Tretauto beiseite. Henrik folgte ihr brav hinunter in den Keller, wo Amanda ihn in ein Kaminzimmer führte, das in ein schönes Arbeitszimmer für zwei Personen umgewandelt worden war.

Hier war alles tadellos aufgeräumt. Sauber, übersichtlich und organisiert.

Amanda setzte sich auf ein eisblaues Sofa und zeigte auffordernd auf einen Sessel.

»Womit kann ich dir behilflich sein?«, fragte sie freundlich. »Wie du sicher sehen kannst, ist dieses Zimmer hier kinderfreie Zone, aber ich habe nicht endlos viel Zeit.«

»Iselin ist an Herzstillstand gestorben«, sagte Henrik rasch, er hatte die Hände besonders tief unter die Oberschenkel geschoben. »Vermutlich ausgelöst durch eine starke Überdosis Antidepressiva.«

»Ja«, entgegnete Amanda zögernd. »Das steht in den Unterlagen, die du lesen durftest, und ... «

»Sie hat das Medikament zusammen mit einem Gemüsesmoothie zu sich genommen.«

»Richtig, vermutlich hat sie die Pillen zerstoßen und in dem

Getränk verrührt, sie hat fast alles getrunken. Spinat, Broccoli, Nüsse und Möhren, wenn ich das richtig in Erinnerung habe. Und ein bisschen Zitrone. Und Grünkohl, glaube ich. Klingt eigentlich nicht gerade lecker, wenn ich ehrlich sein soll.«

»Nein. Aber so ein Getränk überdeckt den Geschmack der Tabletten.«

Amanda blickte ihn wachsam an.

»Ja. Da hast du recht.«

»Wisst ihr, woher sie die Pillen hatte?«

»Der Fall ist noch nicht abgeschlossen. Wie ich dir gesagt habe, stehen immer noch einige Formalitäten aus. Schließlich ist sie kaum länger als eine Woche tot.«

»Ja«, bestätigte Henrik und versuchte, entwaffnend zu lächeln. »Du kannst auf mein Verständnis rechnen.«

»Wofür?«

»Nein, ich meine ...«

Seine Fingerspitzen zuckten, und er musste die Oberschenkel fest auf den weichen Sessel pressen.

»Ich verstehe ja, dass der Fall noch nicht ganz abgeschlossen ist. Aber du kannst mir doch eine Frage beantworten. Woher hatte sie die Pillen?«

»Die hatte sie von ... Also, ich nehme an, die hatte sie aus einer Apotheke.«

»Genau. Das ist mir schon klar. Ist die Marke dieser trizyklischen Antidepressiva bekannt?«

»Nein, ich warte noch auf die endgültige Analyse. Aber sonst liegt der Fall doch auf der Hand, zumal mit dem Abschiedsbrief. Wie du sicher in dem vorläufigen Obduktionsbericht gelesen hast, ist sie an Herzstillstand nach einem Kammerflimmern gestorben. Das sie selbst verursacht hatte. Durch eine Überdosis dieser trickzyklischen ...«

»Trizyklisch«, korrigierte Henrik rasch und bereute es sofort. »Aber waren das ihre? In den Unterlagen habe ich nichts darüber gefunden, woher diese Pillen stammten.«

»Ach, so meinst du das?«

Amanda Foss schob sich die Haare hinter die Ohren.

»Wenn ich das richtig in Erinnerung habe, wurde in der Wohnung keine Pillenpackung gefunden.«

»Aber du hast natürlich überprüft, ob Iselin Havørn regelmäßig Antidepressiva nahm? Du hast bestimmt im nationalen Register nachgesehen, ob ihr dieses Medikament verschrieben wurde?«

Amanda zögerte genau eine Sekunde zu lange.

»Das steht für morgen auf dem Plan«, antwortete sie dann gelassen. »Es wird das Erste sein, worum ich mich morgen kümmere.«

Sie bedachte ihn mit einem blendenden Lächeln und erhob sich.

»Aber glaub mir«, sagte sie dann, »kalter Bacon schmeckt gar nicht gut. Wenn du noch weitere Fragen hast, könnten wir das morgen im Büro erledigen?«

Ohne auf eine Antwort zu warten, ging sie zur Treppe. Henrik ahnte mittlerweile, warum Amanda Foss die Verantwortung für die scheinbar einfachste Ermittlung aller Zeiten übertragen worden war. Drei Dreijährige verlangten ihr sicher einiges ab, und ein eindeutiger Selbstmord war der einfachste Auftrag, mit dem sie beschäftigt werden konnte.

»Wäre nett, wenn du mir das Ergebnis durchgeben könntest«, sagte er auf dem Weg nach oben.

»Welches Ergebnis?«

»Ob du im nationalen Register etwas findest«, antwortete er und versuchte, einen lockeren Tonfall beizubehalten.

»Sicher. Wie gesagt, *first thing tomorrow.*«

Das Chaos brach abermals über sie herein, als sie wieder im Wohnzimmer ankamen. Die Jungen hatten jetzt Fäustlinge angezogen und nutzten den Couchtisch als Boxring. Amanda rannte zu ihnen und konnte den einen nach einem beeindruckenden Uppercut des anderen gerade noch auffangen. Die kleine Margrethe stand schweißnass und rotwangig am Fenster und malte mit Fingerfarben ein abstraktes und überaus farbenfrohes Bild an die Glasscheibe. Plötzlich war aus der Küche ein Knall zu hören, gefolgt von einem lauten und ausgedehnten Fluchen.

»Ich bin weg«, sagte Henrik. »Entschuldige die Störung.«

Doch Amanda Foss rannte bereits, ein Kind unter jedem Arm, in die Küche und antwortete nicht mehr. Henrik bahnte sich einen Weg durch Winterkleider und die Ausstattung eines ganzen Schuhgeschäfts und wäre fast über ein kleines Fußballtor gestolpert, ehe er endlich im Freien stand.

Wenn Hanne Wilhelmsen recht hatte und Iselin Havørn ermordet worden war, dann stellte diese Drillingsmutter eine ernsthafte Herausforderung dar. Sie hat absolut keinen Durchblick, dachte Henrik und holte in der reinen Luft tief Atem. Der Vorteil an ihrer Unfähigkeit war immerhin, dass sie seine Fragen bereitwillig beantwortet hatte und offenbar leicht zu beeinflussen war. Wenn sie wirklich überprüfte, woher Iselins Überdosis gestammt hatte, würde er es als Erster erfahren.

Mittlerweile hatte er solchen Hunger, dass er jetzt nur noch daran denken konnte, sich bei Joker Eier und Bacon zum Mitnehmen zu kaufen. Ein echtes Sonntagsfrühstück wollte er sich gönnen, und danach würde er zu Hanne gehen.

Um ihr ein Tauschgeschäft vorzuschlagen. Einen Kuhhandel, und der bloße Gedanke versetzte ihn in strahlende Laune.

Jonas Abrahamsen wurde von Stimmen geweckt.

Ohne die Augen zu öffnen, versuchte er zu begreifen, wo er sich befand. Erschrocken stellte er fest, dass an seiner Brust, den Armen und Fingern Schläuche befestigt waren.

... gefährlich unterkühlt ...

Die Stimmen waren nicht sehr weit entfernt, aber Jonas verstand nur Bruchstücke des Gesprächs.

... 1,2 Promille ...

... er stinkt, und Exkremente sind über ...

... das war um Haaresbreite ...

... vielleicht ein Suizidversuch, vielleicht nur ein Unfall im Suff ...

... und dann noch splitternackt ...

Sie redeten über ihn. Er riss die Augen auf. Das grelle Licht ließ ihn eine Grimasse schneiden, und sofort kam ein Krankenpfleger angelaufen.

»Alles in Ordnung ... «

Der Mann in Weiß griff beruhigend nach seinem Arm. Seine Hände waren warm, trocken und weich.

»Jetzt ist alles gut«, sagte die Stimme leise. »Sie können ganz beruhigt sein. Wir passen auf Sie auf.«

Jonas schloss die Augen wieder. Die warme Hand des Pflegers tat gut. Seit Silvester 2003 hatte Jonas andere Menschen nur noch bei einem seltenen Händedruck berührt.

Vielleicht war er tot.

Er hatte das Gefühl, uriniert zu haben, aber er war trocken im Schritt.

»Sie müssen still liegen bleiben«, sagte der freundliche Pfleger. »Wir haben Sie mit allerlei Apparaten verbunden. Sicherheitshalber. Zudem haben wir Ihnen einen Katheter gelegt. Sie pissen also in einen Beutel.«

Jonas war nicht tot. Er war im Krankenhaus.

Bei dieser Erkenntnis begannen die Tränen zu fließen.

»Sie waren furchtbar unterkühlt«, sagte der Krankenpfleger. »Ihre Nachbarin hat Sie gefunden. Oder eigentlich deren Hund, ein Elchhund. Sie hat hier angerufen, um sich nach Ihnen zu erkundigen. Wir dürfen ja nicht viel sagen, aber ich habe doch durchblicken lassen, dass es aufwärtsgeht. Kennen Sie Tassen? Den Nachbarshund?«

Jonas hatte es nicht einmal geschafft, sich das Leben zu nehmen.

Es war ihm auch nicht gelungen, auf Dina aufzupassen, und Anna hatte er nicht halten können, obwohl er das unbedingt gewollt hatte. Er hatte auch nicht gelernt, mit dem Schuldgefühl zu leben, hatte sich aber auch nicht davon befreien können, obwohl er in seinen düstersten Augenblicken einen Gott, an den er nicht glaubte, um Hilfe gebeten hatte.

Er weinte derart heftig, dass der Pfleger zu einer Fernbedienung griff und das Kopfende des Bettes so weit anhob, dass Jonas fast aufrecht saß.

»Hören Sie, ich begreife ja, dass es nicht leicht für Sie war. Aber jetzt passen wir auf Sie auf. Soll ich jemanden anrufen? Ihre Nachbarin wusste nicht genau, ob Sie Angehörige ...«

»Nein«, flüsterte Jonas.

»Sicher?«

Jonas nickte und wandte sich ab. Das Licht der Deckenlampen war grell, und er schloss abermals die Augen.

»Ich werde mit dem Arzt sprechen«, sagte der Pfleger, »ob Sie etwas zur Beruhigung bekommen können. Es muss eine schreckliche Belastung gewesen sein, und ich kann absolut verstehen, wenn Sie ...«

»Ich will nur schlafen«, entgegnete Jonas mit kaum hörbarer Stimme.

»Bin gleich wieder da«, erklärte der Pfleger.

Jonas weinte noch immer. Er hatte sich durch über vierzehn Jahre hindurchgeweint, aber diese Art von Weinen war neu. Eine fremde Wärme breitete sich in seinem Körper aus, und er musste die Augen aufreißen und seine Hände betrachten. Die Tränen schmeckten nach Vanille und Rosinen, und sie schienen aus einer unerschöpflichen Quelle zu strömen. Jonas holte Luft, mit jedem Atemzug tiefer. Dabei hatte er das Gefühl, endlich wieder atmen zu können, wirklich mit seinem ganzen Wesen zu atmen, zum ersten Mal seit diesem Dezembermorgen des Jahres 2001.

Er konnte einfach nicht mehr. Zwar war es ihm nicht gelungen, sich das Leben zu nehmen, aber Trauer und Schuld, die er in all diesen Jahren allein getragen hatte, waren zu schwer geworden.

Es wurde Zeit, sie zu teilen.

Das würde er jetzt endlich tun. Mit diesem Gedanken schlief Jonas wieder ein.

»Ein was?« Henrik lächelte und wiederholte: »Was war das?«

»Tyrfing war ein Zauberschwert«, erklärte Hanne. »Odins Enkel Sva... Svala...« Sie musste einen Blick auf ihre Notizen werfen. »Svafrlami«, las sie ab. »Er zwang zwei Zwerge, die er gefangen hatte, für ihn ein ganz besonderes Schwert zu schmieden. Es sollte nie sein Ziel verfehlen und außerdem Stahl und Stein schneiden können. Die Zwerge schufen dieses fantastische Schwert, aber sie waren ziemlich sauer, weil sie zum Schmieden gezwungen wurden. Deshalb belegten sie das Schwert mit einem Fluch.«

»Und was bedeutete das?«

»Dass das Schwert Svafrlami töten und außerdem drei Untaten begehen sollte.«

Henrik goss sich Cola Zero in ein Glas mit Eiswürfeln. Ida

hatte kurz mit Erfrischungen in Hannes Arbeitszimmer vorbeigeschaut, ehe sie mit Nefis zum Reitunterricht gefahren war.

»Warum sitzen wir eigentlich hier, wo die anderen doch weg sind?«, fragte er und blickte sich um. »Ich habe mich irgendwie daran gewöhnt, am Esstisch zu arbeiten.«

»Leg dir in meinem Haus bloß keine Gewohnheiten zu. Ich habe keinen Nerv, diese ganzen Unterlagen hin und her zu transportieren.«

Henrik hob sein Glas ein wenig zu rasch und stieß mit den Vorderzähnen dagegen.

»Entschuldigung«, rutschte es ihm heraus.

»Man kann durchaus sagen, dass Iselin bei der Wahl des Namens Tyrfing keine ganz glückliche Hand hatte«, meinte Hanne mit einem Grinsen, ohne auf sein Missgeschick einzugehen. »Ihr ist ja das gleiche Schicksal zuteilgeworden wie Svafrlami. Tyrfing hat sie das Leben gekostet.«

»Das glaubst du doch nicht wirklich, oder?«

»Tja. Auch wenn sie keinen Selbstmord begangen hat, sollten wir doch die Möglichkeit im Auge behalten, dass ihre Schreiberei zu ihrem Tod geführt hat.«

Sie griff nach der Colaflasche.

»Und was Tyrfings Untaten angeht«, fuhr sie fort und trank einen Schluck, »so sind das ja wohl mehr als drei. Lass mal hören, was du herausgefunden hast.«

Henrik zog einen Ordner aus der Aktentasche.

»Iselin Havørn«, sagte er langsam und betrachtete das oberste Blatt, ehe er aufschaute. »Sie ist am Freitag beerdigt worden, hast du das gewusst?«

»Ja. Das stand in allen Zeitungen, auch wenn dieser wahnsinnige Lottogewinn gestern die Schlagzeilen dominiert hat.«

»Der Eurojackpot.«

»Ist doch dasselbe.«

»Nein. Lotto ist norwegisch. Vikinglotto ist skandinavisch. Eurojackpot ist ...«

»Henrik.«

»Entschuldige.«

Hanne stieß einen fast unhörbaren Seufzer aus, ehe sie ihn mit einer Geste aufforderte weiterzusprechen.

»Iselin Havørn«, begann Henrik zum zweiten Mal. »Geboren am 3. November 1953 in Oslo. Damals hieß sie Iselin Solvang. Ich habe kaum etwas über ihre Kindheit gefunden, außer dass sie zuerst auf die Lilleborg-Schule gegangen ist und dann auf die Hartvig-Nissen-Schule, die sie nur mit Ach und Krach geschafft hat. Dennoch hat sie danach in Oslo ein Jurastudium begonnen. 1972.«

»Jura war damals ein offenes Studienfach.«

»Wie meinst du das?«

»Jura konnten alle studieren, ganz unabhängig vom Notendurchschnitt.«

»Was? Jura? Jetzt ist das doch eines der Fächer mit der höchsten Zulassungsbeschränkung überhaupt.«

»Heute ja. Damals nicht. Was ist dann passiert?«

»Nach zwei Jahren hat sie das Studium abgebrochen und als Fabrikarbeiterin im Christiania Spigerverk in Nydalen angefangen. Sehr seltsam, wenn du mich fragst.«

»Sie hat sich proletarisiert.«

»Was?«

Er schaute verwirrt auf.

»Das war sicher zu der Zeit, als sie sich in der ML-Bewegung engagiert hat?«, fragte Hanne ungeduldig.

»Ich habe keine Mitgliederliste gefunden«, entgegnete Henrik. »Aber ich war gestern in der Universitätsbibliothek. Warst du da schon einmal?«

»Es hat eine Zeit vor dem Internet gegeben, Henrik. Eine ziemlich lange Zeit vor dem Internet sogar. Natürlich war ich schon mal in der UB.«

»Unglaublich viele Bücher!«

»Es ist ja auch eine Universitätsbibliothek. Und das hier wird unglaublich lange dauern, wenn du weiterhin abschweifst.«

»Entschuldige. In der UB habe ich ziemlich viel Literatur über die ML-Bewegung gefunden. Und ja, Iselin Solvang war offenbar eine recht zentrale Figur. Hast du gewusst, dass diese Leute Decknamen benutzt haben? Ich meine ... Decknamen! Wie im Krieg!«

Als Hanne den Blick zur Decke hob, redete Henrik rasch weiter.

»1978 hat sie im Spigerverk aufgehört und sich an der Journalistenschule eingeschrieben. Da war sie zwei Jahre, hat aber nie ein Examen abgelegt. Dennoch bekam sie einen Job bei *Dagbladet*. Ab da gibt es zahlreiche Quellen. Nicht gerade über ihr Leben, aber die Zeitung hat viele Artikel digitalisiert. Es ist ziemlich leicht, Iselins Texte aus den Achtzigern zu finden. Sie fing als ganz normale Journalistin an, die über Alltagsthemen schrieb. Irgendwann durfte sie dann längere Artikel verfassen und Interviews machen. Die waren übrigens ziemlich gut. 1985 wechselte sie zum *NRK*.« Er zog ein Bild hervor und legte es vor Hanne auf den Tisch. »Ihr habt damals ziemlich ... ausgeflippt ausgesehen«, meinte er lächelnd.

»Schau mich nicht an«, sagte Hanne. »Ich hab eine Polizeiuniform getragen.«

Das Bild zeigte Iselin Solvang vor einem riesigen *NRK*-Logo, eine große schlanke Frau in flatternden Gewändern, eine Schicht über der anderen, alles in Blau und Lila. Ihre Haare waren auf der einen Seite länger als auf der anderen. Die kurze Seite war bläulich gefärbt, die lange gebleicht. An ihren Ohren hing ein Schmuck, der auf den ersten Blick an übergroße Lachsfliegen erinnerte.

»Sie bekam 1986 ihre eigene Sendung«, sagte Henrik jetzt. »Tivolini hieß die.«

»Das weiß ich noch«, entgegnete Hanne zerstreut und musterte die Ohrgehänge, um festzustellen, ob es sich wirklich um Angelhaken handelte. »Eine damals typische Unterhaltungssendung, gerade ausreichend umstritten. Sie lief drei Staffeln, wenn ich mich nicht irre.«

»Ja. Dann wurde Iselin krank.«

»Amalgamvergiftung«, sagte Hanne. »Angeblich. Das weiß ich alles.«

»Na ja, es war wohl eher eine Jagd nach einer Diagnose. Iselin hat später selbst darüber geschrieben. Sie fühlte sich schlaff und antriebslos, und ab und zu ging es ihr so schlecht, dass sie tagelang in einem stillen, dunklen Zimmer liegen musste. Ungefähr so wie heute Patienten mit ME, einem chronischen Erschöpfungssyndrom.«

»ME ist keine richtige Diagnose.«

»Vielleicht nicht. Aber es ist jedenfalls ein Zustand. Ein überaus quälender Zustand.«

»Der offenbar einen psychischen Ursprung hat«, entschied Hanne und legte das Bild zurück auf den Stapel. »Alle wollen ums Verrecken eine somatische Diagnose für ihre Plagen finden. Ich begreife nicht, warum.«

»Vielleicht, weil die Plagen sich so somatisch anfühlen?«, schlug Henrik vor.

»Konkrete Schmerzen und Zustände einerseits und psychische Probleme andererseits schließen einander ja nicht aus«, erklärte Hanne. »Psyche und Somatik gehören vielmehr eng zusammen. Hast du noch nie Magenschmerzen gehabt, weil du dich vor etwas gruselst? Schmerzen sind nicht eingebildet, weil sie einem psychischen Zustand entspringen. Im Gegenteil, sie können überaus real sein.«

»Das schon. Aber ich glaube doch, ME ist etwas komplizierter als ...«

»Was hat sie unternommen?«, fiel Hanne ihm ins Wort.

»Das war so allerlei«, sagte Henrik. »Hefepilze für eine Weile. Dann Behandlungen gegen Metallallergien. Sie wurde in einer dieser Kliniken untersucht, weißt du.«

»Quacksalber.«

»Am Ende hieß es Amalgamvergiftung. Später, als Computer überall Einzug hielten, stellte es sich heraus, dass sie überempfindlich gegen Elektrizität war. Sie ließ ein eigenes Schutzprogramm für sich entwickeln, um Rechner und Handy benutzen zu können.«

»Geht das überhaupt? Schließlich gibt es doch keine Krankheit namens ...«

Henrik presste die Colaflasche so fest zusammen, dass der Kunststoff knackte.

»Hanne! Kannst du aufhören, alles zu hinterfragen? Ich habe genau das getan, was du mir aufgetragen hattest. Jetzt erzähle ich dir, was ich über Iselin Havørn herausgefunden habe, aber das sind doch nicht meine Überzeugungen! Du streitest dich mit einer Toten, Hanne, und das finde ich nun wirklich ziemlich kontraproduktiv.«

»Okay. Mach weiter.«

Hanne verschränkte die Arme über der schmalen Brust und presste demonstrativ die Lippen aufeinander. Henrik starrte sie mehrere Sekunden lang an, um sich davon zu überzeugen, dass er nicht wieder unterbrochen werden würde.

»Zwischen 1989 und 1995 war Iselin Havørn ganz einfach krank. Sie hatte übrigens ihren Namen geändert, nach, wie sie später sagte ...«, die schmalen Finger blätterten rasch in den Unterlagen, die jetzt auf Henriks Knien lagen, »nach einer ›geistigen Berührung mit dem kosmischen All‹, hat sie geschrieben. Sie hatte einen Seeadler gesehen. Bei Reine auf den Lofoten.«

Hanne presste die Lippen noch fester aufeinander. Henrik tat, als bemerke er es nicht.

»Und obwohl sie viele Jahre lang versucht hat, festzustellen, was ihr wirklich fehlte, behauptete sie, der Anblick dieses riesigen Vogels sei der Anfang ihrer langen Reise zur Genesung gewesen. Zu der Zeit kam sie auch in Kontakt mit der Szene, die man als eher verschwörerisch orientiert bezeichnen kann.«

Er schüttelte kurz den Kopf.

»Verschwörungstheorien als Phänomen sind sicher so alt wie die Menschheit«, sagte er dann. »Aber das Internet macht diesen Leuten die Sache ja doch sehr viel leichter. Für Iselin begann es mit dem Kampf gegen die Ärzte, die meinten, dass ihr nichts fehle, und gegen die Arzneimittelindustrie, die, wie sie behauptete, nur darauf aus war, immer neue Bedürfnisse zu erschaffen, um an den gutgläubigen und naiven Kranken zu verdienen. Die Skepsis oder die Paranoia, je nachdem, wie du das siehst, entwickelte sich weiter zu einer Verschwörungstheorie, nach der die USA so ungefähr hinter allem stehen, was auf der Welt schiefläuft. Den Rest erledigen die Muslime. Die übrigens auch von den Amerikanern gelenkt werden. Es ist ziemlich schwierig, diesen Thesen zu folgen.«

»Und die Juden?«, fragte Hanne irritiert. »Haben die es nicht auch auf uns abgesehen?«

»Doch«, antwortete Henrik. »Aber die sind ja Amerikaner. Ob sie nun Israelis, Norweger oder Briten sind, die Juden hängen immer mit den USA zusammen. Zu welchem Zeitpunkt Iselin sich von ihrem allgemeinen Misstrauen der Schulmedizin gegenüber zu dem Glauben hinbewegt hat, dass die CIA die Ausgeburt des Satans sei, ist schwer zu sagen. Alles, was wir über die Iselin jener Zeit wissen, wurde nämlich erst später notiert. Es ging ihr damals vermutlich sehr schlecht, und sie hat nicht gearbeitet und nichts geschrieben. Jedenfalls nichts, was publiziert worden wäre.«

»Total gestört«, murmelte Hanne kaum hörbar.

»1995 ging es ihr besser. Ich konnte nicht feststellen, wovon sie damals gelebt hat. Ewig konnte sie ja kein Krankengeld beziehen. Vielleicht galt sie für eine gewisse Zeit als arbeitsunfähig. Jedenfalls war sie allem Anschein nach reichlich schlecht bei Kasse. Hatte keine Eigentumswohnung und musste oft umziehen, bis sie Arbeit fand. In einem Asylbewerberheim.«

»In einem ... was?«

»Einem Asylbewerberheim. In Tanum in Bærum. Das gibt es jetzt nicht mehr, aber es war eines der ersten hierzulande.«

Hanne hob die Hände über die Ausdrucke, die jetzt auf vier Stapeln verteilt vor ihr lagen.

»Ich habe Tyrfings Schreiberei zwei Jahre lang verfolgt und bin bis zu der Zeit zurückgegangen, als dieser Blogname auftauchte. Aber nirgendwo habe ich auch nur andeutungsweise etwas darüber gefunden, dass sie in einem Asylbewerberheim gearbeitet hat!«

»Da Iselin Havørn durchaus nicht identifiziert werden wollte, ist es vielleicht kein Wunder, dass sie ihren Lebenslauf nicht erwähnt hat?« Er konnte sich ein Lächeln nicht verkneifen.

»Touché«, sagte Hanne. »Weiter.«

»Aber hier, dagegen ...« Henrik zog zwei Blätter aus einem roten Plastikumschlag und legte sie auf den Tisch. »Hier ist ein

Artikel, den sie 1997 geschrieben hat, und zwar unter vollem Namen. Die Arbeit im Heim war die pure Wallraffiade. Und nun konnte sie berichten, wie es in einem Asylbewerberheim wirklich zugeht. Du kannst es ja bei Gelegenheit lesen, im Grunde sagt sie ... «

Er seufzte und presste die bereits ruinierte Flasche noch weiter zusammen. Als Hanne das Knacken von brechendem Kunststoff hörte, zeigte sie auf den Papierkorb.

»Asylanten sind undankbar«, fasste Henrik zusammen. »Verdreckt und anspruchsvoll. Außerdem werden sie gar nicht verfolgt. Sie sind Glücksjäger, und nur die Stärksten kommen her. Die Schwachen, die wirklich Bedürftigen, schaffen es nie, ihre eigenen Länder zu verlassen. Wir sollten den Notleidenden dort helfen, wo sie sind, und niemanden zu uns hereinlassen. «

Er zuckte mit den Schultern und warf die Flasche in den Abfall.

»Das würde heute glatt gedruckt werden«, sagte Hanne. »Aber 1997? Die Stimmung damals war doch ganz anders. Hat das wirklich schon so früh in einer norwegischen Zeitung gestanden? «

»Nein. «

»Nein? Aber ... «

»Der Artikel wurde abgelehnt. Jedenfalls von *Aftenposten*, das weiß ich, aber ob sie versucht hat, ihn anderswo zu veröffentlichen, habe ich nicht herausbekommen. Im Netz findet sich dieser Artikel nicht. «

»Wenn er abgelehnt wurde, woher hast du ihn dann? «

»Überschussinformation«, sagte Henrik lächelnd. »Ganz einfach. Dieser Artikel tauchte bei der Arbeit über den Terroranschlag des 17. Mai auf. Wie du weißt, haben wir ziemlich feinmaschig nach allem möglichen rassistischen, nationalistischen

Schlamm der letzten zwanzig Jahre gegraben. Da so viele Verdächtige nicht mehr blutjung waren, sind wir in der Zeit weit zurückgegangen.«

»Gegen den Protest der Medien, wenn ich das richtig in Erinnerung habe. Es hieß, wir wollten uns unpubliziertes Material krallen.«

»Was das Oberste Gericht uns nicht zubilligen wollte«, ergänzte Henrik. »Dieser Artikel dagegen wurde einem unserer Kollegen zugespielt. Von einem jetzt pensionierten Nachtredakteur bei *Aftenposten*. Der war damals so schockiert von dem Inhalt gewesen, dass er den Text aufbewahrt hatte. Und als halb Oslo in die Luft gesprengt wurde, ging er in aller Stille zur Polizei, mit einem hübschen Stapel abgelehnter Artikel, die er in einem langen Leben in der Akersgate gesammelt hatte.«

»Und dieser war dabei?«

»Ja. Ich bin im Sommer 2014 den Stapel durchgegangen. Das ist mir gestern wieder eingefallen, als ich über Iselin recherchiert habe, und da habe ich ihn aus dem Archiv geholt. Beziehungsweise das hier ist eine Kopie.«

»Gut, dann wissen wir, dass Iselin Havørn diese Einstellung schon ziemlich lange hatte. Der Blogger Tyrfing ist erst 2007 aufgetaucht. Was hat sie in der Zwischenzeit gemacht?«

Henrik schob seinen Stuhl ein wenig nach links und richtete den Blick auf das riesige Gemälde an der einen Längswand. Hanne konnte es nicht ausstehen, das wusste er, aber es war ein Geschenk von Nefis, deshalb hing es da. Die nächtliche Szene aus Las Vegas wirkte so echt, dass das Bild leicht für ein Foto gehalten werden konnte. Henrik beugte sich ein bisschen vor und musterte die beiden Streifenwagen im Vordergrund des Gemäldes.

»Nach einigen Jahren mit häufigem Stellenwechsel«, fuhr

er ein wenig abwesend fort, »lernte sie ihre Frau kennen. Maria Kvam. Es war offenbar die große Liebe, denn sie haben ihre Partnerschaft schon nach wenigen Monaten eintragen lassen. Maria Kvam hatte die Anteilsmehrheit in einer damals relativ kleinen Firma für Gesundheitskost. Umsatz etwa zwanzig Millionen Kronen im Jahr, vier Angestellte. Doch als Iselin sich der Sache annahm, kam Leben in die Bude.«

»Und sie haben den Namen geändert, sehe ich?«

Hanne schaute auf die chronologische Übersicht, die Henrik über Iselin Havørns Leben und Wirken erstellt hatte.

»Ja. Ich brauche mehr Zeit, um mich gründlicher zu informieren, aber aus der Website der Firma geht hervor, dass sie PureHerb hieß, bis Iselin Vorsitzende des Aufsichtsrates wurde. Und zwar eine überaus aktive. Das Amt erhielt sie wenige Wochen vor ihrer Heirat. Die Firma wurde in VitaeBrass umbenannt, und der Namenswechsel fiel zusammen mit der Einführung des Produktes, für das sie heute vor allem bekannt ist: BrassCure.«

»Brass. Messing.«

»Ja. BrassCure ist ein Ernährungszusatz, der Messing enthält.«

»Meine Herren die Lerche ...«

»In homöopathischen Mengen natürlich nur. Was streng genommen bedeutet, überhaupt nicht. Außerdem enthält dieses Mittel eine Menge Vitamine und Mineralien, die wir wirklich brauchen.«

»In unserer Nahrung, ja. Nicht in schweineteuren Pillen, die einfach purer ...«

Henrik hob beide Hände.

»Hanne. Die Diskussion ersparen wir uns jetzt besser. Wir sind einer Meinung. Okay? Dieser pfiffige Cocktail soll eine wundersame Wirkung auf Skelett, Glieder und Muskeln haben.

Also auf die körperlichen Plagen, die alle mit dem Alter heimsuchen. Die Welt will betrogen werden, und VitaeBrass hat einen jährlichen Umsatz von dreihundertfünfzig Millionen Kronen bei fünfzehn Prozent Steigerung in den letzten Jahren. Was immer man über Iselin Havørn auch denken mag, Geschäftssinn hatte sie jedenfalls.«

Es wurde still im Raum. Henrik nutzte die Gelegenheit und trommelte mit den Fingern gegen seinen Nasenflügel. Dann schlug er dreimal die Hacken gegeneinander und zählte stumm seine Hemdenknöpfe von unten nach oben und wieder hinunter.

»Ich sehe hier ehrlich gesagt keinen Mord«, sagte er schließlich.

Hanne starrte ihn mit diesem vagen Blick an, den er inzwischen nur zu gut kannte. Sie war auf dem Weg in sich selbst, und er musste schnell reden, wenn er sie zurückhalten wollte.

»Ich meine ... ich sehe ja, was du in Bezug auf diesen Brief meinst. Natürlich sehe ich das. Er ist schon seltsam. Andererseits war Iselin sicher ziemlich am Ende, als sie ihn geschrieben hat. Verletzt, wütend und verzweifelt. Da ist es vielleicht nicht so seltsam, dass ... «

»Dieser Brief ist gefälscht«, fiel Hanne ihm mit scharfer Stimme ins Wort. »Und ein gefälschter Abschiedsbrief weist fast immer auf Mord hin.«

Dann fing sie an, in den Stapeln vor sich nach etwas zu suchen, bis sie einen Zeitungsausschnitt herauszog, den Henrik von seinem Platz aus nicht lesen konnte. Wieder wurde es still. Die beiden schwiegen und dachten nach, aber diesmal dauerte die Pause so lange, dass sie irgendwann unangenehm wurde.

»Iselin Havørn wurde beerdigt«, sagte Hanne plötzlich leise, als rede sie eigentlich mit sich selbst.

»Äh ... ja. Am Freitag.«

»Das ist nicht richtig.«

»Was? Doch. Die Todesanzeige ist doch gestern erschienen, und die Zeitungen ...«

»Der Østre gravlund«, fiel sie ihm ins Wort.

»Ja?«

»Du musst hinfahren. Sprich mit dem Glöckner. Oder dem Totengräber oder wer immer etwas über die Umstände einer Beerdigung sagen kann.«

»Ich glaube, das Beste wäre wohl der Küster«, bemerkte Henrik. »Aber jetzt? Am Sonntagnachmittag?«

Hanne schob ihren Pulloverärmel am Handgelenk zurück und warf einen Blick auf die Uhr. »Halb fünf«, murmelte sie. »Das kann bis morgen warten.«

»Aber wonach soll ich denn fragen?«

»Nach allem. Wie viele dabei waren. Blumen, Reden ... alles. Und jetzt kannst du gehen.«

Henrik blieb sitzen.

Dabei verspürte er keinen Drang, seine Nasenflügel zu berühren oder mit den Fingern zu trommeln. Im Gegenteil, er nahm eine warme Schwere in seinem Körper wahr, die ihn ganz still sitzen ließ. Es war Zorn, das hatte er inzwischen begriffen. Als der ihn zum ersten Mal überkommen hatte, hatte Henrik sich in einer ähnlichen Situation befunden. Hanne hatte genau an derselben Stelle gesessen, in ihrem Arbeitszimmer zu Hause, Henrik ihr gegenüber auf dem Besuchersessel. Damals wie jetzt hatte sie sich ganz plötzlich, mitten in einem Gespräch, verschlossen und ihn weggeschickt. Das Gefühl, dass sich seine Adern mit flüssigem Blei füllten, war damals so fremd und neu für ihn gewesen, dass er für einen Moment mit einem Anfall gerechnet hatte. Mit etwas Gefährlichem.

Jetzt wusste er es besser.

»Vier Tage«, sagte er und versuchte, mit ruhiger Stimme zu sprechen. »So lange hat es gedauert. Vor vier Tagen hast du dort drinnen gesessen ...«, er richtete den Zeigefinger anklagend auf die Tür zum Wohnzimmer, »... und hast gesagt, es tut dir leid, wie du mich ab und zu behandelst. Du hast nur vier Tage gebraucht, um das wieder zu vergessen. Dein Bedauern war weniger wert als ...« Er suchte nach einem passenden Wort.

»Du hast recht«, kam sie ihm zuvor. »Du hast absolut recht.«

»*Ich gehe nicht*«, sagte er und merkte, dass seine Stimme drohte, ins Falsett umzuschlagen. »Und ich habe jedenfalls keinen Nerv, mich jetzt auf dem Friedhof herumzutreiben, auf der Jagd nach etwas Unbekanntem, in einem Fall, den ich nicht für einen Fall halte. Keinen Nerv!«

Jetzt schlug seine Stimme um, und er musste mit den Tränen kämpfen.

»Das verstehe ich«, warf Hanne rasch ein. »Ich werde natürlich genauer erklären, was ...«

»Unter einer Bedingung«, nun schrie er fast. »Ich werde dir zuhören und tun, was du sagst, aber unter einer Bedingung!«

»Was immer du willst. Beruhig dich doch. Du hast recht.«

»Du sollst dir das hier ansehen«, rief er, bückte sich nach seiner Tasche und zog einen Packen Fotos heraus. »Das hier!«

Er knallte den Stapel so hart auf den Tisch, dass die Fotos nach allen Seiten rutschten. Eines fiel auf den Boden.

»Entschuldige«, sagte er kleinlaut und bückte sich, um es aufzuheben.

Hanne lachte leise. »Meine Güte, du kannst ja wütend werden«, sagte sie. »Das ist gut. Da habe ich dir doch immerhin etwas beigebracht. Was soll ich mir ansehen?«

Henrik wurde tiefrot und schob ihr einige Bilder hin.

»Sieh sie dir einfach an«, bat er zaghaft. »Das sind Fotos vom Tatort im Stugguvei. Wo Anna Abrahamsen umgebracht wurde.«

Hanne blickte ihn aufrichtig verwirrt an, ehe ihr ein Licht aufging.

»Der Fall des alten Bonsaksen!«

»Genau. Sieh es dir einfach an.«

Vom Gang her hörten sie jetzt, wie eine Tür geöffnet wurde. Ida lachte laut über etwas, das Nefis gesagt hatte. Ein Schrank wurde geöffnet und geschlossen, und Schritte waren auf dem Weg zum Wohnzimmer. Hanne achtete nicht darauf. Sie sah sich jedes einzelne Bild sorgfältig an. Zuerst die Fotos aus dem Badezimmer, in dem Anna Abrahamsen ermordet worden war. Danach jedes andere, von Küche und Wohnzimmer, den Schlafzimmern und dem kleinen Fitnessraum im Keller. Von der Diele, die fast wie eine Halle wirkte, und dem Gästezimmer im Keller, einem Raum, der von einem großen Billardtisch mit grünem Filzbezug dominiert wurde. Als Hanne den ganzen Stapel durchgesehen hatte, fing sie wieder von vorn an.

Henrik glaubte, den Geruch von gebratenen Zwiebeln wahrzunehmen.

»Brutaler Mord«, sagte Hanne. »Man sieht ja, dass sie verblutet ist.«

»Ja.«

»Wenn sie überlebt hätte, hätte ein Schönheitschirurg eine herausfordernde Aufgabe gehabt. Ihr Kinn ist ja vollkommen zerstört.«

»Ja.«

»Und dann noch etwas«, fügte sie hinzu und schob die Fotos ein wenig zurück. »Einen ordentlicheren Tatort habe ich in meiner gesamten Laufbahn nicht gesehen. Das ist richtig seltsam.

Entweder war Anna Abrahamsen eine fast schon krankhafte Pedantin oder ...«

Sie kniff die Augen zusammen und griff nach dem Colaglas.

»Oder sie wollte verreisen«, fügte sie fast fragend hinzu und starrte Henrik an. »Oder das Haus sollte interessierten Käufern gezeigt werden.«

»Zu Silvester?«

Henrik ließ sich im Sessel zurücksinken und schlug die Beine übereinander. Seine Wut war wie weggeblasen. Jetzt fühlte er sich aufgemuntert, fast schon glücklich.

»Ich hab es gewusst«, sagte er und ballte im Triumph die schmale Faust. »Ich hab es einfach gewusst! Du würdest es sehen, genau wie ich es gesehen habe. Nur damals ist es absolut niemandem aufgefallen.«

Er richtete sich auf, beugte sich über den Tisch vor und stützte sich auf die Unterarme.

»Anna Abrahamsen wollte das Haus nicht verkaufen. Sie wollte es niemandem vorführen, und sie wollte auch kein Silvesterfest veranstalten. Im Gegenteil, sie wollte ganz allein sein, an dem vielleicht festlichsten Abend des ganzen Jahres. Nichts in der Küche wies daraufhin, dass sie sich etwas Gutes kochen wollte. Wenn sie kurz vor Mitternacht gestorben ist, hat sie den ganzen Abend über nicht einen einzigen Bissen zu sich genommen. Die Spülmaschine war leer. Der Mülleimer ebenso. Die Arbeitsflächen sind sauber. Und wenn du mal hierhin schaust ...«

Schnell fand er ein Bild von der Küche, auf dem am linken Rand der Kühlschrank zu sehen war.

»Wenn der Fotograf die Tür geöffnet hätte, würde man sehen, dass der Kühlschrank leer war.«

»Woher weißt du das?«

»Ich habe Bonsaksen angerufen. Du hast ja selbst gesagt, als ich dir die Unterlagen zum ersten Mal gezeigt habe: Da ist überaus gründlich ermittelt worden. Bonsaksen hat sich die ganzen Jahre Gedanken gemacht, und er kann sich gut daran erinnern. Der Kühlschrank war leer, bis auf zwei Flaschen Mineralwasser. Und nicht nur das ... «

Der Geruch des entstehenden Sonntagsmahles in der Küche ließ Henriks Magen laut knurren. Verlegen legte er die Hand darauf.

»Der Kühlschrank war ganz sauber. Er roch nach Chlor, Hanne. Bonsaksen war ganz sicher. Er hatte das damals nur nicht für wichtig gehalten. Es schien keinerlei Bedeutung in dem Mordfall zu haben, meinte er.«

»Aber du glaubst das Gegenteil?«

»Ja.«

In dem Moment wurde leise an die Tür geklopft, und Ida schaute herein.

»In einer halben Stunde gibt es Essen. Du bleibst doch, ja, Henrik?«

»Ja, danke«, antwortete er schnell.

»Schön«, sagte Ida und schloss die Tür wieder.

»Welche Bedeutung hat ein sauberer Kühlschrank für den Mord an Anna Abrahamsen?«, fragte Hanne ungeduldig.

Henrik hielt ihren Blick eine ganze Weile fest, als ob er seine Theorie noch einmal überdenken müsste, ehe er es wagte, sie Hanne vorzulegen.

»Es gibt nur ziemlich wenige Gründe, ein Haus auf diese Weise zu putzen«, begann er und legte die Hand auf den Bilderstapel. »Der eine ist, dass es Käufern gezeigt werden soll. Das können wir ausschließen. Es gibt keinen Grund zu der Annahme, dass ein Verkauf geplant war. Ich habe die Immobilienanzeigen für den entsprechenden Zeitraum überprüft und dort ist nicht ... «

»Das hast du getan?« Hanne machte ein verdutztes, fast zweifelndes Gesicht. »Hast du wirklich die Immobilienanzeigen der Zeit um Weihnachten 2003 überprüft?«

»Ja. Es gibt jede Menge Archivdienste im Netz. Hat etwas gekostet, aber das war es wert.«

Hanne lächelte unergründlich, und er musste die Bilder weglegen, um sich wieder auf seine Hände setzen zu können.

»Ein anderer Grund kann natürlich eine längere Reise sein«, fuhr er jetzt eifriger fort. »Nicht alle machen sich die Mühe, ihr Haus zu wienern, ehe sie losfahren, aber es würde jedenfalls zu dem leeren Kühlschrank passen.«

Hanne deutete ein Nicken an.

»Aber es gibt keine Hinweise darauf, dass Anna verreisen wollte. Aus den Ermittlungsunterlagen geht hervor, dass sie gleich nach Neujahr zwei wichtige geschäftliche Termine hatte. Sie war Verkaufschefin bei Bilia. Hat sich um den Flottenvertrieb gekümmert, also Firmenwagen und größere Absprachen mit Betrieben. Einen Termin hatte sie mit der Polizei, dreißig neue Wagen wurden gebraucht. Das wäre ein wichtiger Auftrag gewesen. Das geht aus den Aussagen von Annas direktem Vorgesetzten hervor.«

»Na gut«, sagte Hanne. »Sie wollte also nicht verreisen und auch ihr Haus nicht verkaufen. Warum war das Haus dann so sauber?«

»Es gibt einen anderen vorstellbaren Grund«, erklärte Henrik.

Doch dann zögerte er wieder. Hannes Lächeln wurde breiter, und er beschloss, das als Aufmunterung zu deuten.

»Selbsttötung«, schlug sie vor und war damit schneller als er.

»Ja«, piepste Henrik, räusperte sich und sagte dann laut: »Ja. Selbstmord.«

Hanne fing an, dieses neue, tiefere Lachen hören zu lassen, das so echt wirkte. So inkludierend, fand Henrik, und er lächelte verlegen zurück, ohne zu ahnen, warum sie so herzlich lachte.

»Du meinst also«, begann sie und versuchte, sich zusammenzunehmen, »du meinst also ...«

So hatte Henrik sie noch nie gesehen. Hanne lachte Tränen. Mit dem Handrücken wischte sie sich mehrmals über die Wangen. Ihre Wimperntusche verschmierte ein wenig, und Henrik schlug so hektisch die Hacken gegeneinander, dass der Tisch zu zittern begann.

Hanne wischte sich abermals die Augen und räusperte sich.

»Wir haben es also mit einem Fall zu tun, der aussieht wie Selbstmord«, sagte sie dann, »aber der meiner Überzeugung nach in Wirklichkeit ein Mord war.« Ihre linke Hand legte sich auf einen der Stapel auf dem Tisch. »Und wir haben einen anderen Fall, wo ein Mann acht Jahre für den Mord an seiner Frau gesessen hat, und du meinst, es könnte Selbstmord gewesen sein.«

Sie legte die rechte Hand auf die Fotos aus Annas Haus.

»Ja«, entgegnete Henrik, »und das Schlimmste ist ...« Jetzt war er es, der losprustete. Er breitete die Arme aus und rief: »Wir haben bei beiden Fällen absolut keinerlei Vollmachten, es sind nicht unsere, Hanne. Was machen wir jetzt also?«

»Wir verhalten uns wie gute Staatsbürger. Und wie die hervorragenden Polizisten, die wir ja auch sind. Was deine kühne Hypothese bezüglich Anna Abrahamsen angeht, schlage ich vor ... Zeig mal das ganze Material.«

Henrik beugte sich vor, griff nach Bonsaksens blauem Ordner und schob ihn Hanne zu. Sie blätterte einige Sekunden in den inzwischen ziemlich abgegriffenen Dokumenten, ehe sie mit dem Zeigefinger mehrmals auf ein Blatt tippte.

»Ich wusste es ja«, sagte sie zufrieden. »Das hier ist ein

ungewöhnlich gut ermittelter Fall. Sogar die Personalien des Opfers sind überaus sorgfältig verzeichnet. Hier ...« Sie drehte den Ordner um und schob ihn zu Henrik zurück. »Annas Hausärztin.«

Henrik blickte auf das Blatt und dann wieder zu Hanne.

»Äh ... ja?«

»Bei der Leidensgeschichte, die hier dokumentiert ist, würde es mich nicht wundern, wenn Anna bei einem Psychologen oder Psychiater in Behandlung gewesen wäre. Der normale Weg dahin geht über die Hausärztin. Also sprich mal mit dieser ...« Sie legte den Kopf schief und las. »Sivesind. Dr. Christine Sivesind. Frag sie, wo Anna möglicherweise Hilfe gesucht hat.«

»Warum?«

»Aber Henrik. Du hast dir eine Theorie gebastelt, nach der Anna Abrahamsen Selbstmord begangen hat, nur weil es bei ihr zu Hause so sauber war. Findest du das nicht ein bisschen dünn?«

»Doch ...«

»Also sorg dafür, dass die Sache mehr Fleisch auf die Knochen kriegt. Sprich mit Dr. Sivesind.«

»Die hat doch sicher Schweigepflicht«, sagte er mutlos. »Auch wenn die Patientin tot ist.«

»Ärzte lassen sich meistens vom Dienstausweis beeindrucken. Und nach zwölf Jahren kann es doch nicht mehr so verdammt schwierig sein. Wie ich dir schon unzählige Male gesagt habe, Henrik: Fragen ist immer erlaubt. Menschen zu fragen, ist das wichtigste Mittel der Polizeiarbeit.« Sie verschränkte die Hände im Nacken und lächelte. »Frag. Vielleicht war Anna Abrahamsen wirklich suizidal.«

»Aber warum ...« Henrik knallte dreimal die Hacken gegeneinander, ehe er hinzufügte: »Wir sind uns einig, dass in dem

Fall sorgfältig ermittelt wurde. Bonsaksen war genau und pflichteifrig. Warum hat er dann nicht mit der Ärztin und möglicherweise einem Psychologen gesprochen?«

Hanne legte die Hände auf die Rollstuhlräder und fuhr neben ihn. Sie hatte offenbar abgenommen. Der eisblaue Pullover mit dem V-Ausschnitt saß lockerer als früher, und unter der dünnen Haut zeichneten sich ihre Knochen deutlich ab, als sie ihm die Hand auf den Oberschenkel legte. Dass sie ihn ganz freiwillig berührte, ohne Hilfe zu benötigen, war bisher kaum je passiert. Er nahm ihren Duft wahr, während sie sich zu ihm vorbeugte, und er wurde rot.

»Bonsaksen hat einen Mord gesehen«, sagte Hanne langsam. »Alle, die am Tatort waren, sahen einen Mord. Aus vielen Gründen, wie der Ordner nachdrücklich belegt, aber natürlich vor allem, weil sie keine Waffe gefunden haben. Die Annahme war verständlich, aber trotzdem kann sie ein Fehler gewesen sein. Wenn ich mir diesen Fall genauer ansehen sollte, würde ich zuerst nach einem möglichen anderen Täter Ausschau halten. Warum fängst du nicht dort an, statt wegen einer Selbsttötung zu forschen?«

»Weil ich nicht die geringste Spur eines anderen Täters finde. Wie man den Fall auch dreht und wendet, Anna ist hinter verschlossenen Türen gestorben, kurz vor Mitternacht an einem Silvesterabend. Sie wurde nicht vergewaltigt. Aus dem Haus wurde nichts gestohlen, soweit die Polizei das feststellen konnte. Das Einzige, was fehlte, waren die Tatwaffe und Annas Handy. Wenn ein Festgast aus dem Nachbarhaus sich aus irgendeinem absurden Grund eingeschlichen, sie umgebracht und auf wundersame Weise ein verschlossenes Haus verlassen hätte, ohne eine Spur zu hinterlassen, dann wäre das ohne jegliches Motiv geschehen. Die Gäste der Nachbarparty wurden ausgeschlossen, wirklich jeder und jede von ihnen.«

Henrik seufzte resigniert.

»Die Einzige, die einen Hauch von einem Motiv gehabt hätte, neben Jonas, meine ich, war Annas Schwester Benedicte. Sie hatte Schlüssel, es war ihr gemeinsames Elternhaus, und sie hatte einen Kellerraum behalten. Später stellte es sich heraus, dass sie ihre Schwester beerbte, und es gab ein schönes Erbe. Das Problem war nur ... «

»Sie hatte ein absolut hieb- und stichfestes Alibi«, ergänzte Hanne. »Was sich von Jonas nicht gerade behaupten lässt.«

»Genau. Jonas hatte außerdem zahlreiche Motive, seine Frau umzubringen. Enttäuschung, Zurückweisung, vielleicht Hass. Auch Geld, er wusste ja noch nicht, dass dem Scheidungsgesuch stattgegeben worden war und er von Anna nichts erben würde. Nein ... «

Henrik verzog den Mund und atmete schwer. Es war ungewohnt, so dicht neben Hanne zu sitzen, und er ertappte sich dabei, wie er den Sessel ein wenig zurückschob.

»Wenn Bonsaksen recht damit hat, dass Jonas seine Frau nicht umgebracht hat, muss sie es selbst gewesen sein«, schloss er verzweifelt. »Und die Waffe dann irgendwie weggeschafft haben, post mortem sozusagen. Gar nicht leicht, diese Nuss zu knacken. Ich würde am liebsten ... «, er warf einen Kugelschreiber auf den Tisch, »aufgeben.«

Hanne lächelte. »Du gibst niemals auf, Henrik. So bist du nicht. Wenn du wirklich feststellen willst, ob Anna Abrahamsen sich umgebracht hat, dann solltest du bei ihrer Ärztin anfangen.« Sie hob die Hände und fuhr ihren Stuhl ein wenig zurück. »Aber zuerst sprichst du mit dem Küster auf dem Friedhof«, sagte sie. »Und zwar gleich morgen.«

MONTAG, 18. JANUAR 2016

Jonas Abrahamsen hatte den ganzen Sonntag und weit hinein in den nächsten Tag geschlafen. Irgendwann am Vorabend war er kurz geweckt worden, als der Katheter und die übrigen Überwachungsinstrumente entfernt wurden. Jemand sagte irgendetwas über Stabilität, und er glitt zurück in den gesegneten traumlosen Schlaf.

Als er am Montagmorgen um halb sechs erwachte, verspürte er eine so fremde Ruhe, dass er sofort furchtbaren Hunger bekam. Das Krankenhaus hatte so früh allerdings nur wenig zu bieten, aber eine Nachtwache gab ihm ein Butterbrot ab. Als die weiß gekleidete Pflegerin in Clogs ihn verließ, aß er es rasch auf. Danach zog er sich den Tropf aus dem rechten Handrücken und setzte die Füße auf den Boden.

Er wollte nach Hause. Aber wie ihm nun einfiel, war er nackt hergebracht worden. In dem verwaschenen Schlafanzug, in den sie ihn gesteckt hatten, konnte er wohl kaum auf die Straße. Jedenfalls nicht, wenn es draußen noch so kalt war wie zwei Tage zuvor, als er sich unter das Dach des Holzschuppens gelegt hatte.

Jonas versuchte, zur Tür zu gehen.

Seine Beine trugen ihn. Er fühlte sich schwach, und ihm war ziemlich schwindlig, aber er gelangte ohne größere Probleme ins Badezimmer. Der schlimmste Hunger war gestillt, und er sehnte sich gewaltig nach einem Kaffee. Aber zuerst musste er pissen.

Danach fühlte sich Jonas schon besser. Die Dusche in der

Ecke wirkte so verlockend, dass er den Schlafanzug abstreifte und das Wasser aufdrehte. Der glühend heiße Strahl traf seinen Rücken wie ein Peitschenhieb. Er seifte sich zweimal ein, vom Scheitel bis zur Sohle, und blieb lange auf den weißen Fliesen stehen und sah zu, wie der Schaum im Abfluss verschwand, bis seine Haut rot wurde.

Hinterher blieb Jonas keine Wahl, als den benutzten Schlafanzug wieder anzuziehen. Er schlüpfte hinein, ehe er sich richtig abgetrocknet hatte.

»Sie können doch nicht einfach ...«

Die Pflegerin stand vor ihm, als Jonas das Bad verließ. Sie wich zur offenen Zimmertür zurück, als fürchte sie, er könnte hinauslaufen.

»Haben Sie den Tropf herausgezogen?«, fragte sie erschrocken und ziemlich unnötig, aus seinem Handrücken sickerte noch immer ein wenig Blut an der Stelle, wo er die Nadel zu brutal herausgerissen hatte.

»Ich will nach Hause«, erklärte er leise.

»Dafür ist es aber noch zu früh, mein Lieber. Kommen Sie jetzt her, dann lege ich den Tropf noch einmal.«

Sie ging zum Bett und klopfte auffordernd darauf, als sollte ein Hund auf die weiße Bettwäsche springen.

»Ich würde gern mit dem Arzt sprechen«, sagte Jonas energisch. »Natürlich bin ich dankbar für alles, was hier für mich getan worden ist, nach meinem ... meinem kleinen Unfall, aber jetzt will ich nach Hause.«

Die Pflegerin sah ihn unsicher an. Sie kam ihm ängstlich vor, und Jonas versuchte, sich ein Lächeln abzuringen. Daraufhin schien sich die Frau noch mehr zu fürchten, sie ging seitwärts auf die Tür zu.

»Wenn Sie sich hinlegen, rufe ich den diensthabenden Arzt.«

»Ich brauche auch Kleider«, sagte Jonas und trat brav ans Bett. »Nur geliehen, bitte.«

Als die Frau nach einer Viertelstunde mit einem korpulenten, glatzköpfigen Arzt zurückkam, war Jonas verschwunden. Er war splitternackt und ganz und gar ohne Habe in das Krankenhaus gekommen.

Und er hinterließ dort auch nichts.

Ausnahmsweise einmal hatte Henrik ein Taxi genommen.

Es war zwar nicht mehr so kalt wie vor zwei Tagen, aber es schneite jetzt. Während der Nacht hatte sich eine einen halben Meter dicke Decke über Oslo gelegt, und der scharfe Wind schob unüberwindliche Schneewehen zusammen. Die Fahrt in dem weißen Mercedes hatte eine Dreiviertelstunde gedauert. An einem guten Tag hätte Henrik die Strecke zu Fuß schneller zurückgelegt.

Das Taxi hatte ihn vor dem Haupteingang des Østre gravlund im Tvetenvei abgesetzt. Ein Stück vor ihnen war ein Lastwagen mit ausländischem Nummernschild mit dem halben Anhänger in den Straßengraben geraten. Das Führerhaus stand quer auf der Fahrbahn, und der Taxifahrer stieß saftige Verwünschungen aus. Henrik konnte gerade noch bezahlen und sich eine Quittung geben lassen, als der Wagen auch schon wendete und den Weg zurückfuhr, den sie gekommen waren.

Der rund zweihundert Meter lange Weg zur Kapelle war gerade erst geräumt worden. Sehr bald würde das wieder passieren müssen. Henrik fischte eine Mütze aus der Tasche und zog sie sich über die Ohren, während er sich seitlich gegen den Wind drehte. Er konnte die langen Reihen der Grabsteine im Schneegestöber kaum erkennen. Einige Steine waren zudem fast schon unter dem Weiß begraben.

Henrik war bereits eiskalt, als er die Türen der für die Sechzigerjahre typischen Kapelle erreicht hatte. Er wischte sich Schnee von der Jacke, trat mit den Stiefeln gegen die Mauer und stopfte die Mütze wieder in die Tasche. Gerade als er hineingehen wollte, wurde die Tür geöffnet.

»Sie sind ja pünktlich«, sagte ein Mann im Anzug, dessen schwarze Haarsträhnen nach hinten gekämmt waren und aussahen, als wären sie einzeln auf die Kopfhaut geklebt worden. »Gut gemacht bei diesem Wetter.«

Seine Haare waren gefärbt und außerdem so dünn, dass die rosa Kopfhaut dazwischen hervorleuchtete. Das ließ den Mann einem komischen Insekt ähneln.

Er streckte Henrik eine schmale, knochige und zundertrockene Hand entgegen.

»Hier entlang«, sagte er und führte Henrik durch zwei Gänge und in ein Büro. »Nehmen Sie Platz. Kaffee?«

»Nein, danke.«

Henrik setzte sich. Das Zimmer war hell und neutral, nur eine große Bibel, die ein ganzes Regal für sich hatte, zeugte davon, dass er sich in einem Gotteshaus befand. An der einen Wand hing ein gerahmter Plan des Friedhofes, sonst war der Raum ziemlich kahl.

»Wie schon am Telefon gesagt, geht es um die Beerdigung am vorigen Freitag«, erklärte Henrik und lächelte freundlich. »Iselin Havørn.«

»Das habe ich verstanden.«

Der Küster Mauritz Bolle setzte sich in einen großen hellbraunen Schreibtischsessel, legte die Hände zu einem Zelt zusammen und stützte die Ellbogen auf den Tisch.

»Wir hatten viele Anfragen«, sagte er und nickte heftig. »Die Presse, wissen Sie. Doch niemand hat herausgefunden, wann und wo die Zeremonie vor sich gehen sollte. Jedenfalls nicht rechtzeitig.«

Er nickte und nickte.

»Mein Mund war versiegelt. Was die Polizei angeht, sieht die Sache natürlich anders aus. Ganz anders. Was kann ich für Sie tun?«

Doch ehe Henrik antworten konnte, ergriff Mauritz Bolle abermals das Wort.

»Darf ich fragen, was für die Polizei so interessant sein kann? An einer kleinen Trauerfeier, meine ich.«

»Das kann ich leider nicht sagen«, entgegnete Henrik, beugte sich vor und lächelte vertraulich. »Das verstehen Sie sicher. Aber ich bin dankbar dafür, dass Sie mich empfangen. Nur ein paar Fragen.«

»Na los«, forderte ihn der Küster auf und lächelte. Seine Zähne waren so kreideweiß und regelmäßig, dass er sie sicher billig gekauft hatte. »Fragen Sie nur.«

»Gab es bei der Beerdigung viele Teilnehmer ... äh, Trauergäste?«

Henrik öffnete eine neue Notiz in seinem iPhone.

»Nein. Nur vier oder fünf. Fünf, glaube ich?«

Der Küster legte den Kopf in einer übertrieben nachdenklichen Geste schief, und mit seinem langen Hals und seinen spitzen Ellbogen hatte er immer größere Ähnlichkeit mit einem Weberknecht.

»Fünf?«, rief Henrik. »Zu Iselin Havørns Beerdigung sind nur fünf Personen erschienen?«

»Ja. Mehr waren es nicht. Ich habe einige Worte mit dem Bestattungsunternehmer gewechselt, und wenn ich es richtig verstanden habe, hatte man sich große Mühe gegeben, das Ganze geh... diskret stattfinden zu lassen. Sie wissen schon. Wo doch so viel geschrieben worden ist und überhaupt. Sicher nicht ganz einfach für die Gattin. Ja, das heißt jetzt ja wohl auch Gattin, auch in diesen eingeschlechtlichen Verhältnissen.«

»Gleichgeschlechtlich«, korrigierte Henrik lächelnd. »Die Frau war also dabei?«

»Maria Kvam«, Mauritz Bolle nickte. »Schöne Frau. Sah kein bisschen ...« Die Hände lösten sich aus der Zelthaltung, er ließ sie auf den Schoß sinken. »Sie wissen schon«, fuhr er fort. »Sie sah gar nicht danach aus. Einfach nur am Boden zerstört, die arme Frau. Auf dem Weg zum Grab wäre sie wirklich fast ohnmächtig geworden. Sie hat nicht so heftig geweint, aber sie hat geschwankt. Außerdem hat wohl nicht sie selbst die Absprachen mit dem Bestattungsunternehmen getroffen. So muss es einfach gewesen sein.«

»Wieso das?«, fragte Henrik, ohne von seinem Handy aufzuschauen, wo er sich eifrig Notizen machte.

»So wird man einfach nicht beerdigt«, antwortete der Mann entschieden. »Nicht von Leuten, die einen lieben.«

»Wie meinen Sie das?«

»Ein Kranz. Nur ein Kranz! Der war zwar groß und prachtvoll, aber die Trauerschleife war ungewöhnlich ... kühl? Ja. Sie war nicht sonderlich persönlich, um es mal so zu sagen.«

»Was stand darauf?«

»Ich weiß es nicht mehr so genau, jedenfalls etwas von Freunden und Kollegen. Nichts von der Frau. Und der Sarg ...«

Er schnalzte vielsagend mit der Zunge und hob die Augenbrauen.

»Was war mit dem?«

»Mir steht da ja kein Urteil zu«, antwortete Mauritz Bolle und hob die Handflächen. »Mir steht da absolut kein Urteil zu.«

»Aber?«, fragte Henrik aufmunternd, als der Mann auf dem hellbraunen Schreibtischsessel den Mund fest zukniff.

»Der war von der allerbilligsten Sorte, um ehrlich zu sein. Von der Art, die ... «

Jetzt rang er die Hände, dann legte er sie plötzlich vor sich auf den Tisch. Sie waren für einen Mann ungewöhnlich gepflegt. Die Nägel waren perfekt abgerundet und so sauber und blank, dass hier sicher Lack im Spiel war.

»Sie wissen«, sagte der Küster nach einer Pause. »Unter uns gibt es solche, die weder Verwandte noch sonderlich viele Freunde haben. Falls überhaupt. Die Einsamen. Die ganz Armen. Die, die lange krank waren. Oft im Gemüt, wenn Sie verstehen, was ich meine. Auch die müssen zur Ruhe gebettet werden. Und dann wird gern das allerbilligste Sargmodell genommen. In solchen Fällen bezahlt ja der Staat.«

Henrik hatte sich noch nie Gedanken darüber gemacht, dass es auch beim Tod preisliche Unterschiede gab.

»Ja und? Was war das also für ein Sarg?«

»Furnier.« Jetzt beugte sich Mauritz Bolle vor und fügte flüsternd hinzu: »Ich nenne das einfach Pappe. Man bekommt sie für einen Apfel und ein Ei.«

»Was bedeutet?«

»Vier-, fünftausend.«

Henrik schluckte und sah von seinem Telefon auf.

»Ach. Und was kostet der teuerste?«

»Da gibt es kaum eine Grenze. Aber wenn ein geliebter Mensch die letzte Reise antritt, ist es üblich, fünfzehn- bis zwanzigtausend springen zu lassen. Mindestens.«

»Ist Sterben so teuer?«, rutschte es Henrik heraus. »Der Sarg soll ja doch nur verbrannt werden.«

»In diesem Fall sollte er in die Erde«, korrigierte der Küster. »Und wir reden hier nur über den Preis des Sarges. Dazu kommen Blumen und anderer Schmuck, Totenzettel ...« Er zählte an den Fingern mit, die faszinierend lang waren. »... und gern irgendwelche Musik. Ein Solist. Dazu dann der Leichenschmaus ...«

Er unterbrach sich und fuhr sich mit der linken Hand über seine fettigen Haare.

»Ich glaube aber, das war hier nicht aktuell. Überhaupt muss ich mir die Bemerkung erlauben, aber das nur, weil die Polizei danach fragt, wirklich nur deshalb, dass es eher ...« Jetzt fand er offenbar einen Grund, seine Worte genau abzuwägen. »Armselig«, rief er dann. »Es war eine armselige kleine Feier. Ich habe in den letzten Wochen die Zeitungen verfolgt, und die Tote war ja beileibe nicht mittellos. Die Witwe auch nicht. Und obwohl hier ein Selbstmord vorlag und man ja verstehen kann, dass die Hinterbliebenen nicht unbedingt etwas ... Großartiges wollten, fiel diese Armseligkeit doch auf. Wir haben darauf reagiert. Allesamt.«

Er sah sich in dem Büro um, als ob sämtliche Friedhofsangestellten dort versammelt wären.

»Aber wir haben natürlich nichts gesagt«, fügte er hinzu.

Henriks Telefon ließ ein leises Knurren hören. »Entschuldigung«, sagte er rasch und zog mit dem Daumen eine SMS auf das Display.

Register überprüft, Pillen nicht für Iselin verschrieben.
Hat nie verschreibungspflichtige Medikamente bekommen. Wichtig? Amanda.

Er las die Meldung und antwortete blitzschnell.

Vielleicht. Ich an deiner Stelle würde prüfen, ob jd v
Iselins Freunden / Bekannten Antidepr nimmt. Henrik

»… feindselig«, sagte Küster Bolle gerade.

»Wie bitte?«, fragte Henrik.

»Ich habe gesagt, dass sich andere um die praktischen An-
gelegenheiten bei dieser Beerdigung gekümmert haben müssen.
Denn wenn meine Frau mir eine solche Trauerfeier zumutete,
würde ich das als absolut feindselig empfinden.«

»Feindselig?«, wiederholte Henrik überrascht.

»Ja. Das möchte ich absolut behaupten. Na ja, wenn ich tot
wäre, könnte ich mich ja nicht beschweren, aber Sie verstehen
sicher, was ich meine. Ich arbeite jetzt seit dreiundzwanzig Jahren hier auf dem Friedhof, und ich habe so ungefähr alles erlebt.
Auch eine kleine Beisetzung kann mit großer Würde vonstat-
tengehen. Mit Pappsarg und nur dem Geistlichen und mir als
Anwesende. Die Begegnung jedes Menschen mit Gott muss mit
Anstand in die Wege geleitet werden und mit … der Heiligkeit,
die ein solcher Anlass erfordert. Aber wenn man doch Familie,
Freunde und zudem Geld genug hat …«

Wieder schnalzte er vorwurfsvoll mit der Zunge.

»Ich würde das ganz einfach als Strafe auffassen. Als Bestrafung des verstorbenen Menschen. Ja. Als feindselige Handlung
und Bestrafung.«

Er lächelte, wie um dieser Bemerkung den Stachel zu nehmen.

»Aber wie gesagt, mir steht hier kein Urteil zu. Und sicher hat
das nicht die Gattin so entschieden. Das kann ich einfach nicht
glauben.«

Er starrte Henrik einen Moment lang an, dann schüttelte er
den Kopf und bleckte abermals die Perlenreihe.

»Oder was meinen Sie?«

Es war leichter gewesen, das Krankenhaus zu verlassen, als Jonas befürchtet hatte. In einer offenen Besenkammer nur zehn Meter den Gang hinunter hatte er eine Windjacke und ein Paar Gummistiefel gefunden. Dort hing auch eine Einkaufstasche mit drei Broschüren über Charterreisen an einem Haken neben der Tür, und auf dem Boden stand eine Thermoskanne, deren Inhalt er in der Eile nicht überprüfte. Vermutlich gehörte das alles, was er jetzt an sich reißen wollte, jemandem vom Reinigungspersonal, und sein Gewissen ließ ihn zögern. Doch als er Schritte auf dem Gang hörte, zog er rasch Jacke und Stiefel an.

Die Jacke war zu groß, und die Stiefel stanken.

Letzteres bemerkte er, als er in eines der Taxis sprang, die im Leerlauf nur fünfzig Meter vom Haupteingang entfernt standen. Der Fahrer sah die Schlafanzughose zum Glück erst, als Jonas eingestiegen war.

Erst als sie die verschneite Auffahrt in Maridalen erreicht hatten, fiel Jonas ein, dass er kein Geld hatte. Nach einer Schimpfkanonade auf Norwegisch und Urdu sah der Fahrer schließlich doch ein, dass es besser war, Jonas sich durch den Schnee zum Haus hinaufkämpfen zu lassen, um Geld zu holen, anstatt die Polizei zu alarmieren. Bei diesem Wetter war es sowieso zweifelhaft, ob die Beamten wegen einer lächerlichen unbezahlten Taxirechnung den ganzen Weg nach Maridalen auf sich nehmen würden.

Inzwischen war es ein Uhr geworden.

Jonas war noch immer eiskalt, vor allem an den Füßen, nachdem er barfuß in den alten Gummistiefeln durch den Schnee gelaufen war. Und es wurde nicht besser davon, dass die Temperatur in dem kleinen Haus in seiner Abwesenheit weit unter den Nullpunkt gesunken war. Er heizte im Ofen in der Ecke ein, ehe er seine eigenen Sachen anzog. Jetzt hatte er immerhin eine Zone von einigen Metern um den Ofen, wo die Temperatur erträglich war. Er setzte sich und massierte seine nackten Beine sorgfältig und lange, ehe er dicke Wollsocken anzog und die Füße auf einen Hocker vor die Flammen legte.

Schon lange hatte er sich nicht mehr so ruhig gefühlt.

Er war nicht froh. Nicht einmal zufrieden. Im Gegenteil, er empfand kaum etwas. Das war eine Befreiung. Er ließ sich von der Leere erfüllen, zu der er am Vortag erwacht war, von dem großen Nichts, das es ihm ermöglicht hatte, fast rund um die Uhr zu schlafen. Er wusste gar nicht, wann er zuletzt so tief und befreit geatmet hatte. Die wechselnden Krämpfe, die Stiche im Herzen und die bohrenden Schmerzen, die seit Dinas Tod durch seinen Körper gewandert waren, waren verschwunden.

Nur der Frost hatte sich festgesetzt.

Obwohl er mittlerweile seit mehreren Stunden einheizte und zwei Pullover übereinander gezogen hatte, klapperten ihm nur direkt vor dem Kamin nicht die Zähne.

Seit er im Krankenhaus das Brot der Nachtwache gegessen hatte, hatte er lediglich eine Dose Bohnen in Tomatensoße verzehrt und dazu so viel Kaffee getrunken, dass sein Vorrat aufgebraucht war. Jetzt müsste er den dreizehn Jahre alten Golf ausbuddeln, der eingeschneit auf dem Hofplatz stand. Zwar war es möglich, dass die eisige Kälte die Batterie gekillt hatte, aber er hatte ein Ladegerät im Küchenschrank.

Zuvor musste er die Auffahrt freischaufeln.

Mühsam erhob er sich und ging zu einem Schrank bei der Eingangstür. Aus einem alten Eiskarton aus Kunststoff nahm er sechs Hand- und Fußwärmer. Wickelte sie aus, rieb sie zwischen den Händen, um den wärmenden chemischen Effekt hervorzurufen, dann steckte er in jeden der riesigen Jagdstiefel zwei davon und je einen in seine Fäustlinge.

Das half. Er fror nicht mehr. In Wolle und seine Daunenjacke gepackt stand er da und spürte, wie ihm immer wärmer wurde. Der Ofen knisterte hitzig, aber Jonas trampelte dennoch hinüber und warf noch ein Holzscheit hinein. Er ließ die Ofentür offen stehen, kniete sich hin und schaute dem Spiel der Flammen zu. Sein Gesicht brannte, und er musste die Augen gegen die Hitze zusammenkneifen.

Plötzlich verspürte er ein ungewohntes Zucken um seine Mundwinkel.

Langsam zog er den einen Fäustling aus. Er legte vorsichtig eine Hand auf sein Gesicht, erhob sich dann und ging zu einem schwarz gesprenkelten Spiegel beim Spülstein.

Er lächelte, wie er nun sah.

Jedenfalls beinahe. Seine Zähne waren zu sehen, und die Furchen zwischen Nasenflügeln und Mundwinkeln waren tief und deutlich.

Mit einem Schlag wurde er tiefernst. Er ließ die Fingerspitzen über sein Gesicht wandern, die Bartstoppeln kratzten an der Haut, und zum ersten Mal bemerkte er, dass seine Augenbrauen buschig wurden. Stahlgraue Teufelshörner wie bei einem alten Mann.

Das Leben hatte ihn wahrlich arg misshandelt. Es hatte ihn in Fetzen gerissen, ihn bewusstlos geprügelt, ihn wieder und wieder zu Boden geschlagen. Am Ende war er nackt hinaus in zwanzig Grad unter null gejagt worden und hatte nicht einmal sterben dürfen.

Er hatte sich alles gefallen lassen.

Immer.

Aber jetzt nicht mehr. Es wurde Zeit zurückzuschlagen, und tief in seinem Inneren, hinter der gesegneten Leere, die es ihm ermöglichte, den Rücken gerade zu halten und frei zu atmen, wusste er auch schon, wie.

Das Spiegelbild grinste ihn an, und Jonas ging hinaus, um Schnee zu schaufeln.

»Wann fällt das Urteil?«

Der Mann in der Tür war so groß, dass er den Kopf einziehen musste, um hindurchzugehen. Jetzt lehnte er sich an den Türrahmen, die Hände in den Taschen und den Nacken gebeugt. Unter seinem Arm klemmte eine randvolle Plastiktüte, vermutlich Unterlagen.

Henrik schaute auf, er war so in Gedanken vertieft gewesen, dass er den Hauptkommissar noch gar nicht bemerkt hatte.

»Stehst du schon lange da?«, fragte er verdutzt.

»Tja. Lange genug, um zu sehen, dass du in irgendetwas ziemlich vertieft bist. Wann fällt das Urteil?«

»Das steht noch nicht fest. Hanne Wilhelmsen tippt auf Ende des Monats. Ist ja ein Riesenfall. Eine Menge Angeklagte. Da hat der Richter ordentlich zu schreiben.«

»Ja.«

Henrik Holmes Chef nahm die Hände aus den Taschen und betrat das Zimmer. Er setzte sich vor den Schreibtisch und legte die Tüte neben sich. Dann wandte er sich Henrik zu, der zurückwich.

»Was machst du denn gerade?«

Ulf Sandvik blickte zu dem Rand der Tischplatte, wo die widerrechtlich angeeigneten Kopien vom Fall Iselin Havørn Gott sei Dank unter dem abgegriffenen dicken Ordner der Ermittlungen gegen Jonas Abrahamsen verborgen waren.

»So allerlei«, murmelte Henrik und tippte sich dreimal mit dem Finger gegen den Nasenflügel.

»Ich bin eben der Polizeidirektorin begegnet.« Sandvik nickte in Richtung Flur. »Sie sagt, dass du gerade arbeitslos bist.«

»Doch. Ja. *Hick.*«

Henrik versuchte es mit einer Übung, die er von Hanne gelernt hatte. Er füllte seine Lunge und presste dann mit aller Kraft die Luft zum Zwerchfell hinunter. Sofort bekam er Kopfschmerzen, und seine Augen schienen ihm aus dem Kopf quellen zu wollen.

»Ich arbeite an ... *hick* ... einigen kleinen Fällen. Fällen von Hanne. Man kann sagen, dass ich ... ihr helfe.«

Ulf Sandvik erhob sich. Henrik hatte gehört, er messe fast zwei Meter zehn. Von seinem Platz aus erschien er Henrik über drei Meter groß.

»Schön, dass du ihr hilfst, Henrik, aber Hanne Wilhelmsen muss selbst sehen, wie sie zurechtkommt, solange die Polizeidirektorin ihr nicht aufträgt, dir zu helfen. Wir können dich nicht einfach auf die Weide schicken, weißt du. Dein Gehalt wird schließlich von den Steuerzahlern bestritten.«

»*Hick.*«

»Das habe ich heute bekommen.« Sandvik öffnete die Plastiktüte und zog einen ziemlich ansehnlichen Papierstapel heraus. »Statistik«, sagte er kurz. »Hier oben liegt eine Anleitung ... «

Er klatschte mit der größten Pranke aller Zeiten auf den Stapel.

»Und das muss alles bis Freitagnachmittag fertig sein. Es wird ganz schön hart, glaube ich, du musst dich also ranhalten. Wenn du Wilhelmsen helfen willst, dann kannst du das in deiner Freizeit machen. Wovon du nicht viel haben wirst in dieser Woche ... «

Henrik, der so lange den Atem angehalten hatte, dass sein Gesicht jetzt knallrot war, stieß wieder einen lauten Hickser aus. Sandvik grinste.

»Trink ein Glas Wasser. Rückwärts. Von der entgegengesetzten Seite, meine ich. So.«

Er hob ein imaginäres Glas, machte eine tiefe Verbeugung und hielt sich die Faust unter das Kinn. Henrik begriff gar nichts.

»Ja«, sagte er kleinlaut. »*Hick.*«

Jetzt starrte Sandvik den blauen Ordner an. Er trat einen Schritt näher. »Darf ich mal?«

Hanne hätte mit dieser Situation umgehen können. Sie hätte irgendeine überzeugende, vielleicht pechschwarze Lüge ersonnen, die den Hauptkommissar dazu gebracht hätte, das Büro zu verlassen, munter und zufrieden, ohne auch nur einen Blick auf den blauen Ordner zu werfen.

Henrik nicht. »Ja«, piepste er.

Sandvik zögerte. »War Bonsaksen bei dir?«, fragte er.

»Ja. *Hick.*«

»Der Ordner kam mir doch gleich so bekannt vor. Dieser Fall macht ihm immer noch zu schaffen.«

»Ja.«

»Aber der hat hier bei dir nichts zu suchen, Henrik.«

Ein gewaltiger Zeigefinger fuhr über den abgenutzten blauen Ordner mit den zerfetzten Ecken und den alten Kaffeeflecken. Henrik schloss die Augen und versuchte, sich vorzustellen, wie man Wasser rückwärts trank. Das war unmöglich. Als er die Augen wieder öffnete, hatte Ulf Sandvik die eine Hand wieder in die Chinohose gesteckt.

»In der Freizeit, okay? Nur in der Freizeit.«

Henrik nickte fieberhaft.

»Und Freizeit hast du erst ab Freitag wieder«, erklärte Sandvik, während er den Raum verließ und dabei den Daumen hob. »Die Statistik muss am Freitag um zwölf fertig sein, ist das klar?«

Damit war er verschwunden, ehe Henrik antworten konnte.

Maria Kvam hatte inzwischen ernsthafte Zweifel.

Sie hatte die Wohnung bereits von Nippes, Kleinkram, Messing, Keramik und Gläsern befreit. Das riesige Bild von dem Seeadler hatte sie zur Begutachtung ins Auktionshaus Blomqvist gebracht, wobei ihr der Mann, der sie dort empfangen hatte, keine großen Hoffnungen gemacht hatte. Sie wollte es aber unbedingt loswerden.

»Schlimmstenfalls können Sie es verschenken«, hatte sie hinzugefügt und war nach Hause gefahren.

Noch immer standen die Möbel unverrückt. Doch ohne Iselins viele Habseligkeiten wirkten das viel zu tiefe Sofa und der schicke Couchtisch vollkommen fehl am Platz. Die Wohnung war schließlich modern und erst zwei Jahre alt, und Maria war zu dem Schluss gekommen, dass sie absolut alles austauschen müsste, wenn die Wohnung ihrem Geschmack entsprechen sollte.

Mit geraden Linien, kühl und ohne eine Spur von Iselin.

Jetzt saß Maria auf dem Couchtisch und hatte die Ellbogen auf die Knie gestützt. Vielleicht war es an der Zeit umzuziehen.

Zum ersten Mal, seit sie Iselin kennengelernt hatte, verspürte Maria eine gewisse Sehnsucht nach ihrem Elternhaus. Das gehörte noch immer ihr. Seit vielen Jahren hatte sie es an die russische Botschaft vermietet, ein lukratives und problemloses Mietverhältnis. Die Russen renovierten sogar jedes Mal, ehe eine neue Familie einzog. Bei ihrem letzten Besuch vor knapp sechs Monaten hatte Maria alles in erstklassigem Zustand vorgefunden. Auch den Garten, denn die Botschaft hatte eigene Gärtner, die offenbar wussten, was sie taten. Das Grundstück hatte niemals besser ausgesehen.

Maria erhob sich und ging zu dem riesigen Schrank im Schlafzimmer. Noch immer lagen darin Iselins zerfetzte Kleider auf einem Haufen. Sie achtete nicht darauf, sondern fing an, das

Rädchen des Tresors zu drehen, nach dem Code, den sie auswendig konnte und nirgendwo aufgeschrieben hatte.

Iselin hatte den Code auch gekannt, aber sie hatte im Safe nur Silberbesteck und Schmuck hinterlegt, wenn sie in Urlaub fuhren. Maria ließ die Tür aufschwenken, und ihr Blick fiel auf die große Plastikdose im obersten Fach. Die war leer. Es war die Dose, in der Iselin ihren Krimskrams aufbewahrt hatte, und Maria griff danach und warf sie auf den Lumpenhaufen. Dann nahm sie vorsichtig ihre eigenen Sachen aus dem Tresor und legte sie auf den Boden.

Ein Fotoalbum aus ihrer Kindheit. Kontoauszüge und Aktienunterlagen von VitaeBrass, die Steuererklärungen der vergangenen zehn Jahre. Das Scheidungsurteil von 2006, sie und Røar hatten damals endlich die Formalitäten erledigt, kinderlos und in gutem Einvernehmen, nur drei Monate ehe Maria Iselin kennengelernt hatte. Eine schöne Schachtel mit einem Paar Diamantohrringe, die sie von ihrer Großmutter geerbt hatte. Papiere, Gegenstände und Erinnerungsstücke. Iselin hatte nicht eingesehen, wozu sie einen so großen Safe brauchten, aber er hatte sich recht schnell gefüllt. Was Iselin jedoch niemals erfahren hatte, war, dass die dicken Stahlwände nicht nur sicher waren, sondern auch einen doppelten Boden hatten.

Iselin war für Maria alles gewesen.

Sie hatten sich bei einem Empfang kennengelernt. Und zwar bei einer Esoterikmesse, an einem kalten Septemberabend des Jahres 2006. Maria war nicht sicher gewesen, ob PureHerb, wie sie damals noch hießen, überhaupt das Geld für einen Stand ausgeben sollte. Der Versuch, die Konkurrenz auszustechen, indem sie nicht weniger als hundert Quadratmeter in der Ausstellungshalle mieteten, kam ihr einfach hoffnungslos vor. Doch Halvor Stenskar hatte darauf bestanden. Die Firma lief gar nicht schlecht, aber der Kundenkreis war einwandfrei zu klein. Es waren vor allem ältere Menschen, die eigentlich nicht an Kräuter oder Sonnenblumenöl glaubten, aber doch dachten, es könne schließlich nicht schaden. »Sicherheitshalber«, hatten viele als Motivation angegeben, als die Firma ein halbes Jahr zuvor eine Kundenbefragung durchgeführt hatte.

Sie müssten sich breiter aufstellen, meinte Halvor.

Sich an die wirklich Gläubigen wenden.

Alles wies darauf hin, dass das neue verheißungsvolle Präparat schon in wenigen Monaten auf den Markt gebracht werden könnte. Es war von einer Agentur in Peru gekauft worden und hatte sich bereits im Firmenbesitz befunden, als PureHerb noch kaum mehr als ein Name im Firmenregister in Brønnøysund gewesen war. Leider enthielt der Inhalt Stoffe, die in Norwegen unter das Arzneimittelgesetz fielen. Diese Mischung würde niemals zugelassen werden, und es dauerte seine Zeit, die Zusammensetzung zu ändern. Nicht nur, weil die Rechteinhaber in Peru sich sperrten, denn ihre Mixtur basierte auf einem alten Inka-Rezept, sondern auch, weil das Prozedere teuer war.

Aber zu dem damaligen Zeitpunkt war man fast am Ziel, und Halvor wollte in der Esoterikszene Eindruck schinden.

Angesichts einiger der seltsamsten Menschen, die Maria bis dort über den Weg gelaufen waren, wirkte die Vorstellung von einem altmodischen Empfang vollkommen absurd. Halvor war immerhin gescheit genug, am Stand keinen Alkohol anzubieten, stattdessen gab es sechzehn Sorten Kräutertee, Absud aus Asche, Birke und Wacholderbeeren und dazu mit Kohle gefiltertes lauwarmes Wasser. Das Essen war ökologisch und vegan, und zu Marias großer Überraschung schmeckte es ziemlich gut.

Die Ausgaben machten sich wirklich bezahlt.

Das Fest wurde ein gewaltiger Erfolg und danach zu einer geschätzten Tradition bei allen folgenden Esoterikmessen. Offenbar strömten alle anderen Aussteller zum Stand von PureHerb, um eine gelungene Messe zu feiern. Wahrsagerinnen und Engelsflüsterer, Archetypenexperten und Exorzisten, Astrologinnen, Kristallkenner und die eine oder andere Yogalehrerin.

Iselin entdeckte Maria erst kurz vor Schluss.

Was bei ihrem Aussehen verwunderlich war. Iselin Havørn war eine Frau, die sich ihrer ein Meter fünfundachtzig durchaus nicht schämte. Im Gegenteil. Sie hatte sich einen überaus geraden, fast zurückgelehnten Gang angewöhnt, Brust und Kinn vorgeschoben wie vor einem Schwertkampf. Obwohl ihre großen Schuhe durchaus fußgesund waren, hatte sie sich ein Paar mit mindestens fünf Zentimeter dicken Sohlen ausgesucht. Beinahe Plateauschuhe, wie Maria später in dieser Nacht dachte, als die Schuhe weggeschleudert in einer Ecke ihres Schlafzimmers lagen.

Iselin hatte niemals ihre flatternden Gewänder abgelegt, für die sie in den Achtzigerjahren berühmt gewesen war. An dem wunderbaren Abend des Jahres 2006, an dem Maria zum ersten Mal eine Frau getroffen hatte, in die sie sich verlieben konnte, trug Iselin Rot. In mindestens acht Farbtönen, von hellem Altrosa bis zu einer blutroten Tunika, die ihr bis zu den Knöcheln reichte.

Keine andere hätte solche Kleider und Farben tragen können.

Iselin wurde die Einzige für Maria, und zwei Tage später zogen sie zusammen.

Ehe sie sich kennenlernten, hatte Iselin einen anonymen Blog betrieben. Damit hielt sie nicht gerade hinter dem Berg, weshalb die meisten Festgäste an diesem ersten Abend davon wussten. Der Blog hieß skepsis.no und erhielt Aufmerksamkeit, weil viele den Namen missverstanden. Iselin war keine Skeptikerin in der üblichen Bedeutung des Wortes. Sie misstraute der Arzneimittelindustrie und den Ärzten. Den Gesundheitsbehörden brachte sie auch kein sonderliches Vertrauen entgegen, und sie hatte zwei Jahre ihres Lebens der Überzeugungsarbeit gewidmet, dass diese drei Gruppen eine überaus unheilige Dreifaltigkeit bildeten. Eine Triade, so nannte sie sie, eine kriminelle kapitalistische Verschwörung mit internationalen Verzweigungen.

Es ging nur um Geld, wie sie erklärte.

Nicht um Krankheiten. Nicht um Heilung. Und schon gar nicht um Menschen.

Geld war die Wurzel allen Übels und außerdem etwas, wovon Iselin nicht sonderlich viel besaß. Seltsamerweise sollte sich bald herausstellen, dass sie über hervorragende kapitalistische Fähigkeiten verfügte, wenn sie nur die Möglichkeit bekam, sie zu beweisen. Sie hatte gute Beziehungen zu Menschen mit Problemen, die die Schulmedizin weder anerkannte noch begriff. Sie war unter Impfgegnern und anderen mit esoterischem Weltbild eine bekannte Gestalt, und in Rekordzeit bugsierte sie PureHerb in neue und viel ertragreichere Fahrwasser.

Anderthalb Jahre später hatte die Firma unter neuem Namen ihren Umsatz vervielfacht. Das uralte Inka-Heilmittel mit dem neuen Namen BrassCure wurde zu einem Riesenerfolg, nicht zuletzt durch Iselins marketingtechnische Kompetenzen. Sie war eine wahre Meisterin in dem Metier, das sie auf der Welt am meisten verachtete, und dabei schien sie sich ungeheuer wohlzufühlen.

Iselin war ein Preis, von dem Maria niemals zu träumen gewagt hatte.

Aber Iselin dürfte niemals alles erfahren. Deshalb hatte Maria einen Safe mit doppeltem Boden besorgt.

Als der obere Teil leer war, schob sie den Zeigefinger in der hintersten Ecke über den Safeboden. Ein kleiner Spalt öffnete sich. Acht schwarze Tasten waren nun zu sehen, und Maria brauchte nur wenige Sekunden, um die richtige Zahlenkombination einzugeben.

Die Platte löste sich mit einem leisen Klicken.

Maria hob sie heraus und lehnte sie hinter sich an die Wand. Das unterste Fach war nur zehn Zentimeter tief, aber das war mehr als genug für jene Sache, die sie niemals irgendjemandem zeigen könnte.

Aus ihr unerklärlichen Gründen bewahrte sie auch den Grundbrief für ihr Elternhaus in diesem Geheimfach auf. Er steckte in einer Plastikmappe zusammen mit dem Mietvertrag mit der russischen Botschaft. Maria griff nach der Mappe, warf einen abschließenden Blick auf das Letzte, was jetzt noch auf dem Safeboden lag, und legte den falschen Boden wieder hinein. Mit der Plastikmappe zwischen den Zähnen füllte sie den Safe, dann klappte sie die Stahltür zu und verriegelte sie.

Sie setzte sich mit dem Rücken zur Wand auf den Boden.

Der Mietvertrag stimmte mit ihren Erinnerungen überein, drei Monate Kündigungsfrist, keine Erklärung vonnöten. Zwischen den Unterlagen steckten einige Fotos des Hauses. Maria sah sie an und wurde von einem Gefühl erfasst, das sie nicht ganz deuten konnte. Wehmut vielleicht, fast eine Art Sehnsucht.

Als sie einen plötzlichen, unangenehmen Stich der Scham verspürte, legte sie die Bilder wieder in den Plastikumschlag. Das Haus gehörte ihr, und niemand könnte daran etwas ändern.

Eine Weile blieb sie noch so sitzen und starrte vor sich hin.

Es war warm in dem riesigen Schrank, und noch immer hing Iselins Duft darin.

Vielleicht war es an der Zeit, umzuziehen.

Nach Hause zu ziehen.

Es war inzwischen halb elf Uhr abends, aber Hanne Wilhelmsen war bei Weitem nicht so schlecht gelaunt wie sonst um diese Zeit. Im Gegenteil, sie wirkte richtig begeistert, wie sie da Henrik gegenüber an ihrem riesigen Schreibtisch saß.

»Das ist doch hervorragend!«, rief sie. »Dass Ulf Sandvik auf diese Weise grünes Licht gegeben hat, ist doch dasselbe wie ein Startschuss. Jetzt kannst du alle Hilfsmittel einsetzen, die es bei der Truppe gibt, Henrik, ohne durch die Gänge schleichen und in aller Heimlichkeit Unterlagen kopieren zu müssen. Da die Ermittlungsakten zu Iselin Havørn unter Bonsaksens Ordner lagen, möchte ich doch energisch behaupten, dass auch ihnen Ulf Sandviks Segen gilt.«

»Das ist doch nicht dein Ernst«, entgegnete Henrik ungläubig. »Dass Sandvik unter Vorbehalten zugestimmt hat, dass ich in meiner Freizeit einen Blick auf Bonsaksens Fall werfe, hat mit dem anderen doch nichts zu tun. Ich glaube, du bist ...«

»Jetzt sei doch mal ein bisschen kreativ«, sagte Hanne und lächelte neckend.

Normalerweise lächelte sie niemals neckend. Das verwirrte ihn.

»Wir sind doch schon zu der Erkenntnis gelangt, dass diese Fälle in einer seltsamen Beziehung zueinander stehen«, fügte sie hinzu. »Eine Selbsttötung, die ein Mord ist, und ein Mord, der möööglicherweise ...«, sie legte eine dramatische Pause ein, »... eine Selbsttötung ist. Wenn das kein Zusammenhang ist, dann weiß ich auch nicht.«

»Hanne. Das kann wirklich nicht dein Ernst sein.«

Sie lachte. Henrik hatte Hanne noch nie so erlebt. Obwohl er nun fast zwei Jahre mit ihr verbracht hatte, konnte er an dieser rätselhaften Frau noch immer neue Seiten entdecken. Sie schien wie aus sehr vielen Personen zu einer zusammengesetzt zu sein.

Nur bei Ida war sie immer dieselbe. Meistens freundlich, oft liebevoll, stets entschieden. Nefis gegenüber kam sie ihm dagegen so wechselhaft vor wie ihm selbst gegenüber.

Es muss doch ein bisschen anstrengend für Nefis sein, dachte er ab und zu.

Doch er hätte gern den Platz getauscht, das musste er sich immer häufiger eingestehen. Insgeheim. Wem hätte er sich denn auch anvertrauen können, nach so vielen Jahren in Oslo waren Nefis und Ida noch immer in etwa die Einzigen, die er gewissermaßen als Freundinnen bezeichnen konnte. Was Hanne für ihn war, wusste er nach wie vor nicht genau. Und erst recht nicht, was er für sie war.

Und nun war sie eine neue Person.

»Überleg doch mal«, sagte sie eifrig. »Jetzt, wo Amanda Foss festgestellt hat, dass diese Antidepressiva nicht Iselin gehörten, wird meine Theorie gestärkt, dass es in Wirklichkeit Mord war.«

»Wie in aller Welt kommst du auf diese Idee?«

Hanne ignorierte seine Zweifel.

»Du musst herausfinden, woher die Tabletten stammen.«

»Und wie soll ich ...«

Er verstummte, als sie die Hände auf die Rollstuhlräder legte und sich hochstemmte. Hanne war so eifrig und anders, dass er für einen Moment erwartete, dass sie aufstehen und durch das Zimmer wandeln würde. Aber dann setzte sie sich nur zurecht.

»Es geht bei diesem Fall darum, dass niemals richtig ermittelt wurde«, sagte sie. »Sie haben zu Anfang diesen verdammten Brief gefunden. Die Polizei kannte Iselins Geschichte und den Druck, dem sie ausgesetzt gewesen war. Der Tod war durch eine kräftige Überdosis eingetreten. Also nahmen sie gleich die scheinbar selbstverständliche Erklärung hin.«

Sie packte die Havørn-Papiere und schwenkte sie in der Luft.

»Hier gibt es nur eine einzige Vernehmung, Henrik! Und zwar von Maria Kvam! Eine einzige! Wenn diese Amanda die Möglichkeit eines Mordes überhaupt in Betracht gezogen hätte, hätten mindestens zehn ausführliche Vernehmungen stattfinden müssen. Zwanzig vielleicht. Wir hätten lesen können, was Freundinnen sagen, was Kollegen meinen und gehört haben. Wir würden ungeheuer viel über Iselin Havørns Leben und Wirken wissen, wenn die Polizei nicht davon überzeugt gewesen wäre, dass die Frau sich umgebracht hat. Das Einzige, was in dieser fadendünnen Mappe einer Ermittlung ähneln kann, sind die Untersuchungen, die um Marias Aussage herum angestellt wurden. Es ist belegt, dass sie seit dem Morgen vor Iselins Tod in Bergen war. Das Telefongespräch, das Maria Kvam angibt, um zehn vor zehn aus dem Hotel Norge mit Iselin geführt zu haben, hat wirklich stattgefunden. Es hat sieben Minuten gedauert. Der Zeitraum zwischen Marias Eintreffen im Haus auf Tjuvholmen und ihrem Anruf bei 112 wurde durch eine Überwachungskamera unten in der Rezeption und unsere Daten auf genau vierzig Sekunden definiert.«

Sie knallte den Ordner auf den Tisch.

»And *that's it!*«

Henrik griff sich eine Keramikfigur vom Tisch. Sie war kobaltblau und sollte vermutlich ein Tier darstellen. Ein Pferd vielleicht oder eine Katze. An der Stelle, die vermutlich die Schnauze sein sollte, war ein Schnurrbart aus Klaviersaiten befestigt worden. Er hielt Idas Kunstwerk fest und versuchte, die Kontrolle über seine Hände wiederzuerlangen.

»Aber jetzt kannst du so viel mehr herausfinden«, sagte Hanne glücklich und griff nach Stift und Papier. Sie notierte eine Zahl, zeichnete einen Kreis darum und schrieb darunter »Soziales Netzwerk«. »Finanzen«, sagte sie dann und setzte das als Punkt zwei.

»Aber, Hanne ... «

Henrik bereute jetzt, wie ein Besessener gearbeitet zu haben, seit Ulf Sandvik sein Büro verlassen hatte. Die Statistik über Gewaltverbrechen, die ihn nach Meinung des Hauptkommissars wohl bis Freitag beschäftigen würde, war innerhalb von sechs Stunden erledigt gewesen. Gründlich und gewissenhaft und nach den beigefügten Anweisungen. Aber Henrik hatte nicht vor, die fertige Arbeit vor Freitag 11.59 Uhr abzugeben. Dieser Einsatz belohnte ihn mit dreieinhalb freien Arbeitstagen, über die er verfügen konnte, wie es ihm passte.

Und es passte ihm, Bonsaksens Ordner genauer unter die Lupe zu nehmen.

Deshalb hatte er Hanne angerufen, und sie hatten über Jonas Abrahamsens Fall gesprochen, als Hanne ihn ganz überraschend um sein Kommen bat, obwohl die Uhr schon halb zehn zeigte. Sie hatten nicht über Iselin Havørns Fall geredet.

»Moment mal«, sagte Hanne jetzt. »Wir wollen doch lieber ganz ruhig bleiben. Nach dem, was dieser ... Küster, wie hieß der doch noch gleich?«

»Bolle. Mauritz Bolle.«

»Nach dem, was Bolle gesagt hat, was übrigens ungeheuer interessant ist, musst du zudem herausfinden, wer für die Beerdigung verantwortlich war.«

»Das kann doch nicht ... «

»Warte!«

Der Stift flog über das Papier. Henrik konnte nur die Ziffer 3 erkennen.

»Als du gestern hier warst«, fuhr Hanne fort, ohne aufzublicken, »hatte ich eigentlich einen ziemlich guten Grund zu verstummen. Ich darf dich nicht immer aussperren, wenn mir ein Gedanke kommt, das weiß ich, aber etwas an dieser Beerdigung ergibt für mich keinen Sinn.«

Sie ließ den Stift auf das Papier fallen und verschränkte die Hände im Nacken.

»Iselin Havørn wollte nämlich gar nicht begraben werden.«

»Ich habe wirklich keine Vollmacht, mir die Sache genauer anzusehen«, entgegnete Henrik und versuchte, entschieden zu klingen. »Was ich da herausfinden soll, verlangt eine Befugnis, Hanne. Ich kann keine polizeilichen Ermächtigungen in einem Fall anwenden, der erstens nicht der meine ist und zweitens fast schon als klarer Selbstmord zu den Akten gelegt wurde.«

»Hörst du nicht, was ich sage? Iselin Havørn hat klar und deutlich erklärt, dass sie nicht begraben werden will. Oder genauer gesagt ... Tyrfing hat das getan. In einem Beitrag für *Gates of Vienna* vor nur vier Monaten.«

Henrik erhob sich.

»Jetzt sage ich es dir zum letzten Mal. Ich kann das nicht tun. Ich wünsche mir nichts so sehr wie deine Hilfe, um herauszufinden, ob Jonas Abrahamsen einem Justizirrtum zum Opfer gefallen ist. Mein Chef hat mir eine Art grünes Licht gegeben, mich damit zu befassen. Dieser Fall dagegen ...« Er deutete mit einem Nicken zu dem Bild von Iselin Havørn aus ihrer Zeit beim *NRK*, das Hanne an einer Pinnwand hinter sich angebracht hatte. »Bei diesem Fall bin ich schon zu weit gegangen. Aber jetzt sage ich Stopp. Hier und jetzt.«

»Liest du keine Kriminalromane?«

»Nein. Doch, aber ...«

»Es gibt immer einen Zusammenhang. Anfangs werden den Lesern zwei scheinbar vollkommen verschiedene Fälle vorgeführt. Aber nach und nach zeigt sich dann, dass sie zusammenhängen. Immer, ohne Ausnahme.«

Jetzt lachte Henrik. Resigniert und ziemlich widerwillig, aber er lachte. Und er setzte sich wieder.

»Hier hängt überhaupt nichts zusammen«, sagte er. »Das ist kein Kriminalroman, Hanne. Ich werde nicht noch so eine Nummer liefern wie meinen Besuch bei Amanda Foss gestern und bei Küster Bolle heute. Ich kann dir helfen, wenn es um die Suche im Netz geht, um Diskussionen und solche Dinge, aber es kommt nicht infrage, irgendetwas zu unternehmen, bei dem ich mich als Polizist ausweisen oder Mittel anwenden muss, zu denen nur Beamte befugt sind. Okay?«

»Vor vier Monaten hat sie geschrieben, dass sie eingeäschert und in alle Winde verstreut werden wollte.«

»Hanne ...«

»Ohne weitere Details zwar, Tyrfing hat ja bekanntlich ihre Anonymität gut gehütet. Dennoch hat sie einen ganzen Artikel darüber gepostet, dass es ethisch anfechtbar sei, Platz auf einem Friedhof zu belegen. Leichenverbrennung sei eine uralte, ehrwürdige Tradition in der nordischen Kultur, schrieb sie und war ebenso souverän davon überzeugt, mit ihrem Standpunkt recht zu haben, wie bei jedem anderen Thema. Und dann ist es ziemlich auffällig ...«

Henrik gab es auf. Er knallte die Hacken gegeneinander und starrte vor sich hin.

»... dass sie begraben wurde«, fuhr Hanne unbeirrt fort. »So gesehen bin ich also ein Stück weit einig mit Küster Bolle. Es ist vielleicht weder eine Bestrafung noch ein feindseliger Akt, eine Person zu begraben, die deutlich gesagt hat, dass sie eingeäschert werden will, aber es ist jedenfalls reichlich respektlos. Lieblos. Da Tyrfing so deutlich wurde, ist es schwer zu glauben, dass

Maria nichts von Iselins Wunsch gewusst hat. Deshalb musst du herausfinden, wer für die Zeremonie zuständig war.«

»Hast du kein Wort von dem gehört, was ich gesagt habe?«

»Doch. Aber das kannst du auch ohne polizeiliche Befugnisse in Erfahrung bringen, Henrik. Du kannst zum Beispiel deinen Freund Bolle anrufen. Er weiß es bestimmt.«

Henrik erhob sich. Wortlos griff er nach dem blauen Ordner mit dem Fall Jonas Abrahamsen und steckte ihn in den Rucksack. Dann ging er zur Tür.

»Viel Glück mit deinem Fall«, sagte er, ohne sich umzusehen. »Ich nehme meinen und gehe.«

DIENSTAG, 19. JANUAR 2016

Jonas hatte überall geputzt.

Ein richtiges Großreinemachen, wie er es früher in dem kleinen Haus in Maridalen nie getan hatte. Die Fenster hatte er allerdings ausgelassen, da das Wasser schon beim ersten Versuch auf dem Glas zu Eisblumen erstarrte. Aber sonst hatte er überall gescheuert. Als er am Vortag endlich sein altes Auto in Gang gebracht hatte, hatte er Lebensmittel eingekauft, ehe er zur Münzwäscherei in Grünerløkka gefahren war und dort vier Stunden verbracht hatte. Jetzt hatte er saubere Kleidung und sogar das Bett frisch bezogen. Er konnte sich nicht erinnern, wann er das zuletzt getan hatte.

Katharsis, hatte er gedacht, als er um sechs Uhr aufwachte und sich durch und durch ausgeruht fühlte. Es war, als hätte sein misslungenes Stelldichein mit dem Tod auch etwas Gutes mit sich gebracht. Als ob in ihm etwas gerissen wäre und ihn dadurch auf seltsame Weise repariert hätte. Jonas hatte seinen absoluten Nullpunkt gefunden, und das war ein befreiendes Gefühl. Es gab nichts mehr, wofür oder wogegen er kämpfen musste. Es gab keine Schuldgefühle und keine Schmerzen mehr zu ertragen.

Jetzt waren andere an der Reihe.

In den Jahren nach Dinas Tod hatte er sich am Leben erhalten, um sich selbst zu bestrafen. Bislang war ihm das nicht klar gewesen, aber an diesem eiskalten Morgen, während er auf den Knien die groben Bodenplanken schrubbte, bis sie glänzten, erkannte er, dass es so war. Als er zwei Jahre nach dem katastrophalen Mord an Anna angeklagt worden war, hatte ihn die Vorstellung, ins Gefängnis zu müssen, in Panik versetzt. So sehr, dass er impulsiv die Polizei angelogen hatte. Wenn er sofort die Wahrheit gesagt hätte, wäre vielleicht alles anders gekommen. Er hatte Anna zu Silvester 2003 eine Stunde vor Mitternacht aufgesucht, um mit ihr zu sprechen. Um sie zu überreden, mit der Scheidung noch zu warten. Um sie anzuflehen, noch einen letzten Versuch zu unternehmen, zueinander zurückzufinden, in gemeinsamer Trauer um Dina. Um ihr ein besseres neues Jahr zu wünschen als die zwei, die sie nun hinter sich hatten.

Doch Anna war nicht zu Hause.

Das glaubte er jedenfalls. Das Haus war fast dunkel, und sie öffnete nicht, obwohl er dreimal klingelte. Eine Weile blieb er stehen und starrte seinen Schlüssel an. Er hatte ihn noch immer und hätte aufschließen können. Im Nachbarhaus wurde gefeiert, und er hörte Lachen, Lärm und laute Musik, während er zögernd vor der Tür verharrte. Nach einer Weile kam er zu dem Schluss, dass es wohl kaum ein guter Anfang für eine Versöhnung wäre, ein Haus einfach zu betreten, das nicht mehr sein Zuhause war. Er steckte das Schlüsselbund in die Tasche und machte kehrt.

Das hätte er der Polizei sagen müssen.

Die Wahrheit.

Doch als die Lüge, dass er seit dem vierten Weihnachtstag nicht mehr im Stugguvei gewesen sei, erst in der Welt war, wurde sie zu einer Bestie, die ihn verfolgte und sich nicht mehr einfangen ließ. Im weiteren Verlauf glaubten sie ihm kein Wort mehr und griffen ihn von allen Seiten an. Es wurde nicht besser dadurch, dass er das gemeinsame Sparkonto ein wenig frisiert hatte, was er der Polizei gegenüber jedoch nicht erwähnt hatte, weil es im Schock nach der Verhaftung aus seinem Gedächtnis verschwunden war. Daher hatte die Polizei einen Vorsprung, den aufzuholen ihm die emotionale Kondition fehlte.

Als die Tage in Untersuchungshaft dahinflossen, fand er sich mit der Vorstellung ab, wegen einer Tat, die er nicht begangen hatte, ins Gefängnis zu müssen. Schließlich hatte er in diesem Leben mehr als genug Schuld auf sich geladen, um eine lange Haftstrafe zu rechtfertigen, und deshalb akzeptierte er das Urteil sofort. Dass sein Anwalt auf Revision bestanden hatte, machte die Sache nur noch schlimmer, und Jonas hätte protestieren müssen.

Aber auch dazu hatte ihm die Kraft gefehlt.

Nach vier Stunden Putzarbeit war er hungrig. Die Schränke, die jetzt sauber und gut gefüllt waren, enthielten so viele Zutaten, dass er anfing, improvisiert zu kochen. Er briet drei Eier und eine Packung Bacon. Eine Fertigpizza wurde in die kleine Ofenröhre gesteckt. Den Salat übergoss er mit reichlich Thousand-Island-Dressing, und zum Nachtisch sollte es Schokoladenpudding mit Vanillesoße geben. Als er die Besteckschublade öffnete, erstarrte er einen Moment beim Anblick von Guttorms Briefumschlag.

Den hätte er nicht annehmen dürfen.

Bis auf Weiteres brauchte er das Geld nicht. Er hatte auf seinem Gehaltskonto etwas mehr als achtzehntausend Kronen, und die Miete für die nächsten drei Monate war bezahlt. Er würde das Geld zurücksenden, am besten in Guttorms Büro. Jonas wollte seinem Vetter nicht dadurch Probleme bereiten, dass dessen Frau vielleicht den Umschlag öffnete und ihren Gatten dadurch bei doppelter Buchführung erwischte.

Vorerst wollte er das Geld jedoch behalten.

Auch wenn langsam ein Plan Gestalt annahm, war noch vieles unklar. Vielleicht würde er die zusätzlichen Mittel brauchen.

Für Jonas spielte es keine Rolle, was aus ihm selbst werden

würde. Sein Leben war zu Ende, egal, ob es noch lange dauerte oder nicht. Das Schicksal hatte es ihm verweigert, es eigenhändig zu beenden, und was jetzt noch mit ihm passierte, war ihm gleichgültig. Wichtig war in Jonas Abrahamsens Leben nur noch, diesen Plan auszuführen, den er schon vor vielen Jahren hätte schmieden sollen. Vielleicht schon damals, als er im Frühjahr 2006 zum ersten Mal Christel gesehen hatte, mit neuen Turnschuhen und der Schultasche über der Schulter.

Er erinnerte sich sogar an die Blumen, die sie gepflückt hatte, in dem schweißnassen Patschhändchen einen Strauß aus Blausternen und Huflattich, mit dem sie von der Schule nach Hause ging.

Es war so glattgegangen, dass Henrik es mit der Angst bekam. Offenbar war er zu einer Art Promi geworden.

In den Tagen nach dem Terrorangriff am 17. Mai vor fast zwei Jahren hatte Hanne die Polizeidirektorin überredet, Henrik mit der Presse sprechen zu lassen. Silje Sørensen war überaus skeptisch gewesen. Aus vielen Gründen. Henrik war von niedrigem Rang und hatte keine Verantwortung für die weiteren Ermittlungen. Die oberen Chargen würden sauer sein, wenn sie nicht im Fernsehen glänzen dürften. Außerdem war Henrik Holmes Auftreten bisweilen nicht ganz glücklich, wie die Polizeidirektorin sich ausgedrückt hatte.

Hanne ließ sich nicht beirren. Wenn Silje Sørensen wünschte, dass Henrik Holme und sie alles auf den Tisch legten, was sie hatten, und zudem ihre überaus erfolgreiche Zusammenarbeit fortsetzten, dann sei jetzt Henrik an der Reihe, im Rampenlicht zu stehen. Und nachdem sich ein Hauptkommissar mit gestammelten einsilbigen Antworten in den Fernsehnachrichten blamiert hatte, durfte Henrik sich endlich beweisen. Verängstigt und sicherheitshalber die Hände diskret mit einem Gummiband auf den Rücken gefesselt. Doch es zeigte sich rasch, dass die unfreiwilligen Zuckungen verschwanden, sowie Henrik ein Mikrofon sah. Ungefähr so, wie wenn Stotterer singen, hatte er später Hanne begeistert zu erklären versucht.

Henrik war zwar nicht gerade in aller Munde, aber die praktische Ärztin Christine Sivesind war die Freundlichkeit selbst, als er anrief und seinen Namen nannte. Ohne weiter argumentieren zu müssen, erfuhr er, dass Anna Abrahamsen wirklich an eine Psychologin überwiesen worden war. Nach zehn Minuten hatte er Namen und Adresse, und es war erst drei Stunden her, dass er die Psychologin angerufen und um ein Gespräch gebeten hatte.

Die Praxis sah durchaus nicht so aus, wie er sich das vorgestellt hatte. Es gab dort keine Couch, sondern einen Sessel, in dem die Psychologin ungesehen sitzen und zuhören konnte. An den Wänden hingen keine Diplome, und nicht einmal ein ordentlicher Schreibtisch stand darin. Der Raum erinnerte eher an ein modernes Wohnzimmer. Eine Sitzgruppe aus vier schönen Sesseln mit tiefrotem Samtbezug bildete ein Viereck vor dem großen Panoramafenster mit Blick auf Frognerkilen. Am anderen Ende des Raumes gab es eine Kochecke mit schwarzen, auf Hochglanz polierten Schranktüren und einer hohen Kücheninsel.

Die Psychologin Herdis Brattbakk selbst sah aus wie eine alternde Hollywoodschauspielerin. Henrik hatte sie gegoogelt und wusste bereits, dass sie neunundsechzig Jahre alt war. Sie wirkte jünger als seine Mutter, die gerade fünfzig geworden war. Sehr viel jünger, und sie war dazu um einiges hübscher. Ihre stahlgrauen Haare waren zu einer fast jungenhaften Kurzhaarfrisur geschnitten. Das Gesicht war breit und herzförmig mit schrägen, schmalen Augen über hohen Wangenknochen und einem breiten Mund mit fülligen Lippen. Als Henrik vorsichtig auf einem der roten Sessel Platz nahm, ging ihm auf, dass Herdis Brattbakk aussah wie eine ältere Ausgabe von Cate Blanchett.

Er fühlte sich gar nicht wohl in seiner Haut.

»Ich schlage vor«, sagte Herdis Brattbakk, während sie sich so elegant setzte, dass Henrik sich fragte, ob Google das falsche Alter genannt haben könnte, »... dass wir die Stelle übergehen, in der ich mich auf meine Schweigepflicht berufe und Sie mir erklären, es sei von außerordentlichem Interesse für eine wichtige Ermittlung, dass ich rede.«

Henrik lächelte unsicher und wagte ein kleines Nicken.

»Da Anna Abrahamsen vor fast dreizehn Jahren meine Patientin war und seit über zwölf Jahren nicht mehr lebt, machen wir es uns einfach. Hier kommt der Paragraf 24 unserer Dienstordnung zum Tragen, und deshalb frage ich Sie: Gibt es wichtige Gründe, warum ich gegen meine Schweigepflicht verstoßen sollte?«

»Äh ... ja.«

Henrik nickte heftig, ehe er die Hände unter die Oberschenkel schob. Er hatte sich darauf vorbereitet, die Psychologin überreden zu müssen, und er wurde immer unsicherer, da sie nun gleich zur Sache kam.

»Ich bin alt genug, um selbst zu denken, ohne mich auf strenge Regelwerke berufen zu müssen. Ich entscheide mich also, Ihnen zu glauben.«

Henrik nickte noch immer, bis ihm aufging, dass das blödsinnig aussah, und er abrupt damit aufhörte.

»Anna kam im Spätherbst 2002 zu mir«, begann die Psychologin und schlug die Beine übereinander. Sie waren so lang und schmal, dass Henrik sich zusammenreißen musste, um den Blick zu heben. »Fast ein Jahr, nachdem sie ihre Tochter verloren hatte«, fügte sie hinzu. »Es wäre besser für Anna gewesen, gleich zu kommen. Bekanntlich gibt es kein Rezept gegen Trauer, aber wie Sie sicher wissen, ist eine anfängliche Phase der Leugnung nichts Ungewöhnliches.«

Henrik nickte und nickte, ohne etwas zu sagen.

»Anna blieb jedoch darin stecken. In dieser Phase. Viel zu lange. Natürlich war sie zutiefst unglücklich, das jedoch auf eine Art, die eher ...«

Herdis Brattbakk lächelte, hob das Kinn und schaute Henrik in die Augen.

» ... an einen Mann erinnerte. Die Art, wie sie in ihrer Trauer scheinbar ein und aus gehen konnte. Sie fing sehr bald nach dem Tod ihrer Tochter wieder an zu arbeiten, und wenn ich das richtig verstanden habe, lief dort auch alles sehr gut. Eines von vielen Problemen war wohl, dass sie der Verarbeitung des Ereignisses keine Zeit zubilligte. Statt zu trauern und sich den Tatsachen zu stellen, lebte sie in einer Art Zustand des Leugnens. Bei der Arbeit übernahm sie immer mehr Verantwortung. Die Freizeit füllte sie mit Freunden und ...«

Zum ersten Mal, seit er gekommen war, zögerte Herdis Brattbakk. Aber nur für einen Moment.

» ... viel zu viel Alkohol. Sie nahm auch Schlafmittel. Als sie schließlich an mich überwiesen wurde, waren die Freunde verschwunden, und sie hatte nur noch Alkohol und Tabletten. Und diese beiden sind in einer Krisenzeit keine sonderlich zuverlässigen Freunde.«

»Aber sie hat weiter gearbeitet?«, fragte Henrik und ärgerte sich sofort, weil er nach etwas fragte, das er bereits wusste.

»Ja. Sie hatte ihr Leben noch immer einigermaßen im Griff. Aber nur einigermaßen. Sie verstehen ...«

Jetzt beugte sie sich zu ihm vor. Die dunkellila Seidenbluse stand so weit offen, dass Henrik einen schwarzen BH sah. Er riss seinen Blick davon los und starrte aus dem Fenster.

»Kinder gehen in ihrer Trauer auch aus und ein. Aber sie machen es richtig. Ein zehnjähriges Kind kann in einem Moment den Verlust einer Mutter zutiefst betrauern und sich im nächsten über ein neues iPad freuen. Und dann wieder weinen und am nächsten Tag schöne Stunden im Vergnügungspark haben. Das ist gesund. Dadurch wird die Trauer nicht kleiner oder ist weniger echt. Es macht das Leben nur leichter. Erwachsene dagegen ...«

Endlich setzte sie sich gerade hin, und Henrik konnte sich von der Aussicht auf den Oslofjord losreißen, wo die Dänemarkfähre in dem dunkelgrauen Wasser einen helleren Streifen hinterließ.

»... können davon krank werden. Oder dieser Zustand kann darauf hinweisen, dass sie bereits krank sind.«

»Ach? Krank auf welche Weise?«

Sie lächelte.

»Ich kann Ihnen gern einen Vortrag darüber halten, aber deshalb sind Sie nicht gekommen. Außerdem bin ich davon überzeugt, dass Anna nicht krank war. Damals, meine ich. Später dagegen ...«

Sie verstummte.

»Ich will der Sache nicht vorgreifen«, sagte sie schließlich. »Dazu komme ich noch. Anna war gesund, glaube ich, aber sie konnte einfach nicht richtig trauern. Ein Kind zu verlieren, ist das Schlimmste, was einem Menschen passieren kann, und längst nicht alle können damit umgehen. Haben Sie Kinder, Henrik?«

»Nein.«

»Ich auch nicht. Ich habe mich nie getraut.«

Die Röte nahm jetzt unten in seinen Knien Anlauf. Sie brauste durch seinen Körper und erreichte sein Gesicht viel früher, als er das jemals erlebt hatte. Henrik hatte das Gefühl, eine riesige Faust schließe sich um seinen Körper, und ihm brach der Schweiß aus.

»Hier«, sagte Herdis Brattbakk freundlich und goss ihm ein Glas Wasser aus einer Karaffe auf dem runden Tisch zwischen ihnen ein.

Henrik griff das Glas begierig und leerte es auf einen Zug. »Danke«, flüsterte er heiser und schenkte sich noch einmal ein. Er verfehlte das Glas, und eine Wasserlache breitete sich langsam auf dem Tisch aus.

»Es ist viel über Eltern geforscht worden, die ihre Kinder verlieren«, fuhr Herdis Brattbakk unbeirrt fort. »Über die Hinterbliebenen des Massakers von Utøya zum Beispiel. Tragische Lektüre. Vielen von ihnen geht es nicht gerade gut.«

Henrik stellte fest, dass die Lache jetzt die Umrisse von Afrika angenommen hatte. Er schaute auf und glaubte sehen zu können, dass Herdis Brattbakks Augen feucht waren. Sie seufzte tief und spielte an einem Trauring an ihrer linken Hand.

»Als Annas Freunde wegblieben, suchte sie Gott. Auch das ist nicht gerade ungewöhnlich. Schließlich musste sie dann doch einsehen, dass ihre Tochter tot war und dass ... «

Henrik schielte zur Küchenecke hinüber und wusste nicht so recht, ob er einen Lappen holen sollte.

»Dass sie sich schuldig fühlte«, fügte Herdis Brattbakk nach kurzem Nachdenken hinzu.

»Schuldig?«, wiederholte Henrik überrascht. »Es war doch ein Unfall! Und sie war nicht einmal dabei, wenn überhaupt, dann hätte wohl Jonas ... «

»Schuldgefühle sind ein faszinierendes Phänomen«, fiel sie ihm ins Wort. »Wir Menschen sind vollkommen abhängig davon, Schuld empfinden zu können, um uns der Gesellschaft anzupassen. Der Familie. Dem Arbeitsplatz. Wenn wir etwas falsch gemacht haben, müssen wir das einsehen und fühlen können. Schuldgefühle oder das Gewissen, wenn Sie so wollen, spornen Menschen zu gutem oder wünschenswertem Verhalten an. Und sie können uns dazu bringen, unsere Fehler wiedergutzumachen. Das Problem ist nur, dass sie oft in der falschen Situation auftreten. Wir fühlen uns schuldig, wenn wir gar nichts verbrochen haben. Und es kann zudem zu spät sein, um etwas wiedergutzumachen. Wie in Annas Fall.«

»Wie meinen Sie das?«

»Anna hielt sich nicht gerade für eine ideale Mutter«, sagte Herdis Brattbakk ganz offen. »Und da Dina tot war, konnte sie daran nichts mehr ändern.«

»Könnten Sie da deutlicher werden?«

»Anna und Jonas haben gewissermaßen in einem umgekehrten Rollenmuster gelebt. Vor allem hatte sich Jonas Kinder gewünscht. Im ersten Jahr übernahm er Dina in den meisten Nächten. Anna hörte sehr früh mit Stillen auf. Er blieb ein Dreivierteljahr mit seiner Tochter zu Hause. Anna konnte die vorgeschriebenen drei Monate als Vollzeitmutter kaum aushalten. Überhaupt war Jonas für seine Tochter die Hauptbezugsperson.«

»Daran gibt es doch nichts auszusetzen.«

»Nein. Und wenn Dina am Leben geblieben wäre, hätte es Anna vermutlich kein bisschen gestört, dass sie eine erfolgreiche Geschäftsfrau war und lieber Autos verkaufte, als Windeln zu wechseln. Außerdem konnte sie sich auf die Tatsache berufen, dass ihr Kind einen hervorragenden Vater hatte, der immer zur Stelle war, so, wie Männer sich seit undenklichen Zeiten auf die Mütter ihrer Kinder verlassen haben.«

»Aber Dina ist gestorben«, sagte Henrik leise.

»Genau. Und als Anna in ihre religiöse Phase eintrat, fing sie an, den Tod ihrer Tochter als Strafe zu betrachten.«

»Als Strafe für sie selbst?«

»Ja. Sie hat Jonas wirklich niemals einen Vorwurf gemacht, glaube ich. Im Gegenteil, sie hat ihn verteidigt. Ehe Sie gekommen sind, bin ich meine Notizen von damals durchgegangen ...« Sie nickte zur Küche hinüber, als ob ihre Archive im Kühlschrank versteckt seien. »... und sie hat eine Episode erwähnt, als Dina noch ziemlich klein war. Anna war einen Moment unaufmerksam gewesen, und ihre Tochter hatte eine Tasse mit frischem Kaffee umgeworfen. Sie hat sich arg verbrannt, sie mussten in die Notaufnahme fahren. Ehrlich gesagt, hat es mich überrascht, wie oft sie wiederholt hat, dass Jonas an Dinas Tod keine Schuld trug. Wir Menschen sind nämlich nicht so beschaffen. In der Regel können wir mit Katastrophen leichter umgehen, wenn wir einen Schuldigen finden. Aber Anna ist dieser Versuchung nie erlegen.«

»Wie lange war sie bei Ihnen?«

»Nicht lange genug. Sie kam von September 2002 bis zum darauffolgenden März einmal die Woche. Ein halbes Jahr also.«

»Wollte sie nicht mehr?«

»Nein. Leider. Und das kam ganz plötzlich. Sie erschien nicht zum vereinbarten Termin, und am Tag danach teilte sie per E-Mail mit, dass sie aufhören wolle.«

»Nannte sie einen Grund?«

»Eigentlich nicht. Sie schrieb etwas darüber, dass sie jetzt besser zurechtkäme, aber ich weiß, dass das einfach Unfug war, Tatsache ist, dass es ihr zusehends schlechter ging. Aber sie kam zurück.«

Henrik ertrug es nicht mehr.

»Kann ich einen Lappen holen?«, bat er flehentlich und starrte das Wasser an, das aus Afrika mittlerweile eine riesige Antarktis gemacht hatte.

»Ja«, sagte sie und deutete ein Lächeln an. »Sie finden im Fach neben dem Kühlschrank eine Rolle Küchenpapier.«

»Wann kam sie zurück?«, fragte er laut auf halbem Weg zur Küche.

»Ende September 2003. Also drei Monate, ehe sie getötet wurde.«

»Warum?«

»Das habe ich mich auch gefragt. Sie kam unangemeldet. Gegen Abend, sie wusste, dass ich nur bis fünf Klienten empfange. Als ich nach dem letzten Termin abschließen wollte, stand sie da.«

»Was hat sie gewollt?«, fragte Henrik und hob das Glas mit der linken Hand hoch, während er mit der rechten den Tisch abwischte.

»Sie wollte reden. Als ob sie die Therapie wieder aufnehmen wollte, ohne zu kommentieren, dass sie ein halbes Jahr zuvor meine Hilfe abgewiesen hatte. Und es ging ihr sehr viel schlechter.«

»Wieso meinen Sie das?«, fragte Henrik.

Herdis Brattbakk feuchtete sich die Lippen an und schluckte. Dann zog sie ihre Bluse, die in sanften Falten über ihre Brüste und einen, wie Henrik fand, bewundernswert straffen Bauch fiel, ein wenig zurecht. Ein Herz aus Weißgold und Diamanten funkelte in ihrer Halsgrube.

»Erstens sah sie viel schlechter aus«, sagte sie endlich. »Magerer. Ihre Haare waren glanzlos und zu lang. Ihre Kleidung ziemlich zufällig zusammengewürfelt. Die dunklen Ringe unter ihren Augen waren ausgeprägt, und sie hatte diesen Zug um den Mund, der ...«

Sie schüttelte kurz den Kopf und fuhr sich zweimal mit der schmalen Hand über den Oberschenkel.

»Nach all diesen Jahren kann ich fast behaupten, dass ich es sehe«, sagte sie leise.

»Was sehen Sie?«

»Ich sehe es, wenn sie aufgeben.«

»Was?«

Henrik wurde es wieder glühend heiß. Er hielt den Atem an, um die Röte zurückzuhalten, aber das half nichts.

»Wie meinen Sie das, dass sie ... Hatte Anna aufgegeben? Was denn aufgegeben?«

»Das Leben. Sie war dabei, das Leben aufzugeben.«

Wieder glitt ihre Hand über ihren Oberschenkel, und sie schlug die Augen nieder.

»Ich machte mir große Sorgen, als sie dann gehen wollte, und ich habe sie geradezu angefleht zurückzukommen. Schon am nächsten Tag sogar. Sie stimmte zu, tauchte aber nicht auf. Ich habe sie nie wieder gesehen. Einige Male habe ich versucht, sie anzurufen, aber nur den Anrufbeantworter erreicht.«

»War sie suizidal?«, rutschte es Henrik heraus, er konnte diese Frage nicht mehr zurückhalten.

Herdis Brattbakk kniff die Augen zusammen. Die Wangenknochen waren jetzt noch stärker betont, ein deutliches Ei zeichnete sich unter jedem Auge ab.

»Ich benutze diesen Ausdruck nicht. Jedenfalls nicht, ehe jemand ernstlich versucht hat, sich das Leben zu nehmen. Selbstmord kann wie ein Blitz aus heiterem Himmel kommen. Jedenfalls scheinbar. Oder unvermeidlich sein, gewissermaßen eine angekündigte Katastrophe. ›Suizidal sein‹ ist mit anderen Worten ziemlich ungenau. Jedenfalls machte ich mir große Sorgen.«

Sie nickte langsam und schaute ihm in die Augen. Ihre waren grün, das bemerkte er erst jetzt, mit kleinen braunen Sprenkeln um die Iris.

»Anna hatte angefangen, sich aus ihrem eigenen Leben auszuräumen«, sagte sie leise. »Es schien so, als ob sie sich auf den Tod vorbereitete.«

Henrik berührte beide Nasenlöcher gleichzeitig und tippte sich an die Schläfe.

»Wie meinen Sie das?«, fragte er gepresst und hustete.

Herdis Brattbakk dachte lange nach. Sie spielte an ihrem Trauring herum, der neben dem Herzen um den Hals ihr einziges Schmuckstück war. Dann hob sie das Glas zum Mund und trank einen kleinen Schluck. Als sie es wieder auf den Tisch stellte, bemerkte Henrik ein leichtes Zittern ihrer Hand.

»Sie hat angefangen, Dinge wegzugeben«, sagte sie endlich. »Außerdem hat sie beschlossen, sich scheiden zu lassen. Was an sich nicht so merkwürdig war, die Kommunikation zwischen ihr und Jonas war seit Dinas Tod elend. Aber sie wollte nicht nur Jonas loswerden. Sondern auch Gegenstände. Dinas Zimmer war fast zwei Jahre lang nicht angerührt worden. Jonas hatte nichts daran ändern wollen, aber bei einer Scheidung hätte Anna das Haus behalten und machen können, was sie wollte. Inzwischen, ehe Jonas auszog und sie die Scheidung einreichte, leerte sie das Zimmer. Peu à peu gewissermaßen. Die Schränke zuerst, damit Jonas nichts bemerkte. Danach Fotoalben und ...«

»Hat sie wirklich die Fotoalben weggeworfen? Die mit den Bildern von Dina?«

»Ja. Und mit ihren eigenen. Aus ihrer Kindheit und Jugend. Sie schien ihr Leben auf irgendeine Weise auslöschen zu wollen. Und das Schlimmste war, dass sie das alles unter großen Schmerzen tat. Es kostete sie unendlich viel Energie. Deshalb kam sie zu mir.«

Henrik hatte tausend Fragen und behielt sie alle für sich.

»Anna weinte bei unseren früheren Treffen nie besonders viel«, fuhr die Psychologin fort. »Sie hatte keine Kraft, glaube ich. Beim letzten Mal war sie dagegen untröstlich. Manchmal fiel ihr sogar das Sprechen schwer. Jeder einzelne Gegenstand, den sie aus dem Haus entfernte, war, als ob sie ein Stück ihrer Seele abschnitte.«

Der letzte Teil des Satzes klang wie aus einem Dokument abgelesen.

»Genau das hat sie gesagt. Sie schnitt Stücke von ihrer Seele. Ich hatte wirklich große Angst um sie. Sie freute sich auf absurde Weise darauf, dass Jonas auszog, damit sie weitermachen und sich selbst ›wegpacken‹ könnte ...«

Die langen Finger malten Anführungszeichen in die Luft. Henrik ertappte sich dabei, wie er sie anglotzte, klappte den Mund hörbar zu und räusperte sich.

»Warum ... warum ist sie noch einmal zu Ihnen gekommen?«, fragte er.

»Das weiß ich wirklich nicht. Ein verzweifeltes Bedürfnis danach zu reden, vielleicht. Sie hatte nicht mehr viele, an die sie sich wenden konnte. Ihre Freunde hatten sich zurückgezogen. Die Eltern waren tot. Zu den Kollegen hatte sie nur noch eine berufliche Beziehung. Jonas war dabei, ihr Leben zu verlassen, und zu ihrer Schwester hatte sie nie ein besonders enges Verhältnis gehabt. Sie waren nicht zerstritten oder so, es bestand nur ein ziemlich großer Altersunterschied zwischen den beiden. Jonas und seine Schwägerin verstanden sich gut, aber Anna und sie waren sehr verschieden. Anna ...«

Jetzt beugte sie sich plötzlich zu Henrik vor und streckte ihm die Handflächen mit den leicht gespreizten Fingern hin.

»Sie hätten ihre Hände sehen sollen«, sagte sie leise. »Die waren trocken, rissig ... Sie putzte und putzte. Es kann gut sein, dass sie zu diesem Zeitpunkt bereits eine Art von Zwangsneurose entwickelt hatte.«

Henrik schob sich blitzschnell die Hände unter die Oberschenkel.

»Aber ich weiß es nicht genau«, schloss Herdis Brattbakk und seufzte. »Sie ist nicht zurückgekommen, wie gesagt.«

»Hatten Sie keine Angst, sie könnte sich ... etwas antun?«

»Sie hatte sich schon etwas angetan.«

Zum ersten Mal ahnte Henrik einen Hauch von Irritation in ihrer Stimme.

»Es war doch klar, dass sie nicht alle Erinnerungen an Dina hätte wegwerfen dürfen. Alles, was sie daran erinnerte, wie das Leben gewesen war, als es guttat zu leben, auch lang ehe sie eine Tochter bekommen hatte. Als sie ging, habe ich mich dabei ertappt, dass ich Angst vor dem Augenblick hatte, wenn alles verschwunden sein würde.«

»Wie meinen Sie das?«

»Ich hatte Angst davor, was sie tun würde, wenn sie mit ihrer Arbeit fertig wäre. Wenn nichts mehr wegzugeben wäre. Aber offenbar kam sie nur sehr langsam damit voran, die liebsten Habseligkeiten loszuwerden, es würde also noch eine Weile dauern. Aber was würde sie dann tun?«

Sie breitete fragend die Arme aus. Henrik gab keine Antwort.

»Warum haben Sie nicht Alarm geschlagen?«, fragte er stattdessen.

»Wo denn? Bei der Familie? Streng genommen hatte sie ja keine, und ich konnte keine Grundlage für eine Zwangseinweisung sehen. Natürlich bot ich ihr Hilfe bei der Suche nach einer freiwilligen Behandlung in einer Klinik an. Ich meine, mich zu erinnern, dass ich Modum Bad erwähnt habe. Um eine Atempause zu machen. Aber davon wollte sie nichts hören.«

»Doch nach ihrem Tod ... haben Sie nie gedacht, es könne

Selbstmord gewesen sein und Jonas unschuldig? Haben Sie je mit dem Gedanken gespielt, eine Aussage zu machen?«

Zum ersten Mal musterte Herdis Brattbakk ihn missbilligend.

»Aber lieber Mann, dazu hatte ich doch keinen Grund. Es war Mord, das stand in den Zeitungen. Und der Täter war bereits bekannt.«

Henrik nickte. Er hatte jene Antworten erhalten, derentwegen er gekommen war. Und noch etwas mehr. Als er sich aus dem tiefen Sessel erhob, fühlte er sich wacklig auf den Beinen, und sein Kreuz tat ihm weh. Rasch schaute er auf die Uhr.

»Tausend Dank«, sagte er und hob das Küchenpapier vom Tisch auf, wohin er es ordentlich zusammengefaltet gelegt hatte. »Ich bin Ihnen sehr dankbar dafür, dass Sie sich die Zeit genommen haben. Und dass Sie nicht so darauf beharrt haben ...«

Er zögerte. Es war vermutlich dumm, sie daran zu erinnern, dass sie die Pflicht, Anna Abrahamsens Seelenleben für sich zu behalten, ungewöhnlich leicht genommen hatte.

»Auf der Schweigepflicht?«, fragte Herdis Brattbakk und lächelte, sie war ebenfalls aufgestanden. »Früher oder später hätten Sie mich ja doch zur Aussage verpflichtet. Wie gesagt, ich bin zu alt, um auf diese Sorte Bürokratie zu achten. Aber darf ich fragen ...«

Sie trat auf ihn zu und legte ihm die Hand auf den Unterarm. Ihr Atem roch ein wenig nach Knoblauch und Pfefferminz, als sie sich vorbeugte.

»Anna hat sich nicht das Leben genommen«, sagte sie leise. »Sie wurde ermordet. Und der Fall ist sehr alt. Darf ich fragen, warum ein Mann wie Sie nun wieder darin herumstochert?«

Ihre Augen funkelten. Henrik wurde es schwindlig.

»Weil«, begann er und musste einen kleinen Schritt zurückweichen. »Weil ...«

Herdis Brattbakk ließ seinen Arm los.

»Das kann ich leider nicht sagen«, erklärte er rasch. »Aber tausend Dank für Ihre Hilfsbereitschaft. Dieses Gespräch war überaus nützlich für mich.«

Damit lief er zur Tür, die Treppen vom sechsten Stock hinunter und aus dem Eingang des prachtvollen Wohnblocks in Skillebekk und weiter durch das Winterwetter. Er lief über den Bürgersteig und dann über Straßen mit hupenden Autos und wütenden Fahrern, rannte auf dem glatten Bogen hinunter zur Kruses gate, als gälte es sein Leben, bis ihm plötzlich einfiel, dass er mit Hanne Wilhelmsen zerstritten war.

Und da blieb er abrupt stehen.

»Hier spricht Hanne Wilhelmsen«, sagte Hanne so freundlich, wie sie nur konnte, als der Mann am anderen Ende der Leitung seinen Namen genannt hatte. »Von der Osloer Polizei. Ich bin die Chefin des Kollegen, der gestern bei Ihnen war, Henrik Holme.«

»Ach ja. Guten Tag.«

»Vielen Dank, dass Sie seine Fragen so bereitwillig beantwortet haben. Das wissen wir ungeheuer zu schätzen.«

»Das ist doch selbstverständlich. Ich muss aber zugeben, dass ich nicht so ganz begriffen habe, was der junge Mann wollte. Wir haben ja nicht gerade über ein Verbrechen geredet. Das Gespräch war so seltsam, dass ich es unserem Pastor gegenüber erwähnt habe, er heißt … «

»Nur ganz kurz«, fiel Hanne ihm ins Wort. »Ich möchte Ihnen ja wirklich nicht zu viel von Ihrer Zeit rauben. Wir haben eigentlich nur eine Frage, dann kann Ihr Friedhof in alle Ewigkeit Ruhe vor der Polizei haben.«

»Es sei denn, es taucht eine Leiche auf«, sagte der Küster und lachte herzlich, ehe er abrupt wieder ernst wurde. »Mir wäre es lieber, wenn Sie mit dem Pastor redeten. Er hatte doch gewisse Bedenken, weil ... «

»Mir geht es nur um eines«, unterbrach ihn Hanne rasch. »Und zwar, welches Bestattungsunternehmen für Iselin Havørns Beerdigung zuständig war. Wir müssen den Pastor doch nicht mit einer solchen Bagatelle belästigen.«

Sie hörte, wie im Hintergrund eine Tür geöffnet und geschlossen wurde, und der Küster sprach jetzt leiser.

»Ich kann wirklich nicht«, begann er fast flüsternd. »Der Pastor, er sagt ... «

»War das Jølstad?«, fragte Hanne und setzte alles auf eine Karte.

Die winzige Pause, ehe der Mann auflegte, war die Bestätigung, die sie gebraucht hatte. Hanne Wilhelmsen war in Wahrscheinlichkeitsrechnung nie besonders gut gewesen. Ihre Stärke waren Intuition und Deduktion. Das Leben hatte sie zudem gelehrt, dass das Wahrscheinliche nicht immer das Richtige war, aber den Namen von Norwegens mit Abstand größtem Bestattungsunternehmen zu erwähnen, war ein Treffer gewesen.

Jølstad hatte in Oslo sechs Filialen. Die der Wohnung auf Tjuvholmen nächstgelegenen waren die in Smestad und die im Kirkevei. Andererseits hatte die Beerdigung auf dem Østre gravlund stattgefunden, am entgegengesetzten Ende der Stadt. Die Wahl eines so weit entfernten Friedhofs konnte natürlich viele Gründe haben, Familienrücksichten zum Beispiel. Hanne tippte jedoch auf das Bedürfnis nach Anonymität. Es waren große Anstrengungen unternommen worden, um der Presse zu entgehen, und der Østre gravlund war riesig, unpersönlich und umgeben von Hauptverkehrsstraßen. Zudem war er einer von nur zwei Friedhöfen in Oslo, wo man eine Erdbestattung bekommen konnte, egal, wo man gewohnt hatte. Wer von Iselin Havørns hochentwickeltem Ego ausging, hätte wohl auf den mitten in der Stadt gelegenen Vår Frelsers gravlund gesetzt, denn dort hätte Iselin in der Nähe von Henrik Ibsen und anderen Größen ruhen können.

Jølstad hatte Filialen in Abildsø, Holtet, Grefsen und Kalbakken. Keine lag in direkter Nähe des Østre gravlund.

»Ich und du, Müllers Kuh«, sagte Hanne leise und rief die Filiale in Holtet an.

Eine freundliche, helle und vermutlich sehr junge Frauenstimme meldete sich sofort.

»Hallo«, sagte Hanne fröhlich. »Hier ist Astri Selbekk.«

Einen falschen Namen anzugeben, ging wie von selbst, und sie begriff nicht ganz, warum sie das getan hatte. Zum Glück war ihre Nummer verdeckt, es wäre jedenfalls ein komplizierter Umweg über die Telefongesellschaft, um ihre wahre Identität festzustellen.

Falls jemand sich diese Mühe machen wollte.

»Meine Cousine hat vor Kurzem ihre Frau bestattet«, sagte sie und bemühte sich, mitfühlend zu klingen. »Vorige Woche. Am Freitag. Und ich habe da nur kurz mal eine Frage, wäre es also möglich ...«

»Wir können leider Außenstehenden keinerlei Auskünfte über künftige oder vergangene Trauerfeiern erteilen«, fiel die Stimme ihr ins Wort und klang jetzt nicht mehr ganz so freundlich.

»Aber Sie müssen doch verstehen«, sagte Hanne und senkte die Stimme vertraulich, »meine Cousine hat schreckliche Tage hinter sich, das ist ja klar, ihre Frau war Iselin Havørn, wissen Sie, und sie hat heute erst entdeckt, dass ihr Filofax verschwunden ist.«

»Ihr Filofax?«

»Ja. Das ist ein Kalender. Ein Terminkalender. Ein Buch, in

dem man Verabredungen notiert, wenn Sie so wollen. So eines, wie man früher ... «

Hanne legte eine kleine Pause ein, um nicht allzu irritiert zu klingen.

»Wie man es früher benutzt hat. Und wie einige es noch immer verwenden. Das ist, wie ... ein Handy zu verlieren. «

Noch eine Pause. Die Frau am anderen Ende der Leitung schwieg.

»Schlimmer noch«, fügte Hanne hinzu. »Es ist nicht mit der iCloud verbunden, man kann es also nicht wiederherstellen. Und als ich sie dann dazu gebracht hatte, sich für einen kurzen Moment aus der Trauerarbeit loszureißen, meinte meine Cousine, es könnte noch bei Ihnen liegen. «

Hanne stieß eine lautlose Verwünschung aus und schnitt angesichts dieser Übertreibung eine Grimasse.

»Wie schrecklich«, rief die Frau. »So etwas zu verlieren, meine ich. Einen Moment. «

Damit war die Leitung tot. Vollkommen. Keine Wartemusik. Hanne ließ das Telefon vom Ohr sinken und betrachtete es. Das Gespräch war nicht unterbrochen worden.

»Hallo? «

Noch immer Stille.

»Tut mir leid«, sagte die Stimme dann endlich. »Ich musste nur kurz herumfragen. Sie sind aber in der falschen Filiale gelandet, müssen Sie wissen. Maria Kvam ... das ist doch Ihre Cousine, nicht wahr? «

»Stimmt. «

»Die war in Abildsø. Ich kann Ihnen die Nummer geben. «

»Danke, das ist nicht nötig. Ich habe ja die Website hier vor mir. Aber vielen Dank für Ihre Hilfe. Und einen schönen Tag noch. «

Hanne legte auf. Jetzt wusste sie, wonach sie gesucht hatte.

Fast zwei Wochen lang hatte sie geglaubt, sich genauer über Iselin Havørn informieren zu müssen. Dreizehn Tage lang hatte sie ein Leben unter die Lupe genommen, das sie nur aus dem Internet kannte, das Leben einer Frau, die sie nur als islamophob und verschroben erfahren hatte.

Hanne war vielleicht nicht direkt geschädigt, nachdem sie zwei Jahre ihres Lebens damit verbracht hatte, sich mit Extremismus zu beschäftigen, so wie Henrik es angedeutet hatte. Aber sie war doch ein wenig engstirnig geworden, wie ihr nun aufging, während sie in die Küche fuhr, um Teewasser aufzusetzen.

Iselin Havørn war nicht nur Tyrfing gewesen. Natürlich nicht, dachte Hanne, ziemlich verärgert über sich selbst. Sie war auch Ehefrau, Freundin und Geschäftsfrau gewesen. Vielleicht hatte sie alte Eltern gehabt. Geschwister konnte sie ebenfalls haben, auch wenn die schlichte Todesanzeige keine anderen Angehörigen als Maria erwähnte. Iselin war ein vollständiger Mensch. Sie konnte sich auch in anderen Bereichen als dem Internet unbeliebt gemacht und ganz andere Feinde gehabt haben als die, die sie so verächtlich als Multikultimafia bezeichnet hatte. Diese konnten ihr auch viel näher gestanden haben.

Hanne sah abwartend den Wasserkocher an.

Maria Kvam hatte sich selbst um die Trauerfeier gekümmert, um Iselin Havørn zur letzten Ruhe zu geleiten. In einem Sarg, den der Küster als Pappkarton bezeichnet hatte, dem billigsten, der sich auftreiben ließ. Es war Maria, die beschlossen hatte, Iselin zu beerdigen, obwohl sie gewusst haben musste, dass die Verstorbene eine ganz andere Bestattung gewollt hatte. Und nach acht Jahren Ehe hatte Maria ihrer Frau nicht einmal einen Kranz spendiert.

Der Wasserkocher leuchtete blau auf und stieß einen leisen

Pfiff aus. Hanne riss einen Teebeutel auf und ließ ihn in eine Tasse fallen, ehe sie Wasser dazugab.

Feindselig, hatte Mauritz Bolle Marias Verhalten genannt.

Hanne widmete sich ihren Gedanken, während sie ihren Tee trank. Vielleicht sollte sie sich genauer über Maria Kvam informieren statt über Iselin Havørn oder die wütende Bloggerin Tyrfing.

Wenn nur Henrik hier wäre, dachte sie und fuhr zurück in ihr Arbeitszimmer.

In Henrik Holmes kleinem Wohnzimmer hing jetzt ein langer Streifen aus Packpapier. Er zog sich von Wand zu Wand und war mit einem dicken Filzstiftstrich unterteilt. Hier und da entlang dieser Linie hingen gelbe Zettel und Ausdrucke. Einige Bilder, einzelne Auszüge von Vernehmungen. Mitten im Wohnzimmer stand Henrik selbst, sah sich das Ganze an und nagte an einem Kugelschreiber.

Die Zeitschiene setzte am vierten Weihnachtstag 2003 ein, dem Zeitpunkt, zu dem Jonas Anna zuletzt lebend gesehen haben wollte. Sie endete im Juli 2004, als Anklage gegen ihn erhoben worden war. Da zwischen dem vierten Weihnachtstag und Silvester und vom 4. Januar bis zum Sommer nur sehr wenig geschehen war, hatte Henrik diese Zeiten auf fünfzig Zentimeter zu beiden Seiten des Strichs komprimiert.

Henrik hatte sich nicht getraut, die Zeitschiene im Büro aufzuhängen. Sein Chef sollte nicht entdecken, dass die Arbeit an der Statistik nur einige Stunden in Anspruch genommen hatte und Henrik seine Zeit nun Bonsaksens blauem Ordner widmete.

Die Zeitschiene sah aus wie eine riesige Kinderzeichnung eines Tausendfüßlers. Der Kopf war eine Mordanklage, das Hinterteil ein Bild von Jonas, das Henrik mitten auf dem Papierstreifen festgeklebt hatte. Das interessante Feld des Tausendfüßlers lag in der Mitte. Um 10.30 Uhr am Silvestertag hatte der Nachbar, der später an diesem Abend Gäste bekommen würde, einige Worte mit Anna gewechselt. Anna saß im Auto und fuhr die gemeinsame Auffahrt hoch. Der Nachbar winkte ihr zu, weil er mit ihr sprechen und sie über das bevorstehende Fest informieren wollte. Anna öffnete ihr Fenster und wirkte während des kurzen Gesprächs ganz normal. Was reserviert, ernst und höflich bedeutete, wie der Nachbar es beschrieb. Danach fuhr sie zu den Mülltonnen und verbrachte einige Sekunden damit, bei laufendem Motor etwas in die große gemeinsame Abfalltonne zu werfen.

Der Zeitpunkt stimmte mit der Auskunft des Osloer Pistolenclubs überein.

Um elf Uhr hatte sich eine Gruppe alter Wettbewerbsschützen zu ihrem alljährlichen Silvestertreff in Ekeberg eingefunden. Dass Anna auftauchte, war für die meisten eine Überraschung. Sie hatte im Herbst zwar das Schießen wieder aufgenommen, aber keinerlei Interesse an der alten Clique gezeigt. Sie hatte sogar zwei freundliche Einladungen ziemlich energisch ausgeschlagen.

Auch zu Silvester hatte sie nicht reden wollen. Normalerweise begann das Treffen mit einem zwanglosen Wettschießen, bei dem es eine Flasche Champagner und eine Papierkrone zu gewinnen gab. Danach wurden die Waffen weggelegt, und es kam durchaus vor, dass das darauffolgende, ziemlich feuchte Gelage andauerte, bis die Anwesenden zu ihren eigentlichen Silvesterfeiern weiterziehen mussten.

Anna wollte nur schießen.

Sie hatte fünf Serien durchgezogen, ihre Glock 17 in den Kasten zurückgelegt und war gefahren. Der Clubvorsitzende, der den Bericht geschrieben hatte, war ihr auf dem Weg hinaus begegnet und hatte versucht, sie zum Bleiben zu überreden. Sie wirkte niedergeschlagen und anders als früher bei den Wettbewerben, und sie kannten einander gut. Andererseits sei sie den ganzen Herbst über schon so gewesen, schrieb er. Nach dem Tod ihrer Tochter sei sie »heftig dabei gewesen«, wie er es ausdrückte. Sie brauchte Gesellschaft. Er und mehrere andere Clubmitglieder besuchten sie oft, im Laufe des Jahres 2002 ließ der Kontakt jedoch nach, und Anna zog sich mehr und mehr zurück. Als sie dann im September 2003 wieder auf der Løvenskiold-Bahn auftauchte, hatte er sie seit mindestens einem Jahr nicht mehr gesehen. Sie wirkte abweisend und wollte eigentlich nur über praktische Fragen sprechen, die mit dem Schießen zu tun hatten.

»*Es war, als wäre ihr endlich aufgegangen, dass Dina wirklich tot war*«, las Henrik laut aus dem Bericht vor. Das passte gut zu dem, was Herdis Brattbakk ihm erzählt hatte.

Henrik musste seine Zeitschiene verlängern.

Entschlossen schnitt er einen weiteren Meter Papier ab und klebte ihn an den Schwanz des Tausendfüßlers, der jetzt in einer Beugung von neunzig Grad die nächste Wand erreichte. Henrik zog mit den Zähnen die Kappe von einem Filzstift und führte den Mittelstrich zurück bis zum Herbst 2001.

Montag, 3. Dezember, schrieb er, nachdem er in seinen Unterlagen nachgesehen hatte. *Dina stirbt.*

Er hatte erfolglos im Archiv nach dem Fall gesucht, obwohl der inzwischen digitalisiert sein müsste. Aus der spärlichen Akte ging hervor, dass es sich einfach um einen Unfall gehandelt hatte, ein katastrophaler Zufall, bei dem das Kind von einem Auto überfahren worden war, während der Vater am Briefkasten die Weihnachtspost des Tages durchgesehen hatte. Vermutlich war der Fall deshalb nicht in die digitalen Archive übertragen worden. Er war wohl nicht wichtig genug, dachte Henrik und fuhr sich über die Stirn. Die Ermittlung wurde einfach schnöde eingestellt, da »kein strafbares Vergehen nachzuweisen« war.

Nur ein totes Kind.

Vor das Datum von Dinas Tod und über den gesamten Herbst schrieb er: *Munter. Fröhlich. Zu Scherzen aufgelegt. Temperamentvoll. Selbstironisch. Ausgezeichnete Verkäuferin.*

Alle diese Charakteristika hatte er in den Unterlagen gefunden. So war Anna Abrahamsen von ihren Kollegen und Freundinnen, von ihrer Schwester und dem Vorsitzenden des Osloer Pistolenclubs beschrieben worden. Sie war ganz einfach eine beliebte Frau gewesen. Eine bewunderte sogar, wegen ihres umgänglichen Wesens und ihrer gewaltigen Arbeitskapazität. Nach Dinas Geburt hatte sie nur drei Monate Elternzeit genommen. Sie arbeitete lieber in ihrem Beruf, als zu Hause zu sein, und Jonas hatte liebend gern neun Monate lang die Rolle des Ganztagspapas übernommen. Direkt nach ihrer Elternzeit war Anna bei Bilia zur Verkaufschefin befördert worden. Auch in diesem Punkt stimmte Bonsaksens gründlicher Ordner mit dem Bericht der Psychologin überein.

Henrik stellte sich die drei vor.

Schön. Erfolgreich. Wohlhabend. Eine perfekte kleine Familie.

Falls es das gab.

Er trat einen Schritt zurück, um sich die ganze Zeitschiene anzusehen. Jonas und Anna hatten sehr unterschiedlich auf die Katastrophe reagiert. Henrik trat wieder vor und schrieb oben über den Mittelstrich: *Unter Schock. Zurückgezogen. Weint. Abgenommen. Freunde abgewiesen. Zutiefst deprimiert.*

So war Jonas in den Unterlagen beschrieben worden. Unter den Strich schrieb er: *Kontaktsuchend, klammernd, suchte Trost, wurde fromm, trank zu viel.*

So war Anna nach dem Tod ihrer Tochter gewesen.

Henrik wusste wenig über Trauer. Mit Einsamkeit dagegen kannte er sich aus. Er hatte Schmerz und Verzweiflung darüber erlebt, immer außerhalb zu stehen, und seine Teenagerzeit wollte er am liebsten vergessen. Das Leben zeigte sich eben nicht immer von seiner Sonnenseite.

Aber er beklagte sich nicht. Jetzt jedenfalls nicht.

Als er mit acht Jahren auf Socken aus der Schule nach Hause kam, mit ausgekippter Schultasche und dem Geschmack von Hundekacke im Mund, hatte er sich geschworen, später Polizist zu werden. Dieses Ziel hielt ihn während seiner Schulzeit aufrecht, unter die er danach in Gedanken einen Strich gezogen hatte. Fachlich gesehen hätte er nach dem Abitur sofort ein Medizinstudium anfangen können, wohingegen die physischen Aufnahmekriterien für die Polizeischule ihm seinen Kindheitstraum fast ruiniert hätten. Harte Arbeit und eiserne Disziplin hatten ihm geholfen.

Er war nicht nur Polizist, er war ein sehr guter Polizist. Und er fühlte sich wohl in seinem Beruf. Er hatte seine eigene kleine Wohnung, und er hatte seine Mutter, die zwar störend aufdringlich sein konnte, aber die ihn so sehr liebte, dass es fast alles wettmachte.

Außerdem hatte er die feine seltsame Familie in der Kruses gate. Falls er sich mit Hanne versöhnen könnte. Doch das würde ihm sicher gelingen.

Henrik Holme war mit dem Leben zufrieden und wusste wenig über echte Trauer. Er konnte sich auch nicht vorstellen, eigene Kinder zu haben.

Wenn sein eigenes Kind mit dem Mund voll Hundekacke nach Hause gekommen wäre, wäre er außer sich geraten. Er hätte die Quälgeister aufgesucht, hätte sie zusammengestaucht, hätte sich bei der Schule beschwert, die Eltern informiert, das Jugendamt verständigt. Und die Polizei. Irgendwen, jedenfalls wäre er vor Wut auf die Barrikaden gegangen.

Henrik hätte sein Kind nicht einfach in die Badewanne gesteckt, Kakao mit Sahne gekocht und ein Video eingelegt. Er hätte seinem Kind nicht zugeflüstert, dass es von der Schule einen Umweg machen müsse, den Kopf einziehen solle, und vielleicht könnten sie am Wochenende ja in den Zirkus gehen. Henrik Holme hätte seinem Sohn jedenfalls nicht gesagt, dass es ein Geheimnis bleiben müsse, zwischen seiner Mama und ihm, denn Papa würde diese traurigen Dinge nun wirklich nicht hören wollen.

Er hingegen würde nicht zulassen, dass so etwas noch einmal passierte. Und dann noch einmal.

Kakao war überhaupt keine Hilfe.

Henrik schluckte. Er konnte sich nicht vorstellen, Kinder zu haben. Bei dem bloßen Gedanken daran, ein Kind beschützen zu müssen, wurde ihm schon schwindlig. Doch da er dreißig war und noch nie mit einer Frau geschlafen hatte, existierte das Problem ohnehin nur in der Theorie.

Seufzend verdrängte er den Gedanken an das Schrecklichste im Leben.

Sie hatten so unterschiedlich getrauert, Anna und Jonas. Kein Wunder, dass die Ehe zerbrochen war, dachte Henrik und erkannte, dass er auch über Liebesbeziehungen überaus wenig wusste.

»Denk wie ein Polizist«, fauchte er verbissen. »Denk nicht an dich selbst.«

Hanne sagte immer, ein Fall müsse ohne vorgefasste Theorien untersucht werden. Man solle lieber Fakten finden, unbestreitbare Fakten, und die nutzen, um die Wirklichkeit zu rekonstruieren. Stein auf Stein. In diesem Fall gab es mehr als genug

Fakten, das Dumme war nur, dass schon jemand diese Steine aufeinandergelegt hatte. Alles, was mit Anna Abrahamsens Tod zu tun hatte, war in ein System eingepasst worden, das Jonas zum Mörder machte. Henriks Zeitschiene war ein Versuch, Bonsaksens Ordner zu dekonstruieren. Alles musste neu gedacht werden, jedes einzelne Detail.

Aber es wirkte ungeheuer verlockend, am entgegengesetzten Ende anzufangen.

Mit einer Theorie: Anna hatte Selbstmord begangen.

Hanne Wilhelmsen war nicht in der Nähe, deshalb schnitt Henrik noch einen Meter Packpapier ab und hängte es an die Badezimmertür. Mit rotem Filzstift teilte er den Bogen senkrecht.

Psyche schrieb er oben in die eine Spalte.

Er hatte zwar nie ein Kind verloren, hatte aber immerhin viel über menschliche Reaktionen gelesen. Wie Herdis Brattbakk betont hatte, waren Annas Reaktionen alles andere als untypisch gewesen. Anfangs hatte sie das Unglück geleugnet, um ihr Leben mit Menschen, Rausch und Religion zu füllen. Sie schien das Trinken einigermaßen im Griff gehabt zu haben, da sie die ganze Zeit gearbeitet hatte. Nach Dinas Tod war sie nur für eine Woche beurlaubt gewesen, was Henrik jetzt, da er mit Herdis Brattbakk gesprochen hatte, weniger seltsam vorkam. Eine rasche Rückkehr zur Arbeit passte zudem gut zur Phase des Leugnens. Dinas Tod war Anna erst viel später in seinem vollen Umfang bewusst geworden.

Das musste im Herbst 2002 gewesen sein. Fast ein Jahr nach dem Unfall, als sie endlich professionelle Hilfe gesucht hatte.

Annas Verhalten in ihrem ersten Trauerjahr stimmte damit überein, wie sie offenbar vor Dinas Tod gewesen war. Sie war eine ausgeprägt soziale Person gewesen, und es wirkte natürlich, dass sie sich nach einer Katastrophe anderen zuwandte.

Dass das nicht auf Dauer funktionieren konnte, lag jedoch eigentlich auf der Hand. Erstens hatten Menschen eine unangenehme Tendenz, der Leiden anderer überdrüssig zu werden. Es musste anstrengend für die Freunde gewesen sein, zu dieser Zeit mit Anna Umgang zu haben, was man auch in den Vernehmungsprotokollen lesen konnte. Jedenfalls zwischen den Zeilen.

Henrik biss so hart in den Stift, dass das Metall nachgab. Fast ein Jahr lang war Anna verzweifelt, dachte er. Dann wurde sie deprimiert.

Anna Abrahamsen war nun so verzweifelt, dass sie sich ganz und gar veränderte. Sie ging zwar zur Arbeit und tat, was sie zu tun hatte und sogar mehr. Die Kollegen erzählten, dass sie beim Kontakt zu Kunden noch immer die alte Anna sein konnte. Munter und zu Scherzen aufgelegt. Charmant. Wenn ein Vertrag dann unterzeichnet war, brach sie jedoch gewissermaßen zusammen. Am geselligen Leben unter Kollegen nahm sie überhaupt nicht mehr teil, beruflich war sie allerdings weiterhin erfolgreich.

Jonas dagegen hatte große Probleme bei der Arbeit.

Er war ein ganzes Jahr lang krankgeschrieben. Dann stellte das Arbeitsamt Forderungen, und er entschied sich für den Weg des geringsten Widerstandes. Er nahm seine Stelle als Abteilungsleiter in der mittleren Verwaltungsebene von Statoil wieder auf. Doch es lief nicht besonders gut. Während Anna offenbar noch Kraft genug für einen gewissen Arbeitseinsatz hatte, war Jonas total ausgebrannt. Offenbar hatte er es nur einem verständnisvollen Chef zu verdanken, dass er nicht entlassen wurde. Seine Fehlzeiten waren enorm, und wenn Jonas doch ins Büro kam, saß er hinter verschlossener Tür und tat so gut wie nichts. Wenn er nicht ein Jahr später festgenommen worden wäre, wäre er jedenfalls gefeuert worden.

Henrik trat einen Schritt zurück und betrachtete, was er in die rechte Spalte geschrieben hatte.

Wenn Herdis Brattbakk diesen Ausdruck auch nicht verwenden wollte, so schien es für Henrik doch auf der Hand zu liegen, dass Anna Abrahamsen im Monat vor ihrem Tod suizidal war. Sie hatte eine große Tragödie erlebt und war offenbar in einer Abwärtsspirale gefangen. Die Ehe stand kurz vor dem Schiffbruch. Kein neues Kind war unterwegs. Die Freunde waren verschwunden, teilweise auch, weil Anna sie abgewiesen hatte. Je mehr Henrik über die letzten beiden Jahre von Annas Leben nachdachte, desto deutlicher sah er die nahende Gefahr des Selbstmordes. Selbst ihren letzten Heiligen Abend hatte sie ganz allein verbracht. Auch für den Silvesterabend hatte sie keine Pläne gehabt.

Außer, sich das Leben zu nehmen.

Vielleicht.

Henrik fing mit der rechten Spalte an. *Tadellose Ordnung* schrieb er oben. Danach: *Offenbar zutiefst deprimiert.*

Mehr fiel ihm nicht ein.

Er schob die Kappe auf den Filzstift und drehte einen Sessel zur Zeitschiene um, ehe er sich setzte.

Um 17.30 Uhr hatte Annas Schwester Benedicte bei ihr vorbeigeschaut. Sie sei höchstens zwanzig Minuten geblieben, gab sie an. Das stimmte damit überein, dass sie nachweislich um 18.20 Uhr bei einer dreißig Minuten entfernt wohnenden Bekannten eingetroffen war, sie wollte bei den Festvorbereitungen helfen.

Um den Zeitraum zwischen 22.30 und 23.30 Uhr hatte Henrik eine Klammer gesetzt. Darüber hing ein Bild von Anna mit einem schwarzen Kreuz in der Ecke. Mitten in die Klammer hatte Henrik eine Kopie des Bildes gehängt, das die Nachbarsgäste gemacht hatten. Er hatte den Teil vergrößert, auf dem Jonas Abrahamsen hinter der Frau mit der Wunderkerze zu sehen war, wie er mit eingezogenem Kopf die steile Auffahrt hinunterlief.

22.58 Uhr hatte Henrik unter das Bild geschrieben. Es war eine tödliche zeitliche Übereinstimmung.

Resigniert warf Henrik den Filzstift hin. Hier war noch etwas, dieses Gefühl ließ ihn nicht los. Er wusste nur nicht, wo er suchen sollte. Zum ersten Mal hatte Henrik einen Selbstmord für möglich gehalten, als ihm aufgefallen war, wie extrem sauber und ordentlich das Haus gewesen war. Nach seinem Gespräch mit der Psychologin Herdis Brattbakk hatte seine Argumentation jedoch stark an Gewicht verloren. Anna hatte schon mehrere Monate zuvor einen zwanghaften Drang zur Sauberkeit entwickelt. Seine Hochstimmung darüber, dass Anna durchaus suizidal gewesen sein konnte, verschwand nun wieder. Außerdem, wie er die Sache auch drehte und wendete, er stand hier einem Problem gegenüber, das so groß und deutlich war, dass er noch nicht einmal angefangen hatte, darüber nachzudenken.

Wenn dies nun eine Selbsttötung war, wo in aller Welt steckte die Waffe?

Wenn ich doch nur mit Hanne reden könnte, dachte Henrik und schlug sich viermal gegen die Schläfe. Diesmal so fest, dass es wehtat.

DONNERSTAG, 21. JANUAR 2016

Er kannte ihre Gewohnheiten besser als die meisten anderen.

Aber nicht deshalb hatte Jonas Abrahamsen all die Jahre über Christel Bengtson beobachtet. Anfangs, als er zum ersten Mal die Achtjährige auf dem Heimweg von der Schule gesehen hatte, begriff er nicht, warum er sie weiterhin im Auge behalten wollte. Aber der Anblick des kleinen Mädchens gab ihm für kurze Zeit ein anderes Gefühl als die ewige schuldbeladene Trauer. Es war eine emotionale Pause.

Im Gefängnis hatte sie ihm gefehlt. Er hatte sich vorgestellt, wie sie sich wohl veränderte, wie sie älter wurde, ohne dass er sie dabei beobachten konnte. Bei seinem allerersten Hafturlaub hatte er sie einen ganzen Tag verfolgt, fasziniert davon, wie schnell Kinder sich entwickelten. Sie zu sehen, brachte ihm gewissermaßen Dina näher, und lange hatte er sich gefragt, ob Christel mit den Jahren wohl zu einem Ersatz geworden war.

Nein. Niemand konnte Dina ersetzen.

Er liebte Christel nicht. Sie war einfach nur ein Instrument, ungefähr wie ein Messer, mit dem man sich schneidet, um den inneren Schmerz erträglicher zu machen. Er konnte es ab und zu physisch spüren, der dumpfe Krampf im Magen löste sich beim Anblick des fremden Kindes und später der fremden Jugendlichen und dann der erwachsenen Frau. Doch die Wirkung hielt nie lange vor, deshalb machte er weiter.

Er hatte sich nie versucht gefühlt, ihr etwas anzutun. Niemals.

Im Laufe der Jahre hatte er allerlei von ihr aufgelesen. Wertlosen Abfall wie ein weggeworfenes Eispapier oder eine Einkaufsliste, die im Laden im Einkaufskorb lag. Einen Schal, den sie im vergangenen Jahr auf einer Parkbank vergessen hatte. Einmal hatte sie in einem Café in der Innenstadt ihre Brieftasche liegen lassen, aber die hatte Jonas der Bedienung überreicht, in der Hoffnung, dass Christel sie zurückbekommen würde.

Ihren Führerschein behielt er, der lag zusammen mit den anderen Dingen in einem Schuhkarton und war inzwischen ziemlich verschlissen.

Als Christel ihren Blog eingerichtet hatte, war das für Jonas wie ein Geschenk gewesen. Indem er die Informationen zusammenfügte, die sie in diesem Blog, auf Instagram, Twitter und Facebook schrieb, hatte er im Laufe der Jahre ihr Leben bis ins Detail nachgestellt. Der Vorteil bei Prominenten war, dass sie oft Freundschaftsanfragen von Fremden erhielten, und er hatte überzeugende falsche Accounts angelegt. In der Regel wusste er, wo sie war, was sie vorhatte und was sie dachte. Und nicht zuletzt: mit wem sie zusammen war.

Jonas kannte Christels Gewohnheiten, und donnerstags brachte sie Hedda in den Kindergarten und holte sie auch wieder ab. Das bedeutete, dass Hedda dann mehr Zeit als üblich dort verbrachte. Und dass die Kleine mittags im Kindergarten schlafen musste, nicht zu Hause wie sonst, wenn der Opa sie holte. So war es auch an diesem Tag. Jonas war um Viertel vor acht vor Ort gewesen und hatte gesehen, dass Hedda gebracht worden war.

Inzwischen war es halb eins geworden, und leichter Schnee hing in der Luft. Jonas hatte eine intensive und überraschende Erleichterung verspürt, als er an diesem Morgen registriert hatte, dass es draußen nur fünf Grad unter null waren. An den richtig kalten Tagen mussten die Kinder im Haus Mittagsschlaf halten. Bei solchem Wetter schliefen sie jedoch in der Regel gut eingepackt in Decken und Schlafsäcken in ihren Wagen. Damit sie von den älteren Kindern und deren Spielen nicht unnötig gestört wurden, wurden die Wagen ganz hinten auf dem Kindergartengelände abgestellt. Dort oben war ein schmaler Pfad vom Haupteingang auf die andere Seite des Gebäudes freigeschaufelt worden, gerade breit genug für einen Kinderwagen. Jetzt standen vier davon dicht am Zaun zum Geitmyrsvei, hinter einem Tor, das nicht benutzt wurde und mit Kette und Hängeschloss versperrt war.

Die Kette war nicht sonderlich solide.

Jonas brauchte nur Sekunden, um sie mit einer Metallschere durchzuschneiden. Er legte Schere und Kettenteile vorsichtig in den Schnee und betrat das Gelände. Ohne einen Blick auf die spielenden Kinder weiter vorn zu werfen, packte er Heddas neuen roten Wagen. Es war schwer, den über die Schneekruste zwischen Zaun und Weg zu bugsieren, wo er zudem einen aufgeworfenen Schneehaufen überwinden musste.

Aber es ging gut.

Das Kind schlief noch immer, und er zog das Tor zu und schob die Schere unter die dicken Decken, die um die Kleine festgesteckt waren. Im Geitmyrsvei bog er nach links ab. Es war besser, einen Bogen um die Synagoge zu machen, da wimmelte es vermutlich von Überwachungskameras. Er ging zügig, rannte aber nicht.

Als er die Colletts gate überquerte, hörte er noch keine Sirenen. Er bog zum Lovisenberg-Krankenhaus ab. Da die Gefahr von Kameras auch dort gegeben war, hatte er seinen Wagen ein Stück weiter die Straße hinauf abgestellt. Auf der Website des Kinderwagenproduzenten hatte er sich informiert und brauchte nur eine halbe Minute, um den Wagen auseinanderzunehmen. Die Tragetasche mit der aufgeklappten Stütze hob er auf die Rückbank und warf das Untergestell in den Kofferraum.

Hedda wachte auf und fing an zu weinen, aber inzwischen hatte Jonas bereits den Motor angelassen. Bengt Bengtson würde sein geliebtes Enkelkind niemals wiedersehen.

Es war ein befreiend leeres und gutes Gefühl.

Hanne Wilhelmsen war schlecht gelaunt.

Sie trat auf der Stelle. Selbst jetzt, da sie alle Zeitungsartikel gelesen hatte, die in den vergangenen zwei Wochen über Iselin Havørn geschrieben worden waren, wusste sie nicht sehr viel mehr über die Tote als vorher.

Aber etwas eben doch. Nämlich dass Iselin Havørn eng mit Kari Thue befreundet gewesen war. Schon seit Beginn des Jahrtausends führte die inzwischen fast fünfzig Jahre alte Journalistin Kari Thue ihren Kreuzzug gegen Zuwanderung aus der muslimischen Welt. Ihr Engagement hatte in den Neunzigerjahren mit zwei preisgekrönten Fernsehdokumentationen über Ehrenmorde in norwegisch-pakistanischen Familien begonnen. Darauf war ein Buch über Genitalverstümmelung gefolgt, das nicht so wohlwollend aufgenommen worden war. Die Forschungsergebnisse, auf die sie verwies, waren zweifelhaft, und die Zahlen, mit denen sie operierte, ließen sich nicht belegen.

Irgendwann auf diesem Weg war wohl etwas schiefgegangen, das hatte Hanne schon früher gedacht. Kari Thue hatte sich zunächst brennend für die Lebensbedingungen von Frauen in Einwandererfamilien und in der Berufswelt interessiert, war dann aber zu einer Heimatfrontsoldatin geworden. Wie Iselin Havørn sah sie ihre gesamte Welt bedroht und hatte im vergangenen Jahr staatliche Zensur des Koran, Abriss von Moscheen und Verweigerung des Asylantenstatus für Muslime gefordert. Während der Flüchtlingskrise im Sommer und Herbst 2015 hatte sie allen Ernstes, in einem ausführlichen Artikel in *Verdens Gang*, verlangt, gegen den Flüchtlingszustrom über Storskog in Finnmark die Armee einzusetzen. Sie sollten scharf schießen, forderte sie, um die verletzliche norwegische Grenze zu sichern.

Obwohl die oberste Heeresleitung mit leichter Ironie darauf aufmerksam gemacht hatte, dass es für Norwegen nicht aktuell sei, Russland den Krieg zu erklären, wurde Kari Thue weiterhin ernst genommen. Sie bekam jeden Spaltenplatz, den sie haben wollte, und sie griff begierig zu.

Dass sie mit Iselin Havørn befreundet war, lag dennoch nicht auf der Hand. Während Kari Thue mit offenem Visier, unter vollem Namen und gern im Fernsehen focht, hatte sich Iselin Havørn lange im Cyberspace versteckt. Und das sehr gut.

Hanne saß in der Küche mit einer Schale Cornflakes, die sie jetzt von sich schob. Die Milch war zu süß, und sie hatte eigentlich gar keinen Hunger. Ihr Appetit war derzeit erbärmlich, ohne dass sie wusste, weshalb. Sie hatten jederzeit gute Lebensmittel im Haus, aber immer häufiger kam es vor, dass sie halbherzig etwas Schlichtes und nicht sonderlich Leckeres hinunterwürgte, um dann bei den richtigen Mahlzeiten im Essen herumzustochern.

Dass sie in den vergangenen beiden Jahren tief in das extremistische Gedankengut eingetaucht war, hatte sie eindeutig verändert. Doch als Henrik am Mittwoch etwas in dieser Richtung erwähnt hatte, hätte sie ihm fast den Kopf abgerissen. Seither hatte sie allerdings oft an seine Worte denken müssen, und sie empfand sie jedes Mal wieder als unangenehm.

Die wachsende Zahl der Zuwanderungsfeinde machte ihr Angst. Es schienen so viele zu sein und immer mehr zu werden.

Als ob sie speziell organisiert wären und nicht einfach nur über Facebook, Twitter und was auch immer in Kontakt miteinander stünden. Menschen, die politisch meilenweit voneinander entfernt gewesen waren, schienen sich in dieser einen relativ neuen Sache zu verbünden: Wir wollen die hier nicht. Sie schaden uns. Sie zerstören das, was uns gehört.

Die politische Landschaft ließ sich nicht mehr linear auf einer Achse von ganz rechts nach ganz links beschreiben. Die Politik war zu einem Hufeisen geworden, und die Enden näherten sich einander erschreckend an.

Als Hanne den Rest der unappetitlichen Müslimischung in den Ausguss kippte, ging ihr auf, dass sie furchtsam geworden war. Sie stellte die Schale in die Spülmaschine und starrte aus dem Küchenfenster, das so groß war und eine so breite Fensterbank hatte, dass Ida gern darauf Hausaufgaben machte. Es schneite ein wenig und war windstill, weshalb die winternackten Kastanien im Hinterhof starr gefroren aussahen.

Hanne Wilhelmsen hatte Angst vor dem, was hier heraufzog. In Norwegen, dem Land, in dem ihre Tochter, die halb türkisch und vor allem norwegisch war, aufwachsen und ihr Leben leben sollte.

Hanne hatte die Verbindung zwischen Kari Thue und Iselin Havørn durch einen Artikel in *Verdens Gang* entdeckt. Einem Journalisten war die wenig angenehme Aufgabe übertragen worden, Iselins Meinungsgenossen anzurufen und Reaktionen auf ihren Tod einzuholen. Kari Thue hatte den Kommentar verweigert. Vermutlich zum ersten und letzten Mal in ihrem Leben. Aus dem Artikel ging jedoch ziemlich deutlich hervor, dass die beiden befreundet gewesen waren.

Enge Freundinnen, hieß es sogar. Hanne war nicht sicher, was eine solche Beschreibung besagte.

Vor vielen Jahren, bei einem Jahrhundertsturm nach einem Zugunglück auf der Bahnstrecke nach Bergen, war sie höchst unfreiwillig zusammen mit den übrigen Fahrgästen, darunter Kari Thue, im Hochgebirge isoliert gewesen. Nach dem Sturm hatte Hanne sich geschworen, in Zukunft einen gewaltigen Bogen um diese magere Gestalt zu machen, die ihre Tage dort damit verbracht hatte, Misstrauen und Skepsis Muslimen gegenüber zu verbreiten.

Jetzt, fast zehn Jahre später, predigte Kari Thue Hass und forderte Ausweisung. Und Hanne hatte plötzlich gewaltige Lust, mit ihr zu sprechen. Aber das war einfach unmöglich. Sie würde es nicht schaffen, es würde eine Katastrophe werden.

Natürlich könnte sie den Journalisten anrufen. Das war die zweitbeste Möglichkeit.

Dag Beddington, so hieß er, und ehe Widerstand in ihr aufkommen konnte, hatte sie bereits die Nummer herausgesucht und gewählt. Dag Beddington konnte noch nicht sehr alt sein, denn er begrüßte sie mit einem frischfröhlichen »Hallo!«.

»Guten Tag«, sagte Hanne um einiges zurückhaltender. »Ich heiße Hanne Wilhelmsen. Ich bin Sonderberaterin bei der Osloer Polizei, und ich ... «

»Wilhelmsen! Sie haben doch den ganzen 17.-Mai-Terror aufgedeckt!«

»Na ja. Doch.«

»Sie und dieser Hänfling, dieser ... Henrik Holme, ja?«

»Ja. Aber jetzt sitze ich an einem ganz anderen Fall, und in diesem Zusammenhang bin ich auf einen Artikel gestoßen, den Sie vor anderthalb Wochen geschrieben haben. Über Iselin Havørn. Sie hatten versucht, Iselins Gesinnungsgenossen einen Kommentar zu dem Todesfall zu entlocken. Kari Thue unter anderem.«

»Was haben Sie denn mit dem Fall zu tun?«

Seine Stimme hatte jetzt einen wachsamen und sehr viel erwachseneren Unterton. Hanne glaubte, ein mechanisches Ticken zu hören. Rasch griff sie zu einem Kugelschreiber und einem Post-it-Block unter ihrem Stuhlsitz und notierte: ACHTUNG, ER NIMMT AUF. Den Zettel klebte sie vor sich auf den Tisch.

»Das kann ich Ihnen natürlich nicht sagen«, antwortete sie gelassen. »Es geht zudem um eine sehr periphere Angelegenheit. Wenn Sie keine Zeit haben, kann ich natürlich warten. Wenn Sie mir nicht antworten wollen, ist das etwas anderes.«

Der Mann am anderen Ende der Leitung zögerte. »Was möchten Sie wissen?«, fragte er dann endlich.

»Nur eine Kleinigkeit. So, wie ich Ihren Artikel verstanden habe, behaupten Sie, dass Kari Thue und Iselin Havørn eng befreundet waren. Woher wissen Sie das?«

Sie konnte hören, dass er lächelte.

»Ich glaube, Sie wissen, dass ich diese Frage nicht beantworten kann«, sagte er. »Und dieses Gespräch hier wird langweilig, wenn wir uns gegenseitig auf unsere Fragen antworten, dass wir nicht antworten können. Lassen Sie uns lieber ein Tauschgeschäft machen.«

»Nein.«

»Doch. Sie erklären mir, was ein Mitglied von Polizeidirektorin Sørensens Supergruppe mit Iselin Havørns Selbstmord zu tun hat. Im Gegenzug kann ich Ihnen dann mehr über die Beziehung zwischen Thue und Havørn erzählen.«

»War das eine Beziehung?«

Jetzt lachte er laut.

»Eine Hand wäscht die andere, Wilhelmsen, Sie zuerst.«

»Iselin Havørn war verheiratet. Soll das heißen, dass sie fremdging?«

»Das kann ich beantworten, sowie Sie ... Moment mal.«

Es klang, als wäre ihm das Telefon heruntergefallen. Im Hintergrund waren Stimmen zu hören, die wild durcheinanderredeten, dann sich eilig entfernende Schritte. Nach weiterem Gescharre und Geraschel war Dag Beddington wieder zu hören.

»Hallo?«, fragte er atemlos.

»Ich bin noch immer hier.«

»Es tut mir leid, aber ich muss weg. Offenbar ist ein Kind entführt worden. Aus einem Kindergarten in der Innenstadt. Rufen Sie mich später an, wenn Sie Lust haben, weitere Infos über Iselin Havørn auszutauschen.«

Damit beendete er das Gespräch.

»Entführung?«, murmelte Hanne und klappte ihren Laptop auf. Doch dort war noch keine Meldung darüber zu finden.

Wenn nur Henrik hier wäre, dachte sie verzweifelt, dann könnte sie ihn zu Kari Thue schicken. Wenn es auf der ganzen Welt einen Menschen gab, den Hanne auf diese Krähe ansetzen konnte, in der Hoffnung, etwas aus ihr herauszuholen, dann war es Henrik.

Aber er hatte sich seit drei Tagen nicht gemeldet, und das war Hannes eigene Schuld.

FREITAG, 22. JANUAR 2016

Bei keinem anderen Kind hatte er jemals eine solche Ähnlichkeit mit Dina gesehen.

Hedda hatte das gleiche herzförmige Gesicht. Das Mündchen mit dem betonten Amorbogen und den wintertrockenen Lippen. Die blauen Augen und die hellen Wimpern, von denen Anna oft gesagt hatte, sie habe sie von ihm, und sie würden ein Vermögen für Wimperntusche ausgeben müssen, wenn es erst einmal so weit wäre.

Jonas hatte diese Wimpern geliebt. Lang und geschwungen und fast weiß an den Spitzen. *Kleine Giraffe*, hatte er Dina oft genannt, und sie gab ihm einen Schmetterlingskuss, bei dem ihre Wimpern seine Wangenknochen streiften, wenn er sie oft genug darum bat.

Hedda wusste nicht, was ein Schmetterlingskuss war.

Sie hatte fast drei Stunden lang wie besessen geschrien. Im Auto auf der Fahrt nach Hause. Als er sie aus dem Golf getragen hatte, den er so dicht neben der Haustür abgestellt hatte wie nur möglich, um schnell hineinzukommen. Auf dem Sofa, auf das er sie gesetzt hatte. Auf dem Tisch, als er ihr Brei serviert hatte, so, wie Dina ihn geliebt hatte, weich gekochte Haferflocken in einer Mischung aus Milch und Apfelsaft mit einer Prise Zimt.

Zimt war nicht gesund für kleine Kinder, das wusste er, aber hier war doch die Rede von winzigen Mengen. Und es schmeckte gut. Er selbst hatte eine große Portion verzehrt, während Hedda auf der anderen Seite des kleinen Esstisches wütend geschrien hatte. Die Kleine wollte nichts essen. Sie brüllte nur.

Nach Opa und Mama. Vor allem nach Opa.

Er ließ sie schreien.

Auch Dina konnte trotzig sein. Jonas' Mutter hatte immer gesagt, man solle Kinder wie Hunde behandeln. Sie ignorieren, bis sie merken, dass ein solches Verhalten sich nicht lohnt. Anna war geschockt gewesen und hatte entgegnet, Dina sei doch kein Dalmatinerwelpe.

Jonas hatte Sehnsucht nach seiner Mutter, das spürte er, während er den Brei aß und Heddas schrilles Geschrei ertrug. Sein Vater war bei einem Arbeitsunfall auf einer Bohrinsel ums Leben gekommen, als Jonas gerade acht Jahre alt gewesen war, und seither war er mit seiner Mutter allein geblieben. Sie war kurz vor seiner Entlassung aus dem Gefängnis gestorben. Ihm war Hafturlaub angeboten worden, um an der Beisetzung teilzunehmen, aber er hatte abgelehnt. Während der Haft hatte sie ihn ein einziges Mal besucht, und zwar gleich nach der Urteilsverkündung. Sie war ziemlich kurz angebunden gewesen und hatte ihm im Grunde nur erzählen wollen, dass sie dabei war, alles Geld auszugeben, was sie besaß. Nach seiner Entlassung würde es nichts mehr zu erben geben. Da bei ihr kürzlich ein aktiver Krebs diagnostiziert worden war, wollte sie ihren Konsum steigern. Ihren Lebensplan verändern, hatte sie triumphierend erklärt und war verschwunden, ohne ihm auch nur die Hand zu reichen. Sein Anwalt meinte, er hätte seiner Mutter an die Gurgel gehen sollen, jedenfalls habe er Anspruch auf das väterliche Erbe, aber Jonas hatte längst aufgegeben.

Die Mutter war immer kühl und pragmatisch gewesen.

Ehe Jonas für den Mord an seiner Frau verurteilt worden war, war seine Mutter allerdings niemals gemein zu ihm gewesen. Zynisch vielleicht, und sie neigte zudem zur Ironie. Zu Hohn und Spott. Doch Jonas hatte eigentlich niemals etwas dagegen gehabt. Die Mutter hatte die Kontrolle. Sie ging jedes Problem an wie eine Rechenaufgabe, und immer gab es ein Ergebnis. Nach Dinas Tod war sie allerdings aufrichtig verzweifelt gewesen, und bei der Beerdigung hatte sie geweint. Das hatte Jonas niemals zuvor erlebt.

Die Mutter hätte gewusst, was er jetzt tun sollte. Dieses ewige Geschrei machte ihn schrecklich müde. Dina war nie so schlimm gewesen. Aber sie war ja auch nie entführt worden.

Irgendwann gab Hedda auf. Sie aß den kalten Brei, trank zwei Glas Milch und fing an, auf den Blättern, die er ihr hingelegt hatte, Kopffüßler zu zeichnen. Er hatte keine Buntstifte, aber Bleistifte und einen roten Filzstift.

Die Nacht verlief überraschend gut. Er hatte alle Türen abgeschlossen und mit Stühlen verriegelt. Nicht, weil er Angst hatte, jemand könnte hereinkommen, sondern da die Kleine um keinen Preis aus dem Haus am Waldrand laufen durfte. Sie musste in seinem Bett schlafen, und sicherheitshalber hatte er zwischen der Türklinke der Schlafzimmertür und einem Nagel an der Wand, wo früher einmal ein Spiegel gehangen hatte, eine Schnur gespannt.

Hedda schlief um halb zehn Uhr abends innerhalb von drei Minuten ein, vollständig erschöpft. Ehe sie in einem von Jonas' alten T-Shirts und mit einer Windel, die er auf dem Untergestell des Kinderwagens gefunden hatte, ins Bett gelegt wurde, hatte er sie in der Bütte in der alten Speisekammer gebadet.

Sie weinte dabei nicht und ließ sich brav ins Bett bringen.

Als er sicher war, dass sie tief genug schlief, wagte er es, sich im Bett aufzusetzen und ins Internet zu gehen. Er baute zwischen sich und der Kleinen eine Wand aus Kissen und einem Teil von

Heddas Bettdecke, damit das bläuliche Schimmern des Bildschirms sie nicht weckte. Nach drei Minuten wusste er, was er ohnehin schon angenommen hatte: Heddas Verschwinden war überall das Hauptthema.

Dann schlief er bald ein.

Als er wieder erwachte, zeigten die eisblauen Ziffern auf dem Wecker 05.10. Erst nach einigen Sekunden fiel ihm ein, dass er nicht allein war. Vorsichtig trug er die Daunenwand zwischen sich und Hedda ab. Ihr Mund stand offen, und hinter den Augenlidern sah er rasche, flatternde Bewegungen. Sie träumte. Die Kleine war so schön, dass es ihm schwerfiel, nicht ihre Wange zu streicheln. Sie hatte ein wenig geschwitzt, und einige Haarsträhnen klebten ihr am Kinn. Vielleicht war es aber auch nur Speichel.

Die große angenehme Leere war dabei zu verschwinden. Jetzt verspürte er eine bohrende Unruhe. Nicht, weil er Hedda gestohlen hatte. Hedda zu entführen, war richtig und wichtig. Er hatte einen einfachen Plan gemacht, hatte ihn ausgeführt und das Glück auf seiner Seite gehabt. Was ihn nervös machte, war der zweite Teil des Planes. Er musste etwas schaffen, wozu er vielleicht nicht in der Lage war. Es war nur eine Frage der Zeit, bis er festgenommen würde, da war er sich sicher. So sicher, dass er das herausgesucht hatte, was er brauchen würde, wenn bereits in dieser Nacht die Polizei vor der Tür stünde.

Alles lag in der Nachttischschublade bereit.

Es spielte keine Rolle, ob sie ihn fassten. Nichts spielte noch eine Rolle, mit dieser einen Ausnahme: Bengt Bengtson sollte seine Enkelin nie wiedersehen. Jetzt ist er an der Reihe, dachte Jonas und musste sich einfach über die Kleine beugen und sie auf die Wange küssen, unendlich behutsam. Dann ging er wieder ins Internet.

Henrik hatte seine Zeitschiene so oft und so lange angesehen, dass er nicht schlafen konnte. Als er zuletzt auf die Uhr geschaut hatte, hatte die fünf nach halb eins gezeigt. Jetzt war es erst halb sechs Uhr morgens, und dennoch konnte er nicht wieder einschlafen, als er von der Toilette zurückkam und sich ins Bett legte. Also konnte er auch gleich aufstehen.

Die Packpapierstreifen hingen noch immer im Wohnzimmer. Der Tausendfüßler hatte jetzt noch mehr Beine bekommen, und der Inhalt von Bonsaksens Ordner war so oft neu kombiniert worden, dass Henrik es besser fand, im Laufe des Tages von allem Kopien zu machen. Auf seinem eigenen Mehrzweckdrucker würde das eine Ewigkeit dauern, aber wenn er sich beeilte, würde er so früh im Polizeigebäude sein, dass er es dort ungesehen erledigen könnte. An diesem Tag musste er ohnehin im Büro erscheinen. Ulf Sandvik würde um zwölf die Statistik über Gewaltverbrechen im Polizeibezirk Oslo überreicht bekommen.

Er schlug zwei Eier in eine auf kleine Flamme gestellte Pfanne und duschte schnell, während die Spiegeleier brieten. Mit nassen Haaren stand er dann schon im Mantel da und schlang ein Brot mit den Eiern hinunter, während er noch einmal die Zeitschiene betrachtete.

Anna war gegen elf Uhr am Neujahrsmorgen von ihrer Schwester gefunden worden. Benedicte hatte sofort die Polizei informiert. Abgesehen davon, dass sie in ihrem Entsetzen angesichts ihrer blutüberströmt auf dem Boden liegenden Schwester in die Lache getreten war, als sie feststellen wollte, ob Anna vielleicht noch lebte, hatte sie sich vorbildlich verhalten. Sie hatte die 112 angerufen und die Lage kurz, wenn auch mit tränenerstickter Stimme erklärt. Danach war sie stocksteif vor dem Badezimmer stehen geblieben und hatte keinen Finger gerührt, bis die Polizei gekommen war.

Neben der verdammten Sauberkeit gab es noch immer keinen Grund zu der Annahme, dass nicht Jonas Abrahamsen seine Frau umgebracht haben könnte.

Vielleicht war Anna einfach eine Pedantin gewesen. Vielleicht hatte sie in ihrer Depression Zwangsneurosen entwickelt und deshalb die ganze Zeit putzen müssen. Wer konnte das denn wissen, es war ja möglich, dass das Haus im Stugguvei 2 B rund um die Uhr dermaßen peinlich sauber gewesen war.

Außerdem konnte sich Kjell Bonsaksen auch irren. Zwei Instanzen hatten Jonas für schuldig befunden, und der Mann hatte sich nicht einmal gewehrt. Obendrein wurde es Zeit, sich dem überzeugendsten Argument gegen eine hoffnungslos magere Theorie zu beugen: Es gab keine Waffe, mit der Anna Abrahamsen sich das Leben hätte nehmen können.

Henrik entschied sich so plötzlich, dass ihm das zweite Ei auf den Boden fiel. Er ließ den Matsch liegen, wischte sich mit dem Ärmel den Mund ab und lief zur Tür. Bonsaksens Ordner ließ er auf dem Couchtisch.

Henrik Holme gab auf.

Er würde Hanne Wilhelmsen helfen. Sie war die Erfahrenere von ihnen, und er wusste ja, dass sie in der Regel recht hatte.

Zum Teufel mit Jonas Abrahamsen.

Es war ein dermaßen intensiver Schmerz, dass sie kaum atmen konnte. Sie hatte sich an den Armen bis aufs Blut aufgekratzt, doch unter ihrer Haut schien eine Million Ameisen herumzukrabbeln. Zweimal hatte sie versucht, in Heddas Zimmer zu schauen, aber ihr wurde schlecht, sowie sie den süßen Duft ihrer Tochter wahrnahm. Beim zweiten Mal erbrach sie sich.

Christel und ihr Vater hatten sich in Christels Schlafzimmer zurückgezogen. Sie konnte die Polizisten, den Geistlichen und die beiden Leute von irgendeinem Krisenteam, die alles nur noch schlimmer machten, einfach nicht mehr ertragen. Am Vortag, als das Unvorstellbare geschehen war, hatte die Polizei sie mit auf die Wache nehmen wollen. Da war Christel hysterisch geworden. Sie wollte zu Hause sein. Dort, wo Hedda hingehörte und wo sie sicher bald wieder sein würde, es konnte sich doch nur um ein Missverständnis handeln. Irgendwelche anderen Eltern, jemand mit dem gleichen Wagen, hatten sich in einem gestressten Augenblick geirrt. Oder es waren vielleicht Abiturienten, die eine absurde Mutprobe absolvierten. Obwohl die Abiturfeiern im Januar eigentlich noch nicht anfingen, konnte sich ja seit Christels Schulzeit einiges verändert haben. Es gab tausend Erklärungen für Heddas Verschwinden, und niemand würde Christel aus der Wohnung im Geitmyrsvei holen können, ehe dieses grauenhafte Missverständnis nicht aufgeklärt war.

Seit Heddas Verschwinden waren nun neunzehn Stunden vergangen.

»Ich weiß nicht, wie oft ich dir schon erzählt habe, dass ich bei einem Fall nie mit einer Theorie anfange«, sagte Hanne Wilhelmsen und biss in einen Apfel.

»Mindestens hundertmal«, antwortete Henrik. »Aber deine These wird ein wenig dadurch geschwächt, wie sehr du dich in diesen Fall verbissen hast.«

Er deutete zu dem Bild von Iselin Havørn hinüber.

Sie saßen wieder in ihrem Arbeitszimmer. Hanne hatte ihn mit einem lässigen »Hallo« begrüßt, als er die Tür aufgeschlossen hatte, nachdem er zuerst eine SMS mit der Bitte um eine Besuchserlaubnis geschickt hatte. Als ob nichts passiert wäre. Als ob er sie am Montag nicht im Zorn verlassen und sich seither nicht mehr gemeldet hätte. Henrik hatte sich auf dem ganzen Weg durch die Stadt darauf vorbereitet, gewaltig zusammengestaucht zu werden, aber das war offenbar überflüssig gewesen.

Er wurde wirklich nicht schlau aus ihr.

»Ich habe mich nicht verbissen«, sagte sie mit vollem Mund. »Und ich habe keine Theorie. Ich *weiß*, Henrik, und wissen ist etwas anderes. Menschen wie Iselin Havørn nehmen sich nicht das Leben, und ich werde herausfinden, was wirklich passiert ist.« Sie schluckte und fügte hinzu: »Wir. Du und ich. Wir werden herausfinden, was wirklich passiert ist.«

Henrik seufzte und richtete den Blick wieder auf den Flachbildschirm an der dem Las-Vegas-Gemälde gegenüberliegenden Wand. Es war genau zwei Uhr, und der Fall des verschwundenen Kindes war noch immer das Hauptthema in allen Nachrichtensendungen.

»Aber da das da nicht dein Fall ist«, sagte er, »kannst du doch ein bisschen laut denken?«

»Geld«, entgegnete sie kurz und warf das Kerngehäuse in den Papierkorb. »Geld ist die Wurzel vielen Übels, und es ist ja wohl kaum ein Zufall, dass das Kind verschwindet, nachdem der Opa nur wenige Tage zuvor eine Dreiviertelmilliarde im Lotto gewonnen hat.«

»Eurojackpot«, korrigierte Henrik, ehe er eilig hinzufügte: »Von der Geldtheorie gehen die Kollegen auch aus, wenn ich das richtig verstanden habe. Außerdem scheint dieser Großvater für die Kleine eher als Vater zu fungieren.«

»Das war er vermutlich auch. Oder das ist er, sollten wir wohl weiterhin sagen. Ziemlich spannende Person, seine Tochter. Christel. Ein blöder Name für ein Mädchen, das ja nun wirklich nicht gerade blöd wirkt. Ich habe mir gestern Abend mal ihren Blog angesehen. Die weiß in der Tat, was sie will.«

»Vielleicht ist sie jetzt nicht mehr so ganz obenauf«, murmelte Henrik.

Den Rest der Nachrichten sahen sie sich schweigend an. Es gab noch immer keine Spur von der drei Jahre alten Hedda Bengtson. Die Polizei wollte diesen Eindruck natürlich nicht vermitteln, aber Hanne und Henrik beherrschten den Code so gut, dass es ihnen klar war. Bei einer Pressekonferenz drei Stunden zuvor hatte die Polizeidirektorin so wenige Tatsachen genannt und die Öffentlichkeit derart inständig um Mithilfe gebeten, dass sie Hanne fast leidtat. Die Polizei konnte nicht mitteilen, ob sie es mit einem oder mehreren Tätern zu tun hatten. Sie wollten die Frage nicht beantworten, ob die Entführer sich gemeldet hätten und ob die hartnäckigen Gerüchte eine Rolle spielten, nach denen die Entführung mit dem gewaltigen Gewinn zusammenhing, den der Großvater erst eine Woche zuvor eingeholt hatte.

»Ein Kind kann sich doch nicht einfach in Luft auflösen«, rief Henrik.

»Nein. Irgendwer hat sie entführt.«

»Aber so einfach geht das doch auch nicht? Ein Tor aufzubrechen und zuzulangen?«

»Doch. So einfach ist es, in Norwegen ein Kind zu stehlen. Wenn ich fünf Minuten Zeit hätte und meine Beine bewegen könnte, würde ich losgehen und dir drei Stück holen. In der Regel brauchst du nicht einmal ein Tor aufzubrechen. Eine andere Frage ist es, ob man damit durchkommt. Auf lange Sicht, meine ich.«

»Aber dann brauchen wir neue Vorschriften, und ...«

»Nein«, fiel Hanne ihm ins Wort. »Die brauchen wir nicht. Kindergärten sind keine Festungen. Das sollten sie auch nicht sein. Eine Gesellschaft ist verletzlich. Sie ist auf Vertrauen aufgebaut. Auf einem Schulhof oder in einem Kindergarten können die Kinder nicht unter dauernder Überwachung stehen. So muss es sein, wenn wir uns nicht verbarrikadieren und hinter verschlossenen Türen sitzen und nie das Haus verlassen wollen.«

Ungefähr so wie du, dachte Henrik.

Ein ernster Nachrichtensprecher teilte mit, dass es um sechzehn Uhr eine Sondersendung geben würde.

»Meine Güte«, sagte Henrik. »Es ist furchtbar, dass ein Kind entführt worden ist, aber deshalb eine Sondersendung?«

»Dieser Fall hat alle Zutaten, die die Medien lieben«, entgegnete Hanne und schaltete den Fernseher mit der Fernbedienung aus. »Eine schöne, erfolgreiche und bekannte Mutter. Ein verletzliches kleines Kind verschwindet. Eine Familienstruktur mit drei Generationen idyllisch unter einem Dach. Und ein schwindelerregender Lottogewinn, der möglicherweise der Grund für diese teuflische Tat ist. Der pure Fall Lindbergh ist das.«

Henrik schlug mit den Händen auf den Schreibtisch. »Aber zum Glück ist das nicht unser Fall.«

Hanne schaute auf die Uhr. »Ich finde, du solltest jetzt gehen«, sagte sie energisch. »Von Kari Thue ist seit Iselins Tod kein Mucks mehr zu hören. Kein Blog-Kommentar, nirgendwo ein Leserbrief. Ich vermute, sie sitzt zu Hause und trauert. Vielleicht hat Dag Badminton recht, und zwischen den beiden lief irgendwas.«

»Beddington«, korrigierte Henrik eilig.

»*Whatever.* Geh zu der Frau. Versuch es zuerst bei ihr zu Hause. Verschaffe dir einen Eindruck. Über Tyrfing wissen wir mehr als genug. Finde so viel wie möglich über Iselin heraus.«

Brav erhob er sich und ging auf die Tür zu.

»*Please*«, fügte Hanne an seinen Rücken gerichtet hinzu. »Wirklich, ich meine: Bitte, mach das.«

Er konnte ein strahlendes Lächeln nicht unterdrücken, und er knallte nicht mit der Tür, wie er es am Montag getan hatte.

Ein Kind zu töten, war nicht leicht.

Es war vermutlich ausgesprochen einfach. Als Jonas vor nur fünf Tagen in einem Krankenhausbett entschieden hatte, was er tun musste, hatte er ganz bewusst nicht alles durchdacht. Er hatte seine Energie dafür gebraucht, sich das Kind zu sichern. Hedda aus dem Kindergarten zu holen, ohne dass sofort Alarm geschlagen wurde. Einen kleinen Vorsprung zu haben, das kleine Haus am Waldrand zu erreichen. Die Türen zu verriegeln. Die kritische Phase des Planes war die Entführung. Danach gab es unendlich viele Möglichkeiten, dafür zu sorgen, dass ein drei Jahre altes Kind von weniger als fünfzehn Kilo seine Familie niemals wiedersehen würde. Da es ihm egal war, was anschließend passieren würde, hatte er sein Ziel streng genommen erreicht. Wenn er nur dieses Letzte, Unvermeidliche schaffte.

Es müsste doch einfach sein.

Hedda aß gerade. Fischstäbchen und Kartoffelpüree aus der Tüte, Dinas Lieblingsessen. Die Dreijährige auf der anderen Seite des Tisches fraß wie ein kleiner Wolf. Am Vorabend, als sie gemalt hatte, hatte er gesehen, dass auch Hedda Linkshänderin war. Wie Dina. Jetzt hielt sie den Löffel in der linken Hand und wollte sich gerade über das fünfte Fischstäbchen hermachen. Er hatte die Mahlzeit in passend große Stücke geschnitten, unter das Kartoffelpüree gerührt und ihr Ketchup angeboten.

Auch das hatte sie haben wollen.

Er lächelte, als sie vom Teller aufschaute. Hedda lächelte zurück. Sie schlug mit dem Löffel in das Ketchup, dass es spritzte.

»Das geht aber nicht«, rügte Jonas. »Du versaust mir ja meine Küche.«

Der Löffel klatschte noch einmal in das Rote. Jonas streckte beide Hände aus, packte Heddas linkes Handgelenk und nahm ihr den Löffel ab.

»Ich glaube, du bist jetzt satt«, sagte er und stand auf. »Möchtest du malen?«

»Kinderfernsehen gucken.«

»Das fängt noch nicht an. In einer Stunde kannst du es sehen.«

»Netfix?«, fragte Hedda und legte den Kopf schräg.

»Netflix habe ich nicht. Aber wir können Bilderlotto spielen.«

»Was ist das?«

»Das macht Spaß.«

Als er eingezogen war, hatte er einen Karton mit Büchern, Spielzeug und Brettspielen vorgefunden. Die Kiste stand noch immer im Verschlag hinter dem Schlafzimmer. Er erhob sich und räumte Teller und Besteck weg.

Obwohl die Vorhänge vor dem Fenster zum Hof geschlossen waren, ahnte Jonas aus dem Augenwinkel eine Bewegung, als er zum Spülstein ging. Blitzschnell stellte er die Teller weg und schlich sich ans Fenster. Mit dem Zeigefinger zog er den Vorhang ein wenig beiseite.

Jemand kam durch das Wäldchen heran. Auf dem Weg von dem zweihundert Meter entfernt liegenden Haus, wohin Guttorm sich verirrt hatte.

Es war die Nachbarin. Die ihn, wie der Krankenpfleger erzählt hatte, am vergangenen Samstag gefunden hatte. Sie war jetzt knapp hundert Meter entfernt und trug etwas in den Händen. Ein Hund mit Ringelschwanz wuselte in dem tiefen Schnee um ihre Beine herum.

Jonas schaute sich im Zimmer um. Dann öffnete er die Küchenschublade, in der er alles bereitgelegt hatte. Hedda saß noch immer auf dem Küchenstuhl, mit Ketchup im Gesicht und einem erwartungsvollen Blick.

»Bilderotto«, sagte sie und lächelte zaghaft.

Kari Thue sah aus, als hätte sie lange nichts mehr gegessen.

Seit vielen Jahren.

Sie hatte die Tür nicht mehr als dreißig Zentimeter geöffnet, dennoch konnte Henrik ihre ganze Gestalt erkennen. Mittelgroß, mit so spitzen Schultern, dass sie sich jederzeit durch den grauen Baumwollpullover bohren konnten. Sie war flachbrüstig, und ihre riesigen Augen hätten auch einer mindestens zehn Jahre älteren Frau gehören können. Henrik hatte Kari Thue oft im Fernsehen gesehen, aber es war deutlich, dass sie vor jeder Sendung lange bei der Kosmetikerin gesessen hatte.

Sie war unhübsch, wie seine Mutter sagen würde.

Aber ihre Haare konnten sich sehen lassen. Kastanienbraun, vermutlich gefärbt, füllige weiche Wellen, die ihr weit über den Rücken hinabfielen.

Henrik hatte sich als Polizist ausgewiesen und vor schlechtem Gewissen nun mit saurem Aufstoßen zu kämpfen. Kari Thue war jedoch eine Frau, die ihre Rechte kannte. Und nicht nur das.

»Nein«, sagte sie zum dritten Mal. »Sie dürfen nicht hereinkommen, und ich habe kein Interesse daran, mit Ihnen zu reden. Meines Wissens handelt es sich bei Iselins Tod nicht um einen Kriminalfall.«

Sie wollte die Tür schließen, und Henrik widerstand der Versuchung, den Fuß dazwischenzuschieben.

»Und was, wenn es doch so wäre?«, fragte er rasch.

Die Tür blieb einen Spaltbreit geöffnet.

»Was haben Sie gesagt?«

Henrik gab keine Antwort, sondern wartete ab. Die Tür glitt auf.

»Sie meinen, jemand könnte Iselin beim Selbstmord geholfen haben?«

Die riesigen Augen wurden noch größer. Kari Thue erinnerte ihn immer stärker an eine japanische Manga-Zeichnung. Wenn da nicht die vielen Runzeln gewesen wären. Henrik zuckte mit den Schultern.

»Ich hätte wohl nichts sagen sollen«, murmelte er und versuchte, verlegen auszusehen. Das fiel ihm leicht.

»Jetzt hören Sie mal zu ...«, begann sie.

Er hob in einer resignierten, hilflosen Geste die Handflächen. »Ich bin ein junger, unerfahrener Polizist ...«

»Sie haben 2014 den Fall vom 17. Mai aufgeklärt«, fiel sie ihm ins Wort. »Zusammen mit Hanne Wilhelmsen. Nicht gerade unerfahren.«

»Ich bin ein junger Polizist«, wiederholte er. »Mein Vorgesetzter hat mich hergeschickt. Und ich soll mit Ihnen reden. Wenn ich nur ein paar Fragen stellen dürfte, könnte ich mir einen Haufen Ärger ersparen ...«

»Ich kann Ihnen wirklich nicht behilflich sein«, sagte sie mürrisch, aber die Tür war nun auf jeden Fall wieder ein wenig weiter geöffnet. »Was für ... was für Fragen wären das denn?«

Henrik schaute sich im Treppenhaus nach beiden Seiten um. Der Fahrstuhl plingte einen Stock tiefer. Henrik kratzte sich am Hinterkopf und schnitt eine Grimasse.

»Dürfte ich reinkommen?«

»Nein.«

»Wie haben Sie Iselin Havørn kennengelernt?«, fragte er rasch, als er sah, dass sie die Tür wieder schließen wollte. Er hatte das Gefühl, ein Duell gegen eine Tür auszufechten.

»Durch Benedicte. Sie ist eine Jugendfreundin meines älteren Bruders.«

»Benedicte?«

Henrik war so verdutzt, dass er vergaß, die Aufnahmefunktion seines iPhones zu aktivieren.

»Ja. Oder von mir aus auch Maria. Maria Kvam. Sie wurde

Benedicte Maria getauft, aber Iselin fand diesen Namen scheußlich und nannte sie nur Maria. Ich habe mich nie richtig daran gewöhnen können.«

Zum ersten Mal huschte eine Art Lächeln über ihr Gesicht.

»Bis 2002 habe ich sie als Benedicte Hansen gekannt. Dann hat sie Røar geheiratet und wurde Benedicte Kvam. Jetzt heißt sie Maria Kvam.«

Das Lächeln verschwand so schnell, wie es gekommen war.

»Ein Psychiater könnte sicher etwas über diese Namenswechsel sagen.«

In Henriks Kopf schien sich ein kompliziertes Uhrwerk in Bewegung zu setzen. Knirschend und langsam. Er war so verwirrt, dass er das Atmen vergaß, und er stellte sich auf Zehenspitzen und knallte mit den Hacken.

»Aber jetzt müssen Sie gehen«, sagte Kari Thue.

»Hatten Sie ein Verhältnis? Sie und Iselin?«

Kari Thues Mimik gefror zu Eis. Sie starrte ihn an. Er starrte zurück. Ließ den Blick aus ihren Augen nicht los, diesen unnatürlich großen, blauen Gucklöchern. So blieben sie stehen, Auge in Auge, wobei Kari Thues Augen immer feuchter wurden, bis sie die Tür aufriss und Henrik eine kräftige Ohrfeige verpasste.

»Arschloch«, fauchte sie und schloss die Tür mit einem Knall, der zwischen den grauen Betonwänden im Treppenhaus widerhallte.

Maria Kvam hatte früher einmal Benedicte Hansen geheißen.

Seine Wange brannte, als hätte ihn eine Riesenwespe gestochen. Vorsichtig strich er mit der Hand darüber, während er die braune, abgenutzte Wohnungstür anstarrte.

Anna Abrahamsens Schwester, die sie sechs Stunden vor ihrem Tod besucht und sie dann zwölf Stunden später gefunden hatte, hieß ebenfalls Benedicte Hansen.

Sie waren beide 1961 geboren, fiel ihm nun ein, und das Uhrwerk in seinem Kopf geriet ins Stocken.

»Warum ist dieser Fall so wichtig für dich, Hammo?«

Ida Wilhelmsen, die im Sommer dreizehn werden würde, saß in der Küche auf der Fensterbank und aß Bohnensalat aus einer Schale auf ihren Knien.

»Weil ich ein Dussel bin«, sagte Hanne.

Ida lachte. Sie legte den Kopf schräg und sah ihre Mutter an, während sie auf Kichererbsen und roten Linsen herumkaute. Hanne schaute über den Rand ihres Laptops zurück. Die Kleine wurde ihrer Mama immer ähnlicher. Hanne hatte Bilder von Nefis im selben Alter gesehen, und es war fast unheimlich. Die gleichen Mandelaugen. Der gleiche Eckzahn, der seinen eigenen Weg ging und dem die Zahnklammer erspart bleiben sollte, weil er so charmant aussah. Selbst die Haare fielen auf die gleiche Weise, in einem weichen Seitenscheitel, wobei ihr die Fransen immer wieder ins Gesicht hingen und Ida einäugig machten. Ida war ihrer Mama wie aus dem Gesicht geschnitten, nur Haut und Haare waren ein wenig heller.

»Wie meinst du das?«, fragte das Mädchen.

»So, wie ich es gesagt habe. Ich bin ein Dussel. Dabei halte ich mich für ganz toll. Es ist mir wichtig zu zeigen, dass ich gerecht bin und darüber hinwegsehen kann, dass das Mordopfer Ansichten vertreten hat, von denen ich mich nicht nur distanziere, sondern die ich für schädlich halte. Für uns alle und nicht zuletzt für Menschen wie Mama.«

»Mama ist das egal. Mir auch.«

»Gut. Dummen Menschen sollte man den Rücken kehren und gehen.«

»Warum tust du das dann nicht?«

Hanne klappte den Laptop zu und fuhr nachdenklich zum Fenster.

»Weil ich es nicht mehr aushalten kann«, sagte sie. »Ich habe beschlossen, mehr zu tun. Mich zu engagieren. Ich weiß nur nicht so genau, wie. Es ist ein bisschen schwierig, wo ich mich doch ...«, sie ließ ihren Blick durch den Raum wandern, »... hier zu Hause eigentlich am wohlsten fühle.«

Ida lächelte und kaute langsamer. »Du bist kein Dussel«, sagte sie.

»Doch. In solchen Dingen bin ich das. Oder vielleicht wäre Snob ein passenderes Wort. Ich glaube nicht nur, dass ich ein besserer Mensch bin als Iselin Havørn. Ich verachte Leute wie sie sogar. Ab und zu habe ich ganz einfach das Gefühl ...«

Sie wollte eigentlich noch mehr über Verachtung sagen. Doch dann ließ sie es sein und lächelte ihre Tochter an.

»Ich weiß nicht so recht. Aber ich finde irgendwie ... So, wie Anders Behring Breivik einen fairen Prozess bekommen hat, nachdem er so grausame Verbrechen begangen hatte, denke ich, dass niemand einfach Iselin Havørn ungestraft umbringen durfte. Und herauszufinden, was passiert ist, ist einfach ...«

Wieder suchte sie nach Worten, die für eine Zwölfjährige nicht zu hoch wären.

»Eine Möglichkeit, ein besserer Mensch zu sein«, schlug Ida vor. »Wenn man nett zu Leuten ist, die gemein sind, ist man besser als sie. Ein bisschen wie Jesus, Hammo.«

»Sei nicht so sarkastisch«, entgegnete Hanne trocken und nahm die leere Salatschüssel, um damit zur Spülmaschine zu fahren. »Außerdem hat Jesus sich wohl nicht für besser als alle anderen gehalten, bloß weil er ihnen die andere Wange hingehalten hat. Für mich geht es darum, zu zeigen, dass unser System funktioniert.«

»Ich finde es schön, wenn du mir erzählst, was du tust«, sagte Ida. »Das ist wirklich spannend.«

»Früher hat es dir nur Angst gemacht.«

»Warum kannst du nicht von all deinen Fällen erzählen, Hammo?«

»Weil ich meistens unter Schweigepflicht stehe. Die Fälle, die mir die Polizeidirektorin zuteilt, sind offiziell meine polizeilichen Fälle, und dann darf ich nicht über sie reden. Nicht einmal mit Mama. Das, woran ich jetzt arbeite, ist eine Freizeitbeschäftigung. Aber ich gehe davon aus, dass ich mich auf dich verlassen kann. Dass du nicht mit anderen darüber sprichst.«

Ida machte eine beleidigte Miene und sprang von der Fensterbank.

»So was tu ich doch nicht«, sagte sie.

Draußen schneite es jetzt wieder, und sie stemmte die Hände in die Seiten und schaute hinaus.

»Eigentlich finde ich den Sommer schöner.«

»Ich auch. Und den Frühling. Aber darauf müssen wir noch warten.«

»Ich bin so eine schlechte Skiläuferin. Am Mittwoch haben wir Winteraktivitätstag, und alle meine Freundinnen wollen nach Grefsenkleiva und Slalom fahren, aber ich habe nicht mal passende Skier.«

»Wir haben dir Slalomskier und einen Kurs angeboten, Ida. Viele Male. Also darfst du dich nicht beklagen. Mama hatte in ihrem Leben noch keine Skier an den Füßen, und ich kann es dir aus offensichtlichen Gründen nicht beibringen. Außerdem ist Skilaufen nicht das Wichtigste auf der Welt. Ich habe auf dem Plan gesehen, dass auch Rodeln im Angebot ist.«

Ida gab keine Antwort. Sie stand noch immer vor dem großen Fenster und schaute hinaus. Es wurde jetzt dunkel, obwohl es noch nicht vier Uhr war. Plötzlich zerriss das Geräusch von Polizeisirenen die Stille in der Küche.

»Glaubst du, die Wagen da draußen suchen nach dem Kind?«

»Das kann sein«, sagte Hanne.

»Sie ist einfach entführt worden. Großer Gott. Stell dir vor, entführt zu werden, Hammo.«

»Denk nicht an so etwas, du.«

»Das ist nicht so leicht, alle reden ja darüber.«

»Aber wir müssen das nicht. Ich verziehe mich jetzt ein bisschen in mein Arbeitszimmer. Wenn etwas ist, dann komm einfach zu mir. Mama ist sicher auch gleich hier.«

Hanne legte sich eine Flasche Mineralwasser zwischen die Beine und fuhr zur Tür.

»Hammo?«

»Ja?«

»Wenn man solche Schriftanalysen macht ...«

»Ja?«

Hanne blieb stehen und drehte ihren Rollstuhl um.

»Womit vergleicht man dann eigentlich?«

»Wie meinst du das?«, fragte Hanne.

»Du hast gesagt, dass es Schriftexperten gibt. Die vergleichen und feststellen können, ob der Brief wirklich von der Person stammt, die sich umgebracht hat. Womit vergleichen die denn?«

Hanne sah ihre Tochter überrascht an.

»Mit einem anderen Brief natürlich! Mit etwas, das ganz bestimmt von der betreffenden Person geschrieben wurde. Sie sehen es daran, wie der Stift auf dem Papier gehalten wird, wie der Druck sich verteilt, wie die Buchstaben aussehen. Eine Handschrift ist etwas sehr Persönliches.«

»Aber ...« Ida runzelte jetzt genauso die Stirn wie Nefis, wenn sie skeptisch war. »Wir schreiben nicht mehr mit der Hand. Jedenfalls nicht mehr nach der vierten Klasse. In der Schule geht alles mit Computer. Das Einzige, was ich seit einer Ewigkeit mit der Hand geschrieben habe, sind Geburtstagskarten. Und dann male ich eigentlich immer große bunte Buchstaben. Mama schreibt nicht mal Einkaufslisten. Sie speichert alles im Handy. Und dann schickt sie mir eine SMS, wenn ich einkaufen gehen soll.«

»Sie haben sicher etwas gefunden«, sagte Hanne zerstreut, ihr Telefon meldete eine neue SMS. »Wir unterschreiben zum Beispiel unseren Pass. Bestimmt hatte Iselin Havørn einen Pass.«

»Ist das denn nicht arg wenig zum Vergleichen? Und solche Unterschriften sind doch oft nur Krickelkrakel, oder?«

Hanne gab keine Antwort, sie war vertieft in die Mitteilung.

War bei Kari Thue. Mit absolut überraschendem Ergebnis. Das unten kam zudem gerade von A. Foss.

Hallo, Henrik. Vorläufiges Untersuchungsergebnis zeigt, dass jd in IHs Freundeskreis Antidepressiva genommen hat. Ruf mich an. Amanda.

Ich hab sie angerufen. Sehr seltsam. Kann ich kommen? Henrik

Hanne schrieb nur ein Wort.

Ja.

Als sie wieder aufschaute, hatte Ida das Zimmer verlassen.

»Feinde?«, fragte Bengt Bengtson und riss erstaunt die Augen auf.

Die Polizistin hatte schon längst den Notizblock weggelegt. Sie war üppig gebaut und hochgewachsen, die Uniformjacke spannte zwischen den Knöpfen auf ihrer Brust. Die Haare hatte sie zu einem straffen Knoten hochgesteckt, der ihr ungeschminktes Gesicht noch runder wirken ließ. Ein dünner Schweißfilm glitzerte im Licht der Deckenlampe auf ihrer Stirn.

»Warum haben sich die Entführer nicht gemeldet?«, fragte Bengt und sackte auf dem Sofa noch mehr in sich zusammen. »Was wollen die denn nur?«

Hauptkommissarin Eva Grindheim seufzte fast unhörbar.

»Wie gesagt, das kann viele Gründe haben. Wir müssen jedenfalls in alternativen Bahnen denken.«

»Alternativen Bahnen? Hier gewinne ich fast eine Milliarde Kronen, und sechs Tage später wird mir bei helllichtem Tag das Liebste gestohlen, das ich habe. Auf ungemein professionelle Weise, ihr habt ja offenbar keine Ahnung, wie das geschehen konnte. *Bei helllichtem Tag!*«

Er donnerte mit der Faust auf den Tisch. Die Polizistin schaute zum Fenster hinüber, wo sich die Januardunkelheit herandrängte, obwohl der Arbeitstag noch nicht zu Ende war.

»Es muss doch einen Zusammenhang geben!«, stöhnte Bengt und schlug die Hände vors Gesicht. »Und sie können alles bekommen, was ich habe. Aber dazu müssen sie sich verdammt noch mal endlich melden!«

Ein leises tiefes Brummen, fast ein Knurren, wurde immer lauter und schlug in monotones, klagendes Geheul um, woraufhin die jüngere Frau, die sich um Christel kümmerte, aus dem Schlafzimmer kam, um zu sehen, was hier vor sich ging.

»Was wisst ihr denn überhaupt?« Jetzt schrie Bengt beinahe, ehe er sich wieder auf die Kissen zurücksinken ließ.

»Wir können das gern noch einmal durchgehen«, sagte die

Hauptkommissarin geduldig und zog ihren Rock gerade. »Leider wurde erst nach zwanzig Minuten entdeckt, dass Heddas Wagen nicht mehr dort stand, wo er abgestellt worden war. Inzwischen hatte es heftig geschneit, aber die Spuren waren noch immer deutlich zu erkennen und führten aus dem Kindergarten und durch das aufgebrochene Tor. Es steht auch fest, dass eine einzelne Person diese ...«

Sie räusperte sich leise und hielt sich die Faust vor den Mund.

»... Entführung ausgeführt hat. Und dass diese Person dann den Geitmyrsvei nach Osten weiterging. Ob dort ein Helfer gewartet hat, wissen wir nicht. Ob jemand mit einem Auto bereitstand, wissen wir auch nicht.«

»Wisst ihr denn überhaupt etwas?« Bengt schlug mit der Faust auf die Sofakissen. »Außer dass Hedda verschwunden ist, meine ich. DNA! Habt ihr denn überhaupt keine Ahnung? Man muss im Schnee doch verdammt noch mal DNA finden können!«

»Natürlich«, Eva Grindheim nickte. »Das ist durchaus möglich. Aber ich muss daran erinnern, dass Heddas Verschwinden kaum mehr als vierundzwanzig Stunden her ist. Wir haben natürlich eine Menge Proben, die analysiert werden, aber ...«

Sie versuchte, sich vorteilhafter hinzusetzen, gab es aber auf. Der Rock glitt ihr immer wieder über die Knie, und sie hielt den Rocksaum fest. Bengt konnte sich nicht erinnern, wann er zuletzt eine Polizistin im Uniformrock gesehen hatte, und er verspürte einen absurden Drang zu lachen. Oder wieder zu weinen. Irgendetwas zu tun, von dem man nicht total verrückt wurde, statt in der Wohnung zu sitzen und auf etwas zu warten, das nie geschah. Er griff zu seinem Handy, warf einen Blick darauf, hob die Hand und wollte es gegen die Wand schleudern, als ihm plötzlich aufging, dass niemand ihn anrufen könnte, wenn er kein Handy mehr hätte. Die Hand sank auf seine Knie. Der Kopf kippte nach vorn.

»Ich habe tiefstes Verständnis für Ihre Lage«, sagte Eva Grindheim. »Und wir gehen natürlich der Möglichkeit nach, dass ein Zusammenhang besteht zwischen dem Lottogewinn und ...«

»Eurojackpot«, bellte Bengt. »Was treibt ihr denn eigentlich bei der Polizei? Wisst ihr gar nichts? Wie sollen wir darauf vertrauen können ...«

Er ließ das Handy auf die Sofakissen fallen, beugte sich vor und stemmte die Ellbogen auf die Knie.

»Helft uns«, flehte er und fing an zu weinen.

»Das versuchen wir ja. Und deshalb müssen wir eigentlich auch alternative Möglichkeiten durchgehen. Daher ist es wichtig zu wissen, ob es jemanden geben könnte, der ... Ihnen übel gesinnt ist.«

»Warum sollte jemand mir übel gesinnt sein?«, fragte Bengt mit halb erstickter Stimme und hielt sich ein Kissen vor das Gesicht. »Ich bin ein ehemaliger Bankangestellter, der für die Finanzierung von Wohnraum zuständig war. Natürlich habe ich ab und zu ein Darlehen verweigert, aber das ist doch kein Grund, Kinder zu stehlen!«

Jetzt presste er sich das Kissen an die Brust.

»Ich habe keine Feinde.«

»Na gut.«

Bengt starrte die Polizistin an, und die erhob sich und riss den engen Rock brutal nach unten, ehe sie sich wieder setzte.

»Niemand ist Ihnen übel gesinnt«, wiederholte sie und nickte.

Da ließ ein Gedanke Bengt erstarren. Es gab einen Menschen, dem er Schlimmes zugefügt hatte. Wirklich Schlimmes. Nicht durch eine verletzende Bemerkung, wie sie natürlich ab und zu gefallen war, im Berufsleben und privat. Nicht durch die Verweigerung eines Darlehens, auch wenn Menschen durchaus wütend werden oder in Tränen ausbrechen konnten, wenn ihnen ihre mangelnde Kreditwürdigkeit um die Ohren gehauen wurde. Nicht durch eine Zurückweisung, auch wenn er im Laufe der Jahre der einen oder anderen Frau nicht immer auf galante Weise den Rücken gekehrt hatte.

Es gab jemanden, dem er ein Kind genommen hatte.

Bengt konnte sich nicht an den Namen erinnern, er hatte ihn bewusst verdrängt. Er wusste nicht einmal mehr, wie das Kind geheißen hatte. Es war so viele Jahre her.

Das Mädchen hatte eine rosa Mütze gehabt.

Der Mann hatte eine grüne Daunenjacke getragen.

Es war mehr als vierzehn Jahre her.

Unvorstellbar, entschied er. Niemand würde vierzehn Jahre warten, um ihm dieses Unerträgliche anzutun. Jedenfalls nicht ein von Trauer gequälter Vater aus der Nachbarschaft. Die Vorstellung war absurd. Die Kleine war durch einen katastrophalen Unfall ums Leben gekommen, und niemandem konnte ein Vorwurf gemacht werden. Weder ihm selbst noch dem armen Vater. Die Polizei hatte es gesagt, als sie ihm mit einem tröstenden Schulterklopfen seinen Führerschein zurückgegeben hatten: Bengt Bengtson hatte niemanden getötet.

Sogar der Vater hatte es gesagt. Er hatte geweint und geschrien: »Es war meine Schuld!«

Das hatte der Vater der Kleinen gerufen, wieder und wieder, und es war über vierzehn Jahre her.

Bengt hatte nicht einmal ein Bußgeld zahlen müssen. In den Computerarchiven der Polizei konnte der Vorfall unmöglich verzeichnet sein. Es war ein grauenhaftes Unglück gewesen, aber niemals ein Fall für die Polizei, glaubte Bengt sich zu erinnern.

Wenn er dieser korpulenten Frau von der Episode erzählte, würde die Polizei eine Menge Zeit vergeuden. Hedda war so schnell und so spurlos entführt worden, dass es sich um eine Bande handeln musste. Russen zum Beispiel. Ex-Jugoslawen. Eine mafiöse Organisation wie die, über die er so oft gelesen hatte. Es wurde immer deutlicher, dass die Polizei kaum Spuren hatte, und eine Sackgasse wie der arme Mann in der grünen Daunenjacke aus einer fast verwischten alten Erinnerung würde begehrlich untersucht werden.

Jemand da draußen wollte Bengts Gewinn. So war es. Hedda zu stehlen, hatte nichts mit einer verspäteten Rache zu tun, sondern mit Geld. Bald würde er von den Entführern hören. Er würde bezahlen, was immer sie verlangten, sie könnten alles haben. Sie könnten alles Geld haben, wenn die Welt nur wieder so würde, wie sie gewesen war, ehe Turid aus Hamar anrief und ihm eine derart hohe Summe aufzwang, dass unmöglich etwas Gutes dabei herauskommen konnte.

Die Polizei musste sich auf das Geld konzentrieren. Ob jemand im Austausch gegen Hedda siebenhundertdreiundsechzig Millionen haben wollte.

Diese Leute mussten sie finden. Er ließ das ewige Unbehagen angesichts der Erinnerung an diesen entsetzlichen Dezembertag des Jahres 2001 dort liegen, wo es hingehörte. Es war nicht seine Schuld gewesen. Und der Vater der Kleinen hatte es auch so gesehen.

»Nein«, sagte er und räusperte sich, ehe er hinzufügte: »Mir fällt wirklich niemand ein, der mir übel gesinnt sein könnte.«

»Sie hat dich geohrfeigt?«

Hanne machte große Augen.

»Ja. Und noch dazu ganz schön hart. Sieh mal hier!«

Henrik beugte sich über Hannes Schreibtisch und hielt ihr die linke Wange hin. Sie glaubte, auf der bleichen, jungenhaften Haut einen rötlichen Schatten zu erahnen.

»Meine Güte«, rief sie. »Hast du zurückgeschlagen?«

»Natürlich nicht. Außerdem verschwand sie sofort in ihrer Wohnung und knallte mit der Tür. Aber ich hatte genug gehört!«

In einer fremden, fast kindlichen Geste reckte er beide Daumen in die Luft.

»Du hattest recht«, sagte er dann und hob sein Rotweinglas, musterte es und stellte es wieder ab, ohne zu trinken. »Diese Fälle hängen auf irgendeine Weise zusammen.«

Hanne ließ ihren Rotwein im Glas rotieren, schnupperte daran und kostete.

»Das bedeutet ja auch, dass Maria Kvam eine Überdosis an Leid abbekommen hat«, sagte sie nachdenklich. »Zuerst wird ihre Schwester umgebracht, und zwölf Jahre später begeht ihre Frau Selbstmord.«

»Abgesehen davon, dass wir glauben, dass es umgekehrt war.«

»Was?«

Sie musterte ihn diskret, als ob sie an etwas ganz anderes dächte.

»Du glaubst, dass ihre Frau ermordet wurde«, sagte Henrik. »Und ich glaube, dass ihre Schwester Selbstmord begangen hat. Umgekehrt eben.«

»Das Buch Hiob«, sagte Hanne vor sich hin.

»Was ist damit?«

»Hast du es gelesen, seit wir darüber gesprochen haben?«

»Ja.«

»Was glaubst du, worum es darin geht?«

Henriks Finger trommelten auf der hellen Schreibtischplatte.

»Bitte, hör damit auf«, sagte sie leise.

Blitzschnell schob er die Hände unter die Oberschenkel, nachdem er beide Nasenflügel berührt hatte.

»Um Gott«, sagte er laut. »Das Buch Hiob handelt davon, dass Gottes Ratschlüsse unergründlich sind. Davon, dass er nicht unbedingt das Gute mit Gutem belohnt und das Böse mit Bösem bestraft, wie wir Menschen das erwarten. Hiob kann nicht begreifen, warum er so hart gestraft wird, da er immer gerecht gewesen ist. Seine Freunde behaupten, er müsse irgendeine Schuld auf sich geladen haben, denn Gott strafe nur die Ungerechten. Sie bitten ihn, seine Sünden zu bekennen, aber ... «

»Du brauchst nicht die ganze Geschichte nachzuerzählen«, fiel sie ihm ins Wort. »Ich habe sie viele Male gelesen. Zuletzt gestern Abend.«

»Das Buch Hiob handelt vom Unterschied zwischen Gott und den Menschen«, warf Henrik rasch ein. »Wenn Gott Hiob und dessen Freunden seine Donnerrede hält, nachdem er ihnen eine Weile zugehört hat, stellt er klar, dass sie nichts begriffen haben. Dass das Universum so kompliziert ist und Gott so groß, dass sie keine Chance haben, irgendetwas zu verstehen. Nur Gott selbst sieht den großen Zusammenhang im Leben. Wir Menschen können gern klagen, was ja auch Hiob getan hat, aber wir können uns niemals zum Richter über Gottes Handeln erheben.«

Hanne lächelte und deutete ein Nicken an.

»Hiob musste furchtbar leiden, ohne etwas verbrochen zu haben«, nun wurde Henrik eifriger. »Das deute ich so, dass es nicht immer eine Ursache für das Gute und das Böse gibt. Dass Leiden ab und zu einfach ... kommt. Dass wir Menschen uns damit abfinden müssen.«

»*Shit happens.*«

»Was?«

»So deute ich das Buch Hiob. Gott sagt Hiob und dessen Freunden ganz einfach, dass *shit happens*. Und damit hat er ja absolut recht. Sieh doch mich an.«

Sie hob langsam die Hände und blickte an sich hinab.

»Und als Hiob sich dieser großen Wahrheit beugte und bereute, dass er überhaupt versucht hatte, Gottes Handeln zu verstehen, bekam er alles zurück, was er verloren hatte. Das ist der Punkt, an dem die Meinung des Autors des Buches Hiob und meine auseinandergehen. Ich glaube nicht an so etwas. Aber ein fantastischer Text, nicht wahr?«

»Doch.«

Henrik saß mit halb geöffnetem Mund da. Sein Rücken war ein wenig gekrümmt, wie immer, wenn er auf seinen Händen saß. Hanne hatte sich an seine vielen seltsamen Tics gewöhnt, an seine Zuckungen und seine Unsitten und seine ab und zu ziemlich lautstarken Rituale. Das alles störte sie nur selten. Und mit der Zeit hatte sie gelernt, die Tics als einen Teil seiner Persönlichkeit zu betrachten. Sie glaubte, in den unfreiwilligen Bewegungen eine Art Muster gefunden zu haben. Einige rührten von Aufregung her, andere kamen durch Anfälle von Besorgnis oder Angst. Das Klopfen an den Türrahmen, wenn er ein Zimmer betrat, war relativ neueren Datums und nahm bei Stress zu.

Die Trommelwirbel waren das Einzige, was sie nicht ertragen konnte.

Vermutlich würde keine seiner Unsitten ganz verschwinden, und ab und zu tauchten neue auf. Wie schade, hatte sie oft gedacht. Sie behinderten ihn. Hanne selbst hatte sich vor vielen Jahren mit ihrer asozialen Veranlagung abgefunden. Das Leben war so viel leichter geworden, seit sie sich in ihren Bau zurückgezogen hatte. Die ersten Jahre waren langweilig gewesen, aber notwendig. Auch in ihr gab es eine Ruhe, und die trat zutage, indem sie sich von anderen Menschen fernhielt. Nach der anstrengenden Geschichte in Finse vor fast zehn Jahren hatte sie eingesehen, dass die polizeiliche Arbeit ein größerer Teil ihres Lebens war, als sie sich hatte eingestehen wollen. Als die Osloer Polizeidirektorin sie gebeten hatte, sich die *cold cases* anzusehen, durchaus aus ihrem inneren Exil heraus und ohne Büro im Polizeigebäude, hatte sie am Telefon zugesagt und abends eine Flasche Champagner geöffnet. Die vergangenen beiden Jahre waren die besten in Hannes Leben gewesen. Vor vielen Tagen schon hatte sie begriffen, dass ihr brennendes Interesse am Fall Iselin Havørn ebenso am Fehlen offizieller Aufträge lag wie daran, dass sie beweisen wollte, dass sie recht hatte. Aber das spielte keine Rolle. Sie war wieder mit dem beschäftigt, was sie am besten konnte: ermitteln. Dort Antworten zu finden, wo andere nicht einmal eine Frage entdeckten.

Jetzt hatte sie alles, was sie sich auf der Welt wünschte.

Und Henrik hätte das auch verdient.

Henrik Holme war etwas so Seltenes wie ein durch und durch guter Mensch. Er wäre ein wunderbarer Lebensgefährte für eine Frau, die an den vielen Tics des unbeholfenen Jungen vorbeisehen könnte. Hanne war dennoch ziemlich sicher, dass er noch nie eine richtige Beziehung gehabt hatte. Zweimal hatte sie versucht, sich dem Thema anzunähern, aber er war dermaßen rot geworden, dass sie rechtzeitig wieder verstummt war.

»Das Buch Hiob«, sagte sie leise. »Das Buch Hiob handelt davon, dass wir das Schicksal nicht verfluchen dürfen. Das Leben wird weder mit Gebrauchsanweisung noch mit Garantie geliefert. Wenn wir versuchen, uns anständig zu verhalten, dürfen wir deshalb keine Belohnung erwarten. Wir müssen anständig sein, weil es richtig ist. Weil es gut ist, egal, ob das Schicksal uns belohnt oder bestraft. Wir müssen mit den Karten spielen, die uns zugeteilt worden sind. So lese ich das Buch Hiob.«

»Ich höre dir gern zu«, entgegnete Henrik ebenso leise und lächelte. »Ich danke Gott jeden Abend dafür, dass ich dich kennengelernt habe. In meinem Abendgebet.«

Ein Engel ging durch das Zimmer.

Hanne merkte, dass ausnahmsweise einmal sie rot wurde. Sie hatte nicht gewusst, dass Henrik eine Beziehung zu Gott hatte. Vermutlich gab es sehr viel, was sie noch immer nicht über den schmalen, unsicheren, großartigen Mann auf der anderen Seite des Schreibtischs wusste.

»Kari Thue«, sagte sie schließlich und strich sich die Haare hinter die Ohren. »Iselin Havørn hat also ihre Medikamente genommen?«

»Das wissen wir natürlich nicht. Aber Amanda Foss hat in Erfahrung gebracht, dass Kari Thue die Einzige unter den Bekannten des Ehepaares Kvam / Havørn war, die Antidepressiva nahm. Anafranil heißt das Medikament. Was zu den vorläufigen Analysen von Iselins Mageninhalt zu passen scheint.«

Hannes Finger jagten über die Tastatur des Laptops.

»Medikamentenverzeichnis«, murmelte sie und las einige Sekunden lang. »Schmeckt furchtbar, steht hier.«

»Was?«

»Anafranil ist mit Zucker überzogen, und hier steht, wegen des schlimmen Geschmacks müssen die Dragees unzerkaut hinuntergeschluckt werden. Im Übrigen sieht es aus wie ...«

Sie las fast eine Minute lang schweigend weiter.

»Scheußliches Mittel«, sagte sie endlich. »Wenn man so etwas liest, könnten auch Schwerkranke vor lauter Schreck sofort gesund werden. Hör doch mal: hohe Gefahr von Vergiftung.

Nebenwirkungen: alles von Tinnitus über Potenzprobleme bis zu Herzflimmern und erhöhter Suizidgefahr. Meine Güte. Man muss ganz schön tief unten sein, um sich an diese Pillen heranzuwagen. Ich würde wohl eher verzichten.«

»Wenn du unter einer schwerwiegenden Depression leidest, lässt du es vermutlich darauf ankommen«, sagte Henrik. »Und diese Nebenwirkungen treten sicher eher selten auf.«

Hanne schaute ihn über den Brillenrand hinweg an.

»Warum hat sie die Tabletten zerstoßen, was meinst du?«

»Wer?«

»Iselin, wenn wir der Polizei glauben wollen. Sie stirbt an Herzstillstand nach einer Überdosis Anafranil, aber sie hat die Tabletten zerstoßen, obwohl sie grauenhaft schmecken. Warum?«

»Äh ... dieser Gemüsesmoothie war ziemlich grotesk«, sagte Henrik und zog eine kleine Grimasse. »Vielleicht wurde der Geschmack von Spinat, Broccoli und Grünkohl überdeckt.«

»Aber warum? Warum nicht einfach die Dinger schlucken und sich den Geschmack ersparen?«

»Manche bringen wohl keine Pillen herunter.«

»Oder jemand wusste, dass sie schrecklich schmecken, und hat deshalb einen besonders fiesen Smoothie gemixt, damit Iselin nicht merkte, dass sie das Medikament einnahm.«

»Oder vielleicht bedeutet ein fieser Geschmack nicht so viel, wenn du doch in wenigen Minuten sterben willst.«

»Touché. Aber du siehst, dass ich nicht ganz unrecht habe? So ein bisschen?«

Henrik nickte, scheinbar widerstrebend.

»Doch, schon. Wenn wir davon ausgehen, dass Iselin nicht Selbstmord begangen hat, wäre es eine gute Idee gewesen, die Pillen in einem widerlichen Getränk zu verstecken. Andererseits, wenn es so gewesen wäre, wäre der Kreis der möglichen Verdächtigen ziemlich groß. Und dann stehen wir in unseren beiden Fällen vor einem Riesenproblem.«

Er legte eine Hand auf die dünne Iselin-Mappe und die andere auf Bonsaksens blauen Ordner, den er zu Hause geholt hatte, ehe er hergekommen war.

»Es sind nicht unsere Fälle, wie ich schon einige Male betont habe. Und je mehr Verdächtige wir haben, umso mehr müssen wir aktiv ermitteln. Und das können wir eben nicht. Ermitteln, meine ich.«

»Doch, das können wir. Betrachte es als Herausforderung, Henrik.«

»Weißt du, was im Polizeigebäude über dich gesagt wird?«

»Ich kann es mir vorstellen.«

»Es wird ziemlich viel gesagt, auch wenn inzwischen nur noch wenige übrig sind, die mit dir zusammengearbeitet haben. Aber einem Gerücht zufolge hast du dich immer an die Vorschriften gehalten. Das besonders Beeindruckende an dir sei gewesen, dass du so viele Fälle geklärt hast, obwohl du dir niemals Abkürzungen gestattet hast. Niemals etwas getan hast, was auch nur im Geringsten zweifelhaft wirken konnte.«

»Das ist lange her.« Hanne lächelte. »Ich bin mit den Jahren pragmatischer geworden.«

Henrik seufzte und schlug sich mit beiden Händen gegen die Schläfen.

»Das doppelte Schlagen war neu«, sagte Hanne und hob ihr Weinglas. »Glaubst du, Kari Thue und Iselin hatten ein Verhältnis?«

»Keine Ahnung. Wie gesagt, sie wurde stocksauer, als ich sie gefragt habe, und hat mich geohrfeigt. Das richtig zu deuten, ist schwierig. Sie kann beleidigt gewesen sein, weil es nicht stimmte, oder wütend, weil ich sie durchschaut hatte. Wer weiß. Aber, Hanne ... «

Henrik schob die beiden Ordner zusammen, bis sie mitten auf dem Tisch lagen.

»Was, wenn wir ganz neu anfangen? Diese Fälle haben doch einen gemeinsamen Nenner. Maria Kvam.«

»Oder Benedicte Hansen.«

»Lass uns bei dem Namen bleiben, den sie heute benutzt. Schon seltsam, dass sie jetzt ganz anders heißt als früher.«

»Eigentlich nicht«, sagte Hanne und trank einen Schluck Wein. »Doppelte Vornamen gibt es doch oft. Seltsamerweise nehmen jetzt wieder häufiger Frauen den Nachnamen ihres Mannes an. Dass sie lieber Kvam heißen wollte als Hansen, kann man allerdings gut verstehen. Das einzig Auffällige hieran ist, dass sie Iselin bei der Wahl ihres Vornamens nachgegeben hat. Ich heiße Hanne Dorthe, und wenn Nefis plötzlich verlangte ... «

»Du heißt Dorthe?« Henrik riss die Hände unter seinen Oberschenkeln hervor und breitete die Arme aus. »Hanne Dorthe?!«

»Ja. Und wenn du das weitersagst, bring ich dich um. Ich habe meinen zweiten Vornamen nie benutzt und hätte schon längst darum bitten sollen, dass der aus meinem Pass entfernt wird. Da ich aber seit über fünfzehn Jahren nicht mehr im Ausland war, habe ich gar keinen gültigen Pass.«

Henrik versuchte, nicht zu lachen. Sie konnte es ihm ansehen, er kniff die Lippen fest zusammen. Hanne zeigte auf eine Rolle Packpapier, die aus einem schwarzen Müllsack hervorlugte.

»Was ist das da?«

»Eine Zeitachse«, antwortete Henrik. »Ich hatte die ganze Sache eigentlich aufgegeben, und das da sollte in den Müll. Aber als ich erfahren habe, dass Maria Kvam mit beiden Fällen zu tun hat, habe ich die Papiere doch mitgebracht.«

»Häng sie auf.«

»Wo?«

»Hier natürlich!«

Hanne zeigte auf die Wand, an der das teure Gemälde aus Las Vegas zwei Quadratmeter bedeckte.

Henrik erhob sich unsicher.

»Nimm das Bild runter«, befahl sie. »Häng die Zeitschiene dort auf.«

Sie schob ihm eine Rolle Klebeband zu. Er brauchte nur zwei Minuten, um das Packpapier anzubringen. Die Wand war lang genug, und er trat zwei Schritte zurück. Hanne musterte die Collage schweigend.

»Eines fällt mir auf«, sagte sie endlich. »Und zwar, dass beide Todesfälle in gewisser Weise von Maria umgeben sind.«

»Wie meinst du das?«

»An dem Tag, an dem Iselin gestorben ist, ist Maria morgens nach Bergen gefahren. Fort von zu Hause, also weg von Iselin. Am nächsten Tag kam sie zurück und fand Iselin tot vor. Was Anna Abrahamsen angeht, war ihre Schwester zu Silvester gegen halb sechs bei ihr und ist dann auf ein Fest gegangen. Wir wissen, dass sie wirklich auf diesem Fest war, und zwar bis halb fünf Uhr am nächsten Morgen. Gegen elf Uhr fuhr sie dann wieder in den Stugguvei, und jetzt lebte ihre Schwester nicht mehr.«

»Und der Zeitpunkt des Todes wird auf die Stunde vor Mitternacht festgesetzt«, sagte Henrik und nickte.

»Auf welcher Grundlage?«

»Der üblichen«, antwortete Henrik, öffnete den Ordner und blätterte rasch bis zum richtigen Dokument. »Die Totenstarre war eingetreten und ließ wohl gerade nach. Bei *Rigor mortis* kann es, wie du weißt, so große Unterschiede geben, dass nur eine grobe Schätzung möglich ist, aber es spricht jedenfalls nichts dagegen, dass der Tod vor Mitternacht eingetreten ist. Die Kerntemperatur, die im Gehirn und rektal gemessen wurde, hat den Ausschlag gegeben.«

Er griff zum zweiten Mal nach dem Glas, hob es und stellte es abermals ab, ohne zu trinken.

»Leider haben wir 2003 Hypoxanthin noch nicht automatisch aus der Augenflüssigkeit analysiert.«

»Wie denn?«, fragte Hanne.

»Hypoxanthinanalyse. Aus den Augen. Den Glaskörperchen.«

Er starrte sie überrascht an, dann öffnete sich sein Gesicht zu einem tröstenden Lächeln.

»Die kam erst lange nach deiner Zeit. Wenn die Probe innerhalb der ersten vierundzwanzig Stunden nach Eintreten des Todes genommen wird, sind die Abweichungen viel geringer als bei Verwendung dieser Nomogramme für Hirn- und Rektaltemperatur. Sie werden zumindest halbiert. Und man kann diese Methode bei bis zu vier Tage alten Leichen anwenden. Die Rektaltemperatur gibt vierundzwanzig Stunden lang einen gewissen Hinweis, die Hirntemperatur nur zwölf. So gesehen ist die Hypoxanthinmethode eine enorme Verbesserung der Rechtssicherheit.«

»Danke für die Vorlesung«, murmelte Hanne, dann hob sie die Stimme: »Aber in dieser Sache gab also die gute alte Hirntemperatur den Ausschlag.«

»Ja. Und die rektale. Wie wir längst schon festgestellt haben, ist in diesem Fall gründlich ermittelt worden. Das Verhältnis zwischen Annas Körpertemperatur und der Temperatur im Badezimmer sowie die Bekleidung und Lage der Toten bildeten zusammen mit anderen Funden die Grundlage für einen geschätzten Todeszeitpunkt. Zwischen halb elf und halb zwölf.«

Hanne starrte Henriks Collage an.

»Und das ist der Zeitpunkt, zu dem Jonas auf dem Weg vom Haus weg gesehen und fotografiert wurde«, sagte sie langsam. »Und Maria nachweislich ein Fest besuchte. Du, Henrik?«

»Ja?«

»Was hat Anna weggeworfen? In die Mülltonne, meine ich.«

»Äh ... in den Unterlagen steht nichts darüber, Hanne.«

»Sie war zweimal bei den Mülltonnen.«

Hanne zeigte auf den Tausendfüßler.

»Am zweiten Weihnachtstag und am Silvestermorgen.«

»Sie hat ja heftig aufgeräumt«, erklärte Henrik. »Vermutlich Essensreste. Das Haus war doch tadellos gereinigt. Herdis Brattbakk meinte, es könnte sich um einen Zwang gehandelt haben.«

Hanne nickte.

»Das Haus war wirklich tadellos. Und abgesehen von der Tatsache, dass die Frau eine schwere Depression hatte, das einzige Indiz, das auf eine Selbsttötung hinweisen könnte. Dies ist, gelinde gesagt, ungeheuer *far-fetched*.«

»Sagst du! Die sich in eine eindeutige Selbstmordangelegenheit einmischen will, aufgrund der Vorstellung, dass Fanatiker sich niemals umbringen. Als ob ... als ob es kein Harakiri gäbe! Es existieren einige Selbstmordrituale für Fanatiker, Hanne. Ich habe das nur bisher nicht erwähnt, aus Respekt vor ... Außerdem haben wir nicht nur das ungewöhnlich saubere Haus. Hauptkommissar Kjell Bonsaksen, ein hervorragender Polizist, hat in dieser Sache ein schlechtes Bauchgefühl, das ihm schon die ganze Zeit zu schaffen macht, Hanne. Und das Bauchgefühl erfahrener Polizisten solltest du ...«

»Reg dich ab!«

Hanne hob in einer versöhnlichen Geste die Hand, ehe sie um den Schreibtisch herumfuhr und mitten vor Henriks inzwischen reichlich farbenfroher Zeitachse anhielt.

»Bleibst du zum gemütlichen Freitagabend hier?«, fragte sie mit dem Rücken zu ihm.

»Gern«, murmelte er als Antwort.

»Du musst herausfinden, was Anna weggeworfen hat.«

»Was Anna ... Ich soll herausfinden, was eine Frau vor über zwölf Jahren in die Mülltonne geworfen hat?«

»Ja.«

»Warum in aller Welt soll ich das denn?«

»Weil ...« Hanne drehte sich zu ihm um. »Du brauchst mehr, Henrik. Ein aufgeräumtes Haus ist nicht genug. Auch wenn es fast auf der Hand zu liegen scheint. Jetzt hast du diesen Fall viele Tage lang gedreht und gewendet, und du bist noch immer nicht weitergekommen als bis zu diesem einen und eigentlich ziemlich schwachen Punkt. Und der Tatsache, dass die Frau einen Depri hatte. Aber das wusste die Polizei damals auch schon.«

»Nur so ganz allgemein! Die haben ja nicht einmal mit Heidis Brattbakk gesprochen!«

»Nein, warum hätten sie das tun sollen? Es ging um eine Mordermittlung, Henrik. Die Psyche des Opfers kann in einzelnen Fällen interessant sein, aber kaum, wenn der Name des Mörders auf einem silbernen Tablett serviert wird.«

Er wollte noch einmal widersprechen. Doch sie winkte ab.

»Aber wenn du recht haben solltest ...« Hanne fuhr auf die Tür zu, jetzt roch es auch im Arbeitszimmer nach Pizza. »Wenn Anna sich wirklich das Leben genommen hat, nachdem sie ihr Haus bestellt hatte, wäre es interessant zu wissen, was sie weggeworfen hat. Was das Allerletzte war, was sie nicht mehr haben wollte. Vielleicht das, wovon sie sich am schwersten losreißen konnte. Herdis Brattbakk hat gesagt, Anna habe ihr Leben weggeräumt. Und dass sie selbst Angst davor hatte, was passieren würde, wenn alles verschwunden wäre.«

»Und wie um alles in der Welt soll ich das herausfinden?«

»Nimm deine Fantasie zu Hilfe«, riet Hanne und öffnete die Tür. »Benutze die kleinen Grauen, Henrik.«

Damit fuhr sie durch die Tür und hörte, wie er stehen blieb.

»Ihr Haus bestellt?«, murmelte er und trottete endlich hinterher.

»Das hab ich gut gemacht«, sagte Hedda und strahlte.

»Du warst sehr gut«, bestätigte Jonas und legte sich neben sie ins Bett. Er legte sich zwei Kissen in den Nacken und schlug eines der Kinderbücher auf, die er in dem Karton mit den Hinterlassenschaften früherer Hausbewohner gefunden hatte.

»Ich hab nichts gesagt«, sagte Hedda. »Mäuschenstill.«

»Du warst mucksmäuschenstill im Badezimmer«, sagte Jonas und lächelte. »Wir haben Verstecken gespielt.«

»Verstecken mit der Frau. Die hat mich nicht gefunden. Aber du hast mich gefunden.«

»Ich hatte dich ja auch versteckt. Soll ich vorlesen?«

»Morgen kommt Opa.«

»Wir werden sehen.«

»Und Mama.«

»Soll ich vorlesen? Ich glaube, das hier ist ein schönes Buch. Es ist wirklich ganz toll, dass du den ganzen Tag keine Windel gebraucht hast. Bestimmt brauchst du auch heute Nacht keine.«

»Mama«, jammerte Hedda und schob die Unterlippe vor. »Ich will jetzt zu Mama. Zu Mama und Opa.«

»Das geht nicht. Mama hat zu tun. Du weißt doch, sie muss diesen Film machen.«

Hedda fing an zu weinen. »Die sollen mich holen«, schluchzte sie.

»Vielleicht morgen. Möchtest du lieber schlafen?«

Der Mond hing schwer und rund über der dunklen Silhouette der Bäume am Waldrand. So, wie Jonas lag, konnte er die Auffahrt bis zur Straße hin im Auge behalten. Seit dem Vortag war sie wieder zugeschneit. Keine Reifenspur war zu sehen, und den Golf hatte er sicherheitshalber hinter den Holzschuppen gefahren. Nicht dass es eine besondere Rolle gespielt hätte, denn er hatte tagsüber mehrmals im Internet nachgesehen, während Hedda mit irgendetwas beschäftigt war. Ihre Bilder lächelten ihn aus jeder norwegischen Online-Zeitung an. Auch aus ausländischen, der Fall war jetzt in vielen anderen Ländern bekannt geworden. Die britische und die US-Presse konzentrierten sich auf die berühmte junge Mutter, den neureichen Großvater und die absurde norwegische Gewohnheit, kleine Kinder mitten im Winter im Freien schlafen zu lassen. Nach einem bestimmten Auto wurde nicht gefahndet.

Die Nachbarin hatte Essen gebracht.

Eine Auflaufform mit frisch zubereiteter Lasagne, sie war besorgt und fürsorglich gewesen und wäre am liebsten hereingekommen. Jonas hatte furchtbare Halsschmerzen vorgeschützt, kein Wunder nach dem Aufenthalt im kalten Schnee vor kaum einer Woche. Er machte seine Stimme so heiser, wie er nur konnte, und es gelang ihm, die Person loszuwerden, ehe Heddas Geduld unter dem Handtuch in der Bütte ein Ende nahm.

Dabei hatte er total vergessen, sich bei der Nachbarin zu bedanken, wie ihm einfiel, während er ihr hinterhersah. Der Hund sprang in dem tiefen Schnee herum. Als die beiden endlich nicht mehr zu sehen waren, bekam Hedda Schokolade und Milch.

Jonas verspürte keine Dankbarkeit, weil er gerettet worden war. Dennoch hätte er sich bedanken müssen.

Die Nachbarin war zum Glück wieder gegangen, und er hoffte, dass sie sich niemals wieder blicken lassen würde. Was er mit der leeren Lasagneform anfangen sollte, würde er sich später überlegen. Wenn alles vorüber wäre und nichts mehr eine Rolle spielte.

»Mama«, weinte Hedda. »Ich will zu Mama. Jetzt.«

»Dieses Buch handelt von einem Grüffelo«, sagte Jonas. »Er ist ein Ungeheuer, aber sehr lieb. Er freundet sich mit einer Maus an.«

»Die sollen mich abholen.«

»Bald ist es Nacht, in Stall und Scheune.«

Er sang leise und staunte darüber, dass er sich an diesen Text noch erinnerte. Er stammte aus einer Fernsehserie, die sie auf Video besessen hatten, er hatte sich alle vierundzwanzig Folgen mindestens fünfmal angesehen.

»Und alle Wichtel gehen zur Ruh!«

Heddas Augen waren geschwollen, und er sah, dass es ihr Mühe machte, sie offen zu halten.

»Und der gute alte Mond ... «

Behutsam zog er sie an sich und zeigte auf das bleiche, tief am Himmel stehende Mondgesicht dort draußen. Hedda hörte auf zu weinen und steckte den Daumen in den Mund.

»... scheint auf alle, die kein Bett und kein Zuhause haben ... «

Ihre Wimpern waren so lang. So hell, fast weiß an den Spitzen, und sie könnten ihm sicher einen Schmetterlingskuss geben, wenn er ihr zeigte, wie das ging.

»... alle Kleinen auf der Welt sollen schlafen heute Nacht, dass auch niemand weinen muss und alleine wacht.«

Jetzt war Hedda eingeschlafen. Jonas legte sie vorsichtig auf ihre Seite im Bett und steckte die Decke um sie herum fest. Einige Minuten lang blieb er ganz still neben ihr liegen, um sicher zu sein, dass sie nicht wieder aufwachte. Noch immer hatte sie den Daumen halb im Mund, aber ihre Lippen hatten sich gelockert.

Wenn er den Atem anhielt, konnte er ihren hören, regelmäßig und langsam, und er roch süß und ein wenig nach Zahnpasta.

So hatte er so oft gelegen.

Er schloss die Augen und sah Dinas Zimmer vor sich. Das Bett, das er für sie eingerichtet hatte, als sie ein Jahr alt wurde, er hatte es fliederfarben und mit großen goldenen Sternen bemalt. Sogar die Vorhänge hatte er selbst genäht, aus klein geblümtem Stoff, den Dina ausgesucht hatte.

Kleine Kinder rochen alle gleich, wie ihm nun aufging.

Er hatte keine Windeln mehr, im Wagen hatten zwei Stück gelegen. Hedda hatte gesagt, sie brauche keine, sie sei ein großes Mädchen. Er hatte sie daran erinnert, aufs Klo zu gehen, wie er es bei Dina in den letzten Wochen ihres Lebens gemacht hatte. Hilfswindeln, hatte er lächelnd gesagt, wenn er ihr sicherheitshalber doch eine anzog, wie an dem Tag, an dem alles zerbrochen war.

Bisher hatte es bei Hedda geklappt, auch wenn sie dem Trockenklo in dem provisorischen Badezimmer noch immer misstraute. Jonas würde dennoch bald einkaufen müssen. Er hatte zum Beispiel keine Milch mehr. Die Kleine trank jeden Tag mindestens einen Liter, und am Abend hatte er ihr Wasser geben müssen, damit er zum Frühstück am nächsten Morgen noch ein Glas hätte.

So hatte er das nicht geplant, und obwohl die Polizei offenbar noch im Dunkeln tappte, war es doch nur eine Frage der Zeit, bis sie vor der Tür stehen würden. Er hatte ein Kind an sich gerissen und war mit einem knallroten Kinderwagen mitten am Tag eine Strecke von mehreren hundert Metern gegangen. Irgendwer hatte ihn gesehen. Ihm waren viele Leute begegnet. Als er den Wagen auseinandergenommen, die Wagentür geöffnet und Hedda ins Auto gelegt hatte, hätte ihn fast ein roter Opel angefahren.

Der Opel hatte abrupt gebremst, und die junge Fahrerin hatte ihm wütend den Finger gezeigt.

Alles war eine Frage der Zeit.

Morgen, dachte er und stand vorsichtig vom Bett auf. Morgen würde er Ernst machen.

SAMSTAG, 23. JANUAR 2016

Henrik hatte versucht, die kleinen Grauen nach besten Kräften anzuwenden.

Sobald die gewaltige Recyclinganlage in Haraldrud öffnete, hatte er dort angerufen. Nach einigem Hin und Her hatte er mit einem Betriebsleiter sprechen können, hatte aber nicht begriffen, was dieser Titel für eine Bedeutung hatte. Mit Abfällen kannte der Mann sich allerdings aus, und als Henrik nach einer Möglichkeit fragte, um Müll von einer bestimmten Adresse zu einem bestimmten Datum aus dem Jahr 2003 ausfindig zu machen, hatte der Betriebsleiter dermaßen gelacht, dass sich daraus ein gewaltiger Hustenanfall entwickelte.

Es wurde ein sehr kurzes Gespräch.

Ab und zu war das Einfachste das Beste, und Henrik erkannte rasch, dass es nur eine einzige Möglichkeit gab, um festzustellen, was Anna Abrahamsen anderthalb Tage vor ihrem Tod weggeworfen hatte.

Ein Gespräch mit dem Nachbarn.

Ein Mann namens Heikki Pettersen, der, wie ein rascher Blick ins Telefonbuch ergab, noch immer im Stugguvei 2 A in Nordberg wohnte. Henrik brauchte fast anderthalb Stunden für die Strecke. Er hatte auf dem Damplass eine Pause eingelegt und sich eine Tasse Kaffee und einen Zimtkringel gegönnt, vor allem, weil er sich vor diesem leicht durchführbaren Auftrag gruselte. Als er am Ullevål-Stadion vorbeikam und die Fußgängerbrücke

über den Ring 3 betrat, verspürte er den intensiven Drang kehrt-
zumachen.

Aber Hanne hatte recht. Annas klinisch sauberes Haus war
mit einer geplanten Selbsttötung vereinbar, doch das war noch
längst kein Beweis. Der Besuch bei Herdis Brattbakk hatte zwar
bestätigt, dass Anna in der Zeit vor ihrem Tod eine klare Selbstmordkandidatin gewesen war, aber auch das reichte nicht aus,
um das Urteil gegen Jonas anzufechten. Da es Freitag war und
Henrik nichts anderes vorhatte, konnte er auch einen Schuss
ins Blinde abgeben und mit einem der letzten Menschen sprechen, die Anna Abrahamsen lebend gesehen hatten. Sollte
der Nachbar nicht mehr wissen, was Anna weggeworfen hatte,
könnte ihm doch etwas anderes aufgefallen sein. Etwas, das er
in der umfassenden Vernehmung, die nur Tage nach Annas Tod
mit ihm durchgeführt worden war, nicht zur Sprache gebracht
hatte.

Doch angesichts der Unwahrscheinlichkeit, dass das Gedächtnis des Nachbarn nach zwölf Jahren besser funktionieren würde
als zwei Tage nach Annas Tod, wäre Henrik abermals am liebsten
wieder umgekehrt. Er hatte mittlerweile die Schrebergärten von
Sogn erreicht und wurde langsamer. Das Gehen fiel ihm schwer.
Gegen Mitternacht war das Wetter milder geworden, und der
Boden war jetzt von körnigem tiefem Schnee bedeckt.

Der Stugguvei konnte nicht mehr als eine Viertelstunde entfernt sein.

Um sich nicht noch einmal zur Umkehr versucht zu fühlen,
sprang Henrik über die Schneehaufen am Straßenrand und fing
an zu joggen. Auf dem Asphalt waren keine Reifenspuren zu sehen, und es herrschte kaum Verkehr. Zehn Minuten später stand
er atemlos an dem niedrigen braunen Zaun und schaute hinab
auf den Stugguvei 2 B, das Haus, in dem früher einmal die Fa-

milie Abrahamsen gewohnt hatte. Es war braun gestrichen und mit glasierten Dachziegeln gedeckt. Ein großer Mercedes mit einem CD-Nummernschild stand vor einer Doppelgarage. Die Auffahrt war bis zum Straßenpflaster vom Schnee befreit, und eingeklemmt zwischen einer Straßenlaterne und einer hohen Thujahecke standen nebeneinander vier Mülltonnen.

Nummer 2 A, vermutlich das ursprüngliche Haupthaus, war ein roter Kasten. Aus den Dreißigerjahren, wie Henrik tippte. Die Fenster waren alle klein außer an der Südostseite, wo viel später ein modernes Panoramafenster mit Schiebetüren vor einer großen Terrasse eingesetzt worden war. Der Eingang lag der kleinen Straße abgewandt, und Henrik ging auf das offene Tor zu. Und blieb stehen.

Genau hier war es passiert. Ein grüner Briefkasten mit drei Namen in kyrillischen und lateinischen Buchstaben hing vor einer großen Tanne am Zaun. Hier war Dina Abrahamsen durch tragische Zufälle, die später niemandem zur Last gelegt worden waren, ums Leben gekommen.

Henrik wünschte wirklich, der Fall wäre damals nicht abgeschlossen worden.

Er riss sich los und ging weiter am Zaun entlang, bis zum Tor und zur Haustür. An der Klingel hing ein Schild, das bestätigte, dass er Heikki Pettersen gefunden hatte. Henrik wusste, dass der Mann gerade fünfzig geworden war, und das passte gut zu der Gestalt, die nur Sekunden nach dem Klingeln die Tür öffnete.

»Hallo«, sagte der Mann zögernd.

»Hallo«, sagte auch Henrik und zeigte seinen Dienstausweis. »Henrik Holme heiße ich. Dürfte ich wohl kurz hereinkommen?«

Der Mann wirkte skeptisch, fast ängstlich.

»Worum geht es?«

»Um einen alten Fall. Einen sehr alten Fall, bei dem sich noch einige Fragen ergeben haben.«

Heikki Pettersen kniff die Augen zusammen, dann lächelte er freundlich und riss die Tür sperrangelweit auf.

»Sie sind das doch!«, rief er. »Sie haben die Ermittlungen gegen diese entsetzlichen Terroristen vom 17. Mai geleitet.«

»Geleitet ist wohl übertrieben«, murmelte Henrik.

Bei Kari Thue war es ein Nachteil gewesen, erkannt zu werden, hier aber war es offenbar ein Geschenk.

»Hereinspaziert, hereinspaziert.«

Henrik trat ein und zog die Tür hinter sich zu. Er streifte die Stiefel ab. Es war ganz still im Haus, und er nahm sich die Zeit, die Stiefel akkurat hinzustellen.

»Ich wohne allein«, rief Heikki Pettersen aus dem Wohnzimmer, und Henrik folgte der Stimme. »Sie stören also nicht. Kann ich Ihnen etwas anbieten?«

»Nur Wasser, bitte. Das wäre nett.«

Henrik betrat das kleine Wohnzimmer. Es war gemütlich, dabei waren die Möbel unmodern, fast antiquarisch, und sie schienen nicht so ganz zu ihrem Besitzer zu passen. Heikki Pettersen sah aus wie ein Mann, der Stahl, Beton und Ledermöbel liebte, keine Rokokosessel und dunkle Eiche. Henrik trat an das Wohnzimmerfenster. Der Blick auf die Stadt war umwerfend, doch das interessierte ihn nicht. Er betrachtete das Haus weiter unten am Hang, in dem Anna Abrahamsen damals gelebt hatte und gestorben war.

»Hier«, sagte Heikki Pettersen und stellte eine Flasche Quellwasser auf den schweren Couchtisch aus braun gebeizter Eiche. »Trinken Sie ruhig aus der Flasche, die können Sie nachher mitnehmen. Was kann ich für Sie tun?«

Er setzte sich aufs Sofa und bot Henrik den Sessel an.

»Russen«, sagte er, als Henrik den Blick nicht von Annas Haus losreißen konnte. »Von der Botschaft. Die ziehen aus und ein, sind aber in Ordnung als Nachbarn. Meistens sehe ich nichts von denen. Außer im Sommer, dann machen sie ab und zu eine Grillparty. Räumen immer den Schnee von der Auffahrt, ich brauche mich fast nie zu kümmern, immer ist schon irgendein Hausmeister von der Botschaft da und wirft den Schneepflug an.«

Henrik wandte sich nun doch vom Fenster ab und setzte sich. »Es geht um Anna Abrahamsen«, sagte er.

»Habe ich mir gedacht«, sagte Heikki Pettersen. Er saß mit gespreizten Beinen da und hatte die Arme auf dem Sofarücken ausgebreitet. »Ich hatte nur einmal mit der Polizei zu tun, und zwar nachdem Anna ermordet worden war. Abgesehen von zwei Bußgeldern, weil ich zu schnell gefahren bin. Das ist aber zu wenig für ein großes Tier wie Sie, nehme ich mal an.«

Der Sessel, auf dem Henrik saß, war schmal, und die Armlehnen waren so hoch, dass er die Hände nicht unter die Oberschenkel schieben konnte. Zusehends gestresster klemmte er sie dazwischen wie ein kleines Mädchen.

»Es geht um Ihr letztes Gespräch mit ihr«, sagte er.

Der Mann nickte. »Silvester. Am Vormittag. Am Tag, an dem sie getötet wurde.«

»Ja. Können Sie mir genau erzählen, was damals passiert ist?«

»Das ist hundert Jahre her.«

»Zwölf. Und es muss ein Tag gewesen sein, der einen Eindruck hinterlassen hat. Versuchen Sie es.«

Einige Sekunden verstrichen. Heikki Pettersen rutschte unruhig auf dem Sofa hin und her.

»Ich hatte hier abends ein Fest«, begann er zögernd. »Meine Frau und ich hatten uns im Sommer scheiden lassen, und es war meine erste Party, so ganz allein. Ich war ziemlich gestresst und hatte vergessen, die Nachbarn zu informieren. Hier in der Straße ... «

Sein Pony fiel ihm jungenhaft in die Stirn, und er schob ihn mit den Fingern zurück.

»Wir verstehen uns hier sehr gut. Veranstalten gemeinsam Sommerfeste und haben zusammen eine Motorsäge angeschafft. Räumen auf dem Spielplatz auf, Sie wissen schon. Hier gibt es ein ungeschriebenes Gesetz, dass vor Festen die nächsten Nachbarn informiert werden müssen. Jedenfalls im Sommer, wenn man draußen ist. Silvester ist eigentlich von der Regel ausgenommen. Dann feiern nämlich alle hier oben. «

Er nickte zu dem großen Terrassenfenster hinüber.

»Wegen der Aussicht. Das Feuerwerk sieht von hier oben verdammt gut aus. Aber da Anna so nahe wohnt ... wohnte, meine ich ... «

Er sprang auf und lief zum Fenster.

»Sie war so allein«, sagte er leise. »Nach dem Tod der Kleinen lief es da unten überhaupt nicht mehr gut. Ich hatte in dem Jahr ja meine eigenen Probleme, die Scheidung war kein Spaß, aber ich habe doch registriert, dass bei denen auch nicht gerade das Glück zu Hause war. Jonas war ausgezogen. Ich glaube verdammt noch mal ... «

Er blies die Wangen auf und ließ die Luft langsam wieder entweichen.

»Sie war am Heiligen Abend allein. Am Heiligen Abend! Selbst meine Ex und ich haben es geschafft, so eine Art Familienfeier abzuhalten, damals wohnten noch beide Kinder zu Hause. Meine Ex und ich konnten einander nicht ausstehen, aber am Heiligen Abend muss man sich zusammenreißen. Anna dagegen war ganz allein. Wir hätten sie einladen sollen. «

»Ich glaube, sie hätte abgelehnt.«

Heikki sah ihn an.

»Kannten Sie sie?«

»Nein. Aber jetzt kenne ich sie. Ein bisschen. Worüber haben Sie gesprochen?«

»Sie kam angefahren, als ich gerade Bierkästen in den Keller bringen wollte.« Er zeigte auf den Terrassenboden vor dem Fenster. »Darunter ist ein Carport. Mit einer Tür zum Haus. Anna hatte ihr Tor geöffnet und fuhr den Weg hoch. Ich dachte, sie müsste doch wenigstens Bescheid wissen, da meine Terrasse so dicht bei ihrem Grundstück liegt. Ich winkte, und sie hielt mitten auf dem Hang an.«

Er kniff die Augen zusammen, als versuche er, diese Szene vor sich zu sehen.

»Sie kurbelte das Fenster halb herunter. Ich erzählte ihr von dem Fest und bat sie, Bescheid zu sagen, wenn es ihr zu laut würde.«

Er ging zum Sofa und setzte sich wieder. Dann griff er nach einem Kissen, schlug darauf und legte es wieder weg.

»Ich hätte sie natürlich einladen sollen«, murmelte er.

»Diese Einladung hätte sie sicher auch abgelehnt. Hat sie etwas gesagt?«

»Etwas gesagt? Tja. Sie hat sicher irgendetwas gesagt, aber nicht viel. Sie hat nie viel gesagt. Nach Dinas Tod war sie schweigsam. Technisch gesehen ist das verdammte Unglück mitten auf meinem Grundstück passiert. Haben Sie das gewusst?«

»Nein.«

»Mein Grundstück reicht zwei Meter auf die Straße hinaus. Das Kind ist verdammt noch mal auf meinem Grundstück gestorben.«

»Was hat Anna gesagt?«

»Das weiß ich nicht mehr«, antwortete Heikki, jetzt mit einer gewissen Gereiztheit in der Stimme. »Es ist doch eine Ewigkeit her. Sie hat mir sicher ein gutes neues Jahr gewünscht. Hat sich für die Vorwarnung bedankt. So etwas. Ich weiß es wirklich nicht mehr.«

»Welchen Eindruck hatten Sie von ihr?«

»Sie wirkte traurig. Wie immer. Und sehr ... weit weg. So war sie schon lange. Leblos. Gleichgültig.«

Jetzt fuhr er sich mit beiden Händen durch die Haare und kratzte sich wütend die Kopfhaut.

»Ob ich mich daran erinnere oder ob ich das nur annehme, weil sie sich schon lange so verhalten hat, weiß ich wirklich nicht.«

»Bei der Vernehmung haben Sie der Polizei gesagt, dass Anna weiter die Auffahrt hinaufgefahren ist, angehalten hat und etwas in die Mülltonne geworfen hat.«

Zum ersten Mal wirkte der selbstsichere, breitbeinig auf dem Sofa sitzende Mann unsicher. Er blinzelte mehrmals und fuhr sich blitzschnell mit der Zunge über die Lippen.

»Ja. So war das.«

»Wissen Sie, was sie weggeworfen hat?«

Henriks Puls beschleunigte sich. Der Drang, sich an die Schläfe zu klopfen, war fast unwiderstehlich. Er klemmte die Oberschenkel so fest er konnte zusammen. Heikki Pettersen schien sich mindestens ebenso unwohl zu fühlen. Er sprang wieder auf und drehte eine halbe Runde um das Sofa. Dann beugte er sich vor und stützte sich auf den Sofarücken, ehe er in Richtung Küche ging. Auf halber Strecke blieb er stehen.

»Also«, begann er, wobei er Henrik noch immer den Rücken zukehrte. »Ich muss etwas erklären, wenn es um Anna Abrahamsen und den Müll geht.«

»Gern«, sagte Henrik. In seinen Ohren hatte sich ein dünner Pfeifton festgesetzt.

»Es war einfach so verdammt nervig«, sagte Heikki und drehte sich langsam um. »Ihr ganzer Müll. Den soll man doch zum Schuttplatz fahren, oder nicht? Kleider und Schuhe und Spielzeug und was sie sonst noch in diesem Herbst in die Mülltonne gestopft hat, aber so etwas gehört doch auf die Recyclingstation. Die Gemeinde leert die Mülltonnen nur einmal pro Woche, und wenn sie zu voll sind, nehmen sie sie nicht mit. In die Tonnen da sollen nur Haushaltsabfälle. Das war wohl ...«

Wieder war ihm der Pony in die Stirn gefallen. Diesmal ließ er ihn dort.

»Wir hatten damals noch keine Mülltrennung«, sagte er und überlegte noch einmal. »Jedenfalls nicht dieses System mit den grünen und blauen Müllsäcken. Nur für Papier und Pappe gab es eine eigene Tonne. Und Anna warf durchaus auch dort Möbel hinein.«

»Möbel? Was für Möbel passen denn in eine Mülltonne?«

»Ich habe da jedenfalls einmal einen Kinderstuhl gefunden. Deswegen habe ich aber nichts gesagt, es war zu ...« Er starrte zu Boden und zuckte mit den breiten Schultern. »Es war zu traurig. Ich habe den Stuhl in mein Auto gelegt und bei der nächsten Tour mit zum Wertstoffhof genommen. Aber das viele andere! Sie hat alles Mögliche in schwarze Müllsäcke gestopft und die Tonnen damit gefüllt, sowie sie geleert worden waren. Da musste ich doch irgendwann Bescheid sagen. Mehrmals, auch wenn mir die Familie verdammt leidtat.«

»Ach?«

»Können Sie mir da einen Vorwurf machen? Ich meine, wir teilen die Mülltonnen, und es entstand das totale Chaos, als die Regeln ihr total egal wurden und ...« Er verstummte und fuhr sich mit dem Handrücken über die Oberlippe. »Ich wollte also nur nachsehen«, fügte er leise hinzu.

»Sie wollten nachsehen«, wiederholte Henrik, das Pfeifen in seinen Ohren war lauter geworden. »Sie wollten nachsehen, was Anna Abrahamsen am Tag ihres Todes weggeworfen hatte.«

»Ja.«

»Das haben Sie der Polizei gegenüber jedoch nie erwähnt.«

»Die haben nicht danach gefragt. Es war für sie total irrelevant. Außerdem war es ... Es war ein bisschen peinlich zuzugeben, dass man den Müll der Nachbarin durchwühlt hat. Vor allem, wenn sie gerade ermordet worden ist. Also war ich froh, als niemand danach fragte. Verdammt, es war nur von diesem Mord die Rede, und als Jonas kurz danach festgenommen wurde, haben wir hier auch nicht gerade Hurra geschrien, um das mal so zu sagen. Wer weiß denn, wie sich so etwas auf die Grundstückspreise auswirkt? Es hat sicher ein Jahr gedauert, ehe jemand es gewagt hat, ein Haus zum Verkauf auszuschreiben. Nummer 13.«

Er zeigte vage gen Westen.

»Was haben Sie im Müll gefunden?«

Endlich setzte sich Heikki Pettersen wieder.

»Einen schwarzen Müllsack, wie immer. Mit Kleidern.« Er hob die Hände und zog die Schultern bis unter die Ohren hoch. »Anna hatte doch Auto und Führerschein. Großartige riesige Volvos, alle halbe Jahre einen neuen. Warum konnte sie nicht wie die anderen zum Recyclinghof fahren? Das hat mich total genervt! Bis ich dann sah, was sie wegwarf. Da war ich eigentlich ein bisschen ...«

Er zögerte und öffnete die Wasserflasche, die er für sich selbst mitgebracht hatte.

»... peinlich berührt«, fügte er schließlich hinzu. »Traurig, für Anna und Jonas.«

»Warum?«

»Es waren Dinas Kleider«, sagte Heikki leise. »Ich hatte in dem Herbst viele von ihren Sachen im Abfall gefunden, Kleider und Spielzeug. Und wie gesagt einige Kindermöbel. Aber das hier ...«

Er trank einen großen Schluck Wasser, stellte die Flasche auf einen Beistelltisch, stützte die Ellbogen auf die Knie und schlug die Hände vors Gesicht.

»Es waren die Kleider, die sie anhatte, als sie gestorben ist«, glaubte Henrik zu hören.

»Was?«

Heikki ließ die Hände sinken und starrte ihn an. »Es waren Dinas Kleider«, wiederholte er langsam. »Die sie bei ihrem Tod trug. Eine rosa Mütze, ein blauer Overall und Unterwäsche natürlich. Ein Paar Gummistiefel. Und ein kleiner Rucksack für den Kindergarten.«

Henriks Zeigefinger fanden ganz von selbst den Weg zur Tischplatte und schlugen einen blitzschnellen Trommelwirbel. Mit verdutzter Miene starrte Heikki ihn an, dann schlug die Verblüffung in scheinbare Abscheu um.

»Tut mir leid«, sagte Henrik schnell. »Das ist eine Zwangshandlung. Achten Sie einfach nicht darauf. Woher wussten Sie, dass es die Sachen waren, die Dina bei dem Unfall anhatte? Waren sie blutig?«

»Nein, im Gegenteil. Sie sahen frisch gewaschen aus. Dabei ist Dina an inneren Verletzungen gestorben. Auf den Bildern konnte man überhaupt kein Blut sehen. Nur ein wenig an der Nase, meine ich mich zu erinnern.«

»Welche Bilder?«

Henriks Finger gaben sich ihrem Eigenleben hin. Sie trommelten auf den Tisch und berührten die Nasenflügel in hohem

Tempo, während sie dazwischen ab und zu die Schläfen trafen. Die Hacken wurden unter dem Tisch so blitzschnell gegeneinandergeschlagen, dass Henrik froh war, weil er seine Stiefel ausgezogen hatte.

»Meine Tochter hat Fotos gemacht«, sagte Heikki leise. »Von ihrem Zimmer aus. Das Fenster geht auf den Stugguvei hinaus. Sie war ...« Er überlegte kurz. »Sie war zwölf. Zum Glück hat sie den eigentlichen Unfall nicht gesehen. Sie war krank und deshalb nicht in der Schule. Sie hatte im November zum Geburtstag eine neue Kamera bekommen. Das war vor den Smartphones.«

»Das war zum Glück auch vor den sozialen Medien. Zwölfjährige können oft nicht beurteilen, was sie besser nicht bei Instagram posten sollten.«

Heikki erbleichte bei dieser Vorstellung.

»Großer Gott«, rief er und schluckte. »Als sie mir die Bilder gezeigt hat, habe ich sie sofort gelöscht. Die waren ... die waren total ...«

Er riss die Flasche an sich und leerte die Hälfte des Inhalts auf einen Zug.

»Das Schlimmste war, dass die Bilder so gut waren«, sagte er. »Technisch gesehen, meine ich. Gestochen scharf, obwohl die Gemeinde schon damals auf die idiotische Idee gekommen war, gelbe Birnen in die Straßenlaternen einzusetzen. Und obwohl gerade an dem Tag Scheißwetter war.«

»Was war auf den Bildern zu sehen?«

Heikkis Schultern sackten nach unten. Unbeholfen legte er die Hände auf die Knie und starrte sie lange an, ehe er etwas sagte.

Henrik hatte inzwischen Hände und Füße unter Kontrolle gebracht.

»Sie zeigten so einen tiefen Schmerz, dass sogar meine Tochter das bemerkte«, antwortete Heikki endlich. »Astri heißt sie. Sie hat geweint, als sie sie mir gezeigt hat. Jonas hatte Dina hochgehoben. Der Rucksack lag auf dem Boden. Ob Dina tot war oder im Sterben lag, kann ich nicht sagen, aber sie hing ganz schlaff in seinen Armen. Und sein Gesicht ...«

Er schüttelte heftig den Kopf und faltete die Hände. Hart, wie Henrik sah, seine Fingerknöchel traten hervor.

»Ich weiß noch, dass ich gedacht habe: Wenn ich das nun wäre! Wenn ich dort stünde, mit Astri oder Bendik in den Armen! Diese Bilder haben mich hart getroffen. Sie waren einfach grauenhaft. Und Jonas' Gesicht ... der reinste Horror.«

Er wischte sich die Augen mit dem Zeigefinger und rang sich ein Lächeln ab.

»Es ist so lange her. Trotzdem sehe ich die Fotos kristallklar vor mir. Wir waren natürlich bei der Beerdigung. Es war ganz ... ganz ...«

»Höllenschlimm«, schlug Henrik zu seiner eigenen Überraschung vor.

»Ja. Höllenschlimm. Anna saß einfach nur da, wie eine Leiche. Kreideweiß und still, während ihr die Tränen über das Gesicht liefen. Jonas brach vollständig zusammen. Er wurde mit dem Rettungswagen abgeholt, kam aber am selben Abend wieder nach Hause. Der Sarg ...« Er maß mit den Händen einen Meter ab. »Der war nicht größer als so.«

Es wurde still im Raum. Henrik konnte in einem Garten in der Nähe das monotone Bellen eines Hundes hören. Aus dem Keller nahm er plötzlich ein Vibrieren wahr, als ob eine Waschmaschine beim Schleudergang angelangt wäre. Das Pfeifen in seinen Ohren hatte sich gelegt.

»Wissen Sie, wer der Fahrer war?«, fragte er.

Heikki schaute auf, sichtlich überrascht von dem plötzlichen Themenwechsel.

»Äh ... nein. Der war nicht auf dem Bild, und hier in der Straße habe ich nie etwas darüber gehört. Ein Mann eben. Mit einem BMW, glaube ich. Er wurde nie bestraft, soviel ich weiß. Offenbar war es einfach ein Unfall. Wie er ab und zu eben passiert.«

»Und Sie sind ganz sicher, dass Anna die Kleider weggeworfen hat, die Dina bei ihrem Tod anhatte?«

»Wenn es nicht dieselben waren, dann waren es perfekte Kopien. Die gleiche Mütze, der gleiche Rucksack. Der gleiche blaue Overall und die lila Gummistiefel. Ich fand es ehrlich gesagt seltsam, dass sie alles aufbewahrt hatten. Anna hatte doch den ganzen Herbst hindurch Sachen weggeworfen. Ich an ihrer Stelle hätte diese Kleider als Erstes entsorgt. Die Todeskleider.«

Er griff erneut nach einem Kissen, doch diesmal presste er es sich auf den Bauch und legte die Arme darum. Wieder lächelte er krampfhaft.

»Oder vielleicht wäre es auch umgekehrt«, sagte er. »Vielleicht würde ich diese Kleider ganz zuletzt wegwerfen.«

»Ich glaube, so war es«, sagte Henrik und erhob sich. »Ich glaube, dass Anna an jenem Vormittag die letzten Spuren von Dina weggeworfen hat. Es war der Tag, Silvester 2003, als sie ihre Tochter endgültig weggepackt hat. Und ihr Leben.«

»Der Tag, an dem sie gestorben ist?«, fragte Heikki Pettersen, fast erstaunt. »Was für ein seltsamer Zufall. Glauben Sie das wirklich?«

»Noch Milch.«

»Wir haben leider keine mehr.«

Hedda schlug mit dem Glas auf den Tisch und schob den Teller mit dem halb gegessenen Butterbrot von sich.

»Ich will mehr Milch!«, rief sie trotzig.

»Limo«, sagte Jonas rasch. »Du kannst Limo haben, wenn du willst.«

Heddas Schmollmund zog sich zu einem breiten Lächeln auseinander.

»Cola?«

»Ja. Du kannst zum Mittagessen Cola kriegen. Gut, nicht?«

Er holte eine Dose aus dem Kühlschrank, die er auf dem Rückweg öffnete. Die Cola schäumte auf, und er griff nach dem Milchglas.

»Milchcola«, sagte er und stellte das Glas vor Hedda hin. »Total lecker. Iss jetzt dein Brot, sei ein braves Mädchen.«

Er musste einkaufen. Es gab kaum noch frische Lebensmittel. Die Kleine brauchte außerdem etwas zum Anziehen. Am Vorabend hatte er die Unterhose gewaschen, die sie bei ihrer Entführung getragen hatte. In der Tasche unter dem Wagen hatte eine weitere gelegen. Ihr Pullover war übersät mit Ketchupflecken und Milchspritzern. Obwohl sie jeden Abend gebadet wurde, stank sie jetzt wegen ihrer Kleider.

Er musste einkaufen, konnte die Kleine jedoch nicht allein lassen. Mitnehmen konnte er sie aber auch nicht.

So hatte ich das nicht geplant, dachte er und sah Hedda an. Sie hatte die widerliche Milchcola fast schon ausgetrunken. Eine einarmige Barbiepuppe lag vor ihr auf dem Tisch, und sie war dabei, die Puppe in eine rosa Babydecke einzuwickeln. Der Karton mit dem Nachlass der früheren Hausbewohner hatte sich als Goldgrube für das Kind entpuppt. Hedda hatte nicht nach anderem Spielzeug gefragt, seit sie alles auf den Wohnzimmerboden gekippt und zwischen Spielsachen und Büchern, Legosteinen, Autos und einem blinden braunen Teddy die blonde Puppe mit der absurden Körperform gefunden hatte.

Das hatte er durchaus nicht so geplant, und er musste etwas unternehmen.

Natürlich brauchte er nicht einzukaufen. Wenn er nur das tat, was er zu tun hatte, könnte er sich danach hinsetzen und auf die Polizei warten. Früher oder später würde sie auftauchen, und wenn er jetzt noch länger wartete, könnte es passieren, dass er unverrichteter Dinge wieder ins Gefängnis musste. Er hatte mehr als genug Konservendosen im Haus, um lange ausharren zu können. Wenn er nur nicht auf die Kleine aufpassen müsste.

Sie war so wunderbar.

Am Morgen war er davon geweckt worden, dass sie ihn in die Seite trat. Hedda schlief wie ein Hubschrauber, sie rotierte die ganze Zeit im Bett. Gegen zwei war er aufgestanden und zur Toilette gegangen. Da lag sie auf dem Rücken, mit dem Kopf zum Fußende. Arme und Beine hatte sie ausgestreckt wie ein kleiner Stern. Mit der größten Selbstverständlichkeit nahm sie allen Platz ein, so, wie Dina ihn oft an den Bettrand verbannt hatte und er ab und zu davon geweckt worden war, dass er auf den Boden fiel.

Anna war in solchen Nächten niemals da gewesen.

Wenn Dina nachts zu ihnen ins Bett krabbelte, zog Anna ins Gästezimmer um und blieb bis zum Morgen dort. Jonas dagegen gewöhnte sich daran, einen Hubschrauber im Bett zu haben.

Anna hielt sich für eine schlechte Mutter. Das stimmte nicht. Vor Dinas Tod hatte sie so etwas nie gesagt, im Gegenteil, sie waren beide mit ihrem Dasein im Stugguvei 2 B zufrieden gewesen. Anna hatte Zeit und Raum, um eine bessere Autoverkäuferin zu werden als alle anderen und um ihre Freunde zu treffen, die ihr so wichtig waren. Um zu trainieren und zu schießen. Er selbst hatte sich dagegen Kinder gewünscht, so lange er sich zurückerinnern konnte, und mehr Zeit mit Dina zu verbringen als ihre Mutter, war seine eigene Entscheidung. Die beste, die er jemals getroffen hatte.

Seine Lebensentscheidung.

Anna war so zufrieden mit ihm, dass sie sich schließlich nicht mehr gegen die Möglichkeit sperrte, eine Schwester für Dina zu bekommen. Oder einen Bruder. Noch ein Kind.

Sie war eine gute Mutter. Sie hatte Dina geliebt und gut behandelt. Liebevoll und entschieden und vielleicht etwas strenger als Jonas, doch das war nur gut für Dina gewesen.

Jonas hatte es in einer endlosen Reihe grauenhafter Nächte immer wieder geschrien: *»Du warst eine gute Mutter, Anna!«*

Es half nichts. Nichts half, als Dina gestorben war, und jetzt würde er bald dieses Kind töten müssen, das solche Ähnlichkeit mit ihr hatte, dass es ihm unmöglich war.

»Bilderotto?«, fragte Hedda und sah ihn an.

Er hatte den Laptop auf dem Küchentisch aufgeklappt, nachdem er ihn so gedreht hatte, dass sie den Bildschirm nicht sehen konnte. *Verdens Gang Nett* war seine Startseite, und die Schlagzeile schrie ihm entgegen.

POLIZEI: DUNKLER GOLF GESUCHT, VERMUTLICH BLAU

Jonas verspürte einen Krampf im Unterleib. Sein Wagen war dunkelgrün, aber sie kamen ihm näher. Sein Hals war wie zugeschnürt, er öffnete den Mund, um besser atmen zu können, und zwang sich zum Weiterlesen.

Im Zusammenhang mit der Entführung der dreijährigen Hedda Bengtson bittet die Polizei um Auskünfte über einen dunklen Golf, vermutlich älteren Modells, der am

Donnerstagvormittag in der Lovisenberggate abgestellt war. Der etwa 50- bis 60-jährige Fahrer war möglicherweise ausländischer Herkunft. Die Polizei betont, dass es sich nur um einen von sehr vielen Hinweisen aus der Bevölkerung handelt und sie vor allem mit dem Halter des Wagens Kontakt aufnehmen möchte.

Jonas versuchte, ruhig zu atmen. Ihm war schwindlig, und er stützte sich sicherheitshalber auf den Küchentisch.

Jonas Abrahamsen war siebenundvierzig Jahre alt und sehr blass. Er war Norweger, hatte blaue Augen, und seine wenigen verbliebenen Haare waren grau. Das konnten die Zeugen allerdings nicht wissen, er hatte die schwarze Mütze ja so tief in die Stirn gezogen, dass er sie mehrmals hochschieben musste, als er vom Kindergarten zu dem wirklich in die Jahre gekommenen Golf ging.

Sie irrten sich in vielen Punkten, aber einiges stimmte. Sie näherten sich an.

»Bilderotto?«, wiederholte Hedda ungeduldig.

»Jetzt nicht«, sagte Jonas und rang sich für das Kind ein Lächeln ab. »Jetzt noch nicht, Herzchen.«

Henrik Holme hatte den Stugguvei 2 B erst seit zwei Minuten verlassen, als er abrupt stehen blieb. Er fischte das Handy aus der Tasche und stellte fest, dass seine Hände zitterten. Ein Auto fuhr in viel zu hohem Tempo an ihm vorbei, und drei Kinder von vielleicht zehn Jahren, die auf ihn zukamen, rissen sich die Fäustlinge von den Händen und zeigten dem Fahrer den Mittelfinger. Es regnete jetzt, und der Nordwind war so schneidend, dass Henrik die Straße überquerte und an einer Garagenmauer Zuflucht suchte.

»Hier Bonsaksen«, kläffte eine Stimme, als abgenommen wurde.

»Hallo, hier ist Henrik Holme.«

»Sieh an! Jetzt solltest du hier sein. Strahlender Sonnenschein und fünfzehn Grad, und bald ist es Zeit für ein Bier.«

»Klingt gut. Hier regnet es Hunde und Katzen. Ich wollte nur ...«

»Worum geht es?«

Entweder war die Verbindung schlecht, oder Kjell Bonsaksen stand neben einem dröhnenden Wasserfall. Henrik stellte sich vor, dass es in der Provence nicht allzu viele davon gab, deshalb bat er, noch einmal anrufen zu dürfen. Diesmal war die Verbindung viel besser.

»Hast du etwas herausgefunden?«, fragte Bonsaksen. »Was meinen Ordner angeht?«

»Tja. Ich arbeite jedenfalls daran.«

»Lass hören!«

Henriks Hände wurden bereits taub, und er trat tiefer unter das Vordach der grauen Garage.

»Ich stehe gerade an einer blöden Stelle, wenn wir also ...«

»Nächste Woche bin ich in Norwegen, um noch Papierkram in Ordnung zu bringen. Ich komme am Sonntagabend. Wir können doch einen Kaffee trinken, oder? Oder sogar essen gehen? Essen müssen schließlich alle.«

»Das wäre nett. Im Moment habe ich nur eine kurze Frage.«

»Schieß los.«

Kjell Bonsaksen war mit seinem neuen Dasein offenbar zufrieden. Er redete in Großbuchstaben und scheinbar mit einem Lächeln auf den Lippen. Im Hintergrund hörte Henrik klirrende Gläser, Stimmen und Verkehr. Offenbar saß Bonsaksen in einem Straßencafé.

»Fast in allen Zimmern in Annas Haus wurden Fotos gemacht«, sagte Henrik. »Sogar die Werkzeugkammer war dabei.«

»Stimmt. Ich hoffe, du hast gemerkt, dass wir überaus gründlich vorgegangen sind. Bei dem Fall wollten wir jeden Stein umdrehen. Das war sozusagen mein Trost, wann immer ich dieses bohrende Gefühl hatte, dass Jonas Abrahamsen vielleicht doch unschuldig war. Wir haben getan, was wir tun mussten und konnten, und vielleicht sogar noch mehr.«

»Sicher«, sagte Henrik geduldig. »Aber es gibt keine Bilder vom Zimmer der Tochter.«

»Vom Zimmer der Tochter?«

»Ja. Von Dina. Der Dreijährigen, die zwei Jahre zuvor gestorben war.«

»Aber die war doch tot!«

»Ja, schon …«

»Es gab da kein Kinderzimmer. Das schwöre ich dir! Nirgendwo eine Spur von einem Kind.«

Henrik musste das Handy in die linke Hand nehmen und die rechte in die Tasche stecken.

»Aber das Zimmer«, beharrte er. »Es muss doch ein Zimmer gegeben haben, in dem früher Dina gewohnt hat.«

»Klar. Klingt logisch. Aber das hatten sie offenbar umgeräumt. Es anders genutzt …«

Plötzlich verstummte der ehemalige Hauptkommissar. Henrik hörte ein Klirren, als ob ein Tablett mit Gläsern heruntergefallen wäre. Er schlug die Beine gegeneinander, um sich aufzuwärmen.

»Hallo?«, fragte er. »Bist du noch da?«

»Ein Zimmer war ganz einfach leer«, antwortete Bonsaksen, jetzt langsamer. »Und damit meine ich, wirklich leer. Keine Möbel. Leere Schränke. Die Tapete war von den Wänden gerissen worden, wenn ich das richtig in Erinnerung habe. Ich kann mich natürlich irren, aber ... «

Schritte. Motorenlärm. Ein Kind weinte, das konnte Henrik hören, dann wurde es plötzlich ganz still.

»Jetzt besser?«, fragte Bonsaksen. »Ich bin auf dem Klo.«

»Viel besser.«

»Ich dachte, sie wollten renovieren. Die Tür war abgeschlossen, aber der Schlüssel steckte. Die Techniker waren natürlich auch dort, und es erstaunt mich, dass in dem Ordner keine Fotos von diesem Raum liegen. Bist du sicher?«

»Ja. Ich kenne diesen Fall auswendig.«

»Die einzige Erklärung, die mir einfällt, ist, dass das Zimmer total uninteressant war. Weil sie eben renovieren wollten. Und es war ja außerdem abgeschlossen. Aber jetzt muss ich zurück zum Tisch. Meine Frau besorgt uns neue Freunde, und sie wird sauer, wenn ich einfach verschwinde. Ich rufe dich an, wenn ich wieder in Norwegen bin, ja? Einen Kaffee oder ... «

Henrik hörte nicht mehr zu.

Die Fotos in Bonsaksens Ordner passten zu Herdis Brattbakks Beschreibung. Auf keinem war eine Spur des Kindes zu finden. Keine alten gerahmten Zeichnungen. Keine Fotos und absolut kein kleiner Erinnerungsort, wie etwa Dina in einem silbernen Rahmen neben einer stets brennenden Kerze.

Das leere Zimmer im Stugguvei 2 B sollte nicht renoviert werden.

Es war stattdessen endgültig zusammengepackt worden. Genau so, wie die Psychologin Brattbakk es befürchtet hatte, dachte Henrik und machte sich auf den Weg in die Stadt.

Die Wohnung im Geitmyrsvei war total verändert worden.

Bengt Bengtson war so stolz darauf gewesen. Er hatte ein

Zimmer nach dem anderen renoviert, fast alles allein. Innerhalb von drei Monaten hatte Bengt die geräumige Wohnung von einem grauen Aufbewahrungsort in ein schönes Zuhause verwandelt. Christel hatte helfen wollen, aber da sie schwanger war, hatte er das nicht zugelassen. Sie hielt ihm Vorträge über moderne, auf Wasser basierende und ungefährliche Farbsorten, aber er ließ nicht mit sich reden. Ein halbes Jahr lang kam sie aus der Schule in eine gelüftete kühle Wohnung, die mit jedem Tag besser aussah. Und für die sie die meisten Textilien, Möbel und Farben aussuchen durfte.

Sie liebten diese Wohnung beide so. Als Turid aus Hamar anrief und zu dem unvorstellbar hohen Gewinn gratulierte, sagte Christel als Erstes, dass die kleine Familie dort wohnen bleiben sollte. Sie wünschte sich nichts anderes, hierher gehörten sie, hier fühlten sie sich wohl, und Hedda sollte am St. Hanshaugen aufwachsen. Kein Geld der Welt würde für sie drei ein besseres Zuhause schaffen können, als sie ohnehin schon hatten.

Jetzt war die Wohnung tot.

Die Polizei hatte das Wohnzimmer zur Kommandozentrale umfunktioniert. Überall standen Computer und Kommunikationsausrüstung, und die ganze Zeit musste man aufpassen, dass man nicht über die vielen Leitungen stolperte, die sich von allen Steckdosen im Raum dahinzogen. Bengt hatte gefragt, ob es denn so viele sein müssten, aber das half nichts. Die Leute kamen und gingen. Inzwischen hatte er den Versuch, sie auseinanderzuhalten, aufgegeben.

Christel und er hatten sich seit Donnerstagnachmittag strikt geweigert, die Wohnung zu verlassen. Die Schlafzimmer waren ihr Zufluchtsort.

Christel wollte meistens allein sein. Irgendein Büro für Krisenhilfe, Bengt hatte keine Ahnung, welches, hatte eine Frau in der Wohnung stationiert. Sie wechselte sich mit einem älteren Mann ab, der sich als Pastor vorgestellt hatte. Die Frau war vormittags da, der Pastor nachmittags und abends. Wenn Christel und Bengt nicht mit ihnen reden wollten, wozu inzwischen nicht einmal mehr ein Versuch unternommen wurde, saßen sie auf einem Holzstuhl, den sie aus der Küche in den Gang geholt hatten. Dort hockten sie still und stumm, aber immer mit diesem mitfühlenden Blick.

»Wir sind ein Angebot«, sagte die Frau ab und zu. »Denken Sie daran, wir sind ein Angebot, Bengt.«

Er konnte sie nicht ausstehen.

Nur nachts wurden er und Christel in Ruhe gelassen. Die Polizei postierte immer eine Person vor Ort, aber eben nur eine. In dieser Nacht war es eine Frau, und sie schlief einige Stunden in Uniform auf dem Sofa.

Doch vor drei Minuten hatte sie an die Tür geklopft und gebeten, mit ihm sprechen zu dürfen. Jetzt saß sie auf einem Küchenstuhl, den sie mit ins Schlafzimmer gebracht hatte. Er selbst lehnte auf dem Bett, neben sich den Laptop und eine Teetasse auf dem Nachttisch.

»Ja, also«, sagte sie und nickte, »wir haben allen Grund, uns von diesem Hinweis etwas zu versprechen. Leider hatte die Zeugin einen ganzen Tag an einer Examensaufgabe gearbeitet und die Nachrichten bis gestern Abend nicht richtig verfolgt. Dann hat sie sich sofort bei uns gemeldet.«

»Examen? Wer macht denn im Januar Examen?«

»Viele«, erwiderte die Polizistin knapp. »Und ihre Beobachtungen sind hochinteressant.«

»Welche denn? Hier steht doch fast nichts.« Er schlug mit dem Handrücken auf den Bildschirm seines Laptops. »Ein dunkler alter Golf und ein Ausländer? Was besagt das denn schon?«

»Wir wissen ja nicht, ob es sich um einen Ausländer handelt. Die Zeugin war unsicher. Der Mann war jedenfalls dunkel gekleidet.«

»Wie neunzig Prozent aller Männer zwischen fünfzig und sechzig um diese Jahreszeit«, sagte Bengt und klappte wütend den Laptop zu. »Habt ihr nicht mehr?«

»Doch«, antwortete sie ruhig. »Wir haben mehr. Aber wir können nicht alles weitergeben. An die Medien, meine ich. Die Zeugin sagt, dass der Mann mit dem blauen … mit dem dunklen Golf gerade einen roten Kinderwagen auseinandergenommen hatte. Er hatte das Untergestell abgenommen und wollte die Tasche auf den Rücksitz stellen. Und so, wie er die Tasche hielt, war sie sicher, dass ein Kind darin lag. Er wäre fast gefallen, und die Autotür schwang plötzlich auf, als die Zeugin angefahren kam. Sie musste abrupt bremsen, wurde wütend und zeigte … Sie machte eine obszöne Geste, als sie an ihm vorbeifuhr.«

Bengt schloss die Augen. In Christels Zimmer war es jetzt ganz still. Vielleicht war sie eingeschlafen. Das hoffte er zumindest. Er war gegen drei Uhr nachts fast ohnmächtig geworden und knapp eine Stunde weggedämmert, aber mehr Ruhe hatte er seit dem Donnerstagmorgen nicht bekommen.

»Ein Mann«, sagte er leise. »Soll denn eine einzelne Person es geschafft haben, ein Kind zu stehlen, es mit dem Kinderwagen mehrere hundert Meter weit wegzuschaffen, mit der Kleinen wegzufahren und über zwei Tage später noch immer nicht gefasst worden zu sein? Und ihr wisst nicht mehr, als dass es sich um einen alten dunklen Golf handelt und der Fahrer vielleicht kein Norweger ist. Was ist er dann? Russe? Ex-Jugoslawe? Was könnt ihr …«

Er schlug mit der Faust auf das Kissen und riss die Augen auf. Sein Blick bohrte sich in die schmächtige Kommissarin.

»Was macht ihr eigentlich?«

»Viel. Sehr viel. Wir gehen allen Informationen, die wir erhalten, auf das Genaueste nach. Das ist zeitraubend, aber es kann uns durchaus einer Lösung näher bringen. Noch immer kommen dauernd Hinweise aus der Bevölkerung, aber Sie können sich ja denken, dass es nicht so leicht ist, da die Spreu vom Weizen zu trennen.«

Bengt schüttelte den Kopf. »Warum rufen die nicht an«, fragte er verzweifelt. »Sie können alles haben, was sie wollen. Den ganzen Gewinn. Wenn sie nur endlich anrufen!«

Er packte das Kissen und presste es sich aufs Gesicht. Seine Schultern bebten. Er zog die Knie an und schlang die Arme darum.

»Da sie nicht angerufen haben«, sagte die Kommissarin mit leiser Stimme, »müssen wir die Möglichkeit in Betracht ziehen, dass es überhaupt nicht um Geld geht. Dass dies hier keine normale Entführung ist. Sie und Ihre Tochter müssen bereit sein, mit uns über andere Möglichkeiten zu sprechen, ob es nicht doch ...«

Doch er hörte ihr gar nicht zu, wie sie feststellte. Auch egal, dachte sie resigniert und erhob sich lautlos. Dann musste sie ihm auch nicht mehr erzählen, und Bengt Bengtson brauchte noch nicht zu erfahren, dass die Polizei sich jetzt auf pädophile Sexualverbrecher in Ostnorwegen konzentrierte.

Seit Heddas Verschwinden waren dreiundfünfzig Stunden vergangen, und alle Erfahrungen besagten, dass ihnen die Zeit davonlief.

Hanne Wilhelmsen nutzte den Samstag, um sich viel umfassender als bisher über Benedicte Maria Kvam, geborene Hansen, zu informieren. Es war allerdings viel langweiliger, als Iselin Havørn unter die Lupe zu nehmen.

Während Iselin eine faszinierende politische Rundreise von ganz links bis zu den nationalistischen islamfeindlichen Verschwörungstheorien gemacht hatte, schien Maria eine ganz normale Opportunistin zu sein. Wo Iselin ihren persönlichen Stil pflegte, was Haare und Kleidung anging, wirkte Maria wie eine ziemlich durchschnittliche blonde Norwegerin, die relativ gut in Form war. Jedenfalls nach ihrem Facebook-Profil zu urteilen.

Sie war 1961 geboren, sieben Jahre vor ihrer Schwester Anna. Nach einer scheinbar idyllischen Kindheit in Nordberg war sie in zwei Fächern durch das Abitur gefallen. Das konnte an ausschweifenden Abiturfeiern liegen, sie war 1980 Vizepräsidentin des Osloer Abiturientenkomitees gewesen, und solche Ehrenämter brachten sehr oft die Notwendigkeit mit sich, das letzte Schuljahr zu wiederholen. Aus LinkedIn ging hervor, dass sie danach die Handelshochschule in Bergen besucht hatte, auch wenn es Grund zu der Annahme gab, dass sie dort niemals das Abschlussexamen abgelegt hatte.

Neben dem Facebook-Profil, das bis zu Iselins Entlarvung regelmäßig aktualisiert worden war, hatte Maria einen eigenen Blog. Der war jedoch ganz anders als Iselins. Das Design war attraktiv und sorgsam ausgearbeitet, der Inhalt dagegen dürftig und langweilig. Tyrfings Blog zeigte, dass die Autorin zu viel auf dem Herzen hatte, um sich um Präsentation und korrektes Norwegisch zu kümmern. Iselin war es darum gegangen, ihre Botschaft zu verkünden, ohne ihre Identität zu verraten, nicht um das Äußere.

Marias Blog handelte von nichts. Oder, genauer gesagt, von gesunder Ernährung.

Hanne hatte noch nie so viel Unfug über die angebliche Magie der Natur gelesen. In ihr keimte der Verdacht, dass der Blog einer Idee der Marketingabteilung von VitaeBrass entsprungen war. Auf der Website der Firma gab es an nicht weniger als drei Stellen einen Link zu Marias Blog, und das Design war so ähnlich, dass es vermutlich von derselben Hand entworfen war.

Maria schrieb über die Auswirkung von Honig auf die weibliche Libido, darüber, wie fantastisch Walnüsse gegen Pickel wirkten, und über die unübertroffene Wirkung von Blaubeeren für die Immunabwehr. Mehrmals wurde angedeutet, dass der ganz besondere Laubbaumabsud, den VitaeBrass verkaufte, auf mehrere Formen von Krebs hemmende und manchmal stagnierende Wirkung ausüben könne.

Dass Vitamin C gut für den Körper und Honig von antiseptischer Wirkung war und eine Handvoll Nüsse pro Tag allen guttat, das war Hanne bekannt. Wie wohl der gesamten übrigen erwachsenen Bevölkerung. Dass man diese Zutaten in Fläschchen gab, zusammen mit allerlei Hokuspokus, um sie dann für ein Vermögen zu verkaufen, war etwas anderes. Mit Heilung von Krebs zu locken, wenn auch sorgsam formuliert und nur haarscharf an der Grenze zur Quacksalberei, war ganz einfach abstoßend.

Hanne hatte all das satt. Die Welt wollte betrogen werden, und wenn sie sich ein Bild von Maria Kvam machen wollte, würde sie alles lesen müssen, was von ihr im Netz zu finden war. Nach fünf Blog-Beiträgen kam ihr jedoch der Verdacht, dass Maria das alles gar nicht selbst geschrieben hatte. Dass hier nur ihr Name stand, als Gründerin der Firma und Inhaberin der meisten Anteile. Der Blog wirkte zwar persönlich und war gewürzt mit kleinen Ereignissen aus dem Alltag und Fotos von Maria, aber im Grunde war es doch eine reine Marketingangelegenheit.

Hanne las trotzdem alles, und als sie fast fünf Stunden damit verbracht hatte, zu suchen, Ausdrucke zu machen und zu lesen, was es im Internet über Maria Kvam gab, las sie ein letztes Mal

Bonsaksens Unterlagen über Annas Schwester und legte alles ordentlich vor sich auf einen Stapel.

Maria Kvam kam ihr nicht sonderlich sympathisch vor. Oberflächlich, abergläubisch und reichlich egozentrisch.

Aber vor allem ziemlich langweilig. In den sozialen Medien war sie eine von denen, die niemals überraschten. Sie hütete sich sorgsam, unpopuläre Meinungen zu vertreten. Über Muslime oder Migranten gab es keinerlei Aussagen. Erst nach den Ereignissen von Köln, wo Banden angeblicher Asylbewerber in der Silvesternacht zahlreiche Frauen belästigt hatten, hatte sie einen Tweet zum Thema losgelassen. Dem stimmte Hanne absolut zu.

Taharrusch dschama'i gehört nicht nach Europa #Cologne.

Gruppenbelästigungen gehörten nirgendwohin und natürlich auch nicht nach Europa. Der Tweet war zweimal weitergegeben und zudem von vier der knapp über dreitausendzweihundert Follower Marias mit einem Herzen versehen worden.

Wenn Maria in Bezug auf Zuwanderer im Allgemeinen und auf Muslime im Besonderen ihrer Frau zugestimmt hatte, hatte sie es gut verborgen. Jedenfalls in der Öffentlichkeit. Hanne konnte nicht begreifen, dass es für ein Ehepaar möglich war, in einer so grundlegenden Frage wie der Wertschätzung anderer Menschen verschiedener Meinung zu sein.

Um mit Iselin zusammenzuleben, musste Maria Kvam entweder ihrer Ansicht, total ignorant oder aber äußerst zynisch gewesen sein. Hanne tippte auf eine Kombination. Für das Geschäft wäre ein klarer Standpunkt in einer überaus umstrittenen Frage nicht gut gewesen. Pastellfarbene Fotos von Maria mit einem Strauß Johanniskraut machten sich in der Öffentlichkeit besser als bissige Kommentare über ertrinkende Flüchtlinge im

Mittelmeer. Das Bild einer gepflegten, mit Haselnüssen gefüllten Hand, die sich einladend der Kamera entgegenstreckte, verkaufte sich zweifellos besser als aggressive Behauptungen über Gutmenschentyrannei und arbeitsscheue Schmarotzer. Nein, da bevorzugte man das im Sonnenschein auf dem Gipfel des Galdhøpiggen aufgenommene Foto, auf dem sie eine Flasche Blaubeerextrakt hochhielt. So inszenierte Maria Kvam ihr Leben, für die, die es vielleicht über sich brachten, es zu verfolgen.

In der Zeitschiene, die Hanne jetzt zusammengestellt hatte, klafften einige deutliche Lücken.

Es war unklar, was Maria eigentlich in der Zeit zwischen ihrem Abgang von der Handelshochschule und der Gründung von PureHerb unternommen hatte. Irgendwo in den Unterlagen wurde ein Studienaufenthalt auf Bali angedeutet, anderswo eine Weltreise im Jahr 1998. Ende der Achtziger hatte sie für drei Jahre in der Firma ihrer Eltern gearbeitet. Der Vater war mit gewissem pekuniären Erfolg Großhändler von Unterwäsche gewesen, doch mit dem Aufkommen der großen Ladenketten wurde die Firma 1991 in aller Stille abgewickelt. Offenbar war der Vater ein genügsamer Mann gewesen, und da er und Marias Mutter 1993 kurz hintereinander gestorben waren, konnten sich die Töchter über ein hübsches Erbe freuen.

Vielleicht hatte sie überhaupt nicht gearbeitet, überlegte Hanne. Es war doch möglich, dass Maria von der Erbschaft gelebt hatte. Das könnte zu dem Aufenthalt auf Bali und der Weltreise passen, die sie nach dem Tod der Eltern unternommen hatte.

Hanne schaute auf die Uhr. Es war jetzt halb fünf, und bald würden Nefis und Ida nach Hause kommen. Leider wurden Gäste erwartet. Freunde von Nefis. An sich sympathische Menschen, aber es würde zu spät werden. Und es kämen zu viele, die etwas über den Terror des 17. Mai wissen wollten und darüber, was es für ein Gefühl gewesen war, im Zeugenstand Kirsten Ranvik gegenüberzusitzen.

Einen Moment lang spielte Hanne mit dem Gedanken, eine Magenverstimmung vorzuschützen, ins Schlafzimmer zu gehen und den ganzen Abend dort zu bleiben. Nefis war so lieb, dass es leicht war, sie hinters Licht zu führen.

Aber Ida nicht, das wusste sie, und so gab sie den Gedanken wieder auf.

Sie fuhr aus dem Büro in die Küche, um den Kalbsbraten in den Ofen zu schieben, wie sie es Nefis für drei Uhr versprochen hatte. Er sollte auf kleiner Flamme gegart werden. Anderthalb Stunden in Verzug würde sie ein wenig mit der Temperatur juxen und darauf hoffen, dass die anderen von dem Reitertreffen in Bygdøy verspätet zurückkämen.

Irgendetwas mit der Gründung von PureHerb schien nicht ganz zu stimmen. An einigen Stellen stand, die Firma sei im August 2001 gegründet worden, andere Quellen wie die Website von VitaeBrass nannten 2004 als Gründungsjahr. Dazwischen waren gelinde gesagt dramatische Dinge mit Marias Schwester und deren Familie geschehen, und auf einen plötzlichen Impuls hin fuhr Hanne zurück in ihr Arbeitszimmer und loggte sich im norwegischen Firmenregister ein.

Zwanzig Minuten und mehrere Suchvorgänge später begriff sie den Zusammenhang.

PureHerb war ursprünglich Anna Abrahamsens Firma gewesen. Sie hatte die Gesellschaft im August 2001 registrieren lassen, nur knapp vier Monate vor Dinas Tod. Als Aktiengesellschaft im Privatbesitz, mit dreißigtausend Kronen Kapital und übersichtlicher Aktivität. Allerdings hatte sich PureHerb das Verkaufsrecht für eine Serie von Gesundheitskostprodukten der Firma Aloewonder auf Hawaii gesichert. Sowie das skandinavische Monopol auf BrassCure, das uralte Inkamittel aus Peru, das damals vollkommen unbekannt, 2016 aber der meistverkaufte Nahrungsmittelzusatz in Nordeuropa war.

Marias blühendes Geschäft hatte in seinen zarten Anfängen also der Schwester gehört. Der Wert der Gesellschaft, als sie vererbt wurde, war anfangs auf das vorhandene Aktienkapital begrenzt gewesen, aber mit der Zeit hatten sich die Verkaufsrechte ja als Goldgrube entpuppt.

Hanne überlegte. Etwas zu erben, war keine Sünde. Und auch kein Verbrechen.

Beim Jahreswechsel 2003/2004 waren die Rechte auf Aloewonder und BrassCure nur hypothetische Werte gewesen. Maria konnte unmöglich gewusst haben, welchen Erfolg die Firma später erzielen würde. Dennoch hatte sie offenbar versucht, was Anna allem Anschein nach auch vorgehabt hatte, wäre nicht die Tragödie dazwischengekommen. Ihre Kollegen hatten Anna als Superverkäuferin charakterisiert. Autos oder Gesundheitskost, das war vermutlich nicht so wichtig. Mit der Firmengründung könnte sie die Absicht gehabt haben, in die eigene Tasche zu arbeiten, statt ihre Begabung dem Volvo-Konzern zugutekommen zu lassen. Nach Dinas Tod blieben die Verkaufsrechte fast drei Jahre lang ungenutzt, bis Maria ein gutes halbes Jahr nach dem Tod ihrer Schwester der Firma neues Leben einhauchte. Später half Iselin Havørn ihr dabei, unter dem neuen Namen VitaeBrass den Gründerpreis der Zeitung *Dagens Næringsliv* zu gewinnen.

Zweimal, als einzige Firma eh und je. Es war nichts Verwerfliches daran, zu erben. Aber es war sehr verwerflich, wenn man versuchte, sich ein Erbe zu erschleichen.

Doch Maria konnte Anna nicht ermordet haben, das wusste Hanne. Als Anna erschossen wurde, war Maria mit fast siebzig anderen Menschen auf einem Fest. Eine ganze Reihe von Gästen hatte versichert, dass sie das Haus nicht verlassen hatte, zudem war sie dafür verantwortlich gewesen, die anderen mit Getränken zu versorgen. Am Silvesterabend den Bardienst zu quittieren, das wäre unbedingt aufgefallen.

Hanne streckte die Hand nach dem Drucker aus und zog ein Blatt Papier heraus. Mit blauem Filzstift zeichnete sie einen waagerechten Strich darüber.

Marias Leben wies bis dahin keine Brüche auf. Vor Annas Tod war sie zwar lange ohne Arbeit gewesen, aber vielleicht hatte ihr das elterliche Erbe die Möglichkeit gegeben, die Welt zu sehen, anstatt zu arbeiten, und vielleicht hatte sie dann am Ende alles ausgegeben. Aber wie man es auch drehte und wendete, jedenfalls hatte Maria von Annas Tod profitiert.

Sie erbte das Elternhaus im Stugguvei 2 B. Sie erbte eine Hütte in Hemsedal und einen Anteil an einem alten Hof in Arendal, den sie im Sommer 2004 für eine hübsche Summe, wenn auch nicht gerade ein Vermögen, an entfernte Verwandte weiterverkauft hatte.

Sie erbte PureHerb.

Hanne zog eine rote Linie quer über das Papier. Annas Tod. Dann nahm sie den blauen Stift und unterstrich Marias Lebenslinie bis hin zu einem neuen roten Zeitpunkt.

Iselins Tod.

Anschließend zog Hanne Marias Lebenslinie bis zum Rand des Papiers. Maria hatte nicht nur an der Ermordung ihrer Schwester verdient. Noch mehr hatte sie, laut einem Artikel von *Dagens Næringsliv*, von Iselins Tod profitiert. Als sie heirateten, schenkte Maria ihrer Frau die Hälfte ihres achtzigprozentigen Anteils an VitaeBrass, was *DN* als eine liebestolle Transaktion bezeichnete, an die keinerlei Bedingungen geknüpft waren.

Nun konnten nur die beiden einander beerben.

Damit waren jetzt wieder achtzig Prozent der Firma in Händen von Maria, die nun reicher als je zuvor war.

Es klang wie ein Krimi. Ein schlechter Krimi, den niemand lesen wollte.

»Hammo!«, ertönte plötzlich Idas Stimme vom Flur her. »Wir sind zu Hause!«

»Mist«, fluchte Hanne und loggte sich hastig aus dem PC aus. Es war bereits nach fünf Uhr, und der Kalbsbraten lag noch immer auf der Küchentheke.

SONNTAG, 24. JANUAR 2016

Henrik Holme wurde davon geweckt, dass ihm das Ohr wehtat.

Erst nach einigen Sekunden ging ihm auf, dass sein Kopf auf dem Laptop lag. Warum er den im Schlaf zusammengeklappt und sich unter den Kopf geschoben hatte, wusste er nicht. Er hatte auf Netflix einen Film gesehen, daran erinnerte er sich noch, Science-Fiction mit einer Bande von Kindern, die einen Zombiefilm drehen wollten. Das Letzte, was er noch registriert hatte, war ein Zug, der in einem Inferno von Flammen und Explosionen entgleiste.

Den Rest würde er sich wohl kaum jemals ansehen.

Sein Körper fühlte sich steif an, als er sich mühsam aufsetzte und sich einige Kissen in den Rücken stopfte. Außerdem schmerzte sein linkes Knie jetzt wieder. Vor knapp zwei Jahren, gleich nachdem am 17. Mai die Bomben hochgegangen waren, hatte er sich eine Entzündung erwandert, die sich erst nach mehreren Wochen wieder gelegt hatte. Der lange Weg zu Heikki Pettersen am Vortag, hin und zurück im kalten Nordwind, war vielleicht ein wenig zu viel gewesen. Henrik massierte vorsichtig das Knie von beiden Seiten, aber das half nicht im Geringsten.

Doch die Tour war es wert gewesen.

Er öffnete den Laptop und legte ihn sich auf den Schoß. Am Vorabend hatte er den gesamten Inhalt von Bonsaksens Ordner gescannt und im Rechner systematisiert, was er schon lange hätte tun sollen. Hanne hatte seine Kopien übernommen, und jetzt stand der abgegriffene Ordner endlich in Ruhe im Bücherregal im Wohnzimmer.

Es war der Obduktionsbericht, der ihn seit dem Besuch bei Heikki Pettersen im Stugguvei 2 A besonders beschäftigte. Henrik klickte sich zu dem Dokument vor und las es ein weiteres Mal.

Anna war verblutet.

Ihr war aus nächster Nähe ins Gesicht geschossen worden. Die Kugel war unter dem Kinn, etwas links von der Mitte, eingetreten. Sie hatte den Unterkiefer zerschmettert, die Zähne oben auf der linken Seite getroffen und eine Austrittswunde gleich unter dem Auge hinterlassen, die Henrik nicht lange ansehen konnte.

Dem Bericht zufolge war Anna einen Meter sechsundsiebzig groß gewesen und hatte siebzig Kilo gewogen. Sie hatte keine weiteren äußerlichen Wunden als die im Gesicht. Am Körper fand sich lediglich eine Narbe nach einer Blinddarmoperation, und Lunge und Herz waren beide von normalem Gewicht gewesen.

Henrik gefiel die Vorstellung nicht, dass Organe gewogen wurden. Das setzte zwangsläufig voraus, dass sie aus dem Körper entnommen werden mussten. Noch immer, nach fünf Jahren bei der Polizei, konnte er Leichen schlecht ertragen. Dabei fand er sie durchaus nicht abstoßend, das Problem war eher, dass der Anblick der Toten ihn so furchtbar traurig machte. Er wurde von einem Gefühl der Zärtlichkeit überwältigt und musste dauernd darüber nachsinnen, wer sie wohl gewesen waren, was für ein Leben sie gelebt hatten und wer sie geliebt hatte.

Oder nicht geliebt hatte. Vor einem halben Jahr hatte Henrik eine Wohnung in Brobekk aufbrechen müssen. Sie lag im sechsten Stock, und in der Wohnung darunter war eine seltsame, wachsende Rosette an der Decke aufgefallen. Als die Tür geöffnet war, reagierten Henriks Kollegen vor allem auf den unerträglichen Gestank. Henrik wurde dagegen von tiefer Trauer überwältigt. Der Mann auf dem Wohnzimmerboden war sechsundsiebzig Jahre alt, und es stellte sich heraus, dass er seit drei Wochen dort lag. Ohne dass irgendwer Alarm geschlagen hätte. Niemand hatte ihn vermisst. Nicht einmal die Tatsache, dass sich vor seiner Tür ein Zeitungsstapel auftürmte, hatte irgendwen dazu gebracht, nachzusehen, ob alles in Ordnung sei.

An diesem Abend hatte Henrik geweint, und der alte Mann wurde weiterhin in sein Abendgebet eingeschlossen.

Das er am Vorabend nicht gesprochen hatte, wie ihm jetzt einfiel, und er versuchte, sich auf den Obduktionsbericht zu konzentrieren. Keines von Annas vitalen Organen war verletzt worden. Das Geschoss hatte zwar den linken unteren Teil ihres Gesichts zerschmettert, aber ihr Gehirn war unversehrt. Falls die furchtbaren Schmerzen sie nicht ohnmächtig hatten werden lassen, konnte sie bei Bewusstsein gewesen sein, während sie langsam verblutete.

Diese Vorstellung war fast nicht zu ertragen.

Henrik suchte nach einem Hinweis darauf, wie schnell der Tod eingetreten war, fand aber keinen. Hingegen wurde deutlich, dass Annas Hände sichtbare Schmauchspuren aufwiesen. Da sie am Vormittag fünf Serien auf dem Schießgelände geschossen hatte, spielten diese Befunde in Bonsaksens Papieren keine weitere Rolle.

Henrik loggte sich aus seinem neuen Dokument aus und legte den Laptop auf den Nachttisch. Es war erst halb sechs. Er brauchte nicht zu hoffen, noch einmal einzuschlafen, also stapfte er ins Badezimmer, wusch sich das Gesicht mit eiskaltem Wasser und betrachtete sein Spiegelbild.

Das grelle Licht am Spiegel machte ihn bleicher, als er ohnehin schon war. Er versuchte, die Schultern zu heben, aber dabei sah er seltsamerweise noch schmaler aus. Er hob das Kinn und studierte den Verlauf der Narbe in der Falte darunter. Sie verblasste mittlerweile. Im Sommer würde sie fast verschwunden sein. In dieser Saison würde er wirklich braun werden, was ihm bisher noch nie richtig gelungen war. Er zog sich niemals aus, sein Brustkasten hatte immer an den eines mageren Vogels erinnert. Seine Waden waren bisher Pfeifenreiniger gewesen, und schon mit elf Jahren hatte er jeden Sommer vollständig bekleidet verbracht.

Henrik Holme hatte kaum schwimmen können, als er mit achtzehn hartes Training durchlaufen musste, um auf der Polizeihochschule angenommen zu werden. Aber er sah jetzt besser aus, die Fitnessübungen zeigten Ergebnisse. Er strich sich über den Brustkasten und merkte, dass er die Muskeln spielen lassen konnte. Die rotblonden Haare, die auf seiner Brust ein schmales T bildeten, schienen jetzt dichter zu wachsen. Das musste Einbildung sein, aber Henrik spannte die Muskeln an und schob das Kinn vor. Seine Mutter hatte ihm immer Sonnenschutzfaktor 50 aufgedrängt, aber damit war jetzt Schluss. Diesen Sommer wollte er sich eine Freundin suchen. Über Tinder oder Bumble, wo nur Frauen ein Gespräch eröffnen durften. So sollten Schlüpfrigkeiten verhindert werden, hatte Henrik gelesen, und er wollte ja nun wirklich keinen suspekten Eindruck machen in diesem Sommer.

Er putzte sich die Zähne.

Anna Abrahamsen war hübsch gewesen. Sicher hätte sie jeden haben können. Sportlicher Typ, groß und athletisch und eine gute Schützin. Jonas war einmal ein vom Glück begünstigter Mann gewesen. Auch für Henrik musste es irgendwo eine Anna Abrahamsen geben, und bald würde er sie finden.

Er spuckte den Zahnpastaschaum ins Becken und spülte nach. Dann starrte er sich abermals in die Augen.

Natürlich konnte Jonas die Wahrheit gesagt haben.

Nachdem er zuerst behauptet hatte, seit dem vierten Weihnachtstag nicht mehr im Stugguvei gewesen zu sein, erklärte er, zu Silvester, eine Stunde vor Mitternacht, habe niemand die Tür geöffnet, als er zu Anna wollte, um sie anzuflehen, es noch einmal mit ihm zu versuchen. Zu versuchen, ohne Dina zusammenzuleben, nicht getrennt. Die Tür war abgeschlossen gewesen, und er hatte mit dem Gedanken gespielt, seinen eigenen Schlüssel zu benutzen, das stand im Vernehmungsprotokoll. Doch er hatte sich dagegen entschieden, weil er nicht provozieren wollte, sondern eine neue Chance abwarten.

Niemand hatte Jonas geglaubt.

Mit Ausnahme vielleicht von Kjell Bonsaksen.

Und Henrik Holme.

Er wollte Jonas glauben. Er wollte wirklich glauben, dass Jonas Annas Haus in jener Nacht niemals betreten hatte. Doch wenn er es getan hätte, hätte er sie dann retten können? Verblutete sie gerade, während die Nachbarn feierten und Jonas unschlüssig vor der Tür stand? War ein anderer Mörder im Haus, einer, den niemand bemerkt hatte, weder während der gründlichen und gewissenhaften Ermittlungen im Spätwinter 2004 noch jetzt, wo Hanne und er den ganzen Komplex noch einmal durchgegangen waren?

Dann musste es sich um einen Täter handeln, der unter dem Radar von Polizei und Annas Bekannten durchgeschlüpft war, der nichts gestohlen und der Anna nicht vergewaltigt hatte. Ein Mensch, der das Haus ungesehen betreten und verlassen hatte, ohne auch nur eine mikroskopisch kleine Spur zu hinterlassen.

Ein Gespenst, mit anderen Worten.

Aber Gespenster gab es nicht.

Wenn Jonas die Wahrheit sagte, wie Bonsaksen die ganze

Zeit vermutet hatte, konnte es keinen anderen Täter geben. Dann musste es eine Selbsttötung gewesen sein. Nur so ging die Gleichung auf. Dinas Tod, die gescheiterte Ehe, Annas immer schlimmer werdende Depression. Das penibel saubere Haus, ohne jegliche persönliche Prägung, klinisch rein wie für eine Besichtigung, und dazu Dinas leer geräumtes Zimmer.

Die Kleidung, die Dina bei ihrem Tod getragen hatte, die Anna als Allerletztes wegwarf, als sie sich endlich entschließen konnte zu sterben. Die Gleichung würde aufgehen. Wenn da nicht diese verflixte Variable wäre.

Die Waffe.

Henrik überlegte, ob er duschen sollte, entschied sich dann aber für eine Katzenwäsche. Während er warmes Wasser ins Waschbecken laufen ließ, dachte er, dass Jonas der einzig mögliche Kandidat war, der die Glock mitgenommen haben könnte. Das wäre dann aber total unlogisch. Henrik konnte beim besten Willen keinen einzigen plausiblen Grund dafür finden, warum Jonas die Tür hätte aufschließen, seine von ihm getrennt lebende Frau entweder tot oder sterbend vorfinden und die Waffe mitnehmen sollen.

Henrik spritzte sich Seifenwasser unter die Arme und rieb sich energisch die Achseln.

Für Jonas hätte es keinen Sinn gehabt, die Waffe zu entfernen. Außerdem wollte Henrik ihm glauben. Er hatte beschlossen, Bonsaksens Bauchgefühl zu vertrauen, und Jonas war demnach nicht im Haus gewesen.

Mit einem Frotteehandtuch rubbelte er sich trocken und ging ins Schlafzimmer, um sich saubere Kleidung zu holen. Er öffnete den Kleiderschrank und ließ den Blick über die Hemden wandern, allesamt gebügelt und nach Farben sortiert, die weißen links, danach rote, grüne und blaue, bis zu den beiden schwarzen ganz rechts. Die Unterhosen, ebenfalls gebügelt und ordentlich zusammengefaltet, lagen in einem Drahtkorb.

Die Waffe war nicht von selbst verschwunden.

Wenn eine Selbsttötung vorlag, hatte jemand die Pistole entfernen müssen.

Jemand musste im Haus gewesen sein, wenn auch unsichtbar. Aus einem leeren Haus, verschlossen und verriegelt, war eine frisch abgefeuerte Glock 17 spurlos verschwunden.

Henrik griff nach einem grünen Flanellhemd und erstarrte. Mehrere Minuten lang stand er so in Gedanken versunken da. Eine Idee hatte ihn gestreift, nur ganz kurz, und er konzentrierte sich mit aller Kraft darauf, sie festzuhalten. Für einen Moment glaubte er, den Wert der unbekannten Variablen zu sehen, durch die die Gleichung aufgehen und alle Zahlen ihren Platz finden würden.

»Natürlich«, sagte er plötzlich laut, jetzt hatte er den flüchtigen Gedanken wiedergefunden. »Wenn der Prophet nicht zum Berg kommt, muss sich der Berg eben zum Propheten schleppen.«

Der Fehler lag im Zeitpunkt, und Henrik wusste genau, wen er deswegen befragen musste.

Das Einkaufen war problemlos verlaufen.

Da Jonas nicht wagte, das Auto zu benutzen, und da er auch nicht den Nerv hatte, den schweren, klitschnassen Schnee von der Auffahrt zu räumen, war er mit dem Bus nach Storo gefahren. Der kam nicht sehr oft, und die Bushaltestelle lag einen Kilometer entfernt, aber das war nicht die größte Herausforderung. Vielmehr musste er Hedda auf irgendeine Weise dazu bringen, zu schlafen, wenn er unterwegs wäre.

Die Lösung war Cosylan, ein rezeptpflichtiger Hustensaft. Die Flasche stand seit einer leichten Lungenentzündung im vergangenen November noch in seinem Kühlschrank. Da er sich damals nicht krankschreiben lassen wollte und da der Hustensaft Morphium enthielt, war die Flasche fast noch voll.

Es war schwierig zu berechnen, wie viel er der Kleinen geben sollte. Der Hustensaft schmeckte außerdem bitter. Jonas zerbrach sich lange den Kopf, um dann endlich vier Esslöffel in einen Kirschjoghurt zu rühren, den Hedda mit großem Appetit verzehrte.

Schon nach einer Viertelstunde war sie eingeschlafen. Er legte sie ins Doppelbett, steckte die Decke gut um sie fest und wickelte Stahldraht um die Fenstergriffe. Danach blockierte er die Schlafzimmertür mit einer schweren Kommode, die eine Dreijährige nie im Leben wegschieben könnte.

Die Einkaufstour ins Storo-Senter hatte Zweieinviertelstunden gedauert. Als er zurückkam, den Rucksack voll mit Lebensmitteln, Kinderkleidung, Windeln und einer nagelneuen Barbiepuppe, schlief Hedda noch immer tief. Sie hatte ins Bett gemacht, ohne es zu bemerken, und wachte nicht einmal auf, als er sie ins Wohnzimmer trug.

Die Kleider waren das größte Problem gewesen. Ganz Norwegen suchte schließlich nach Hedda Bengtson. Die digitale Werbung im Einkaufszentrum hatte Bildern der Dreijährigen weichen müssen, vier verschiedenen, die in ununterbrochenem Wechsel gezeigt wurden.

Obwohl es an sich ja kein Verbrechen war, Kinderkleider zu kaufen, hatte er solche Angst, jemand könnte auf ihn aufmerksam werden, dass er lieber Jungensachen nahm. Die Verkäuferin fragte lächelnd, ob die vielen Kleidungsstücke ein Geschenk sein sollten. Er nickte und sah zu, wie die Sachen in dunkelgrünes Geschenkpapier mit Teddys gewickelt wurden. Da er Sorge hatte, dass Hedda sich weigern würde, eine Unterhose mit Schlitz zu tragen, traute er sich dann doch, im Supermarkt zwei Packungen rosa Unterhosen von Pierre Robert in den Einkaufswagen fallen zu lassen, um anschließend seinen Rucksack noch mit frischen Lebensmitteln zu füllen.

Beim Kauf der Barbiepuppe hatte er keine Angst gehabt. Dreijährige waren noch zu klein für Barbies. Dina hatte mit zwei Jahren eine von einer Tante bekommen, und die Puppe war auf Annas Befehl sofort im Müll gelandet.

Hedda schlief die ganze Nacht durch. Jonas machte kaum ein Auge zu.

Die Kleine wirkte so friedlich neben ihm im Bett. Ihr Atem ging regelmäßig und leise und duftete süß. Sie lag ihm zugewandt da, halb auf der Seite, und hatte die Decke weggestrampelt. Wenn er ihr sein Kissen auf das Gesicht drückte, wäre alles bald vorbei. Es würde nur ein paar Minuten dauern und wäre so einfach. Außerdem sogar barmherzig, Hedda würde kaum begreifen, was da passierte.

»Hunger«, sagte Hedda verschlafen und öffnete die Augen. »Jonas!«

Sie schmiegte sich an ihn. Drückte den Kopf in seine Halsgrube und legte das warme Patschhändchen auf seine Wange.

»Kratzebär«, murmelte sie. »Ich hab Hunger, Jonas.«

»Ich mache zum Frühstück Pfannkuchen«, flüsterte er und küsste ihre Haare. »Und dann habe ich ein Geschenk für dich.« Er schob sie vorsichtig zur Seite und stand auf.

Heute würde er es tun müssen, und ihm war gar nicht klar, warum er sich Heddas nicht bereits am Donnerstag entledigt hatte. Es war Wahnsinn, das Kind hierzubehalten. Der totale Irrsinn, er begriff nicht, wie er seinen ganzen Plan dadurch gefährden konnte, dass er für sie Kleider und eine Barbiepuppe gekauft hatte, obwohl sie doch bald sterben würde.

Heute.

Heute würde er sich zusammenreißen und das vollenden müssen, womit er bereits angefangen hatte. Aber zuerst würde er zum Frühstück die besten Pfannkuchen der Welt backen.

Eines von Dinas Lieblingsessen.

»Hier«, sagte Hanne und zeigte auf einen Wohnblock im Trondheimsvei. »Setz mich so dicht wie möglich vor der Tür da ab.«

Nefis war eine grottenschlechte Fahrerin, und wie die meisten grottenschlechten Fahrer und vor allem Fahrerinnen fuhr sie auch ungeheuer ungern. Hanne hatte sich oft gefragt, warum sie überhaupt ein Auto hatten, so selten, wie sie es benutzten. Nefis war eine Meisterin in der Kunst geworden, über andere Eltern Mitfahrgelegenheiten zu Idas vielen Reitveranstaltungen und Schulaktivitäten zu organisieren, sonst nahm sie ein Taxi.

Hanne dagegen hasste Taxifahren wie die Pest. Die Taxifahrer mit Migrationshintergrund, und das waren die meisten, wollten ihr um jeden Preis bei allem helfen. Sowie sie Hanne auf dem Bürgersteig warten sahen, sprangen sie aus dem Wagen und wollten sie auf den Rücksitz tragen. Den Rollstuhl zusammenklappen und ihren Sicherheitsgurt schließen. Doch dazu waren so viele Berührungen durch wildfremde Menschen nötig, dass Hanne danach jedes Mal noch tagelang erschöpft war.

Fast noch schlimmer waren die Fahrer, die unbedingt wissen wollten, wie es denn sei, an den Rollstuhl gefesselt zu sein. Was passiert sei und welche Probleme sie mit Arbeits- und Sozialamt gehabt habe. Dann begannen sie damit, dass die Politiker derzeit den Wohlfahrtsstaat in die Tonne traten, da sie vor Lug und Trug von Taugenichtsen und arbeitsscheuen Schmarotzern ein Auge zudrückten. Vor allem bei »unseren neuen Landsleuten«, wie sie sich in der Regel ausdrückten, in der ironischen Hoffnung, ihren Fahrgast nicht zu verärgern.

Als Hanne zu dem Schluss gekommen war, dass sie unbedingt persönlich mit Kari Thue sprechen musste, hatte sie deshalb Nefis gebeten, sie zu fahren. Jetzt stand der sechs Jahre alte Audi schräg über den Straßenbahnschienen im Trondheimsvei. Hanne hielt klug den Mund, als Nefis lautstark über die Straßenbahn schimpfte, die hinter ihnen klingelte, während sie über dem Lenkrad hing und festzustellen versuchte, ob sie in die Conradis gate abbiegen durfte.

»Ich glaube, das ist okay, Hanna!«

Sie würgte den Motor ab. Wie es möglich war, einen Motor mit automatischer Gangschaltung abzuwürgen, überstieg Hannes Begriffsvermögen. Die Straßenbahn lärmte wie besessen. Ein Lastwagen, der ihnen entgegenkam, blinkte mit den Fernlichtern, ehe der Fahrer auf die Hupe einschlug. Nefis ließ einige türkische Verwünschungen ertönen, die Hanne schon oft gehört hatte, ohne jemals zu erfahren, was sie bedeuteten. Sie schloss die Augen.

»Das bringt schon niemanden um«, sagte sie lautlos.

Nun fluchte Nefis auf Norwegisch, aber zum Glück sprang endlich der Motor wieder an. Der Wagen rollte von den Straßenbahnschienen und hinüber in die Conradis gate, wo er jählings zum Stillstand kam.

Halb auf dem Bürgersteig.

Hanne wartete schweigend, bis Nefis den Rollstuhl aus dem Kofferraum geholt und ihn vor den Beifahrersitz gestellt hatte. Sie brauchte nur wenige Sekunden, um den Sitz zu wechseln, und als Nefis die Autotür schloss, murmelte Hanne einen Dank fürs Bringen, während sie den Blick über den grau-gelben Wohnblock schweifen ließ, in dem Kari Thue wohnte.

»Wie lange dauert das?«, fragte Nefis.

»Vielleicht nur eine Minute«, sagte Hanne. »Ich habe meine Zweifel, ob sie überhaupt mit mir reden wird. Mit etwas Glück dauert es länger. Kann ich dich anrufen, wenn ich abgeholt werden will?«

»Natürlich.«

Nefis streifte Hannes Mund mit den Lippen und strich ihr rasch über die Haare. Hanne fuhr sich kurz mit beiden Händen durch die Frisur.

»Ruf einfach an«, sagte Nefis. »Ich sehe mir so lange Geschäfte an.«

»Es ist Sonntag.«

»Spielt keine Rolle. Lass dir Zeit, Schatz. Soll ich dir ins Haus helfen?«

»Nein, danke. Henrik hat gesagt, dass es einen Fahrstuhl gibt. Aber warte fünf Minuten, ehe du weiterfährst. Ich weiß ja nicht, ob sie zu Hause ist.«

Damit fuhr Hanne zum Eingang, wo ein Klingelbrett bestätigte, dass Kari Thue im dritten Stock wohnte. Zu klingeln war aber keine gute Idee. Wenn Hanne auch nur die geringste Hoffnung auf zumindest den Anfang eines Gesprächs haben wollte, musste sie Kari Thue von Angesicht zu Angesicht gegenübertreten. Deshalb fischte sie ihr Handy heraus, als ein älterer Mann näher kam. Er hatte schon ein Schlüsselbund gezückt. Da er wie erwartet über den von Schneematsch bedeckten Bürgersteig auf die Haustür zuging, fuhr Hanne ihm nach.

Sie brauchte nicht einmal etwas zu sagen. Der Rollstuhl wirkte wie ein Zauberwort.

»Darf ich helfen?«, fragte der Mann freundlich und hielt die schwere Tür auf, vermutlich war er glücklich, weil er hier nicht am schlechtesten zu Fuß war. »Wollen Sie den Fahrstuhl nehmen?«

Hanne nickte. »Dritter«, sagte sie knapp, als der Mann den

Fahrstuhl geholt hatte und höflich beiseitetrat, um Hanne zuerst hineinzulassen. »Danke.«

Der Mann stieg im zweiten Stock aus, und als sich im dritten abermals die Lifttüren öffneten, fuhr Hanne in ein menschenleeres Treppenhaus. Sie sah nach rechts, wo ein riesiges, handbemaltes Porzellanschild mit einem Muster aus Wiesenblumen kundtat, dass diese Wohnung A. und B. Strømstad gehörte. Hanne fuhr nach links. Kari Thue hatte sich für ein moderneres Modell entschieden, ein durchsichtiges Acrylschild mit schwarzen Buchstaben und ihrem vollständigen Namen.

Sie ist nach und nach mutiger geworden, dachte Hanne. Das musste man der Frau immerhin lassen. Während sie in Finse wie ein Gollum durch die Finsternis geschlichen war und geflüstert und getuschelt hatte, war sie mit den Jahren immer sichtbarer und um einiges lauter geworden. Hanne war klar, dass es ein Wagnis für Kari Thue war, offen zu zeigen, wo sie wohnte, was auch der Anstrich der Tür andeutete. Er war offenbar etliche Male erneuert worden. Vielleicht hatte Kari Thue es irgendwann sattgehabt, immer wieder Beschimpfungen übertünchen zu müssen. Hanne glaubte, schräg oben noch vage Spuren von »Rassistische Fotze« lesen zu können.

Sie schellte. Keine Reaktion.

Zum Glück gab es kein Guckloch in der Tür. Kari Thue würde öffnen müssen, wenn sie wissen wollte, worum es ging. Endlich konnte Hanne Schritte hören. Die Tür wurde einen Spaltbreit geöffnet, die Sicherheitskette jedoch nicht entfernt.

»Hallo«, sagte Hanne.

»Hanne Wilhelmsen«, antwortete Kari Thue tonlos und presste ihr Gesicht an den Türspalt.

»Ja. Ich würde sehr gern mit Ihnen sprechen. Es dauert sicher nicht lange.«

»Tut mir leid. Ich habe keinerlei Interesse an einem Gespräch mit Ihnen.«

»Es geht nicht um Iselin. Es geht um Maria Benedicte.«

Kari Thue gab keine Antwort, schloss aber immerhin nicht die Tür.

»Ich glaube nicht, dass Iselin Selbstmord begangen hat«, sagte Hanne und setzte alles auf eine Karte.

Noch immer war die Tür einen Spaltbreit geöffnet.

»Wie meinen Sie das?«, fragte Kari nach einer Pause, die so lang war, dass Hanne schon nicht mehr auf eine Reaktion hoffte.

»Wenn ich reinkommen dürfte, würde ich das erklären.«

»Aber sie hat sich doch das Leben genommen?«

»Das glaube ich nicht.«

»Warum nicht?«

»Weil ... Darf ich nicht einfach reinkommen?«

»Nein. Warum glauben Sie, dass sie sich nicht das Leben genommen hat?«

Kari Thues Gesicht wirkte fast grünlich im Licht der uralten Leuchtstoffröhren im Treppenhaus. Ihr Mund war breit, und ein Pfeilhagel aus schmalen Furchen umkränzte die dünnen Lippen.

»Ich glaube nicht, dass Iselin sich schämte«, sagte Hanne ruhig. »Es war unangenehm, entlarvt zu werden, so, wie es unangenehm für Sie war, dass diese Tür ...«, sie schaute zu der kaum sichtbaren Beschimpfung hoch, »... immer wieder beschmiert worden ist. Es muss provozierend und bitter sein und dürfte natürlich nicht passieren. Aber deshalb ändern Sie doch nicht Ihre Ansicht, oder? Das lässt nur Ihre Überzeugung wachsen, dass Ihr Kampf wichtig ist.«

Keine Reaktion. Kein Nicken, kein Wort.

»Iselin schämte sich nicht«, wiederholte Hanne. »Es war nicht schön für sie, als Tyrfing entlarvt zu werden, aber es war kein sozialer Absturz. Im Gegenteil, sie wurde ja von ihren Leuten verteidigt. Ihr wurde von vielen richtiggehend gehuldigt. Und letztendlich bedeuten doch nur unsere eigenen Leute auf dieser Welt etwas.«

Noch immer keine Antwort.

»Aber wie gesagt, ich möchte vor allem mit Ihnen über Maria sprechen. Darf ich hereinkommen?«

»Nein.«

Hanne schnitt eine Grimasse. Sie hatte ein Stechen im Kreuz, das in den vergangenen zwei Wochen schlimmer geworden war. Ein kalter Zug aus einem zerbrochenen Bleiglasfenster im Treppenhaus machte die Sache nicht besser.

»Sie hatten Probleme mit Depressionen«, wagte sie nun zu sagen. »Sie nehmen Antidepressiva. Anafranil. Ich würde einiges darauf verwetten, dass ein Teil Ihrer Medikamente gestohlen worden ist.«

Endlich änderte sich Kari Thues Miene. Sie kniff die Augen zusammen, und über ihrer Nasenwurzel erschien eine scharfe, v-förmige Furche.

»Warten Sie«, sagte sie kurz und knallte die Tür zu.

Hanne hätte sich gern anders hingesetzt, aber nun tat auch ihr rechter Arm weh. Er gab nach, als sie versuchte, sich aufzurichten, und ihre Schulter wurde schmerzlich verdreht.

»Mist«, murmelte sie und zog ihre Jacke fester um sich zusammen.

Eine Minute verstrich. Zwei Minuten, fast drei. Dann war hinter der Tür das Klirren der Kette zu hören.

»Sie haben recht«, erklärte Kari Thue und riss die Tür sperrangelweit auf. »Jemand hat meine Pillen gestohlen.«

Sie fuhr sich in einer hilflosen Geste mit der Hand übers Gesicht.

»Kommen Sie«, sagte sie und verschwand in der Wohnung.

»Ich wusste ja, dass du es weit bringen würdest, Henrik.«

Der emeritierte Professor Carsten Bru legte eine gewaltige Pranke auf Henrik Holmes schmale Schulter und führte ihn in sein Arbeitszimmer.

Der Raum war riesig und ursprünglich eines der vielen Wohnzimmer der großen Villa gewesen. Nach Süden gingen gewölbte Bogenfenster auf einen alten Apfelgarten hinaus, und an schönen Tagen konnte man den Anblick einer prachtvollen Blutbuche unten am Zaun zum Nachbargrundstück genießen. Jetzt waren jedoch nur Schneeflocken zu sehen, die im Licht einer Gartenlampe tanzten. Es war wieder kalt geworden, und Henrik war mit dem Bus gefahren, um seine Knie zu schonen.

Der große Eisenofen in der Ecke brannte, und Professor Bru öffnete die Klappe, um ein Holzscheit hineinzuwerfen. Dann setzte er sich an den mitten im Zimmer stehenden Schreibtisch. Alle Wände waren mit Bücherregalen bedeckt, in denen Bücher dicht an dicht standen oder lagen: Fachliteratur und Romane, Reiseberichte, Atlanten und Gedichtsammlungen. Henrik war schon einmal hier gewesen, und es war eines der schönsten Zimmer, die er je gesehen hatte. Die Decke war wie ein hellblauer Sommerhimmel bemalt, mit Vögeln, Schmetterlingen und Rebenranken, so detailliert, dass es wirkte, als müsste man sie gießen. Ein Eisbärfell bedeckte den Boden vor dem Ofen, der Kopf mit aufgerissenem Schlund und furchterregenden Zähnen. Professor Bru behauptete, der Bär sei in Notwehr auf Svalbard erschossen worden, 1963, nachdem er zwei Expeditionsteilnehmer getötet hatte, aber Henrik glaubte nicht immer alles, was der alte Professor über seine vielen Reisen und Erlebnisse erzählte. Er war nicht einmal sicher, ob der Mann je auf Svalbard gewesen war.

Aber in seinem Fach war er eine Koryphäe und unbedingt zuverlässig.

Carsten Bru war ein nationaler Nestor der Rechtsmedizin. Henrik hatte ihn im Herbst 2011 kennengelernt. Damals versuchte Norwegen noch immer, nach dem grauenhaften Sommer wieder zu sich zu kommen, und Henriks einziger Freund war tot. In einem Anfall von Einsamkeit und Verzweiflung bewarb sich Henrik für eine Fortbildung für kriminaltechnische Ermittlungen bei Gewalt- und Mordfällen. Er wurde angenommen, auch wenn er die Grundausbildung gerade erst hinter sich gebracht hatte.

Professor Bru hatte ihm schon in der ersten Stunde so viel Aufmerksamkeit geschenkt, dass Henrik einige Monate lang geglaubt hatte, er und der alte Mann könnten Freunde werden. Als er endlich einsah, dass der siebzig Jahre alte Professor nicht das geringste Bedürfnis verspürte, seinen Bekanntenkreis zu erweitern, und lediglich einen guten Blick für begabte Studenten hatte, schämte Henrik sich dermaßen, dass er bis zum Ende des Kurses kaum je von seinen Notizen aufschaute.

Doch als er in einem alten Mordfall, den er und Hanne ein knappes Jahr zuvor aufgeklärt hatten, einen Rat brauchte, schluckte er seinen Stolz hinunter und suchte Professor Bru auf. Der war inzwischen im Ruhestand, aber weiterhin an allen Fronten aktiv. Er brachte Lehrbücher auf den neuesten Stand und saß zudem im Vorstand des Osloer Universitätskrankenhauses. Die Freude über den Besuch des ehemaligen Studenten wirkte so echt, dass Henrik sich jetzt zu einer Wiederholung erkühnt hatte.

»Werden sie verurteilt, was glauben Sie? Allesamt?« Carsten Bru zeigte auf einen der beiden Sessel vor dem Schreibtisch.

»Wir werden sehen«, sagte Henrik und setzte sich. »Hanne

Wilhelmsen ist davon überzeugt. Ich habe so meine Zweifel bezüglich der Mittäter. Aber ich glaube, das Urteil wird ziemlich bald fallen. Das behaupten jedenfalls die Gerüchte.«

»Was für eine Geschichte«, sagte der alte Herr und schüttelte den Kopf. »Was für eine Geschichte. Aber womit kann ich Ihnen heute behilflich sein, Henrik?«

Seine Augen funkelten unter den kurz geschnittenen struppigen Augenbauen. Sein Schädel war rasiert, aber seit ihrer letzten Begegnung hatte sich der Professor einen gepflegten grau melierten Bart zugelegt. Der Mann wog sicher über hundert Kilo, aber er trug sein Gewicht mit einer Würde, die nur ein langes Leben als selbstsicherer akademischer Star möglich machte.

»Ein Todeszeitpunkt«, sagte Henrik und schluckte. »Ich bin unsicher, was einen Todeszeitpunkt angeht. Bei einem Fall aus dem Jahre 2004. Oder ...«

Er schluckte wieder und hätte gern etwas zu trinken gehabt. Doch der Professor hatte ihm nichts angeboten, und er wagte nicht, zu fragen.

»Der Tod ist 2003 eingetreten«, korrigierte er. »Am Silvesterabend, kurz vor Mitternacht. Oder ...«

Er hob seinen Rucksack vom Boden auf und öffnete ihn. Daraus zog er eine Flasche Wasser hervor.

»Entschuldigung«, sagte er und trank.

»Meine Frau bringt gleich Kaffee«, erklärte Professor Bru und lächelte.

»Es geht darum, dass ich mich frage, ob sich die Polizei geirrt haben kann. Wenn sie die Leiche innerhalb eines Tages gefunden hat, müsste man den Todeszeitpunkt ziemlich gut einschätzen können. Das war auch 2004 möglich.«

Henrik drehte den Verschluss wieder auf die Flasche und steckte sie in den Rucksack.

»Haben Sie wirklich Zeit, sich das anzuhören?«, fragte er.

»Ich habe so viel Zeit, wie Sie brauchen«, erwiderte Carsten Bru.

»Es geht um einen Mord, wegen dessen jemand zu zwölf Jahren Gefängnis verurteilt wurde«, begann Henrik zögernd. »Aber ich glaube, es war ein Justizirrtum. Eigentlich glaube ich, die Frau hat sich das Leben genommen. Das Problem ist nur, dass am Tatort keine Waffe zu finden war. Deshalb brauche ich Ihre Hilfe. Um dort eine Waffe unterzubringen.«

Professor Bru hob die Hände, dann beugte er sich über den gediegenen riesigen Schreibtisch vor.

»Dann freue ich mich aber wirklich, dass Sie gekommen sind«, meinte er lachend und krempelte sich die Hemdsärmel hoch. »Jetzt wird es lustig, Henrik. Jetzt werden wir wirklich viel Spaß miteinander haben.«

»Ich habe sie vor mehreren Wochen in Tablettenspender umgepackt«, erklärte Kari Thue. »Deshalb habe ich ihr Verschwinden nicht bemerkt.«

»Wie viele fehlen Ihnen?«

»Elf. Die, die übrig waren. Und Sie irren sich. Ich bin nicht depressiv. Ich habe ein Paniksyndrom.«

So sieht sie auch aus, dachte Hanne. Der wachsame Blick haftete nirgendwo länger als eine Sekunde. Die Augen waren unnatürlich weit aufgerissen, als wäre Kari Thue die ganze Zeit über irgendetwas schockiert. Ihre Hände fanden auch keine Ruhe. Kari Thue spielte an einem Silberring herum, kratzte sich an den Unterarmen und schob den Pulloverärmel hoch und wieder herunter. Ihr linkes Bein zuckte leicht, seit sie sich gesetzt hatte.

»Wie ärgerlich«, sagte Hanne und hoffte, dass es ehrlich klang. »Haben die Medikamente nicht geholfen?«

Kari Thues Blick hielt Hannes drei ganze Sekunden lang vorwurfsvoll fest.

»Da Sie die nicht mehr nehmen, meine ich?«, fügte Hanne hinzu.

»Nebenwirkungen«, entgegnete Kari Thue kurz. »Geht Sie zudem nichts an. Glauben Sie zu wissen, wer meine Pillen gestohlen hat?«

»Nein. Das kann ich nicht behaupten. Aber ich habe eine Theorie. Treffen Sie sich oft mit Iselin und Maria?«

»Iselin ist tot. Benedicte ... Maria habe ich seither nicht mehr gesehen. Ich wurde nicht einmal über die Beerdigung informiert.«

Hanne registrierte ein leichtes Zittern in Kari Thues Stimme. Trauer oder Zorn, das war schwer zu sagen.

»Schon«, sagte sie geduldig. »Aber früher, meine ich. Als Iselin noch lebte. Waren Sie häufig zusammen?«

Kari Thue sprang auf. In Finse war sie schlank gewesen, aber nicht klapperdürr. Seither hatte Hanne sie nur in den Medien gesehen, und dort wurde ihr offenbar zu einem besseren Aussehen verholfen. Der Kontrast zwischen der abweisenden mageren Gestalt und den fließenden gepflegten Haaren war beinahe komisch. Als ob ihr jemand eine überaus unpassende Perücke aufgestülpt hätte.

»Maria kannte ich schon als Kind«, sagte Kari Thue jetzt. »Damals hieß sie Benedicte, wie ich neulich schon Ihrem Kollegen erzählt habe. Sie ging in dieselbe Klasse wie mein Bruder und wohnte in der Nähe. Iselin habe ich durch sie kennengelernt. Und ja ...«

Sie ging zur Küche und verschwand hinter der Tür.

»Ja«, wiederholte sie dort. »Wir haben uns oft getroffen. Alle drei.«

Hanne hörte, wie ein Wasserhahn aufgedreht wurde. Sie schaute sich in dem kleinen Wohnzimmer um. Offenbar war das hier eine Zweizimmerwohnung mit Küche und Bad, aber gemütlich, das musste sie sich widerstrebend eingestehen. Eine Sitzgruppe in einem Blauton und überall Pflanzen. Kari Thue hatte einen grünen Daumen. In einem gut bestückten Bücherregal stand ein Röhrenfernseher. Hanne wusste nicht, wann sie zuletzt so einen gesehen hatte.

An den Wänden hingen Lithografien, wie sie der norwegische Buchclub in seinen Glanzzeiten als Werbeprämie vergeben hatte. Billig, ziemlich wertlos und recht dekorativ.

»Ich dachte, Sie hätten gern einen Schluck«, sagte Kari Thue und stellte zwei Gläser mit Eiswürfeln auf den Couchtisch.

»Danke.«

»Haben meine Tabletten Iselin das Leben genommen? Hat sie die hier gestohlen?«

Hanne glaubte, in den riesigen Augen Tränen zu erahnen. Andererseits waren Kari Thues Augen ohnehin schon gerötet, sie litt vielleicht an einer Bindehautentzündung.

»Das glaube ich ja gerade nicht«, sagte Hanne ruhig. »Ich glaube nicht, dass Iselin sich das Leben genommen hat, und deshalb verstehe ich nicht, was sie mit Ihren Tabletten wollte.«

»Meinen Sie, dass jemand ... sie umgebracht hat? Mit meinen Pillen?«

»Ja. Das vermute ich. Aber bisher kann ich nichts beweisen. Deshalb bin ich gekommen. Hierher. Zu Ihnen.«

Das Handy vibrierte in der Tasche ihrer Lederjacke, die sie nicht abgelegt hatte. Sie schaute auf das Display.

Nefis wollte wissen, ob sie weiterfahren könne. Hanne gab ein rasches *OK* ein.

»Tut mir leid«, sagte sie. »War aber wichtig.«

»Ich weiß nicht, wer meine Pillen gestohlen haben könnte«, sagte Kari Thue.

»Nein. Aber Sie wissen, wer die Gelegenheit dazu hatte.«

»Mein Bruder. Er kommt oft her und hat einen eigenen Schlüssel. Ich kann Ihnen aber versichern, dass er es nicht war.« Sie hob das Glas. Die Eiswürfel verrieten ihre Nervosität. »Meine Mutter.« Kari Thue leerte das Glas zur Hälfte. »Aber nein«, sagte sie dann. »Sie war nicht mehr hier, seit ich versuchen wollte, das Leben ohne Anafranil zu meistern. Das ist jetzt sieben Wochen her. Sie war es also nicht.«

»Sonst noch jemand?«

»Freunde«, antwortete sie zögernd. »Aber ich war in letzter Zeit nicht besonders gesellig. Die Nebenwirkungen des Medikamentes haben sich gelegt, aber …«, sie schlang sich die Arme um den Leib, als ob sie fror.

»Die positiven Wirkungen verschwinden ja auch. Das ist ziemlich schwierig. Ich war nicht so richtig in Form, wenn ich ehrlich sein soll.«

Zum ersten Mal verspürte Hanne Mitleid mit ihr. Kari Thue sah aus wie ein trauriger Vogel, wie sie dort saß, in ihren senfgelben Kleidern und mit den knochigen Händen, die niemals Ruhe fanden.

Hanne fiel ein Kindervers ein, den Ida liebte. Es ging um einen traurigen gelben Vogel, der unglücklich war, weil es ihn eigentlich gar nicht gab.

Obwohl Kari Thue offenbar trotz des Paniksyndroms allein zurechtkam, wirkte sie doch unbeschreiblich hilflos. Verschwunden waren die abweisende Haltung, die sie vorhin an der Tür gezeigt hatte, und ihre aus zahllosen Fernsehdiskussionen bekannte Wut. Dass diese verhuschte Gestalt in einem viel zu großen Pullover dieselbe sein sollte, die in *Verdens Gang* vorgeschlagen hatte, scharf auf die Flüchtlinge in Storskog zu schießen, war nicht zu fassen.

»Könnten Iselin oder Maria die Pillen genommen haben?«, fragte Hanne.

Kari Thue nickte fast unmerklich.

»Sie waren jedenfalls dreimal hier, seit ich damit aufgehört habe«, sagte sie leise.

»Alle beide?«

Ihr Zögern dauerte einen Moment zu lang.

»Ja.«

Hanne ließ sich in den Rollstuhl zurücksinken. Sie hätte sich zu gern in den Sessel hinübergezogen, wollte aber nicht die Gesprächssituation zerstören. Deshalb legte sie ruhig die Hände in den Schoß und versuchte, Kari Thues Blick einzufangen.

»Aber nicht immer, oder?«

»Wie meinen Sie das?«

»Sie waren nicht immer zusammen hier?«

»Doch.«

»Das glaube ich nicht. Ich glaube, Iselin war allein zu Besuch, ohne dass Maria es wusste.«

»Ich glaube, Sie müssen jetzt gehen.«

Doch in Kari Thues Stimme lag keine Kraft, und sie erhob sich nicht. Sie sah nicht einmal in Hannes Richtung.

»Das werde ich natürlich tun, wenn Sie das wirklich wünschen. Aber zuerst möchte ich Ihnen versichern, dass ...«

Sie zögerte und fuhr einen Meter näher an die andere Frau heran. Die reagierte allerdings nicht einmal.

»Was Sie hier erzählen, bleibt unter uns. Sie mögen mich nicht, und meine Begeisterung für Sie hält sich ehrlich gesagt auch in Grenzen. Aber das spielt im Moment keine Rolle. Wichtig ist allein, und da sind wir uns sicher einig, dass in diesem Land niemand andere Menschen umbringen darf – und schon gar nicht ungeschoren damit davonkommen.«

Sie saßen jetzt so dicht nebeneinander, dass Hanne die winzigen Wunden auf Kari Thues dünnen Lippen sehen konnte.

»Aber die Polizei«, entgegnete Kari Thue jetzt und zerrte immer wieder mit der einen Hand an ihrem Pullover. »Die Polizei hat doch sofort festgestellt, dass es Selbstmord war. Man konnte das schon Stunden später zwischen den Zeilen in den Online-Nachrichten lesen.«

»Ja. Vor allem, weil ein Abschiedsbrief vorlag. Wenn man so einen Brief findet und die Umstände auch sonst für einen Selbstmord zu sprechen scheinen, werden gern voreilige Schlüsse gezogen.«

»Abschiedsbrief...«

Kari Thue schniefte und fuhr sich mit dem schmutzig gelben Angoraärmel über die Nase.

»Der muss doch alt gewesen sein.«

»Was?«

»Wenn es einen Abschiedsbrief gab, dann muss er alt gewesen sein.«

»Warum das?«

Kari Thue schluckte, griff zu ihrem Glas und leerte es in einem Zug.

»Ihr Antielektrosystem war zerstört.«

»Anti... wovon reden Sie da?«

»Iselin war allergisch gegen Strom. Das hat sie vor vielen Jahren festgestellt. Sie war hypersensitiv. Deshalb hat sie sich eine Box machen lassen ...«, Kari Thue zeichnete mit den Händen ein Viereck von der Größe eines Laptops, »... die den Elektromagnetismus aussperrte. So ungefähr. Das System gab einige Tage nach ihrem ... Outing den Geist auf. Drei Wochen vor ihrem Tod. Danach hat sie nichts mehr geschrieben. Ohne die Box konnte sie das nicht.«

Sie schaute auf und wirkte fast verlegen.

»Ich kenne mich da nicht so gut aus. Iselin wusste so viel. Hatte so beeindruckend viel Ahnung von allem. Sie hatte auch an ihrem Handy so eine Einrichtung. Die funktionierte, soviel ich weiß. Aber den Selbstmordbrief hat sie ja wohl nicht auf dem Handy geschrieben?«

Hanne schob ihren Stuhl ein wenig zurück, setzte sich gerade und versuchte ein Lächeln.

»Der Brief war handgeschrieben«, erklärte sie. »Wenn ein Abschiedsbrief auf der Maschine geschrieben wurde, hat er absolut nicht dieselbe Wirkung. Bei der Polizei, meine ich. Dann wird immer genauer untersucht. Dann können andere dahinterstecken. Aber dieser Brief war mit der Hand geschrieben, in Iselins Schrift. Dass also ... dass ihr Antistromallergiedings nicht funktionierte, spielte keine Rolle.«

»Iselin schreibt nicht mit der Hand.«

»Bitte?«

»Iselin schreibt nicht mit der Hand. Sie schreibt schon sehr, sehr lange nicht mehr mit der Hand. Seit Jahrzehnten.«

Hanne hatte das Gefühl, dass jemand ihr eine Gabel ins Rückgrat bohrte. Ihr schauderte, und ihr Rücken tat unbeschreiblich weh.

»Natürlich schreibt sie mit der Hand«, entgegnete sie und versuchte zu lächeln. Das fiel ihr schwer, sie schwitzte, und ihre Brust wirkte wie zusammengepresst. »Das tun wir doch alle«, fügte sie hinzu. »Einkaufslisten jedenfalls. Weihnachtskarten. Solchen Kleinkram.«

Hanne hatte in ihrem ganzen Leben noch keine Weihnachtskarte geschrieben. Plötzlich fiel ihr Idas Bemerkung wieder ein, wie selten moderne Menschen eigentlich mit der Hand schrieben.

»Und im Pass!«, fügte sie deshalb hinzu. »Einen Pass muss man zum Beispiel unterschreiben. Und Verträge. Iselin Havørn war eine Geschäftsfrau. Sie muss viel unterzeichnet haben. Oft.«

»Ja. Sie hat unterschrieben. Aber das war auch alles. Sie müssen wissen ...«

Jetzt senkte Kari Thue die Stimme, als ob Hanne und sie alte Vertraute wären, die sich vor versteckten Mikrofonen hüten müssten.

»Glauben Sie wirklich, dass sie ermordet wurde?«

Ihre Augen waren nun so groß wie Zinnteller. Ein kleiner klarer Rotztropfen klammerte sich an die Flimmerhärchen unten im einen Nasenloch. Sie zupfte noch immer an der Vorderseite ihres Pullovers herum.

»Warum hat sie nicht mit der Hand geschrieben?«, fragte Hanne.

»Weil«, begann Kari Thue, dann sprang sie auf. Sie lief im Zimmer hin und her. »Iselin war Legasthenikerin. Ein sehr schwerer Fall.«

»Aber sie hat doch als Journalistin gearbeitet!«

»Ja. Es war ganz schrecklich. Wie schon zur Schulzeit. Und beim Jurastudium. Iselin hatte mit dem Schreiben größere Probleme als mit dem Lesen, aber die komplizierte juristische Sprache war für sie schließlich undurchdringlich. Sie gab das Studium auf und ging in der Fabrik arbeiten.«

»Ich dachte, sie wollte sich proletarisieren«, sagte Hanne.

Kari Thue zuckte mit den Schultern.

»Das auch. Aber es kam ihr wie gerufen. Meinen Sie wirklich, dass Iselin umgebracht worden ist?«

Nun kam das Weinen. Das echte, von Trauer erfüllte Weinen. Hanne atmete leichter und fuhr mit dem Rollstuhl ein Stück zurück, um der verzweifelten Frau mehr Luft und Raum zu geben.

»Ich hatte Iselin versprochen, niemals irgendwem davon zu erzählen«, brachte Kari Thue schluchzend heraus. »Von der Legasthenie ... Sie hatte ihr Leben lang dagegen angekämpft. Warum sie unbedingt Journalistin werden wollte, weiß ich nicht. In den ersten Jahren bei *Dagbladet* hat sie rund um die Uhr gearbeitet. Sie hat fünfmal so lange wie andere gebraucht, um einen Artikel zu schreiben, aber ihre Texte waren trotzdem immer voller Fehler, doch damals leisteten sich die Zeitungen ja noch Korrekturleser. Als sie mit Feature-Stoff anfangen durfte, heuerte sie in aller Stille eine Studentin an, als Hilfe. Beim *NRK* einsteigen zu können, war eine gewaltige Erleichterung, obwohl sie natürlich auch dort mit geschriebenen Texten umgehen musste. Ich habe mir überlegt, ob sie deshalb gegen Ende der Achtzigerjahre krank wurde. Sie war ganz einfach erschöpft. Von der Legasthenie an sich und davon, sie zu verstecken. Dann kamen Computer und avancierte Rechtschreibprogramme. Einige waren speziell für Legastheniker entwickelt. Iselin konnte also wieder schreiben. Auch wenn sie noch immer viele Fehler macht. Machte.«

Sie wischte sich die Tränen aus dem Gesicht, aber der Vorrat schien noch immer groß zu sein.

Hanne hörte jedoch gar nicht mehr richtig zu. Es war schwer, die Bedeutung dessen zu erfassen, was sie hier gerade erfahren hatte. Ihr Gehirn lief heiß. Sie überlegte bereits, was sie tun müsste, wenn sie Kari Thues Wohnung erst verlassen hätte. Die kam ihr jetzt eng vor, und sie hatte nur noch den Wunsch, Nefis könnte sie abholen.

»Sie brauchen nicht mehr zu sagen«, meinte sie. »Ich glaube Ihnen, dass sie nicht mit der Hand geschrieben hat. Heute wissen wir zum Glück mehr über Lese- und Schreibprobleme. In den Fünfziger- und Sechzigerjahren war das anders. Mir ist schon klar, dass es sehr schwierig war.«

Kari Thue hörte plötzlich auf zu weinen.

»Solche wie Sie haben keine Ahnung, wie schwer es ist, so zu sein wie wir. Und was es für ein Gefühl ist, lächerlich gemacht und schikaniert zu werden. Jahrelang gemobbt und zum Idioten erklärt zu werden. Wenn es um Zuwanderung geht, wer hat da recht?«

Kari Thue ließ die Frage in der Luft hängen. Hanne biss die Zähne zusammen, um sich nicht zu einer Antwort verleiten zu lassen. Die Journalistin nutzte die Gelegenheit.

»Wir«, sagte sie eifrig. »Wir haben recht. In all den Jahren haben wir vor dem gewarnt, was jetzt passiert. Iselin auch. Wir haben es kommen sehen. Parallelgesellschaften, die Terror und Hass heranzüchten. Brüssel, Paris und Rinkeby. Überall. Enklaven des Bösen in einer Gesellschaft naiver, freiheitsliebender Europäer, die bis vor Kurzem nicht sehen wollten, welches katastrophale Zerstörungswerk um sie herum passiert. Die Vernichtung des Europäischen. Die Vernichtung von allem, was uns ausmacht.«

Hanne griff nach ihrem Glas. Jetzt waren es ihre Hände, die zitterten.

»Ich glaube, wir lassen dieses Thema besser«, sagte sie leise.

»Ihr habt nie die großen Zusammenhänge erkannt«, fuhr Kari Thue unbeirrt fort und lief im Zimmer weiter im Kreis. »Ihr seht nicht, wie alles mit allem zusammenhängt. Wie Israel und die USA von dieser Entwicklung profitieren. Von einem geschwächten und von Muslimen besetzten Europa. Wie die CIA schon vor dem Zweiten Weltkrieg die Regimes des Mittleren Ostens manipuliert hat, um genau die Instabilität in der Region zu schaffen, von der sie sich einen Nutzen versprechen. Arabisches Öl etwa.«

Für einen Moment schienen ihre alten Kräfte aufzulodern. Doch dann versiegten sie wieder. Erschöpft ließ sich Kari Thue in ihren Sessel sinken.

»Iselin hat das alles erkannt. Sie wusste so viel. Ihr habt keine Ahnung. Und wir mussten die Last auf uns nehmen. Die Schikanen. Den Spott. Aber jetzt sehen die Menschen endlich das Licht. Wir können nur hoffen, dass es nicht zu spät ist.«

Es wurde still im Raum. Auf dem Trondheimsvei schepperte die Straßenbahn vorüber.

»Wie viele haben es gewusst?«, fragte Hanne schließlich.

»Was?«

»Dass Iselin nur mit Computer schrieb, weil sie Legasthenikerin war.«

»Nicht viele. Sie hat sich immer große Mühe gegeben, es zu verbergen. Maria wusste es natürlich. Eine Jugendfreundin von Iselin ist im vorigen Sommer an Krebs gestorben. Sie war verheiratet und hatte Kinder, und der Mann bekam einen Brief, den Maria für Iselin geschrieben hatte.«

Jetzt weinte sie wieder. Leises Schluchzen und bittere Tränen.

»Diese Studentin aus der *Dagbladet*-Zeit muss es auch gewusst haben«, flüsterte sie. »Aber ich kenne ihren Namen nicht. Andere fallen mir nicht ein.«

»Weiß Maria, dass Sie es wissen?«

Kari Thue gab keine Antwort. Ihre Schultern waren so spitz und schmal, dass der Pullover auf einem Kleiderbügel zu hängen schien.

»Das glaube ich nicht«, flüsterte sie endlich.

»Aber sie weiß, dass Sie mit Iselin eine Beziehung hatten?«

»Ich glaube schon, vielleicht. Aber ich weiß nicht.«

»Wie lange waren Sie … zusammen?«

»Acht Monate. Sie müssen wissen …«

Sie versuchte wirklich, sich zusammenzureißen. Setzte sich gerade, hob das Kinn und wischte sich mit dem Pullover über die Nase. Dann faltete sie die Hände und legte sie in den Schoß.

»Maria ist kein politischer Mensch. Sie war keine … keine geistige Partnerin für Iselin. Sie konnten nie diskutieren. Maria stimmte ihr immer zu, egal, was Iselin sagte, und bewunderte sie ungeheuer. Als Iselin sich als geschickte Geschäftsfrau entpuppte, kannte diese Bewunderung keine Grenzen mehr. Aber Iselin fühlte sich nicht wohl als Ikone. Sie und ich, wir hatten dagegen eine ebenbürtigere Beziehung. Ein gemeinsames Weltbild. Den gleichen Willen, dafür zu kämpfen, woran wir glauben.«

Hanne biss die Zähne so hart zusammen, dass ihre Kiefer knackten.

»Wie haben Sie sich die Zukunft zusammen vorgestellt?«, fragte sie, so ruhig sie konnte.

»Iselin wollte Maria alles beichten. Sie war vier Tage vor ihrem Tod noch hier. Da hatte sie allerdings noch nichts gesagt. Aber sie wollte es tun. Das hat sie versprochen. Wir wollten hier zusammenwohnen.«

Ihr Blick schweifte über Bücherregale und Möbel und hielt inne bei den Fenstern zu dem kleinen Balkon, auf dem sich jetzt eine ganze Elsternfamilie niedergelassen hatte.

»Bis wir etwas Größeres gefunden hätten. Iselin hielt schließlich vierzig Prozent von VitaeBrass. Sie hätte nicht mit leeren Händen dagestanden, das nun wirklich nicht. Wir hätten so gesehen ein angenehmes Leben haben können.«

Wenn Hannes Beine ihr gehorcht hätten, wäre sie jetzt aufgesprungen. Sie wäre ohne ein Wort zur Tür gegangen, die Treppe hinunter und den ganzen Weg nach Hause gelaufen, um dann ausgiebig zu duschen.

»Wann war Maria zuletzt hier?«, fragte sie tapfer.

Die Journalistin erhob sich und ging wieder in die Küche. Als sie zurückkam, brachte sie einen Wandkalender mit.

»Kurz vor Weihnachten«, sagte sie. »Am 18. Dezember.«

»Wusste sie, dass Sie Antidepressiva nahmen?«

»Ja. Man kann mit Panikattacken besser umgehen, wenn die Umgebung informiert ist.«

»Wo haben Sie Ihre Pillen aufbewahrt?«

»Im Badezimmer. In einem Spiegelschrank.«

»Abgeschlossen?«

»Nein.«

»Dann will ich Sie nicht weiter belästigen«, erklärte Hanne.

Sie fuhr zur Tür. Dort hielt sie inne, drehte den Stuhl um und starrte Kari Thue an. Öffnete den Mund, um etwas zu sagen, und schloss ihn wieder.

»Was ist los?«, fragte Kari Thue, als die Stille peinlich wurde.

»Liebesbriefe«, sagte Hanne.

»Was?«

»Ich habe in meinem Leben einige bekommen. Nicht viele, aber einige. Und ob Sie das glauben oder nicht, ich habe auch selbst welche geschrieben.«

»Ja?«

»Keiner davon war mit der Maschine oder dem Computer geschrieben. Zu unpersönlich. Finden Sie nicht?«

Die Frau in dem gelben Pullover gab keine Antwort.

»Falls Iselin Ihnen einen Brief geschrieben hat«, fuhr Hanne fort, »dann würde ich den unendlich gern sehen.«

Noch immer redete sie offenbar zu tauben Ohren.

»Ich glaube wie gesagt, dass Iselin ermordet wurde. Ich dachte lange, das hinge mit Tyrfing zusammen. Mit diesen Ansichten. Iselins und Ihren. Jetzt bin ich davon überzeugt, dass es andere Gründe hatte.«

Auch wenn Kari Thue ihr keine Antwort gönnte, so hörte sie doch genau zu. Ihre Hände lagen ruhig auf ihrem Schoß, und ihr Blick irrte nicht mehr so hektisch umher.

»Falls Sie also einen handgeschriebenen Brief von Iselin haben, wäre ich ungeheuer dankbar, wenn ich ihn sehen dürfte. Es kann absolut entscheidend sein ...«

Sie verstummte, als Kari Thue aufsprang.

»Wer hat Iselin umgebracht?«, fragte sie und trat einige Schritte auf Hanne zu.

»Das weiß ich nicht. Aber ich kann der Polizei helfen, es herauszufinden.«

»War es Maria?«

Hanne gab keine Antwort. Sie konnte keine Antwort geben, weil sie ohne andere Vollmachten als ihre eigene unbezwingliche Sturheit in die Conradis gate gekommen war. Das hier war nicht ihr Fall. Im Moment war es noch überhaupt kein Fall. Iselin Havørns Selbstmord würde bald ins Archiv wandern. Deshalb musste Amanda Foss informiert werden. Aber es würde Tage dauern, wenn nicht Wochen, Kari Thues Behauptungen zu beweisen. Bis dahin durfte Hanne die wichtigste Zeugenaussage in diesem Fall nicht dadurch entwerten, dass sie Kari Thue zu viel verriet.

Hanne konnte nicht antworten, aber sie musste den Brief haben, von dem sie ganz sicher war, dass er existierte.

»Ja«, sagte sie. »Das glaube ich. Ich glaube, dass Maria Iselin umgebracht hat. Und um das beweisen zu können, muss ich Iselins echte Handschrift sehen. Ich nehme an, dass Sie ein Beispiel für diese Handschrift haben. Gerade Verliebtheit ist schließlich ... ein ziemlich allgemeingültiges Gefühl.«

Kari Thue ging, ohne zu zögern, zur Tür. Als sie an Hanne vorbeikam, blieb sie für einen Moment stehen und schien etwas sagen zu wollen. Doch sie überlegte es sich anders und verschwand in einer dem Eingang gegenüberliegenden Tür. Sekunden darauf war sie wieder da.

»Hier«, sagte sie und reichte Hanne einen Umschlag. »Das habe ich vor einem Monat von Iselin bekommen. Ich hatte versprochen, es sofort nach dem Lesen zu verbrennen. Aber das habe ich nicht über mich gebracht. Ich durfte ja nicht einmal zur Beerdigung kommen.«

Sie fuhr sich langsam mit dem Unterarm über die Augen.

»Ich habe nur hier gesessen und gewartet. Sie hatte so oft versprochen, sich von Maria zu trennen, und dieser Brief war ein ... Trost. Eine Hoffnung. Ich habe es einfach nicht über mich gebracht, ihn zu vernichten.«

»Ja, so ist das. Liebesbriefe verbrennen wir erst, wenn die Liebe erloschen ist. Könnten Sie den Umschlag öffnen und den Brief für mich in eine durchsichtige Plastiktüte stecken?«

Kari starrte sie einen Moment lang verwirrt an, dann gehorchte sie.

Der Brief war leserlich. Und es war ein Liebesbrief. Ziemlich unbeholfen und mit so vielen grammatikalischen und orthografischen Fehlern, dass er von einer Drittklässlerin hätte stammen können. Aber es stand viel zu viel über Politik darin. Dennoch war es ein Liebesbrief, von Iselin unterschrieben und mit einem Herzen anstelle des Punktes über dem i.

Alles in einer Schrift, die Hanne vollkommen unbekannt war, obwohl sie Stunden damit verbracht hatte, den angeblich handgeschriebenen Abschiedsbrief dieser Frau zu studieren. Nur die Unterschrift war ähnlich.

»Thanatos«, sagte Professor Carsten Bru dramatisch, »war der Sohn der Nyx und der Zwillingsbruder des Hypnos.«

Behutsam fuhr er mit dem Finger über die Figur, die er aus einem der Bücherregale geholt hatte. Die Bronzeskulptur war an die dreißig Zentimeter groß und stellte einen schönen nackten Mann mit Engelsflügeln dar, der einen Schädel in der Hand hielt.

»Wissen Sie etwas über griechische Mythologie?«

Henrik deutete ein Schulterzucken an, eine Geste, die alles heißen konnte.

»Thanatos ist der Gott des Todes. Seine Mutter war die Nacht, sein Bruder der Schlaf. Passend, nicht wahr? Der Tod als naher Verwandter von Nacht und Schlaf.«

Er schnalzte begeistert mit der Zunge und hob eine Tasse, die in seiner groben Pranke verschwindend klein aussah. Die Professorengattin hatte wie versprochen Kaffee und Tee gebracht. Und ein Tablett mit Plätzchen, das Henrik bald geleert hatte.

»Warum ist er so schön?«, fragte Henrik mit vollem Mund.

»Weil er der Gott des nicht-gewaltsamen Todes war. Des natürlichen Verscheidens, mit anderen Worten. Die Berührung des Thanatos war mild und behutsam, genau wie die seines Bruders, des Hypnos. Meistens wird Thanatos als bärtiger Greis dargestellt. Diese Variante gefällt mir besser. Ein Jüngling.«

Er nippte vorsichtig an dem glühend heißen Kaffee.

»Und diesem jungen Mann verdanken wir die spannendste Wissenschaft von allen, die Thanatologie. Das Studium des Sterbens, die Wissenschaft vom Tod. Es liegt auf der Hand, dass ein dermaßen umfassendes Thema fachübergreifend angegangen werden muss. Wir brauchen Soziologie und Psychologie, Ethnologie und Philosophie und die Medizin natürlich. Zudem noch vieles andere.«

»Was bringt einen Arzt dazu, den Tod als Fachgebiet zu wählen?«

Der Professor sah ihn verwundert an.

»Der Tod beschreibt das Leben! Durch den Tod lernen wir am meisten darüber, was Leben bedeutet. Im Leben geht es für die meisten von uns im Grunde darum, den Tod so lange wie möglich hinauszuzögern. Sie wissen, was über uns Pathologen gesagt wird? Dass wir alles können, es aber leider zu spät ist, wenn wir hinzugezogen werden.«

Sein Lachen war dünn und schrill und stand in seltsamem Kontrast zu seinem umfangreichen Leib.

»Wenn ich das richtig verstanden habe, soll ich Ihnen nicht helfen, den Tod hinauszuzögern, sondern ihn zu beschleunigen. War das nicht so?«

Henrik nickte.

»Eine Frau«, fasste Carsten Bru zusammen, was Henrik ihm bisher erzählt hatte. »Geboren 1968, also bei ihrem Tod um die fünfunddreißig Jahre alt. Physisch gesund, psychisch sehr angeschlagen. Sie hat ihr Kind verloren und ist frisch von ihrem Mann getrennt. Eine Psychologin sagt aus, dass sie noch vier Monate vor ihrem Tod in der Gefahrenzone des Suizids gewesen sein könnte. Dieser Zustand wurde bezeugt von Menschen, die bis zu ihrem Todestag mit ihr in Kontakt standen. Niedergeschlagen, einsam und mit Zugang zu eigenen Waffen.«

Er schaute von seinen Notizen auf.

»Richtig?«

»Absolut.«

»Frauen bringen sich nur selten mit Schusswaffen um.«

»Es kommt aber vor. Anna kannte sich mit Waffen aus und hatte, wie Sie sagen, Zugang zu Pistolen.«

»Ja. Aber eine seltsame Tatsache bleibt bestehen. Sie hat sich ja nicht umgebracht. Jedenfalls nicht sofort. Aus dem Obduktionsbericht geht hervor, dass sie verblutet ist. Mit anderen Worten ist sie an einer Verletzung gestorben, die nicht rechtzeitig behandelt wurde, und nicht an einem tödlichen Schuss in den Kopf – wenn man peinlich genau sein will, und das will man. Auf dieser Grundlage ... «, er schwenkte den Bericht, » ... bin ich überzeugt, dass sie überlebt hätte, wenn rasch Hilfe gekommen wäre. «

Henrik versuchte, die trockenen Krümel von Frau Brus restlichen Weihnachtsplätzchen hinunterzuschlucken. Er hob die Teetasse und trank, während er überlegte.

»Was ist mit Parasuizid?«, fragte er kleinlaut.

Der alte Professor hob die breiten Augenbrauen.

»Jetzt enttäuschen Sie mich aber zutiefst«, tadelte er. »Parasuizid ist ein ziemlich umstrittener Begriff. In der Regel bezeichnet man damit einen Selbstmordversuch, bei dem kein echter Todeswunsch vorliegt, sondern nur der nach einer Veränderung der Lebensumstände. Und nichts im Lebenslauf dieser Frau lässt auf solche Wünsche schließen. «

»Entschuldigung«, rutschte es Henrik heraus.

»Wenn wir dagegen von einem Selbstmord*versuch* reden«, sagte Carsten Bru mit starker Betonung der beiden letzten Silben, »dann liegen Sie vielleicht nicht ganz falsch. Anna Abrahamsen kann aufrichtig gewünscht haben, sich das Leben zu nehmen. Und die Pistole so gerichtet haben ... «

Seine rechte Hand wurde zur Waffe, und der Zeigefinger lag als Pistolenlauf unter dem Kinn. Mit dem Mittelfinger drückte er ab.

»Peng. Ich bin tot. Definitiv und jenseits jeglicher Rettung, in so kurzer Zeit, dass man es fast nicht messen kann. «

Er griff wieder nach dem Obduktionsbericht, schob sich die Brille weiter die Nase hoch und las.

»Der Schuss wurde aus nächster Nähe abgefeuert, steht hier. Nichts deutet auf Kontakt von Mündung und Haut hin. Na gut.«

Er wiederholte das Experiment mit seiner Hand als dicht vor seine Haut gehaltene Pistole.

»Jetzt werde ich schießen. Ich bin fest entschlossen. Es gibt keinen Grund mehr zu leben. Aber dann ... «

Langsam entfernte er seinen Finger zwei oder drei Zentimeter von seinem Kinn.

»Einige bereuen«, sagte er. »Nicht, weil sie sich auf wundersame Weise aus ihrer Depression befreien können. Nicht, weil sie sich die Sache wirklich anders überlegt hätten, sondern weil die Heiligkeit des Lebens so tief in uns verankert ist. Und das meine ich jetzt nicht in religiöser Bedeutung.«

Seine Stimme verzerrte sich ein wenig, als er den Kopf in den Nacken legte.

»Grundlegende Evolutionstheorie«, sagte er und starrte noch immer zu der schönen Decke hoch. »Der Kampf um das Dasein. Wenn nicht alles Lebende diesen starken Lebenswillen hätte, dann würden wir dieses irdische Jammertal nicht ertragen. Denken Sie nur an die Juden in den Konzentrationslagern. Die Sklaven auf den Baumwollfeldern in den Südstaaten.«

Er ließ die Hand sinken und starrte Henrik an.

»Ein Kind zu verlieren«, sagte er langsam, »das ist ein Erlebnis, das mir erspart geblieben ist. Aber es ist leicht, sich den Schmerz vorzustellen. Wenn man das überhaupt versuchen will. Warum nehmen wir uns nicht das Leben, Henrik, nicht einmal dann, wenn es uns die schlimmsten Schmerzen zufügt?«

Henrik war fast sicher, dass es sich um eine rhetorische Frage handelte. Statt einer Antwort hob er deshalb die dünne Porzellantasse an den Mund und trank.

Er hatte richtig verstanden. »Der Lebenswille«, fuhr der

Professor fort. »Der liegt in uns verankert. Tief in allem, was zusammen die ungeheuer komplizierte menschliche Psyche ergibt, liegt dieses alles Überragende: unser verzweifelter Wille weiterzuleben.«

Abermals hob er die Pseudopistole an sein Kinn und zog sie ungeheuer langsam einige Zentimeter tiefer und zur Seite. Die Mündung zeigte jetzt schräg nach links.

»Sie kann mit sich gerungen haben«, sagte er. »Ich will nicht. Ich will. Und dann fiel der Schuss. Peng.«

Wieder zog er ab. Henrik konnte genau sehen, wo die Kugel eingetreten wäre. Ins Kinn, dann in die Zunge. Sie hätte die Zähne im Oberkiefer zerschmettert, ehe sie gleich unter dem Auge wieder ausgetreten wäre.

»Nicht tot«, sagte der Pathologe mit breitem Lächeln. »Noch Tee?«

»Ja, danke.«

»Es ist natürlich möglich, dass die Ich-will-nicht-Seite gewonnen hat und die Waffe durch ein Unglück losging. Vielleicht hat sie eine Wettbewerbswaffe benutzt, die sind leicht auszulösen.«

Henrik sah den goldenen Strahl an, als Carsten Bru aus einer blau gemusterten Kanne Tee eingoss. Er fühlte sich seltsam benommen. Das hier waren Gedanken, die er nie gedacht hatte. Er knallte die Hacken zusammen und berührte beide Nasenflügel.

»Haben Sie Albert Camus gelesen?«, fragte der Alte. »*Der Mythos des Sisyphos?*«

»Nein. Nie.«

»Tun Sie das auch nicht. Ungeheuer interessant, aber ziemlich deprimierend, würde ich sagen. Ganz kurz zusammengefasst behauptet Camus, das wirkliche philosophische Problem liege darin, wie weit wir uns für Selbstmord entscheiden sollen oder nicht. Hier ...«

Er schob die Zuckerschale zu Henrik hinüber. Der nahm sich vier Stück, verrührte sie in seiner Tasse und hörte mit halbem Ohr den nicht gerade munteren Ansichten des Professors über Camus, Kierkegaard und Sartre zu.

Die interessierten ihn nicht. Henrik schämte sich deswegen und kämpfte gegen das Erröten und vielleicht auch gegen die Tränen. Er hatte sich dermaßen in Annas klinisch sauberes und aufgeräumtes Haus verbissen. In ihre Depression. In alle Verluste, die sie erlitten hatte. Und nicht zuletzt in ihre Demontage von Dinas kleinem Leben, die damit endete, dass die Kleider, die sie bei ihrem Tod getragen hatte, in der Mülltonne des Stugguvei 2 verschwanden.

Der Besuch bei Herdis Brattbakk hatte ihn in dem Glauben gestärkt, dass Anna sich selbst zum Sterben entschlossen hatte. Kjell Bonsaksens Bauchgefühl und das Vertrauen, das der erfahrene Kollege in ihn setzte, hatten Henrik dazu verleitet, übermütig und in zu engen Bahnen zu denken. So engen, dass er nie darüber nachgedacht hatte, dass Anna, wenn sie denn wirklich Selbstmord hatte begehen wollen, das ja nicht geschafft hatte. Sie hatte sich nicht erschossen. Was sie umgebracht hatte, war das Fehlen von Hilfe.

»... Durchbruch des Modernismus«, endete Professor Bru und schlug mit beiden Händen auf die Tischplatte. »Aber wir hatten doch ein ganz anderes Problem, Henrik. Den Zeitpunkt.«

Henrik schlug kurz mit dem Teelöffel gegen den Rand der Tasse und legte ihn dann weg.

»Zwischen halb elf und halb zwölf?«, fragte Carsten Bru und blätterte in den Unterlagen, die Henrik ihm vorgelegt hatte. »Meint die Rechtsmedizin, dass sie in diesem Zeitraum gestorben ist?«

»Ja.«

»Sind Sie jetzt entmutigt, Henrik? Nicht doch, Junge.«

Henrik versuchte, sich zusammenzureißen. Er lächelte kleinlaut und hob wieder die Schultern. Der Tee duftete nach Blumen,
und ohne nachzudenken, ließ Henrik noch zwei Stücke Zucker
in die Tasse fallen.

»Sie wissen natürlich, wie wir einen Todeszeitpunkt festset-
zen«, meinte Carsten Bru zufrieden, er schien sich lange nicht
mehr so gut unterhalten zu haben. »Oder genauer gesagt, wie
wir versuchen, ihn festzusetzen.«

Seine Wangen waren jetzt hinter dem grauen Bart gerötet,
und seine Augen lächelten, unabhängig von dem, worüber er
sprach.

»Die Körpertemperatur«, sagte Henrik, als der alte Herr ihn
aufmunternd anblickte. »Das Verhältnis zwischen der Temperatur der Umgebung und der Rektal- und Hirntemperatur. *Rigor
mortis* und *Livores*, Totenstarre und Leichenflecken. Später Ver-
wesung, Insektenbefall, Entomologie. Und Gott weiß, was sonst
noch alles. Immer in Bezug auf Körpergröße, eventuelles Fieber,
die Unterlage, die Luftfeuchtigkeit, und ob die Leiche drinnen
oder im Haus lag. Außerdem seit einigen Jahren die Augenflüssigkeit. Kalium- und Hypoxanthinanalyse. Was präzisere Me-
thoden sind, auch wenn wir uns weiterhin vor allem an die gute
alte Temperaturtabelle halten. Wenn die Leiche relativ frisch ist,
meine ich.«

»Sicher«, der Professor nickte. »Sie sind auf dem Laufenden,
wie ich sehe. Aber in diesem Fall ...«

Er warf wieder einen Blick in die Unterlagen und hob die Kaffeetasse mit einem kleinen Nicken, wie um einen Trinkspruch
auszubringen.

»In diesem Fall heißt es *back to basics*.«

Er öffnete eine der riesigen Schreibtischschubladen und wühlte einige Sekunden darin herum.

»Da hätten wir's«, sagte er dann zufrieden. »Das Henßge-Nomogramm. Daran erinnern Sie sich sicher.«

Er schob Henrik einen zusammengefalteten DIN-A3-Bogen hin. Henrik öffnete ihn. Das Nomogramm hatte vollkommen unbegreiflich gewirkt, als Henrik es bei der Fortbildung bei Professor Bru zum ersten Mal gesehen hatte, aber dann hatte er das Licht entdeckt. Ein Viertelkreis war mit Sektoren und Zahlen gefüllt, und auf der einen Seite gab es eine Skala für die Rektaltemperatur. Ein entsprechender Strich mit den Angaben der Raumtemperatur befand sich auf der anderen Seite, etwas tiefer als der erste. Vollständig asymmetrisch, schräg zur Mitte des Viertelkreises, war hingegen etwas gezeichnet, das einer Schießscheibe ähnelte. Von der Markierung der normalen Körpertemperatur, siebenunddreißig Grad, war eine in einem ziemlich spitzen Winkel nach unten führende Linie gezogen. Sie endete im Nichts.

»In Ihrem Kurs habe ich anfangs gar nichts verstanden«, gab Henrik zu und schlug mit den Fingern einen raschen Trommelwirbel.

»Nicht doch. Als ich es erklärt hatte, hattet ihr das alle begriffen.«

»Wir benutzen das nicht mehr.«

»Da haben Sie recht. Jetzt erledigt das der Computer. Aber es kann nützlich sein zu prüfen, wie die Tabelle aussieht, wenn man sie selbst erstellt. Wie war noch Annas Rektaltemperatur, als sie gefunden wurde?«

»Zweiunddreißig Grad. Sie lag auf dem Badezimmerboden, die Fußbodenheizung war nicht eingeschaltet, und sie war angezogen. Die Zimmertemperatur betrug genau zwanzig Grad. Für

Kleidung und Unterlage wurde ein Korrekturfaktor von 1,3 berechnet.«

»1,3 mal siebzig Kilo«, sagte der Professor. »Das hat sie doch gewogen? Siebzig Kilo?«

Henrik nickte.

»Dann haben wir ein Korrekturgewicht von neunzig. Das macht mir wirklich immer wieder großen Spaß.«

Aus einer anderen Schublade zog er ein riesiges, elaboriertes Lineal mit einem in der Mitte angebrachten Handgriff. Er schloss das eine Auge und legte das Lineal zwischen zweiunddreißig Grad auf der einen Seite der Zeichnung und zwanzig auf der anderen. Dann nahm er einen Stift und zeichnete eine Linie von einem Punkt zum anderen.

»So«, sagte er zufrieden und legte das Lineal in eine andere Richtung.

Noch ein Strich.

»Da«, meinte er munter und deutete auf eine der im Halbkreis angebrachten Zahlen. »Die Rektaltemperatur wurde am nächsten Tag um zwölf gemessen. Die Tabelle zeigt, dass der Tod etwa dreizehn Stunden früher eingetreten ist. Aber was passiert, wenn wir das hier machen?«

Mit geübten Bewegungen wiederholte er die ganze Operation.

»Voilà«, sagte er schließlich und wies auf eine neue Zahl. »Wenn die Temperatur im Badezimmer dreißig Grad betragen hätte, wäre man zu dem Schluss gekommen, dass der Tod etwa achtzehn Stunden früher eingetreten ist, also am Vorabend gegen sechs.«

Als er diese Uhrzeit hörte, überfiel Henrik ein wilder Drang, das Henßge-Nomogramm an sich zu reißen und zur Tür zu stürzen. Stattdessen schlug er sich gegen den Hinterkopf und sagte: »Dumm.«

Ein ganz neuer Tic, aber Carsten Bru reagierte offenbar nicht darauf.

»Darf ich das da mitnehmen?«, fragte Henrik und zeigte auf den Bogen.

»Ja, sicher. Aber das Problem ist noch nicht gelöst.«

»Wie meinen Sie das?«

»Die Polizei hat im Badezimmer eine Temperatur von zwanzig Grad gemessen. Nicht dreißig. Wir können den Todeszeitpunkt noch nicht verschieben. Und wir haben noch keine Waffe gefunden.«

Henrik hob die Teetasse und leerte sie so rasch, dass er sich den Mund verbrannte.

»Da haben Sie ganz recht«, keuchte er und rollte den Bogen zusammen, um ihn in den Rucksack zu stecken. »Aber wenn ich beweisen kann, dass die Polizei sich bei der Temperatur in Annas Badezimmer geirrt hat, habe ich vielleicht zugleich das Problem mit der Waffe gelöst. Tausend Dank für Ihre Hilfe, Professor Bru. Wirklich, herzlichen Dank.«

Er streckte die Hand aus. Der alte Herr erhob sich und griff danach.

»Wollen Sie etwa behaupten, dass die Techniker der Polizei es nicht schaffen, bei einem Mordfall das Thermometer richtig abzulesen, Henrik?«

»Nein«, entgegnete Henrik. »Aber ich kann vielleicht Beweise dafür finden, dass sie getäuscht worden sind.«

Maria Kvam war dabei, sich in einem Alter von fast fünfundfünfzig Jahren ein neues Leben aufzubauen. Doch es wäre nicht das erste Mal, und sie würde es wieder schaffen.

Die Wohnung war fast leer. Zusammen mit einem Innenarchitekten hatte sie sich neue Möbel ausgesucht, die zu der Wohnung auf Tjuvholmen passten, sich aber auch im Stugguvei 2 B gut machen würden. Der russischen Botschaft hatte Maria bereits die Kündigung geschickt. Im Sommer würde alles überstanden sein, und sie würde wieder dort leben, wo alles angefangen hatte.

In ihrem Elternhaus.

Der Makler war angesichts der Wohnung außer sich vor Begeisterung gewesen. Die neuen Farben seien perfekt, sagte er, und sobald die bestellten Möbel geliefert wären, würde er einen Fotografen schicken. Der Prospekt sollte elegant werden, aber nicht versnobt. Schön und minimalistisch, aber nicht kühl. Er prophezeite den Verkauf für vierundzwanzig Stunden nach dem Besichtigungstermin.

Als sie die Türklingel hörte, zuckte Maria zusammen. Sie erwartete keinen Besuch. Iselin und sie hatten viele Freunde gehabt, und kaum ein Wochenende war ohne einen geselligen Anlass verstrichen. Doch das hatte ein Ende gehabt, als Tyrfing entlarvt worden war. In den Wochen vor ihrem Tod hatte Iselin sich zumeist zu Hause verkrochen, abgesehen von den drei Nächten, in denen sie sich hinausgeschlichen hatte und bei ihrer Rückkehr am frühen Morgen nicht erzählen wollte, wo sie gewesen war.

»Termine«, hatte sie knapp geantwortet, als ob Maria eine Vollidiotin wäre.

Sie wusste zwar, dass Iselin bisweilen zu seltsamen Zeiten und an aparten Orten Termine hatte, weil sie sich vor Überwachung fürchtete. Man konnte nie vorsichtig genug sein, schon gar nicht nach dem 22. Juli. Dass sie aber ihre Zeit für politische Treffen nutzen würde, während sie mitten in einer katastrophalen Medienkrise steckte, war unvorstellbar.

Maria wusste, wo Iselin gewesen war, konnte den Gedanken daran jedoch nicht ertragen. Sie ging zur Tür und öffnete.

»Hallo«, sagte Halvor Stenskar. »Darf ich reinkommen?«

Maria gab keine Antwort, ließ jedoch die Wohnungstür offen stehen, während sie ins Wohnzimmer zurückging. Er folgte ihr.

»Meine Güte«, sagte er und schaute sich um.

Vor der einen Wand standen neben einer Trittleiter sechs Farbeimer ordentlich aufgereiht. Eine dicke Papprolle und drei Rollen Abdeckband lagen beim Fenster. Der Flachbildschirm bedeckte noch immer die Wand gegenüber, und ein Sitzsack war so platziert, dass Maria fernsehen konnte.

Im Übrigen war das Wohnzimmer leer.

»Du hast es aber eilig!«, sagte er. »Wann ziehst du um?«

»In drei Monaten. Alles, was im Stugguvei nötig ist, sind neue Farben. Die Russen haben das Haus gut behandelt. Bis dahin bleibe ich hier.«

»Das wird aber armselig.«

»Bald kommen neue Möbel. Kann ich dir etwas anbieten?«

»Tja. Einen Stuhl?«

Wortlos verschwand sie irgendwo in der Wohnung und kehrte mit einem knallgrünen Klappstuhl in jeder Hand zurück. Sie versuchte, die Stühle aufzustellen, begriff aber das System nicht. Halvor Stenskar sah ihr fast eine Minute lang zu, ehe er irritiert eingriff, die Stühle aufklappte und zwei Meter voneinander entfernt vor das Fenster stellte.

»Du warst seit der Beerdigung nicht mehr im Büro«, sagte er und nahm auf dem einen Stuhl Platz. »Wann willst du dich mal wieder blicken lassen?«

»Es ist doch erst eine Woche her.«

»Neun Tage!«

»Heute ist Sonntag, meine Güte. Ich komme im Laufe der Woche.«

»Es muss einiges erledigt werden, Maria. Unter anderem müssen wir einen neuen Vorsitzenden für den Aufsichtsrat wählen.

Bjørg Vatne ist jetzt provisorisch dafür zuständig, aber sie hat mir schon gesagt, dass sie Iselins Position nicht auf Dauer einnehmen will. Und da Iselin eben eine sehr aktive Vorsitzende war, kann es schwierig werden, einen Ersatz zu finden. Falls wir dieses System nicht verändern.«

»Und dich zum geschäftsführenden Direktor machen?«

»Ich bin geschäftsführend!«, kläffte er verärgert. »Ich bin der Geschäftsführer von VitaeBrass, und zwar schon so lange, wie du und ich uns kennen. Dass Iselin eine Art … Liberorolle hatte, war kein Problem für mich, aber ich glaube, die Zeit ist jetzt reif für die Ernennung eines ganz normalen Aufsichtsratsvorsitzenden. Das Arrangement für Iselin hing zusammen mit ihren … besonderen Fähigkeiten.«

»Und der Tatsache, dass sie und ich gemeinsam achtzig Prozent der Firma besaßen«, sagte Maria. »Was bedeutet, dass diese achtzig Prozent jetzt mir gehören. Weshalb ich Anspruch auf eine entsprechende Position erheben kann.«

»Jetzt reg dich nicht so auf. Bei allem Respekt, Maria, du bist absolut nicht für eine führende Position bei VitaeBrass geeignet. Weder als Aufsichtsratsvorsitzende noch als Geschäftsführerin.«

»Streng genommen kann ich das allein entscheiden.«

Halvor Stenskar sprang so heftig auf, dass sein Stuhl umkippte.

»Ich glaube, du solltest dir die Sache gut überlegen, ehe du noch mehr sagst«, fauchte er gereizt und hielt ihr einen zornbebenden Zeigefinger unter die Nase. »Wenn ich damals nicht entdeckt hätte, dass du auf einer nahezu toten Firma mit versteckten Werten in Form von Agenturabsprachen saßt, würdest du noch immer arbeitslos durch die Welt gondeln. Und übrigens …«

Er zog seinen Schlips gerade, räusperte sich und stellte den Stuhl wieder auf.

»Ohne mich wärst du pleite«, ergänzte er mit mühsam

erkämpfter Ruhe und setzte sich. »Wie nach Annas Tod. Ich habe gesehen, welchen Schatz du von ihr geerbt hattest, und mir kommt die Ehre zu, PureHerb zu einem Erfolg gemacht zu haben.«

»Wir sind erst durch Iselin und die Namensänderung erfolgreich geworden«, sagte Maria tonlos.

Sie konnte den Mann einfach nicht ausstehen. All die Jahre hindurch hatte sie ihn gut behandelt, war seinem Rat gefolgt in den ersten Jahren, ehe Iselin in die Firma einstieg, und hatte ihn auch dann weiterhin ertragen. Jetzt kam es ihr so vor, als ob Iselins Tod sie erlöst und sie heiler und selbstsicherer gemacht hätte. Halvor war nur ein aufgeblasener Möchtegern in einem viel zu teuren Anzug. Als er sie im Sommer 2004 aufgesucht hatte, hatte sie die von Anna hinterlassene Firma längst vergessen, die war nur noch ein Stück Papier. Das Geld, das sie von Anna geerbt hatte, hatte es ihr möglich gemacht, noch eine Weile als Globetrotterin zu leben, und das Haus im Stugguvei war schnell vermietet gewesen. Dann hatte Halvor entdeckt, dass sie die norwegischen Marktrechte für Aloewonder und das peruanische Heilmittel besaß, das in Ländern mit weniger restriktiven Gesundheitsbehörden bereits ein Hit geworden war.

Sie hatte sich dazu verlocken lassen, Halvor im Austausch für Arbeitskraft und Gründerfähigkeiten zwanzig Prozent der Aktien zu überschreiben.

»Iselin hat VitaeBrass erschaffen«, sagte sie und starrte hinaus auf die Terrasse, wo die Möbel in der Ecke unter einer Plane gestapelt waren. »Du hast nur die Vorarbeiten geleistet. Pure-Herb war ein Keim, aus dem ohne Iselin niemals etwas geworden wäre.«

Halvor erhob sich wieder, diesmal ruhig, und ohne den Stuhl umzustoßen.

»Du bist total unfähig«, sagte er langsam. »Aber du hast unglaubliches Glück gehabt. Zuerst hast du deine Eltern beerbt. Dann deine Schwester, und anschließend hast du mich kennengelernt. Oder umgekehrt. Am Ende kam Iselin. Du bist durch Glück und die Leistungen oder den Tod anderer reich geworden. Doch du hast dabei selbst keinen Finger gerührt, Maria. Du bist nur hinterhergetrottet und hast anderen nach dem Mund geredet. Und Geld ausgegeben. Du kannst nichts. Nicht einmal deinen Blog kannst du ohne fremde Hilfe schreiben. Es ist traurig, dass Iselin tot ist, aber so ist es eben. Wir müssen wieder aktiv werden. Und wenn du mir nicht die Führung von VitaeBrass überlässt, verkaufe ich meine Anteile. Das ist ein Ultimatum.«

Er nickte kurz und setzte sich in Richtung Tür in Bewegung.

»Ich brauche die Antwort noch diese Woche«, rief er, als er die Wohnungstür öffnete. »Bis Freitag um vier. Ist das klar?«

Die Tür knallte so hart ins Schloss, dass das Wohnzimmerfenster vibrierte.

Das schmerzende Knie zwang Henrik, ein Taxi zu nehmen. Doch das war eigentlich ganz gut, er hatte noch viel zu erledigen, ehe er sich bei Hanne melden konnte. Jetzt saß er auf der Rückbank eines Mercedes mit hellbraunen Ledersitzen und machte sich im Handy blitzschnell Notizen, während er versuchte, Ordnung in seine Gedanken zu bringen.

Das war nicht leicht.

Selbstmord? Mord?

Er schrieb und schrieb.

Maria, Annas Schwester, die eigentlich Benedicte hieß und nachweislich Silvester gegen halb sechs im Stugguvei 2 B gewesen war. Die Temperaturmessung der Polizei, die zeigte, dass bei zwanzig Grad im Raum der Tod unmittelbar vor Mitternacht eingetreten sein musste. Bei einem zehn Grad wärmeren Badezimmer wäre Anna gestorben, kurz nachdem die Schwester sie ihrer eigenen Aussage nach besucht hatte.

Der Daumen konnte mit Henriks Gedanken nicht Schritt halten, als er die Notizen überstürzt eingab. Die Autokorrektur drehte durch, er würde später nur mit Mühe nachvollziehen können, was er geschrieben hatte.

War sie friedlich eingeschlafen? Hatte sie sich in den Tod geschrien, mit zerschmettertem Kiefer und der Gewissheit, dass ihre Schwester ihr so übel mitgespielt hatte?

Das Handy klingelte. Henrik fuhr zusammen, das Taxi bog scharf in eine Kurve, und das Handy fiel auf den Boden. Henrik musste den Sicherheitsgurt öffnen, um es aufzuheben, es war unter den Vordersitz gerutscht, und er hatte Angst, das Gespräch könnte schon beim Anrufbeantworter gelandet sein, als er sich endlich atemlos meldete.

»Hallo«, sagte eine Stimme. »Hier ist Herdis Brattbakk. Wir haben neulich miteinander geredet, und ich ... «

»Hallo«, entgegnete Henrik fast begeistert. »Das war ein überaus nützliches Gespräch. Danke.«

»Wie schön. Es hat mich noch sehr nachdenklich gemacht. Ich habe deshalb noch einmal genauer in meinem Bericht nachgesehen, als Sie gegangen waren, und da stand etwas, das ich Ihnen gern mitteilen würde.«

»Ach?«

»Als Anna wiederkam, im September 2003, war sie wie gesagt überaus deprimiert. Sie wissen sicher noch, dass ich ihr eine weitere Behandlung anbot und sie zusagte.«

»Aber sie ist dann nie wieder aufgetaucht«, resümierte Henrik und mühte sich mit dem Sicherheitsgurt ab. »Das haben Sie mir erzählt.«

»Genau. Aber ich hatte ihr außerdem empfohlen, Antidepressiva zu nehmen. Ich tue das nicht gern, aber ... «

»Sie sind Psychologin«, fiel Henrik ihr ins Wort. »Keine Psychiaterin.«

»Genau. Ich habe auch nicht angeboten, ihr ein Rezept auszustellen, dazu bin ich nicht befugt Aber ihre Hausärztin ist das. Ich habe Anna daher dringend geraten, Dr. Sivesind aufzusuchen, und der Ärztin sogar eine entsprechende Mail geschickt, habe aber auch von ihr nie wieder gehört.«

»Ach.«

Henrik begriff nicht, wieso diese Auskunft ihm weiterhelfen sollte. Er hatte ja schon gewusst, dass Anna zutiefst deprimiert gewesen war, und ob sie Medikamente genommen hatte oder nicht, war vollständig uninteressant.

»Tausend Dank«, sagte er enttäuscht. »Und wenn Ihnen noch etwas einfällt, dann rufen Sie bitte an.«

»Das war doch nicht der Rede wert. Annas Schicksal ... Ich hatte sie fast vergessen, aber nach unserem Gespräch dachte ich dann ...«

»Übrigens«, fiel ihr Henrik ins Wort. »Nur eine Kleinigkeit. Moment noch!«

Das Taxi wäre am Advokat Dehlis plass beinahe falsch abgebogen, und er musste dem Fahrer die Richtung erklären.

»Sind Sie noch da?«, fragte er nach einigen Sekunden.

»Ja.«

»Sie haben erzählt, dass Anna ins Grübeln gekommen war. Als Sie regelmäßig zu Ihnen kam, von September bis März. Über Religion. Sie ›suchte Gott‹, haben Sie gesagt, glaube ich.«

»Das stimmt. In ihrer Situation ist das auch nicht ungewöhnlich.«

»Hat sie sich mit einer bestimmten Bibelstelle beschäftigt?«

»Wie meinen Sie das?«

»Äh ... die Bergpredigt zum Beispiel?«

»Jetzt verstehe ich nicht so ganz, worauf Sie hinauswollen. Sie suchte eigentlich mehr allgemein, wenn ich mich richtig erinnere. Sie bemühte sich darum, in all dem Schmerz, den sie erleiden musste, eine Art Sinn zu entdecken. Versuchte, Gottes Willen darin zu sehen, dass ihr Leben sich so entwickelt hatte. Ich weiß nicht, ob sie wirklich ...«

Herdis Brattbakk schwieg so lange, dass Henrik schon fürchtete, die Verbindung wäre unterbrochen worden.

»Hallo?«

»Ich bin noch da. Aber wo Sie schon fragen, es gab etwas, das sie ungeheuer beschäftigt hat. Nicht, als sie regelmäßig bei mir war, aber bei ihrem letzten Besuch. Im September.«

»Und was war das?«

»Diese Geschichte im Alten Testament«, sagte sie. »Über den reichen Mann, der unendlich viel leiden muss und trotzdem Gott nicht abschwört. Äh ...«

»Das Buch Hiob«, half Henrik aus.

»Ja. Das Buch Hiob. Anna konnte nicht begreifen, dass Gott so viel Furchtbares geschehen lässt, wo der Mensch doch ...«

Henrik ließ das Handy auf seine Knie sinken. Er war schon verwirrt genug gewesen, als er sich in das Taxi gesetzt hatte, aber jetzt begriff er gar nichts mehr. Anna hatte sich in das Buch Hiob vertieft.

Nicht Iselin.

Noch ein Tag war fast zu Ende.

Noch ein Tag mit Hedda.

Jonas Abrahamsen hatte angefangen, törichte Gedanken zu denken. Darüber, aus dem Land zu fliehen. Einen anderen Ort zu finden, ein ganz anderes Leben. Hedda mitzunehmen, weit weg zu gehen und eine neue Familie mit ihr zu gründen.

Er und Dina.

Hedda.

Sie schlief jetzt. In seinem Bett, in das er sich auch bald legen würde. Sie hatten Bilderlotto und mit den Barbies gespielt. Jonas war die Einarmige, fast haarlose zugeteilt worden. Hedda war überglücklich über die neue gewesen, die mit Bikini und Surfbrett ausgerüstet war. Er hatte die Bütte im Badezimmer mit Wasser gefüllt, und die einarmige Barbie hatte schwimmen müssen, während die neue hin und her surfte und vor Entsetzen schrie, als Jonas sie vor dem Bratenwender warnte, der war nämlich ein Tigerhai.

Natürlich konnte er nicht fliehen. Zum einen machte ganz Norwegen Jagd auf ihn. Der Golf hatte jetzt in den Medien die richtige Farbe erhalten, und Jonas war kein Ausländer mehr, sondern ein Weißer mit einer tief in die Stirn gezogenen schwarzen Mütze. Mit jeder Stunde, die verging, wurden die Beschreibungen in der Suchmeldung präziser.

Zum anderen hatten sie keinen Pass, weder er noch Hedda.

Es würde nicht mehr lange dauern. Vielleicht würden sie am nächsten Tag kommen. Das Einzige, was sie wohl noch aufhalten konnte, war die Tatsache, dass sie einen Sexualverbrecher suchten.

Das stand zwar nirgendwo schwarz auf weiß, aber es war leicht zu erahnen. Niemand hatte Anspruch auf Bengts riesiges Vermögen erhoben. Die Entführer hatten sich überhaupt nicht gemeldet, hieß es in den Online-Nachrichten, obwohl der verzweifelte Großvater alles versprochen hatte, was er besaß, wenn er nur sein Enkelkind zurückbekäme.

Jonas war kein Sexualverbrecher. Er war überhaupt kein Verbrecher, auch wenn er zwölf Jahre lang so behandelt worden war. Das war ein ganzes Leben. Wenn jemand, nur ein einziger Mensch, ihm in die Augen geschaut und gesagt hätte: »Ich glaube dir«, hätte er Hedda nicht entführt. Er hätte sie zurückgegeben. Er würde zwar ins Gefängnis zurückgeschickt werden, weil er sie entführt hatte, aber er hatte sich gut um die Kleine gekümmert. Und er würde wissen, dass jemand Bescheid wusste. Über das, was er getan hatte, und über das, was er niemals getan hatte, nämlich, jemanden zu töten. Einen einzigen Menschen, mehr brauchte er nicht, einen Mitmenschen, der sich hinsetzte und sich seine Geschichte anhörte, wie Jonas alles verloren hatte, ohne etwas verbrochen zu haben.

Und der ihm glaubte.

Das war nicht passiert und würde auch nicht mehr passieren.

Bengt Bengtson würde Hedda niemals wiedersehen.

Jonas musste sich hart machen. Er musste den Schmerz festhalten, die vielen Jahre mit Schuld und Trauer und die winzigen Streifen des Hasses, die es ihm möglich gemacht hatten weiterzugehen.

Er putzte sich die Zähne und zog sich aus. Nahm den gestreiften Schlafanzug, den er nie benutzt hatte, ehe Hedda gekommen und zu einem Hubschrauber in seinem Bett geworden war.

Noch eine Nacht, dann würde es vorbei sein.

Noch eine Nacht, und jetzt wusste er, wie er es durchführen würde.

»Ihnen ist vollkommen klar, dass ich Ihnen das nicht sagen kann, Wilhelmsen.«

Hanne schloss die Augen und fluchte unhörbar.

»Auch nicht, wenn ich auf Ehre und Gewissen schwöre, Sie aus der Sache herauszuhalten? Und wenn ich Ihnen gleichzeitig verspreche, dass Sie vor Ende der Woche die schärfste Story der Welt von mir bekommen? Vielleicht schon am Dienstag, und ich versichere Ihnen, Sie werden der Erste sein. Es ist eine Geschichte von dem Kaliber, für das Sie Ihren rechten Arm geben würden.«

Der *Verdens Gang*-Journalist Dag Beddington seufzte am anderen Ende der Leitung demonstrativ.

»Man sollte doch meinen, dass Sie das nach all den Jahren besser wüssten«, klagte er. »Eine Quelle auffliegen zu lassen, da könnte ich ja gleich meine eigene Kündigung unterschreiben. Nicht nur bei *Verdens Gang*, sondern für meine ganze Zukunft als Journalist. Eine Quelle verrät man ganz einfach nicht, Wilhelmsen. Ich kann Ihnen nicht sagen, wer uns den Tipp gegeben hat, dass Iselin Havørn hinter dem Pseudonym Tyrfing steckt. Ich will es nicht. Ich darf es nicht. Ich werde es nicht. *Read my lips?*«

Sie gab keine Antwort, sondern nahm das Handy jetzt in die linke Hand.

»*Eine Hand wäscht die andere*, Beddington. Das haben Sie mir bei unserem ersten Gespräch gesagt.«

Sie konnte sein breites Grinsen hören, als er entgegnete: »Man kann es ja mal probieren. Könnten Sie mir wenigstens einen Hinweis geben?«

»Wozu soll das gut sein? Sie haben ja schon gesagt, dass Sie mir unter gar keinen Umständen verraten können, wer Tyrfings Identität entlarvt hat.«

Sie schwiegen beide. Sie legten beide nicht auf.

»Hören Sie mal«, sagte Hanne nach fast einer Minute leise. »Wir können dieses Spielchen die ganze Nacht weitertreiben, ohne dass etwas dabei herauskommt. Weder für Sie noch für mich.«

»Ich habe Zeit. Und ich höre gern, ob Sie etwas Spannendes zu erzählen haben. Das Beste wäre, wenn Sie ...«

»Hier ist mein Angebot«, fiel sie ihm ins Wort. »Ich verspreche Ihnen innerhalb weniger Tage eine dicke Geschichte. Das Einzige, was Sie im Gegenzug tun müssen, ist, sich adäquat zu verhalten, wenn ich eine Frage stelle.«

»Mich adäq...«

»Klappe halten. Hören Sie zu. Sie bekommen eine Story, wenn Sie genau das tun, was ich sage. In einigen Sekunden werde ich Ihnen eine Frage stellen. Die gibt Ihnen einen Hinweis darauf, worum es bei meiner Geschichte geht. Wenn die Antwort auf meine Frage Nein ist, können Sie sagen, was zum Teufel Sie wollen. Wenn die Antwort aber Ja ist, brechen Sie das Gespräch ab. Auf diese Weise kann Ihnen niemand einen Vorwurf machen.«

Sein Lachen dröhnte am anderen Ende. Hanne musste das Handy einen halben Meter von ihrem Ohr weghalten.

»Das kann ich natürlich nicht machen«, sagte er. »Ich glaube, Sie haben zu viele Filme gesehen, Wilhelmsen. Quellenschutz ist absolut und lässt sich nicht durch solchen Hokuspokus aushebeln. Aber wenn ich erfahre, um welche Art von Story es geht, kann ich ...«

»Hat Maria Kvam Sie darauf aufmerksam gemacht, wer Tyrfing in Wirklichkeit war?«

Das Lachen verstummte abrupt. Hanne fürchtete einen Moment, er hätte aufgelegt, noch ehe sie die Frage gestellt hatte. Dann hörte sie seinen Atem. Schnell und einige Sekunden lang.

Danach wurde es ganz still.

Dag Beddington hatte das Gespräch beendet.

Hanne und Henrik saßen im Wohnzimmer, obwohl Ida und Nefis zu Hause waren. Hannes Familie war schon längst schlafen gegangen, es war fast halb zwölf. Henrik war eine gute Stunde zuvor aufgetaucht. Er hatte nichts mitgebracht, sein üblicher Rucksack mit den Fallunterlagen lag in Grünerløkka. Das Erste, was er in der Kruses gate getan hatte, war, ohne um Erlaubnis zu fragen, in Hannes Arbeitszimmer zu gehen. Die Versuchung, die ganze Zeitschiene in Fetzen zu reißen, war groß, aber Hanne war ihm gefolgt und hatte ihn überredet, das nicht zu tun. Widerwillig hatte er den Tausendfüßler zusammengefaltet und ihn dann in eine Ecke geschleudert, anschließend war er leise ins Wohnzimmer gewandert. Hanne hatte zehn Minuten gebraucht, um ihm zu erzählen, was sie an dem Tag erfahren hatte, nämlich viel. Henrik brauchte fast eine Stunde und war am Ende nur noch verwirrter.

»Ich kapiere nichts mehr«, sagte er und rutschte auf dem Sessel vor dem Kamin noch tiefer. »Und ich kann auch nichts beweisen. Was ja kein Wunder ist, da man nun mal nichts beweisen kann, was man selbst nicht begreift. Ein Teufelskreis, logisch.«

»Nimm es nicht so schwer«, sagte Hanne. »Wir holen uns Maria für den Mord an Iselin.«

Henrik beugte sich vor und warf ein Holzscheit ins Feuer. Ein Funkenregen leuchtete in dem dunklen Zimmer auf, und er warf noch ein Scheit hinterher.

»Ich wollte Jonas helfen«, sagte er leise. »In diesen Wochen bin ich mit dem Gedanken eingeschlafen, wie er reagieren würde, wenn ich ihm erzählte, dass wir alles geklärt hätten. Dass er einem Justizirrtum zum Opfer gefallen sei. Dass ihm eine Entschädigung zustehe. Vor allem moralisch, aber vielleicht auch finanziell.«

»Du darfst jetzt nicht aufgeben. Es gibt noch so viel, was du versuchen kannst.«

Henrik schlug sich dreimal gegen den Hinterkopf und sagte »dumm, dumm, dumm«. Hanne musterte ihn überrascht.

»Ich kann doch höchstens einen Scheiß«, schimpfte er so laut, dass er sofort errötete und sich die Hand vor den Mund schlug. »Entschuldige.«

Hanne legte sich den Finger an die Lippen und lächelte.

»In Iselins Abschiedsbrief«, begann er, fast flüsternd, »den Maria geschrieben hat, wie wir jetzt glauben, gibt es klare ...«

»Den Maria geschrieben hat, wie wir jetzt wissen.«

»Wir *wissen* gar nichts, Hanne. Alles muss genauer untersucht werden. Aber es ist doch sehr wahrscheinlich. In dem Brief gibt es klare Anspielungen auf das Buch Hiob. Anfangs beinahe wortwörtlich. Wir wissen auch, dass Anna sich für das Buch Hiob interessiert hat, was ja auch kein Wunder ist. Aber Anna ist seit zwölf Jahren tot, und bei ihr wurde kein Brief gefunden.«

Er rutschte an die Sesselkante vor und fing an zu gestikulieren.

»Es begann mit einem vagen Verdacht, dass Anna sich das Leben genommen haben könnte. Dieser Verdacht wurde mit jedem Tag stärker. Dass sie alles aufgeräumt hat. Dass sie Dinas Kleider weggeworfen hat. Die Depression und die Trauer, die sie immer tiefer nach unten gezogen haben. Wenn sie sich wirklich umgebracht hat, Hanne, hätten wir ganz einfach einen Fall von angekündigtem Selbstmord. Aber dann ist da noch die Sache mit der Waffe ...«

Er sank in den Sessel zurück und starrte in die Flammen. Hanne ließ ihn nachdenken. Am liebsten hätte sie eine Flasche Champagner geöffnet und ihren Erfolg gefeiert. Maria Kvam würde hinter Gittern enden, und das wäre Hannes Verdienst.

Und Henriks, wie ihr nun einfiel.

»Ich dachte, ich könnte den Zeitpunkt des Todes verschieben«, klagte Henrik. »Wenn ich nur einen Hinweis darauf finden könnte, dass die Polizei falsch gemessen hat. Dass sie auf irgendeine Weise in die Irre geführt worden ist. Wenn es nur zehn Grad wärmer im Badezimmer gewesen wäre ...«

»Zehn ist sehr viel, Henrik. Wenn es an einem Sommertag draußen zwanzig Grad ist, ist es im Schatten ein bisschen kühl. Bei dreißig keuchen wir und schwitzen. Ich glaube schon, dass die Techniker den Unterschied bemerkt hätten. Aber ...«

Sie verstummte. Henrik sah sie an. Sie hatte den Mund halb geöffnet, den Kopf schief gelegt und saß da wie erstarrt. Das Feuer im offenen Kamin warf ein oranges Schattenspiel über ihr Gesicht, und sie zuckte nicht mit der Wimper.

»Wer hat Anna gefunden?«, fragte sie endlich, ohne den Blick von den Flammen loszureißen.

»Das weißt du. Maria. Sie war am nächsten Morgen gegen elf im Stugguvei.«

»Ist das nicht seltsam?«

»Seltsam?«

Hanne stemmte sich an den Armen hoch und setzte sich auf ihrem Sessel anders hin. Dann beugte sie sich über die Armlehne zu ihm vor und hob den Zeigefinger.

»Sagen wir, ihr Alibi ist hieb- und stichfest«, begann sie langsam und eindringlich. »Sie war von sechs Uhr abends bis fünf Uhr morgens auf einem Silvesterfest. Elf Stunden also. Und für die Bar zuständig. Nirgendwo steht etwas darüber, dass Maria keinen Alkohol trinkt, also hat sie im Laufe des Abends wohl auch zugelangt. Ins Bett gekommen sein kann sie frühestens um ... Weißt du noch, wo sie damals gewohnt hat?«

»Bei einer Freundin in Frogner. Sie war lange auf Reisen gewesen und hatte keine eigene Wohnung.«

»Und das Fest war in Årvoll. Wenn sie Schwein gehabt und in einer Nacht, in der das so gut wie unmöglich ist, ein Taxi erwischt hat, dann kann sie dennoch frühestens gegen sechs eingeschlafen sein. Was wollte sie dann um elf bei ihrer Schwester, gerade mal fünf Stunden später? Sich verkatert das Neujahrskonzert ansehen?«

Henrik schwieg. Die Zahnrädchen in seinem Kopf hatten sich wieder in Bewegung gesetzt.

»Darüber steht nirgendwo etwas«, sagte Hanne, ihre Stimme war jetzt so leise, dass er sich vorbeugte. »Niemand hat die Frage gestellt, warum eine Schwester, die Anna nicht besonders nahestand, sie innerhalb von vierundzwanzig Stunden zweimal besucht hat.«

»Vor und nach ihrem Tod.«

»Ja. Oder bei ihrem Tod und dann einen Tag später. Um die Polizei zu rufen, weil ihre Schwester tot war. Was sie die ganze Nacht über gewusst hat. Vielleicht.«

Henrik wurde von einer langen Reihe von Tics befallen, sodass Hanne schließlich »Halt« sagen musste. Er endete mit einem dumpfen Trommelwirbel auf der weichen Armlehne.

»Entschuldigung«, brachte er mit Piepsstimme hervor. »Meinst du wirklich, dass Maria Anna getötet hat?«

Sie gab keine Antwort. Wieder war sie in Gedanken versunken. Henrik wartete darauf, dass sie diese mit ihm teilte, wusste aber zugleich, dass er vergeblich wartete. In einigen Sekunden würde sie ihn wegschicken. Er seufzte und schlug sich gegen die Schläfe.

»Möchtest du hier übernachten?«, fragte Hanne plötzlich. »Das Bett im Gästezimmer ist gemacht, und Nefis hat ein Lager von Kulturtaschen, von ihren Reisen mit der Businessclass.«

»Äh ... gern. Aber müssten wir nicht Amanda Foss informieren? Über die Sache mit Iselin, meine ich?«

»Nein. Dieser Wirrkopf soll den Fall ja nicht noch mehr durcheinanderbringen. Wenn ich diesen Fall abgebe, was morgen passieren wird, soll er so kristallklar sein, dass nichts mehr verdorben werden kann. Sicherheitshalber werde ich ihn an Silje übergeben.«

Sie warf einen Blick auf die Uhr.

»Es ist bald zwölf«, sagte sie. »Ich setze mich ins Arbeitszimmer und erstelle eine Zusammenfassung von allem, was wir wissen. Du gehst mit meinen Kopien vom Tatort im Stugguvei ins Bett und siehst nach, ob uns etwas entgangen ist. Etwas, das uns nicht aufgefallen ist, weil wir nicht daran gedacht haben, dass eine Manipulation der Badezimmertemperatur einen falschen Todeszeitpunkt vorgetäuscht haben könnte.«

Sie zog den Rollstuhl zu sich heran und hob sich hinüber.

»Es kann eine lange Nacht werden. Wenn du zuerst ins Badezimmer willst, dann findest du die Kulturtaschen im rechten Längsschrank. Die von Qatar Airways sind die besten.«

»Danke. Ich brauche ... ich brauche ein iPad oder so etwas.«

»Nimm meines. Es liegt in der Küche. Die Bilder vom Tatort kannst du aus meinem Arbeitszimmer holen. Ich muss erst aufs Klo. Wenn du etwas von Interesse findest, dann versuche, dennoch gut zu schlafen. Ansonsten bin ich sicher noch zwei Stunden im Arbeitszimmer. Wir fahren morgen früh zusammen aufs Revier. Gute Nacht.«

»Gute Nacht, Hanne.«

Plötzlich hätte er sie schrecklich gern umarmt. Zum Glück kam er sofort zur Vernunft und trottete hinaus, um den Stapel Fotos zu holen, den er schon so oft angestarrt hatte, dass er ihn auswendig konnte.

Eine Dreijährige erwachte und hatte Angst.

Dort, wo sie lag, konnte sie den guten Mond nicht mehr durch das Fenster sehen. Der Rücken des Mannes war so hoch, und sie setzte sich im Bett auf. Der Mond war verschwunden. Draußen war alles dunkel, und sie fing an zu weinen.

»Jonas«, flüsterte sie laut. »Ich will jetzt zu Mama.«

Doch er gab keine Antwort, sondern schob sie vorsichtig wieder unter die Decke, ohne sich umzudrehen. Sie wollte aber nicht schlafen. Sie wollte nach Hause.

»Ich will nach Hause«, weinte sie. »Mama soll mich jetzt abholen. Ich will Barbie und Bilderotto mitnehmen und nach Hause.«

Jonas wurde nicht böse. Er wurde nie böse, und er spielte mit ihr. In der komischen Badewanne gab es Haie, aber Jonas passte auf.

»Du musst schlafen«, sagte er irgendwann, und seine Stimme klang plötzlich ein bisschen unheimlich.

»Nach Hause«, quengelte Hedda. »Ich will zu meiner Mama.«

Endlich drehte Jonas sich um.

»Ich will nicht mehr hier sein«, sagte das Kind.

»Das musst du auch nicht.«

»Ich will in meinem Bett schlafen.«

»Morgen musst du nicht mehr hier sein, Hedda. Das verspreche ich. Leg dich jetzt wieder hin, Herzchen.«

Morgen bedeutete, wenn man geschlafen hatte. Morgen war, erst Zähne putzen und den Schlafanzug anziehen, dann Geschichten und zwei Lieder hören und schlafen. Wenn man aufwachte, war morgen.

»Morgen«, wiederholte sie und legte sich hin. »Morgen fahr ich nach Hause. Nach Hause zu Mama und Opa.«

Jonas sagte nichts, sondern stopfte die Decke gut um sie fest. Er sang zweimal »Die Blümelein, sie schlafen« und küsste sie auf die Stirn.

Die Dreijährige hatte keine Angst mehr. Morgen würde sie nicht mehr hier sein, hatte Jonas gesagt, und bald schlief sie wieder tief und fest.

MONTAG, 25. JANUAR 2016

Es war inzwischen halb drei Uhr nachts.

Vor einer Weile hatte Henrik gehört, wie Hanne das Arbeitszimmer verließ. Sie war zuerst in der Küche, dann verschwand sie im hinteren Teil der Wohnung, wo die Schlafzimmer lagen. Er selbst fühlte sich nicht im Geringsten müde. Tatsächlich war er erschöpft, und sein Knie tat schrecklich weh, aber sein Kopf war hellwach. Er bereute, nicht um zwei Paracetamol gebeten zu haben, und überlegte, ob es wohl unverschämt wäre, sich ins Badezimmer zu schleichen und nach einer Packung zu suchen.

Sehr unhöflich, hörte er die Stimme seiner Mutter sagen. Also ließ er es und legte sich stattdessen ein Kissen unters Knie, in der Hoffnung, das würde helfen.

Er hatte rein gar nichts gefunden.

Die Bilder aus dem Haus, in dem Anna Abrahamsen gestorben war, hatten ihm nichts gezeigt, was er nicht bereits gewusst hätte. Noch immer fehlten Bilder aus Dinas Zimmer, einem Zimmer, das Bonsaksen zufolge so kahl und uninteressant gewesen war, dass dort keine Fotos gemacht worden waren. Das Badezimmer war blutverschmiert auf den Fotografien, auf denen Annas Leiche noch auf dem Boden lag, und auf denen, nachdem sie entfernt worden war und man in der großen roten Lache den Abdruck ihres Kopfes erahnen konnte. Die Großaufnahmen der Blutspritzer an der Duschwand waren dieselben wie vorher. Es gab einfach nichts, das ihm hätte erzählen können, ob die Temperatur im Badezimmer vielleicht höher gewesen war, als die Polizei gemessen hatte.

Doch als Henrik entdeckte, dass der Handtuchhalter einen eigenen Thermostat hatte, stieg sein Eifer für einen Moment. Die technische Qualität der Bilder war gut, aber er musste doch die App benutzen, die sein iPhone zum Vergrößerungsglas machte, um die Einstellung erkennen zu können.

Zwanzig Grad, las er und war abermals enttäuscht.

Er hatte es satt.

Nun sah er die Bilder ein allerletztes Mal durch.

Der Handtuchhalter war an der Wand unter einer hohen, rechteckigen Nische angebracht. Dort standen zwei gläserne Kerzenhalter, jeder mit einer schlanken bernsteingelben Kerze. Die Kerzen waren nie angezündet worden, ihre Dochte waren weiß und hätten vor der Verwendung abgeschnitten werden müssen.

Die Leuchter waren auch auf zwei anderen Fotos zu sehen, die aus anderen Winkeln aufgenommen worden waren. Als er das dritte Bild genauer betrachtete, fand er, was er gesucht hatte.

Die Kerzen waren gekrümmt.

Nicht sehr stark, aber unverkennbar. Vor allem die eine wies eine deutliche Biegung auf. Henrik setzte sich im Bett zurecht, achtete nicht mehr auf sein Knie und stopfte sich alle Kissen in den Rücken. Blitzschnell googelte er *Schmelzpunkt Stearin* und erhielt siebenhundertachtundachtzig Treffer. Er wählte das *Große Norwegische Lexikon* und erfuhr, dass Stearin zwischen fünfundfünfzig und siebzig Grad schmolz. »Verflixt«, murmelte er und klickte weiter.

Manche für Leuchter bestimmte Kerzen waren aus Paraffin, fiel ihm ein. Das Lexikon konnte ihm mitteilen, dass der Schmelzpunkt hier zwischen fünfzig und sechzig Grad lag.

»Da wird doch der Hund ...«, murmelte Henrik.

Aber die Kerzen waren nicht geschmolzen. Sie waren gekrümmt. Sie hatten ihre Form ein wenig verändert, und es war vorstellbar, dass das bei niedrigerer Temperatur passieren konnte. Henrik googelte eifrig weiter, wurde aber nicht viel klüger. Einige Kerzenhersteller warnten vor hoher Wärme und starkem Sonnenlicht, da beides Form und Farbe beeinflussen konnte.

Nirgendwo wurde allerdings gesagt, was unter *hoher Wärme* zu verstehen war.

Wieder musterte er die besten Bilder. Die Kerzen waren bernsteingelb. Oder vielleicht honiggelb. Honig. Bienenwachs.

Henrik wäre fast das iPad auf den Boden gefallen, als ihm die alljährliche Weihnachtswerkstatt seiner Mutter aus seiner Kindheit einfiel. Sie hatten am Küchentisch gesessen, die Mutter und Henrik, und Scheiben aus Bienenwachs um selbst gezwirbelte Dochte gerollt. Einige der Scheiben wurden im Wasserbad geschmolzen und zu Teelichtern und Tropfkerzen verarbeitet, die er jedoch nicht selbst herstellen durfte. Er könne sich verbrennen, meinte die Mutter auch noch, als er schon ein ziemlich großer Teenager war.

Er schrieb *Schmelzpunkt Bienenwachs* in das Suchfeld.

Bienenwachs hat einen Schmelzpunkt von 62–65 Grad Celsius und wird bei 32–35 Grad Celsius weich.

Er schlug mit beiden Fäusten auf die Decke und unterdrückte ein Triumphgebrüll. Dann legte er den Kopf in den Nacken, schloss die Augen und fuhr sich mit der Hand über den segensreich normalen Adamsapfel. Er schnitt lautlose Freudengrimassen und verspürte einen unbändigen Drang, die wunderbare kleine Familie in der Kruses gate zu wecken, die fast zu seiner eigenen geworden war.

Jedenfalls ein bisschen.

Zwei gekrümmte Wachskerzen auf einem zwölf Jahre alten Foto würden Jonas Abrahamsen nicht vom Mord an seiner Frau freisprechen, doch die Kerzen waren der erste handfeste Hinweis darauf, dass Henriks Theorie zutreffen könnte. Keine Kerze verformt sich bei zwanzig Grad. Nur wenige Menschen hatten im Badezimmer eine höhere Temperatur als dreißig Grad.

Die hatte nur, wer eine polizeiliche Ermittlung verfälschen wollte.

Henrik musste sich geirrt haben. Anna hatte sich nicht umgebracht, sondern irgendwer hatte sie früher an diesem Abend getötet, alle Wärmequellen voll aufgedreht und die Tür geschlossen. Am nächsten Morgen um elf Uhr hatte es dann nur wenige Minuten gedauert, die Temperatur wieder zu senken. Es war mitten im Winter, und das Badezimmer hatte zwei Fenster.

Eine Person war am späten Nachmittag und am nächsten Morgen um elf bei Anna gewesen. Also konnte nur ein Mensch Anna getötet haben.

Maria.

Aber es war noch immer unmöglich, dies zu beweisen.

»Diese Person soll also zwei Morde begangen haben? Zuerst an ihrer Schwester und zwölf Jahre später an ihrer Frau?«

Polizeidirektorin Silje Sørensen ließ ihren Blick zwischen Hanne und Henrik hin- und herwandern. Amanda Foss saß neben ihnen und zupfte alle zwei Minuten nervös an ihrem Uniformhemd. Bisher hatte sie noch kein Wort gesagt. Sie war ohne Vorwarnung, und ohne zu erfahren, worum es ging, ins Büro der Polizeidirektorin bestellt worden, weshalb sie es für besser befunden hatte, in Uniform zu erscheinen. Jetzt schien sie das zu bereuen.

Die Polizeidirektorin trug Jeans und einen blau-weiß-roten Norwegerpullover. Sie kam direkt von ihrer Hütte im Hafjell und war nicht erst zum Umziehen nach Hause gefahren, als Hanne sie um halb sieben angerufen und um ein Treffen gebeten hatte.

»Tja«, sagte Hanne Wilhelmsen und zuckte mit den Schultern. »Henriks Fall ist alles andere als reif für klare Schlussfolgerungen. Tausend Anzeichen, die in eine Richtung weisen, aber nicht die Spur von einem Beweis. Bisher. Was den Mord an Iselin Havørn angeht, steht dagegen zweifelsfrei fest, dass es ausreichende Grundlagen für eine Festnahme und eine Durchsuchung ihrer Wohnung gibt.« Damit drehte sie sich zu der blonden Kommissarin mit der frisch gebügelten Uniform um und fragte: »Was in aller Welt habt ihr dem Grafologen als Vergleich gegeben?«

»Äh ... einen Beileidsbrief aus dem vorigen Jahr und einen Brief an eine Freundin in Sandefjord. Der war erst vier Wochen alt. Mit Unterschrift und allem.«

»Und du bist nie auf die Idee gekommen zu überprüfen, ob Iselin Havørn häufiger Freundinnen in Sandefjord Briefe schrieb? Oder in anderen Städten? Schreiben Leute sich heutzutage überhaupt noch *Briefe?* Hast du gar nicht überlegt ... «

Henrik räusperte sich hörbar. »Die Unterschrift ist streng genommen nur ein Gekrakel«, sagte er und lächelte Amanda Foss an, wie um sich zu entschuldigen. »Ein Kringel und ein Strich und ein Punkt über dem letzten i. Leicht zu fälschen.«

Hanne seufzte demonstrativ.

»Hat diese Truppe denn gar nichts aus dem Fall Monika gelernt? Ehe wir einen Todesfall als Selbstmord zu den Akten legen, müssen wir doch um Himmels willen ... «

Mit zwei raschen Berührungen der Räder drehte sie ihren

Rollstuhl so, dass sie der immer stärker errötenden Amanda Foss den Rücken zukehrte.

»Reiß dich zusammen, Hanne. Reg dich ab.«

Silje Sørensen betonte ihre Autorität, indem sie sich erhob. Sie war kaum größer als einen Meter sechzig, für die Hüttentour gekleidet und hatte sich die Haare zu Zöpfchen geflochten.

Es half trotzdem.

»Tut mir leid«, sagte Hanne um einiges kleinlauter. »Aber es ist ein ziemlich ernsthafter Patzer, dass sich bei dieser Ermittlung niemand die natürlichste Frage der Welt gestellt hat: Hatte Iselin Havørn irgendeinen Grund, sterben zu wollen? Ich glaube, meine bald dreizehn Jahre alte Tochter wäre gescheit genug, um mit Nein zu antworten.«

Silje hob beide Hände zu einer Friedensgeste.

»Der Fall wird natürlich Gegenstand einer internen Untersuchung werden. Wichtig ist jetzt zuerst, ihn aufs richtige Gleis zu setzen. Wir haben also ...« Sie schluckte und hob noch einmal an. »*Ihr* habt also klargestellt, dass dieser Abschiedsbrief eine Fälschung ist. Und dass Iselin äußerst ungern mit der Hand geschrieben hat. Ihr meint, Maria Kvam habe ein Mordmotiv ...«

Sie ließ den Satz wie eine Frage in der Luft hängen und sah Henrik an.

»*Dumm, dumm*«, sagte der und schlug sich gegen den Hinterkopf. »Geld. Eifersucht. Aus irgendeinem Grund, Verliebtheit vielleicht ...«, allein, dass er dieses Wort in den Mund nehmen musste, ließ ihn erröten, »... hat Maria bei der Hochzeit Iselin die Hälfte ihrer Anteile übertragen. Ohne Bedingungen. Bei einer Scheidung hätte sie viel verloren. Sie muss schon vor ziemlich langer Zeit entdeckt haben, dass Iselin fremdging. Wir können kaum davon ausgehen, dass Iselin es ihr selbst gesagt hat. Den Brief an diese Freundin in Sandefjord ...«

Er lächelte Amanda Foss so aufmunternd an, wie er nur konnte.

»Diesen Brief muss Maria zwangsläufig selbst geschrieben haben. Dass sie Iselin in den seltenen Fällen geholfen hat, wo ein eigenhändiges Schreiben vonnöten war, ist das eine. Aber dass Iselin statt einer E-Mail einen normalen Brief geschickt haben könnte, wirkt absolut unglaubwürdig. Es weist vielmehr darauf hin, dass Maria den Mord seit Langem geplant hat. Und zwar gut geplant, das muss ich wohl hinzufügen.«

»Das kann man wohl sagen«, bemerkte Hanne säuerlich. »So gut, dass sie fast damit durchgekommen wäre.«

»Und dann haben wir noch diesen Tipp«, sagte Henrik rasch und lächelte abermals zu Amanda Foss hinüber. »Maria hat *Verdens Gang* den Tipp wegen Tyrfing gegeben. Dadurch hat sie einen Medienwirbel ausgelöst, der die Polizei dazu brachte, ein wenig ... voreilige Schlüsse zu ziehen, kann man wohl sagen.«

»Woher wisst ihr das? Dass der Tipp von Maria stammte?«

Silje Sørensen stand noch immer. Sie war jetzt vor den Schreibtisch getreten, lehnte sich mit dem Gesäß daran und schlug die Arme übereinander.

»Das kann ich dir nicht sagen«, antwortete Hanne. »Noch nicht jedenfalls. Du musst mir bis auf Weiteres vertrauen. Und übrigens ... «

Sie hob die Kaffeetasse, die sie beim Eintreffen von einer avancierten Maschine neben der Tür geholt hatte, und leerte sie.

»Es steht absolut fest, dass Maria Kvam die Möglichkeit hatte, die notwendigen Tabletten zu organisieren, um Iselin zu töten. Sie hat sie zerstoßen und einen Gemüsesmoothie zubereitet, wie ihn Iselin vielleicht jeden Abend getrunken hat. Und dann ist sie nach Bergen gereist, um sich ein Alibi zu verschaffen. So ungefähr muss es gewesen sein. Jedenfalls müsste das für eine

Untersuchung ausreichen. Für eine Festnahme und eine Hausdurchsuchung. Und dann müssen wir sehen, was wir beweisen können.«

Silje Sørensen musterte sie einige Sekunden lang.

»Amanda, du kannst gehen.«

Für einen Moment wirkte Amanda Foss verwirrt, aber dann sprang sie auf, lief zur Tür und war verschwunden.

»Die kriegt noch ihr Fett ab«, sagte die Polizeipräsidentin, sowie die Tür geschlossen war. »Aber das gilt auch für euch beide. Wie könnt ihr es wagen, in Fällen herumzustöbern, die nicht ich euch zugeteilt habe? Als ob ich nicht genug mit diesem schrecklichen Hedda-Fall zu tun hätte, und da kommt auch noch ihr ...«

Sie griff sich an den Kopf und stöhnte. Der Wutanfall war wie auf Knopfdruck gekommen, sowie die Tür hinter Amanda Foss zugefallen war. Rote Zornesflecken zeichneten sich auf ihren Wangen ab, und jetzt beugte sie sich fast drohend über Hanne Wilhelmsen.

»Das wird Konsequenzen haben. Das wird auf jeden Fall Konsequenzen haben. Für euch beide.«

»Ich habe nichts anderes getan, als die Zeitung zu lesen und selbst zu denken«, erwiderte Hanne und zuckte gleichgültig mit den Schultern. »Und was Henriks Fall angeht, so hat er sich die Unterlagen mit Ulf Sandviks Segen angesehen.«

»Na ja«, sagte Henrik und rang sich noch ein Lächeln ab. »Ich würde hier wohl nicht von Segen sprechen, es war eher ein ...«

In dem Moment wurde wütend an die Tür geklopft. Silje Sørensen verdrehte die Augen und rief »Herein«.

»Jetzt fällt das Urteil«, sagte der Polizeisekretär fast andächtig. »Das Urteil über den Terrorakt des 17. Mai. Es wird um zehn

Uhr im Gericht verlesen, aber es ist schon an uns geschickt worden. Vertraulich. Überaus vertraulich! Ich habe es nicht angesehen, nicht einmal einen kleinen Blick habe ich darauf geworfen. Das ist schließlich gegen die Vorschriften. Absolut.«

Er ging auf die Polizeidirektorin zu und hielt ein dickes Dokument auf Armeslänge von sich ab, wobei er das Gesicht wegdrehte, als trüge er eine gut gefüllte Kinderwindel.

»Verflixt«, sagte Hanne.

»Oh«, sagte Henrik.

»Lass sehen!«, forderte Hanne.

Aber Silje Sørensen schwieg. Sie las hier und dort in den Unterlagen, ohne eine Miene zu verziehen. Hanne hätte sie liebend gern aufgefordert, zum eigentlichen Urteil weiterzublättern, hielt aber weise den Mund. Bisher hatte sie sich nicht anmerken lassen, dass sie nur vier Stunden Schlaf gehabt hatte, ehe der Wecker klingelte. Die Stille in dem großen Büro und das kaum hörbare Rauschen des Rechners auf dem Schreibtisch sorgten dafür, dass ihr die Augen zufielen. Sie dachte an Maria Kvam und Iselin Havørn. An Kari Thue, die so verhärmt und armselig gewirkt hatte, mit der sie aber dennoch unmöglich Mitleid haben konnte.

Hanne dachte an Jonas Abrahamsen und betete in Gedanken, dass sie beweisen könnten, was Henrik und sie bereits wussten.

Jonas war wahrlich ein moderner Hiob.

»Alle sind verurteilt worden«, sagte endlich die Polizeidirektorin. »Keine Sicherheitsverwahrung. Sechsmal lebenslänglich, auch für Kirsten Ranvik und ihren Sohn Peder. Meinen Glückwunsch an euch beide. Die Verurteilten werden sicher allesamt in Berufung gehen, dennoch meinen Glückwunsch. Gute Arbeit.«

Sie schien ihnen das Dokument allerdings nicht zeigen zu wollen.

»Kein Wort darüber, ehe das Urteil offiziell verkündet worden ist«, betonte sie und setzte sich hinter den Schreibtisch.

Dann zog sie zwei blaue Formulare aus einer Schublade, griff zu einem Kugelschreiber und füllte beide in hohem Tempo aus. Knallte schließlich einen Punkt dahinter und reichte die Formulare Henrik, der sich unsicher erhob und sie entgegennahm.

»Es gibt noch immer einige, die mit der Hand schreiben«, sagte die Polizeidirektorin und deutete ein Lächeln an. »Ab und zu. Und bildet euch ja nicht ein, ich wäre fertig mit euch. Doch das muss warten. Geht jetzt. Besprecht Hausdurchsuchung und Festnahme mit Amanda. Aber geht.«

Hanne bewegte sich auf die Tür zu. Henrik blieb zögernd beim Schreibtisch der Polizeidirektorin stehen. Er hatte die blauen Bögen zusammengerollt und drehte sie immer wieder in der Hand.

»Darf ich weiter an dem Fall Jonas Abrahamsen arbeiten?«, fragte er kleinlaut. »Bitte?«

Silje sah ihn resigniert an. Dann deutete sie ein Kopfschütteln an, ließ sich im Schreibtischsessel zurücksinken und packte beide Armlehnen.

»Die Frage kommt ein bisschen spät, Henrik. Aber, ja. Stell fest, ob der arme Mann unschuldig verurteilt worden ist.«

»Das werde ich«, entgegnete Henrik und lächelte strahlend, ehe er plötzlich wieder todernst wurde. »Tausend Dank. Und ... Entschuldigung.«

»Das ist alles an Interessantem, was ich gefunden habe«, sagte der junge Ermittler ein wenig beschämt und stellte einen braunen halb gefüllten Karton zwischen Amanda Foss und Hanne Wilhelmsen auf den Boden.

Hanne bückte sich aus dem Rollstuhl und schaute hinein.

Ein, zwei iPads, ein Handy und einige Speichersticks. Daneben ein großer Haufen Papiere und Dokumente. Drei Packungen scheinbar ungefährlicher Medikamente. Und ein Buch, das sie hochhob und sich genauer ansah: *Putz und Plage – Giftpflanzen im Ziergarten.*

»Die hat doch verdammt noch mal niemanden mit Fingerhut oder Goldregen umgebracht«, murmelte sie und ließ das Buch wieder fallen, ehe sie die Latexhandschuhe abstreifte und den jungen Polizisten ansah. »Sucht noch eine Runde. Mindestens.«

Maria Kvam war längst abgeführt worden. Obwohl Hanne schon lange bei keiner regulären Festnahme mehr anwesend gewesen war, erkannte sie die Reaktionen der bleichen Frau. Zuerst wurde sie noch bleicher. Danach kamen die Proteste, die immer lauter wurden. Nach einigen Minuten gingen sie in die Forderung nach einem Anwalt über, vermischt mit angedeuteten und schließlich ziemlich direkten Drohungen von ungeheuerlichen Konsequenzen für die sechs Angehörigen der Polizei, falls diese die Wohnung nicht augenblicklich verließen.

Das war jetzt über eine Stunde her, und inzwischen saß Maria Kvam im Rückgebäude des Polizeireviers in einer wenig gastlichen Untersuchungszelle.

»Geld«, sagte Hanne leise. »Geld, Sex oder Rache. Vielleicht auch eine Mischung aus allem. So ist das in der Regel.«

»Was?«

Amanda starrte sie nervös an, sie wirkte schreckhaft, seit sie gemeinsam zu der geplünderten Wohnung auf Tjuvholmen gefahren waren.

»Ich hätte es begreifen müssen«, sagte Hanne. »Vorurteile sind gefährlich. Du bist nicht die Einzige, die übereilte Schlüsse zieht, Amanda.«

Die blonde Frau lächelte verwirrt.

»Ich war so sicher, dass Iselin wegen ihrer Ansichten ermordet worden war«, erklärte Hanne. »Vermutlich, weil ich diese Ansichten so widerlich finde, dass ich die Frau selbst hätte umbringen können.«

Das Lächeln von Amanda Foss erstarrte zu einer Grimasse.

»*Figuratively speaking*«, fügte Hanne resigniert hinzu. »Aber dann ging es nur um Geld. Um Eifersucht und Rache und all das Übliche. Maria war wütend, weil Iselin eine andere hatte. Und sie hatte große Angst, dass Iselin mit der Hälfte der Anteile von VitaeBrass durchbrennen könnte. Zumal Maria, wie Henrik berichtet hat, in keinem Punkt Gütertrennung vereinbart hatte.«

Sie hielt Amanda das Display ihres Handys hin, zog es aber so schnell wieder zurück, dass Amanda die Mitteilung unmöglich lesen konnte.

»Das Haus im Stugguvei. Die Hütte. Das Geld und diese Wohnung. Alles hätte geteilt werden müssen, wenn Iselin mit einer Neuen abgehauen wäre. Mit Iselins Tod aber fiel alles Maria zu. Irre.« Sie schnalzte leise mit der Zunge und legte den Kopf schief. »Was sind wir Menschen doch banal. He! Hallo, Sie!«

Sie winkte dem Polizisten, der gerade die Eimer öffnete, um nachzusehen, ob dreißig Liter weiße Farbe etwas enthielten, das für die Ermittlungen von Interesse sein könnte.

»Der Safe«, sagte Hanne, als der junge Mann näher kam. »War darin irgendetwas von Wert?«

»Kaum. Ein Fotoalbum mit alten Kinderbildern. Das habe ich liegen lassen. Schmuck und Geld liegen da drinnen.«

Er nickte zu dem Karton hinüber.

»Ist der Safe jetzt leer?«

»Ja.«

»Mal sehen«, sagte Hanne und fuhr zum Schlafzimmer hinüber.

Auch wenn die übrige Wohnung so gut wie leer war, der große Kleiderschrank war wohlgefüllt. Jedenfalls auf der einen Seite. Hanne vermutete sofort, dass Maria Iselins Überreste in aller Eile weggeräumt hatte. Mitten zwischen dem leeren und dem bestückten Teil des Schrankes stand ein hellgrauer Safe, der vielleicht anderthalb Meter hoch war. Maria hatte ihn unter lautstarkem Protest geöffnet, ehe sie abgeführt worden war, jedoch erst nachdem Hanne Drohungen geäußert hatte, von denen sie nur hoffen konnte, dass keiner der Kollegen sie auf Band aufgenommen hatte.

Die Tür stand offen, und der Safe war leer. Auf dem Boden daneben hatte der Ermittler alles abgelegt, was ihm interessant genug für die Beschlagnahmung erschienen war.

Hanne starrte in den Safe. Amanda war jetzt hinter sie getreten.

»Suchst du etwas Bestimmtes?«, wagte sie zu fragen.

»Nein. Aber der Safe an sich ist schon bemerkenswert.«

»Ja ... ach ja?«

»Ziemlich groß, findest du nicht?«

»Doch. Vielleicht. Wir brauchen keinen Safe, und da weiß ich nicht, was ...«

»Genau. Du brauchst keinen Safe. Und auf keinen Fall so einen großen. Wie heißen Sie gleich noch, Finnerud?«

Letzteres hatte sie laut gesagt.

»Ja«, rief der junge Mann aus dem Wohnzimmer.

»Kommen Sie her!«

Er brauchte weniger als zwei Sekunden.

»Untersuchen Sie den Safe für mich«, forderte Hanne. »Sie müssen alle Wände und Kanten abtasten. Die Decke und den Boden. Aber ziehen Sie Handschuhe an.«

Finnerud hob die Hände, um zu zeigen, dass er bereits Handschuhe trug, stellte dann aber fest, dass beide mit Farbe beschmiert waren. Mit rotem Gesicht riss er sie herunter und fischte neue aus der Tasche. Dann ging er auf alle viere und steckte den Kopf unter das unterste Safefach.

»Was suche ich?«, fragte er angespannt.

»Unebenheiten. Senken. Etwas, das nachgibt. Klickt. Alles, was nicht glatt, regelmäßig und lautlos ist.«

Er stöhnte, nahm die andere Hand und fluchte, als er mit dem Kopf gegen das Metallfach stieß.

Amanda Foss schwieg. Ihr brach jetzt der Schweiß aus, und ein dünner Feuchtigkeitsfilm hatte sich über ihre Stirn und die Oberlippe gelegt.

»Hier ist etwas«, keuchte der junge Mann auf dem Boden. »Fast, als ob …«

Ein leises Knacken war zu hören.

»Das ist ein …«

Der Mann zog sich aus dem Safe zurück, richtete sich auf und kniete nun auf dem Boden. Sein Schopf war feucht.

»Eine kleine Platte«, sagte er und zeigte mit den Händen ein schmales Rechteck. »Das ist aufgeglitten, als ich am Rand herumgerieben habe. Darunter liegen acht kleine Tasten. Schwarz, glaube ich, das sieht man da drinnen nicht deutlich.«

Hanne lächelte.

»Gute Arbeit, Finnerud. Ihre nächste Aufgabe ist es, herauszufinden, wer solche Safes verkauft. Dann soll die Firma sofort jemanden schicken, der weiß, wie man das Fach öffnet. Und wenn es länger dauert als …«, sie schaute auf ihre Armbanduhr, »… eine Stunde, dann holen Sie einen unserer Leute mit einem Schneidbrenner.«

Finnerud nickte und warf einen skeptischen Blick auf den Safe.

»Das muss dann aber ein großer Schneidbrenner sein«, sagte er und stand auf. »Ein verdammt großer und kräftiger Schneidbrenner!«

»Ich habe einmal ein Kind getötet.«

Es war nun fast vier Tage her, dass Hedda Bengtson entführt worden war, während sie in einem roten Kinderwagen im Kindergarten schlief.

Sechsundneunzig Stunden und sieben Minuten, Bengt zählte Minute für Minute. Es konnte nicht um Geld gehen. Niemand hatte Forderungen gestellt, niemand hatte sich an ihn gewandt, um die verdammten Millionen im Austausch gegen eine Dreijährige mit langen blonden Wimpern und Daunenhaar zu verlangen.

»Du hast doch nie im Leben jemanden umgebracht«, sagte Christel schleppend. Sie hatte sich endlich zu einem Schlafmittel durchgerungen.

Die letzten Stunden hatte sie in einer Art Dämmerzustand verbracht, aber sie war soeben aufgewacht, weil sie Durst hatte. In einem Zug leerte sie das Glas und hielt es ihrem Vater zum Nachfüllen hin.

»Doch«, entgegnete Bengt Bengtson leise, ohne das Glas zu nehmen. »Ich habe ein Kind getötet.«

Christel setzte sich mühsam auf.

»Was sagst du da?«, murmelte sie. »Ich brauche Wasser.«

Er gab ihr seine eigene Flasche.

»Du musst mir glauben«, sagte er. »Du musst mir jetzt zuhören und mir glauben. Ich hätte es dir schon längst erzählen sollen.«

»Was denn?«, nun schrie sie und wich von ihm zurück. »Papa! Sag so etwas nicht!«

»Ich habe eine Dreijährige getötet«, gestand Bengt. »Sie hieß Dina.«

Er hatte geglaubt, ihren Namen vergessen zu haben. Er hatte sich gezwungen, ihn zu vergessen, alles über das Kind und seinen armen Vater zu vergessen. Aber es war unmöglich, das kleine Mädchen zu vergessen, das Dina Abrahamsen geheißen hatte, doch bisher hatte er geglaubt, es sei ihm gelungen.

»Wovon redest du da?«, schrie Christel.

»Du warst so klein. Acht Jahre. Mama war erst zwei Jahre weg. Wir waren allein, Christel. Du warst zu jung, um es zu erfahren. Es war ein Unfall. Ein eindeutiger Unfall. Die Polizei sagte, mir könne man nichts vorwerfen, ich hätte nicht …«

Er verstummte, als sie aus dem Bett sprang und in die Ecke zurückwich, wo weiße Wand auf groß geblümte Tapete stieß. Sie hob die Hände schützend vor sich.

»Aufhören«, fauchte sie. »Papa. Schluss. Hedda ist nicht tot.«

Er schlug die Hände vors Gesicht.

»Nein. Sie ist nicht tot.«

»Aber warum quälst du mich mit dieser Geschichte? Warum erzählst du von toten Kindern, und dass du jemanden getötet hättest und …«

Bengt erhob sich mit steifen Bewegungen vom Bett. Das Zimmer drehte sich, er musste sich breitbeinig hinstellen. Als er das Gleichgewicht wiedergefunden hatte, öffnete er die Arme und schloss die Augen aus Angst, dass Christel nicht zu ihm kommen würde.

Doch sie kam.

Er musste sie beide aufrecht halten. Dabei konnte er nur mit großer Mühe stehen, aber Christel war so schmal in seinen Armen, so schmächtig und erschöpft, dass er sie hochhob und zurück ins Bett legte. Er wickelte sie fest in eine Decke, und sie kauerte sich in Embryohaltung zusammen.

»Du hättest das Geld nie gewinnen dürfen, Papa. Wir müssen das der Polizei erzählen. Vielleicht will die Familie dieses kleinen Mädchens es haben.«

Ihre Stimme war so leise, dass Bengt sein Gesicht ganz dicht an ihres halten musste.

»Die wollen sicher Geld«, wimmerte sie. »Aber warum melden die sich nicht? Papa, warum sagen die nichts?«

Christel war beängstigend blass. Sie faltete die Hände und biss hinein, so hart, dass sich rote Abdrücke in der Haut zeigten.

»Tu das nicht«, flüsterte er und versuchte, ihre Hände festzuhalten.

Endlich schaute sie auf.

Flehen, Unglauben und Verzweiflung, dies alles in Christels Blick schien sie zu zerbrechen. Bengt hatte das schon einmal gesehen, nur einmal, vor mehr als vierzehn Jahren. Er hatte ein Kind überfahren, ein dreijähriges Kind, und er wusste noch so gut, dass sie Dina geheißen hatte.

Die Polizei war gekommen. Und ein Krankenwagen, in hohem Tempo und mit schrillen Sirenen. Als er losfuhr, geschah das langsam und in aller Stille, und auf der Bahre im Inneren des Wagens lag ein winzig kleiner Körper, dem niemand mehr helfen konnte.

Er wusste noch, dass er geweint hatte.

Er wusste noch, dass Schulkinder, geschockt und neugierig, von der Polizei zurückgehalten wurden, die ihm den Führerschein abgenommen hatte, den er dann nach nur zwei Wochen zurückbekommen hatte. Bengt erinnerte sich an den beißenden Wind. Das Wetter war trist und regnerisch, und in seinem Körper steckte ein Frost, der ihn lange nicht verlassen sollte. Eine einsame Straßenlaterne warf ein gelbes und übelkeiterregendes Licht auf das kreideweiße Kind mit den halb offenen Augen und dem Blutfaden unter der Nase.

Das war alles. Ein dünner Streifen Blut aus dem linken Nasenloch, aber die Kleine war tot.

Es war nicht Bengts Schuld gewesen. Das hatte er schon damals gewusst, und in den folgenden Wochen hatte er deshalb mit dem Geschehenen leben können: Es war ein Unfall. Ein Ereignis, wie es ab und zu eben eintrifft. Ein Zufall mit katastrophalem Ende.

Es war niemandes Schuld.

Das Weihnachtsfest war schwer zu ertragen gewesen, aber aus Rücksicht auf Christel schaffte er es, sich nichts anmerken zu lassen. Er suchte die Eltern des Kindes einige Wochen später auf, aber der Vater wollte ihn nicht sehen. Die Mutter wirkte gehetzt und verweint, aber sie bedankte sich höflich für die weißen Rosen zur Beerdigung.

Mit der Zeit wurden die Umstände von Dinas Tod zu einem wunden Punkt in Bengt Bengtsons Lebensgeschichte reduziert. Etwas, auf das er zu gern verzichtet hätte, das ihm aber nicht nennenswert zu schaffen machte. In den letzten Jahren hatte er kaum noch daran gedacht.

Aber er hatte es nicht vergessen. Nichts davon war wirklich verschwunden. Aber am schwersten war es, den Blick des Mannes in der grünen Daunenjacke zu vertreiben. Er stand dort mit seiner sterbenden Tochter in den Armen und schrie zu dem tief hängenden bleigrauen Himmel hinauf, bis er plötzlich verstummte, Bengt anstarrte und sagte: »Das war meine Schuld.«

Jonas Abrahamsen hieß er, und Christel erinnerte ihn jetzt an den Mann.

Der Blick war erschreckend ähnlich, und das war nicht zu ertragen.

»Ja«, flüsterte Bengt seiner Tochter zu. »Ich werde der Polizei erzählen, dass es einen Mann gibt, der mir vielleicht übel gesinnt ist. Der mir vielleicht seit vierzehn Jahren übel gesinnt ist. Ich werde jetzt ins Wohnzimmer gehen und es ihnen erzählen.«

Maria Kvam saß in der Zelle und versuchte, das grelle Licht auszusperren.

Doch es brachte nichts, die Augen zu schließen. Dann wurde alles weiß, mit grauen Flecken, die über die Netzhaut tanzten und die Kopfschmerzen verschlimmerten. Sie saß auf einer gemauerten Pritsche. Sie hatten ihr keine Matratze gegeben, aber das spielte keine Rolle. Es war zu warm hier drinnen. Das Klo in der Ecke stank nach Urin. Auch die Toilette war aus Zement gegossen und hatte keinen Deckel. Maria zog mit fest zusammengekniffenen Augen an ihrem Pullover, dieses Licht machte sie verrückt.

Sie dachte nicht an Iselin.

Sie wollte einfach nicht an Iselin denken, die sie im Stich gelassen hatte, obwohl Maria ihr alles gegeben hatte. Sogar auf ihren eigentlichen Vornamen hatte Maria ihretwegen verzichtet. Als sie sich kennenlernten, hatte Iselin Havørns Leben aus kaum mehr als einem schlechten Blog und einem Haufen knallbunter Kleider bestanden. Sie war seit einer Ewigkeit krankgeschrieben und vollkommen abgebrannt. In der Esoterikszene und ähnlichen Zirkeln hatte sie zwar einen guten Namen, aber an sich war sie doch nichts anderes als eine verdammte Glücksjägerin.

Wie es sich dann herausstellen sollte.

Maria dachte nicht an Iselin, denn es war so einfach gewesen, sie zu hassen, wie es einmal einfach gewesen war, sich Hals über

Kopf in sie zu verlieben und ihr alles zu geben. Iselin musste sterben, weil sie es verdient hatte, und jetzt war sie nicht einmal mehr einen Gedanken wert.

Wer sich ihr aufzwang, war Anna.

Die kleine Schwester, die immer besser gewesen war. Hübscher. Reizender. Tüchtiger natürlich, und Papas süße Kleine. Als Kind hatte Maria nicht so viel darüber nachgedacht. Der Altersunterschied war zu groß. Sogar Maria musste zugeben, dass Anna entzückend war, mit drei Jahren in der geerbten Tracht am 17. Mai.

Doch später hatte sich alles verändert.

Maria versuchte, sich auf die Pritsche zu legen, aber das Licht wurde nur noch aufdringlicher, und ihre Schulterblätter taten weh. Sie setzte sich wieder auf und fing dann an, in der Zelle hin und her zu gehen.

Es gab hier so viele Geräusche. Lautes Rufen. Das heftige Fluchen irgendeines Mannes, grob und immer obszöner in seinem Verlangen nach Aufmerksamkeit durch das Arrestpersonal. Irgendwer weinte, Schlüssel klirrten, und für einen Moment blieb Maria starr stehen und horchte. Es klang, als wollte jemand ihre Zellentür öffnen.

Und sie vielleicht hinauslassen. Erklären, alles beruhe auf einem Missverständnis, und sie könne nach Hause gehen.

Anna drängte sich auf. Als Maria sich wieder auf die Pritsche setzte und die Augen schloss, sah sie ihre Schwester auf dem Badezimmerboden liegen, in einer Blutlache, das halbe Gesicht zerschmettert. Anna hob die rechte Hand, jene Hand, die die Pistole gehalten hatte, mit der sie sich hatte erschießen wollen. Denn so musste es gewesen sein, schließlich hatte ihr Testament auf dem Küchentisch gelegen.

Jetzt hielt Anna ein blutiges Handy in der Hand, und eine

SMS hatte Maria in den Stugguvei 2 B gerufen. An den seltsamen Text konnte sie sich noch immer erinnern.

Komm kommjetzt Bald. Serbien

Wenn die Nachricht eine einigermaßen verständliche Botschaft enthalten hätte, hätte Maria sich vermutlich nicht die Mühe gemacht, in den Stugguvei zu fahren.

Anna war nach Dinas tragischem Tod immer deprimierter geworden. Im ersten Jahr hatte Maria das Gefühl gehabt, ihrer Schwester näherzukommen. Anna wollte immer Menschen um sich herum haben, und es war schön, dass sie immer wieder Kontakt suchte. Maria war beim Tod ihrer Nichte in Australien, aber Anna schickte ihr ein bezahltes Rückflugticket und flehte sie an, zur Beerdigung nach Hause zu kommen.

Zum ersten Mal brauchte die Schwester sie.

Doch mit der Zeit brauchte sie niemanden mehr.

Anna vergrub sich immer tiefer in einer schweren Depression. Es war anstrengend, mit ihr umzugehen, fand Maria. Ziemlich langweilig, um ehrlich zu sein. Während Anna sie anfangs bei jedem Besuch umarmt hatte und oft nach einer Menge Wein und ins Haus geliefertem Essen in ihren Armen geweint hatte, wurde sie nach und nach überaus nüchtern. Und immer abweisender. Maria hatte inzwischen Røar geheiratet, und im Sommer 2003 waren sie noch einmal nach Australien geflogen. Maria war nur aus dem Grund kurz vor Weihnachten 2003 nach Norwegen zurückgekommen, weil ihr das Geld ausgegangen war.

Røar blieb *down under*, aber zur Scheidung konnten sie sich erst 2006 aufraffen.

Er hatte ihr immerhin einen feineren Nachnamen hinterlassen. Hansen, ihren Geburtsnamen, konnten beide Schwestern nicht ausstehen.

Maria hatte Anna Ende November in der Hoffnung auf eine

kleine Unterstützung aufgesucht. Das wäre mehr als nur gerecht gewesen. Als ihre Eltern 1993 im Abstand von nur sechs Wochen gestorben waren, war für alle Welt deutlich geworden, wie die Alten für ihre Kinder empfunden hatten. Der Verkauf der Weißwarenfirma hatte einiges eingebracht. Der Vater hatte den Familienbetrieb wie einen Geldspeicher geführt, geiziger noch als Dagobert. Es war ein schönes Erbe, das nach der Bestattung der Mutter verteilt werden sollte, und Maria war davon ausgegangen, dass die Schwestern zu gleichen Teilen bedacht werden würden.

Doch die Eltern hatten Anna mehr geliebt. Sie bekam das Elternhaus, die Hütte und den Anteil am Ferienhaus der väterlichen Familie bei Arendal. Außerdem sechs Millionen Kronen. Für Maria blieben vier Millionen Kronen. Mehr nicht. Geschockt hatte sie einen Anwalt aufgesucht, einen arroganten Sack. Streng genommen hätte Maria nur Anspruch auf den Pflichtteil, hatte er kurz erklärt, und das Testament der Eltern vor Gericht anzufechten, wäre Zeit- und Geldverschwendung. Der nächste Anwalt sagte genau dasselbe.

Die vier Millionen hatten für einige Jahre gereicht. Maria hatte ihre Finanzen durch einen Job ab und zu aufgestockt, aber arbeiten lag ihr nicht so sehr. Sie hatte anderes zu tun. Reisen. Neue Menschen kennenlernen, neue Länder erkunden. Während Anna eine prüde Sklavin der bürgerlichen Konventionen war, war Maria ein Freigeist.

Im November hatte Anna Marias Bitten gegenüber gleichgültig gewirkt. Sie schrieb einen Scheck über zehntausend Kronen aus und ließ es dabei bewenden. Als ob eine solche Summe auch nur die geringste Hilfe gewesen wäre. Anna hatte den Geiz des Vaters geerbt, und Maria hatte sich drei Wochen lang nicht bei ihr blicken lassen.

Die SMS war seltsam gewesen. Als sie eintraf, saß Maria im

Auto und war unterwegs nach Årvoll, um einer Freundin bei den Vorbereitungen für das Silvesterfest zu helfen. Sie brauchte nur einige Minuten vom Ring 3 zum Stugguvei. Ehrlich gesagt war sie ein wenig neugierig, weshalb ihre Schwester ihr eine Nachricht geschickt hatte, die das Wort »Serbien« enthielt. Erst viele Jahre später ging ihr auf, dass Nokias Autokorrektur schuld daran gewesen war. »Ich sterbe« wurde zu »Serbien«, wenn man den Zwischenraum zwischen beiden Wörtern ausließ.

»Ich sterbe«, hatte Anna geschrieben.

Und das tat sie auch.

Maria hatte zuerst geklingelt, eher aus Faulheit denn aus Höflichkeit. Die Schlüssel lagen noch im Wagen. Als Anna nicht öffnete, wollte sie schon wieder gehen, aber die Neugier war dann doch stärker. Maria holte die Schlüssel und betrat das Haus.

Es wirkte so still, dass sie sich dabei ertappte, wie sie sich ebenfalls mäuschenstill bewegte. Vorsichtig streifte sie die Winterschuhe ab und hängte ihren Mantel im Gang auf, ehe sie sich in die große Küche schlich, wo sie immer saßen. Die war leer. Und ganz ungewöhnlich sauber.

Anna war immer ordentlich gewesen. Schon als Kind war sie viel häufiger für ihr aufgeräumtes Zimmer gelobt worden, obwohl sie sieben Jahre jünger als Maria war. In den letzten Monaten war der Ordnungssinn jedoch zur Manie geworden. Immer stand alles dort, wo es hingehörte, man konnte nicht einmal ein leeres Wasserglas abstellen, ohne dass Anna es sofort ausspülte und in der Spülmaschine platzierte.

Aber dieser Anblick war absurd. Es musste irgendein Zwangsleiden dahinterstecken.

Maria blieb stehen und schaute sich mit offenem Mund um. Die Küche war fast quadratisch, mit einer hufeisenförmigen Einrichtung an drei Wänden. In der Mitte des großen Raumes befand sich eine Kücheninsel mit Spülbecken und zwei einander gegenüberstehenden Barhockern.

Alle Arbeitsflächen waren nackt. Nicht einmal der Wasserkocher war zu sehen. Der Spüllappen, der stets sorgfältig zusammengefaltet über dem Wasserhahn hing, war verschwunden. Das galt auch für die Spülbürste, die immer in einem Drahtkorb über dem Spülbecken gehangen hatte. Die Küche wirkte vollkommen unbewohnt.

Jetzt war Maria ein wenig besorgt.

Sie öffnete den Kühlschrank, der fast leer war. Der Chlorgeruch war hier noch stärker, und nicht einmal in der Gemüseschublade war ein Schmutzrest zu entdecken. Drei Flaschen Mineralwasser standen in einem Fach in der Tür, das war alles.

Erst als Maria die Kühlschranktür schloss, sah sie die Briefe.

»Nein«, rief Maria und öffnete die Augen.

Dieses Licht war Körperverletzung. Es konnte doch nicht erlaubt sein, Menschen in Gefangenschaft dermaßen zu quälen. Sie hatte zudem Durst, und ihre Kopfschmerzen wurden immer schlimmer. Mühsam ging sie zur Tür. Der brüllende Mann hielt endlich den Mund, aber das Weinen aus der Nachbarzelle war noch immer nicht verstummt.

»Ich brauche Wasser!«, rief Maria Kvam und schlug gegen das Metall.

An Anna wollte sie nicht mehr denken.

Der Mann mit dem Schneidbrenner traf genau im selben Moment in Maria Kvams Wohnung ein wie die Vertreterin von SafeGuard. Der Polizist wirkte enttäuscht darüber, dass die Frau Mitte vierzig mit dem engen Rock und den hohen Absätzen den Safe öffnen sollte, und er musste unverrichteter Dinge wieder abziehen, als es sich herausstellte, dass SafeGuard seine Produkte voll im Griff hatte. Und seine Angestellten. Die rothaarige Frau brauchte sechs Minuten, um Maria Kvams Code zu entschlüsseln, während sie mit geschlossenen Beinen und Jimmy-Choo-Schuhen an den Füßen davorhockte.

Hanne war beeindruckt.

Die Frau hob vorsichtig die Metallplatte hoch, die das Geheimfach unten im Safe verdeckte, legte sie auf den Boden und richtete sich in einer einzigen weichen, eleganten Bewegung auf. »Dann ziehe ich mich zurück«, sagte sie und nickte Hanne kurz zu. »Ich warte im Wohnzimmer, falls ich noch gebraucht werde.« Damit ging sie.

»Was zum Teufel?«

Der Polizist Ole Finnerud starrte ungläubig auf das kleine, jetzt offene Fach.

»Da«, sagte Hanne Wilhelmsen, bückte sich und hob ein Blatt Papier auf. »Das nenne ich einen Fund von Interesse. Von sehr großem Interesse.«

Niemand brachte Maria Kvam Wasser. Sie schlug an die Tür, bis ihre Hände schmerzten, dann gab sie auf.

Wenn sie wieder zu Hause wäre, würde sie sich bei Amnesty beschweren.

Während Iselin starb, war Maria in Bergen gewesen, und niemand konnte das Gegenteil beweisen. Die Polizei hatte ihre Wohnung sicher schon längst wieder verlassen. Dort war nichts zu finden. Im Safe gab es nichts Interessantes.

Abgesehen von dem doppelten Boden.

Doch es war unmöglich, den doppelten Boden zu entdecken, und bald würde jemand kommen und Maria aus der Zelle lassen. Sie legte sich noch einmal auf die Pritsche, um sich darauf zu konzentrieren, weder an Iselin noch an Anna zu denken.

Auf Annas glänzend sauberem Küchentisch hatten zwei Briefe gelegen.

Der eine war die zusammengefaltete Scheidungsbewilligung. Jonas und Anna galten jetzt offiziell als getrennt.

Der andere war ein weißer verschlossener Umschlag. Anna hatte mit der Hand »Jonas« daraufgeschrieben. Sonst nichts. Maria fühlte sich versucht, den Brief zu öffnen, ließ es aber. Anna würde sauer sein. Noch missmutiger und mürrischer, als sie es ohnehin schon war.

»Anna?«

Maria verließ die Küche. Nach wie vor konnte sie nichts anderes hören als ab und zu Rufe vom Nachbargrundstück, wo offenbar die Vorbereitungen für ein Fest getroffen wurden. Als sie die Lampen im Wohnzimmer einschaltete, sah sie, dass Annas Waschzwang sich auch dort bemerkbar gemacht hatte. Der Raum wirkte nahezu steril. Keine Zeitung oder Kaffeetasse waren zu sehen. Keine Blume oder Pflanze, keine Strickarbeit und kein zur Hälfte gelöstes Kreuzworträtsel. Die Bücher im Regal standen aufrecht wie Soldaten da, sortiert nach Form und Farbe und alle genau gleich weit von der Kante entfernt.

Zu diesem Zeitpunkt bekam Maria es wirklich mit der Angst zu tun, vor allem, weil sie nicht begreifen konnte, was hier eigentlich los war.

»Anna?«

Da hörte sie von oben ein Geräusch. Zögernd ging sie hinauf in den ersten Stock. Die Badezimmertür stand offen, und das Licht von dort fiel wie ein Kegel in den Gang.

»Anna«, sagte Maria noch einmal und wagte sich Schritt für Schritt auf die offene Tür zu.

Es waren Annas Augen, die später am schwersten zu vergessen waren.

Sie presste die linke Hand gegen ihr Gesicht. Das schien eingesunken zu sein. Oder etwas fehlte. Das Blut quoll zwischen ihren Fingern hervor. In der rechten Hand hielt Anna ein Handy, wortlos streckte sie es Maria hin.

Es gab keinen Mund, mit dem sie etwas hätte sagen können, das begriff Maria jetzt. Keinen Mund, um einen Rettungswagen zu holen. Keine Stimme, um 112 oder eine andere Nummer anzurufen, und deshalb hatte sie Maria eine SMS geschickt.

Anna versuchte erfolglos, sich aufzusetzen.

Auf dem Boden lag eine Pistole.

Jetzt ließ Anna das Handy fallen und streckte die Hand nach der Waffe aus. Wollte sie noch einmal auf sich schießen?

Vielleicht wollte sie ihre Schwester erschießen?

Blitzschnell ging Maria in die Hocke und schnappte sich die Pistole. Sie starrte die Waffe erschrocken an und ließ sie auf den Boden fallen, als ob sie sich daran verbrannt hätte. Nun lag die Pistole immerhin so, dass Anna sie nicht erreichen konnte.

Anna gurgelte etwas Unverständliches und versuchte, sich zur Tür zu aalen. Maria trat zwei Schritte zurück, aber das war nicht nötig. Anna konnte sich nicht mehr fortbewegen.

Ihre Schwester war vielleicht noch zu retten.

Doch wenn Anna starb, würde Maria sie beerben. Dem Scheidungsbegehren war stattgegeben worden, und Maria hatte einen Bekannten, der das Gleiche durchgemacht hatte. Seine Frau war nur vier Wochen nach der offiziellen Trennung gestorben, und er hatte mit leeren Händen dagesessen.

Maria hatte auch nichts.

Sie könnte selbst die 112 anrufen. Anna schien durch den Druck auf die Wunde die allerschlimmste Blutung gestillt zu haben. Oder sie hatte den Blutstrom jedenfalls verlangsamt.

Vorsichtig zog Maria sich zurück, bis sie von Anna nicht mehr gesehen werden konnte. Dann ging sie die Treppe hinunter und durch das Wohnzimmer, hinaus auf den Gang und weiter in die Küche. Mit Händen, die nur ganz wenig zitterten, riss sie den Brief auf, den Anna für Jonas hinterlegt hatte.

Ein Abschiedsbrief, wie sie sehr schnell begriff.

Und ein Testament.

Jonas sollte Anna beerben.

Da wurde Maria wütend. Sie fluchte laut und riss das Testament in so viele Fetzen, wie sie nur konnte. Anschließend steckte sie die Fetzen in den Mund, kaute darauf herum und spuckte sie um sich. Sie fluchte und schrie, riss sich jedoch so plötzlich zusammen, dass es ihr den Atem verschlug.

Sie musste jeden einzelnen Papierfetzen finden. Akribisch machte sie sich an die Arbeit. Am Ende war die Küche wieder makellos.

Maria steckte den Abschiedsbrief in die Tasche, legte die Scheidungsbewilligung in eine Schublade und schaute sich um. Alles sah genauso aus wie vor ihrem Kommen.

Abgesehen von den beiden Briefen, die nun verschwunden waren.

Jetzt musste sie noch einmal nach oben ins Badezimmer, so gern sie sich auch aus dem Staub gemacht hätte. Wenn sie den Abschiedsbrief einfach zurücklegte und Anna sterben ließe, würde alles in Ordnung sein.

Oder vielleicht doch nicht?

Annas Brief an Jonas konnte sie nicht wieder hinlegen. Nicht ohne das Testament, von dem der Brief teilweise handelte. Doch das lag jetzt in winzigen feuchten Fetzen in ihrer Hosentasche.

Nicht alle, die sich das Leben nahmen, hinterließen einen Brief, dachte Maria, als sie die Treppe hochging. Sollte sie zum Auto hinauslaufen und den Notarzt alarmieren? Vielleicht war ja

Annas Leben noch zu retten. Aber wenn sie starb, würde Maria reich werden. Dieses Haus erben. Die Hütte. Annas Geld.

Maria verlangsamte ihre Schritte, als sie sich dem Badezimmer näherte.

Das Problem war, dass sie sich schon so lange im Haus aufhielt. Sie warf einen Blick auf ihre Armbanduhr. Vor zwanzig Minuten war sie angekommen. Einer der Nachbarn konnte sie gesehen haben. Und auch er konnte einen Blick auf die Uhr geworfen haben.

Maria hatte keine gute Erklärung dafür, dass sie nicht schon längst die 112 angerufen hatte. Außerdem würde sich ihr kaum eine Möglichkeit bieten, das zerkaute Testament und den Brief an Jonas beiseitezuschaffen, wenn sie jetzt anriefe.

Verzweifelt begann Maria zu weinen. Lautlos und nicht um Anna, die wieder die Hand nach ihr ausstreckte und etwas gurgelte. Ihr Blick erstarb allmählich, vermutlich war es zu spät. Alles war zu spät. Anna war nicht mehr zu retten, entschied Maria und weinte bitterlich über ihr eigenes Schicksal.

Niemand durfte jemals die seltsame Mitteilung lesen, die sie erhalten hatte. Die Polizei würde über die Telefongesellschaft feststellen können, dass das Handy verwendet worden war, aber nicht, was in der Mitteilung gestanden hatte. Dazu würden sie das Handy brauchen. Maria bückte sich ins Badezimmer und griff danach.

Die Pistole, fiel ihr dann ein, und Panik erfasste sie. Die hatte sie bereits berührt. Während ihre Fingerabdrücke an anderen Stellen im Haus damit erklärt werden konnten, dass sie oft zu Besuch kam, würde es sehr viel schwieriger sein, ihre Fingerabdrücke an einer mit Blut besudelten Pistole zu begründen.

Nein, es wäre unmöglich.

Sie hatte keine Ahnung, was sie tun sollte, und deshalb nahm sie die Pistole mit. Pistole und Handy wurden in Toilettenpapier gewickelt, dann steckte sie beides in ihren Hosenbund. Als sie einen Schritt zur Seite treten musste, um nicht das Gleichgewicht zu verlieren, berührte sie Annas Hand. Die war noch immer warm.

Wärme, dachte Maria. Wärme verlangsamt den Todesprozess. Anna war dabei zu verbluten, aber das durfte nicht um sechs Uhr passieren. Der Tod musste später eintreten. Maria hatte keine Ahnung, wie viel später es werden würde, aber sie stellte den Thermostat auf Maximalstärke. Bei der Fußbodenheizung und dem Handtuchhalter, die sie beide erreichen konnte, ohne in das Blut treten zu müssen.

Dann schloss Maria die Tür und ließ ihre Schwester sterben.

Sie wusste bereits, was sie am nächsten Vormittag tun würde, und es würde einfach sein, bei diesem Wetter. Die Fenster konnte sie erreichen, ohne auch nur mit einem Blutstropfen in Berührung zu kommen.

Und Maria würde Anna beerben.

»Das ist nur gerecht«, sagte Maria zu sich selbst und schaute aus zusammengekniffenen Augen zur Deckenlampe hinauf. »Das ist die einzig gerechte Lösung. Und Annas Leben ist ja doch nicht mehr zu retten.«

Sie hatte es nie bereut. Eigentlich hatte sie sich ja auch nichts zuschulden kommen lassen. Wenn Anna aller Wahrscheinlichkeit zum Trotz überlebt hätte, hätte sie entsetzlich ausgesehen. Sie hatte sterben wollen, hatte es aber nicht geschafft, sich das Leben zu nehmen. Maria hatte ihr geholfen, und dass sie danach ihr Elternhaus und alles, was rechtmäßig ihr gehörte, zurückbekommen hatte, konnte ja wohl niemand kritisieren.

Dass Jonas hingegen auf die Idee kommen würde, Anna mitten in der Nacht zu besuchen und sich danach in ein Netz aus idiotischen Lügen zu verstricken, konnte man Maria wahrlich nicht vorwerfen. Das hatte er sich wirklich selbst zuzuschreiben. Für Maria bedeutete der Besuch von Jonas im Stugguvei 2 B allerdings einen Glücksfall. Oder vielleicht einen Beweis dafür, dass das Schicksal ihr endlich wohlgesinnt war.

Sie bereute nichts und setzte sich plötzlich auf, um wieder gegen die Zellentür zu hämmern. Ihre Zunge fühlte sich an wie Sandpapier.

Annas Handy hatte sie am Neujahrstag zertreten, ehe sie zum Stugguvei gefahren war, und sie hatte es unterwegs in einer Mülltonne entsorgt. Die Pistole hatte sie ins Meer werfen wollen, aber es dauerte ewig, bis sich ihr eine Gelegenheit bot. An den ersten Tagen des Jahres 2004 war sie außer sich vor Angst gewesen und hatte viele Stunden bei der Polizei gesessen. Da lag die Pistole noch immer unter dem Sitz im Auto, und ihr Herz blieb fast stehen, wenn jemand an die Tür des Vernehmungsraumes klopfte. Zum Glück wurde sie wie eine Schwester in tiefer Trauer behandelt, und bei den Unterbrechungen ging es in der Regel um das Angebot von Kaffee und Mineralwasser. Als Jonas festgenommen wurde, atmete Maria auf, und im Frühjahr machte sie dann einen Ausflug mit der Dänemark-Fähre.

Die Pistole verschwand im Skagerrak.

Den Abschiedsbrief dagegen brauchte sie. Den konnte sie einfach nicht verbrennen.

Sie hatte ihn im ersten Jahr sicher hundertmal gelesen.

Er schenkte ihr solchen Trost, dieser Brief. Anna hatte sterben wollen, mehr als alles andere, und Maria hatte ihr dabei geholfen. Anna auf dem Badezimmerboden zu verlassen, war eine barmherzige Tat gewesen. Das einzig Richtige, und der Brief gab ihr Ruhe und die Überzeugung, sich nicht falsch verhalten zu haben.

Es war ein schöner Brief, und sie behielt ihn.

Zudem hatte sich der Brief als nützlich erwiesen und lag jetzt unter dem doppelten Boden im Safe, von dessen Existenz niemand etwas ahnte.

»Hallo«, rief Maria und schlug mit beiden Händen gegen die Metalltür. »Ich verdurste!«

Aber niemand brachte ihr Wasser. Das passierte erst viele Stunden später.

»Verurteilt, die ganze Bande«, sagte Bonsaksen und klatschte in die Hände, als er, ohne anzuklopfen, Henriks Büro betrat. »Meinen Glückwunsch!«

Henrik schaute vom Bildschirm hoch und lächelte den pensionierten Hauptkommissar an.

»Streng genommen dürften wir uns zu Verurteilungen nicht gegenseitig gratulieren«, sagte er. »Aber danke. Es wurde auch niemand für unzurechnungsfähig erklärt. Wie geht es denn da unten in Frankreich?«

»Perfekt«, sagte Bonsaksen zufrieden und ließ sich in den Besuchersessel fallen. »Wir haben jetzt drei Tiere zur Zucht bestellt, Australian Cobberdogs. Einen aus Australien, zwei aus den Niederlanden. Das wird gut. Und dann das Wetter! Auch wenn nicht gerade Sommer ist, es ist doch etwas anderes als diese triste Suppe hier.«

Er zeigte träge in den grauen Tag hinaus und fischte einen Zigarrenstummel aus der Brusttasche. Henrik hätte schwören können, dass es derselbe war wie beim letzten Mal.

Inzwischen war es kurz nach elf.

»Du bist tüchtig, Holme. Richtig gut. Das kannst du dir anrechnen, jetzt sitzen zweiundzwanzig verdammte Terroristen hinter Schloss und Riegel, und ein Großteil der Ehre kommt dir zu, Junge.«

Er rieb sich mit der rechten Hand das Gesicht und schüttelte heftig den Kopf, wie um aufzuwachen.

»Bist du im Fall Abrahamsen genauso tüchtig?«, fragte er dann und sah sich um.

»Der Ordner steht bei mir zu Hause«, erklärte Henrik beruhigend. »Unversehrt. Wir haben ihn uns sehr genau angesehen, Hanne Wilhelmsen und ich. Und sind schon ein Stück weiter. Ein gutes Stück weiter sogar.«

»Und was meinst du jetzt? Habe ich recht? Ist der arme Kerl doch unschuldig?«

Henrik deutete ein Lächeln an und schlug unter dem Tisch die Hacken zusammen.

»Ich glaube schon, ja, wirklich. Zuerst hatte ich einen Selbstmord vermutet, aber nach und nach bin ich zu der Überzeugung gelangt, dass ...«

In dem Moment klingelte sein Handy.

»Entschuldigung«, sagte Henrik zu Kjell Bonsaksen und griff danach. »Hallo, Hanne.«

Das Gespräch dauerte sechseinhalb Minuten. Ohne dass Henrik mehr dazu beitrug als einige kurze Fragewörter. Bonsaksen holte sich vom Moccamaster einen Kaffee und las auf seinem iPhone Nachrichten, schien Henrik aber nicht ungestört telefonieren lassen zu wollen.

Endlich war das Gespräch zu Ende. Henrik erhob sich.

»Du kommst mir jetzt aber blass vor!«

Kjell Bonsaksen schaute mit besorgtem Blick zu ihm auf und schob den Zigarrenstummel wieder in die Tasche. »Stimmt etwas nicht?«

Henrik ging zu einem Knauf an der Tür und griff zu seiner Lederjacke.

»Ich muss herausfinden, wo Jonas Abrahamsen wohnt«, erklärte er unglücklich und schlug sich gegen den Hinterkopf. *»Dumm, dumm.«*

»Der wohnt in Maridalen. Das habe ich nachgesehen, als ich ihn Anfang des Monats an der Tanke getroffen hatte. Was ist los?«

»Hanne hat mich gebeten, ihn so schnell wie möglich zur Vernehmung zu holen. Er ist unschuldig, Bonsaksen. Es sieht wirklich aus, als hättest du vollkommen recht gehabt. Hanne will ihn herholen, ehe die Sache an die Medien durchsickert.«

»Was zum Teufel ...« Der pensionierte Polizist sprang in einem Tempo auf, das man ihm absolut nicht zugetraut hätte. »Ich komme mit«, sagte er entschieden. »Dann kannst du mir unterwegs alles erzählen.«

Henrik zögerte einige Sekunden. Dann zog er sich die Jacke an und wickelte den Schal um den Hals.

»Schön«, sagte er und nickte. »Ist sicher besser, wenn du mitkommst.«

»Heute darf ich nach Hause«, sagte Hedda zufrieden und nahm einen großen Bissen von ihrem Apfel. »Heute holen sie mich.«

»Heute brauchst du nicht mehr hierzubleiben«, bestätigte Jonas, nickte und hielt ihr das Kinn hoch, während er ihr in die Augen schaute. »Aber bist du sicher, dass du nicht hierbleiben willst? Bei Jonas bleiben?«

Hedda lachte. Die kreideweißen Milchzähne funkelten im Licht der Schusterlampe über dem Küchentisch.

»Neiiiin«, kreischte sie. »Ich will zu Mama und Opa. Ui!«

Sie riss sich aus Jonas' Griff los und rannte zum Fenster.

»Polizei!«, rief sie begeistert. »Vielleicht suchen die einen Dieb!«

Jonas ging ruhig zu ihr und schaute hinaus.

Auf der anderen Seite des Feldes, unterhalb der Straße, fuhren zwei Streifenwagen heran. Sie kamen ohne Sirenen, aber mit Blaulicht, das durch die graue Dunkelheit des Vormittags flackerte. Der Schnee, der in der vergangenen Woche so reichlich gefallen war, war fast verschwunden. Hier und da lagen noch einzelne Flecken und hier oben am Straßenrand schmutzige Schneehaufen.

»Bestimmt suchen die einen Dieb«, sagte Jonas und nickte. »Und jetzt gehen wir beide mal kurz ins Schlafzimmer.«

»Nein«, jammerte die Dreijährige. »Ich will das sehen. Ich will raus. Warum können wir nicht rausgehen, Jonas?«

»Weil ich etwas Wichtiges zu erledigen habe«, antwortete Jonas. »Komm jetzt, Herzchen. Wir gehen ins Schlafzimmer.«

»Das ist verdammt noch mal eine Wahnsinnsgeschichte«, sagte Bonsaksen und blinkte am Sandermosvei nach links. »Das Schlimmste, was ich je gehört habe. Der arme, arme Jonas. Und hatte Maria Kvam wirklich den Anfang von Annas echtem Abschiedsbrief als Schablone für den gefälschten genommen, den sie selbst geschrieben hat?«

»Ja. Sie wollte ihn wohl ... authentisch klingen lassen. Jedenfalls war er Wort für Wort identisch mit den ersten vier Sätzen. Ich hatte sie schon einmal gelesen. Sie waren überaus religiös und deutlich vom Buch Hiob beeinflusst.«

»Aber hat Anna sich das Leben genommen, oder wurde sie von Maria umgebracht?«

»Das muss sich noch herausstellen. Es besteht jedenfalls kein Zweifel mehr daran, dass Anna Selbstmord begehen wollte. Ob Maria ihr zuvorgekommen ist oder ob etwas anderes passiert ist, wissen wir nicht. Noch nicht. Dass Maria auf irgendeine Weise mit der Sache zu tun hatte, ist dagegen klar. Sie hatte den Abschiedsbrief in ihrem Safe versteckt.«

»Unbegreiflich«, murmelte Kjell Bonsaksen. »Oder vielleicht doch nicht. Es gibt zu viele Geschichten dieser Art. Anna hat das Erbe zusammengehalten. Maria hat es vergeudet und war nie zufrieden. Weißt du ... «

Er fuhr jetzt langsamer. Sie hatten seinen Privatwagen genommen, der noch in dieser Woche verkauft werden sollte.

»Maria Kvam war eine verdammte Herumtreiberin«, erklärte er. »Ihr Leben lang. Sie hat nie ein Examen gemacht, aber ihr Erbe verprasst. Wurde reich, als ihre Schwester starb. Hat mit Geld um sich geworfen, wenn sie welches hatte, und als Iselin mit einem Vermögen hätte durchbrennen können, hat sie sich auch noch dieses Geld gesichert.«

»Eher eine durchtriebene Verbrecherin als eine Herumtreiberin«, meinte Henrik. »Ich glaube, hinter uns kommen Kollegen.«

Er schaute aus dem Seitenfenster. Zwei Streifenwagen fuhren mit Blaulicht, aber ohne Sirene. Doch plötzlich wurde das Blaulicht ausgeschaltet.

»Die wollen sicher nur wenden«, rief Bonsaksen. »Warte auf mich, dann klopfen wir an.«

Er lachte und konnte es fast nicht erwarten, Jonas Abrahamsen von den Neuigkeiten zu berichten.

Sie waren gekommen, wie das Schicksal es früher oder später entschieden hatte. Vier Tage hatte es gedauert. Jonas hatte vier Tage und vier Nächte mit einem Kind geschenkt bekommen, das Dina ähnelte, und es waren die besten Tage seines Lebens gewesen, seit er Dina verloren hatte.

Er hatte gelächelt. Hatte sogar gelacht. Sie hatten gespielt und Spaß gehabt und zusammen gegessen. Nachts hatte sie sich an ihn geschmiegt, wie Töchter sich im Schlaf an den Rücken ihres Vaters schmiegen, beschützt vor allem Bösen.

Natürlich kamen sie. Es war nur seltsam, dass es so lange gedauert hatte.

Nun wurde an die Tür vor dem kleinen unverschlossenen Windfang geklopft.

Jonas öffnete und erkannte Kjell Bonsaksen. Der andere Mann war dünn und sah verlegen aus. Sie fragten, ob sie hereinkommen dürften. Bonsaksen lächelte. Jonas hatte ihn noch nie lächeln sehen, aber jetzt lächelte er so breit, dass Jonas zurückwich. Beide Männer betraten den Raum, der Jonas Abrahamsens Wohnzimmer und Küche war.

Bonsaksen redete. Jonas konnte nicht genau hören, was er sagte. Es war, als hätte ihm jemand eine Glasglocke über den Kopf gestülpt, und darin war es unglaublich kalt. Kalt und ganz still. Er sah den Mund des Polizisten an, versuchte, all die Wörter zu lesen, die herausschäumten und die er plötzlich doch hören konnte, die aber keinen Sinn ergaben.

»Wollen Sie sich setzen?«, fragte der andere Mann.

Er hatte freundliche Augen. Jonas wusste nicht, wie er hieß. Vermutlich hatte er seinen Namen genannt, als sie gekommen waren. Er erinnerte sich nicht, griff sich mit beiden Händen an die Ohren und sank auf das Sofa.

Er verstand das Wort »Justizirrtum«.

Der dicke Polizist redete und redete, und jetzt sagte er irgendetwas, das mit Anna zu tun hatte. Oder mit Maria.

Keiner der beiden erwähnte Dina, und Jonas wiegte sich auf dem Sofa hin und her und presste sich die Hände auf die Ohren.

Er wusste nicht genau, wovon Bonsaksen sprach, und er wagte es nicht, zuzuhören. Nicht einmal, als seine Ohren wieder funktionierten. Der Polizist sagte Jonas, er sei unschuldig. Er habe acht Jahre im Gefängnis verbracht für eine Tat, die er nicht begangen habe, aber Jonas wollte das nicht hören. Es war zu spät.

Wieder wurde an die Tür geklopft.

Die Männer drehten sich überrascht um, und Jonas stand auf.

»Sie liegt da drinnen«, sagte er mit heiserer Stimme und zeigte auf die abgenutzte Holztür zu einem Schlafzimmer mit einem Bett, das er selbst gezimmert hatte. »Sie liegt da drinnen und ist tot, und ich bereue alles.«

Krachend wurde die Tür aufgestoßen. Polizisten stürmten herein, und jetzt war überall Lärm. Laute, schrille, schneidende, tödliche Geräusche. Und wieder hielt sich Jonas die Ohren zu.

»Ich bereue«, sagte er, aber keiner wollte es hören.

Der dünne Mann mit den freundlichen Augen lief auf die Schlafzimmertür zu.

»Es ist zu spät«, sagte Jonas und senkte den Kopf. »Jetzt ist alles zu spät.«

Henrik schob mit Gewalt einen Finger unter den stramm gespannten Gürtel. Er schrie den Uniformierten hinter ihm wütende Befehle zu, »Bleibt weg«, »Fenster auf«, »Rettungswagen«, und dabei zerrte er verzweifelt an dem braunen Lederriemen um den Hals des Kindes in Jonas' Bett. Er heulte so laut, dass alle verstummten, während er an dem Leder zerrte, aber das Kind war noch immer tot.

Von irgendwoher wurde ihm ein Messer gereicht. Henrik riss und schnitt entlang seiner Finger zwischen dem groben Leder und der Haut des Kindes. Er drehte die Schneide zum Leder hin und verletzte sich selbst, aber das Leder gab jetzt nach.

Er blutete heftig, als das Leder riss.

Sofort presste er der Kleinen Luft in die Lunge, mit steifen Fingern, die in rhythmischer Brutalität auf ihr Herz drückten. Er beatmete und presste und betete.

»Das hilft nicht mehr«, sagte Bonsaksen und legte ihm die

Hand auf den Rücken, als er vielleicht zum zehnten Mal versuchte, dem Mädchen Leben einzuhauchen. »Es ist zu spät.«

Hedda wollte nicht aufwachen. Sie war überströmt von Henriks Blut, der Schnitt in seinem Finger ging bis auf den Knochen, und aus dem Wohnzimmer konnte er einen Mann weinen hören.

»Nein«, schrie Henrik und schlug dem Kind mit der Faust auf die Brust, während er eine Silbe nach der anderen ausstieß. »Nichts. Ist. Je. Zu. Spät.«

Noch einmal beugte er sich vor, bedeckte den Mund der Kleinen mit seinem eigenen und blies. Dann richtete er sich auf, bereit zum Schlagen, niemals würde er aufhören, Hoffnung gab es immer, und er wehrte sich, als Bonsaksen versuchte, ihn wegzuziehen.

»Es reicht jetzt, Henrik. Sie ist tot.«

Endlich ließ Henrik die Arme sinken. Die Kollegen von der Streife verließen leise das Zimmer.

»Niemand hätte mehr tun können«, sagte Bonsaksen. »Du hast dir alle Mühe gegeben.«

Henrik Holme gab keine Antwort. Langsam ging er in die Hocke. Er legte der Dreijährigen seine unversehrte Hand auf die Stirn und flüsterte tröstende Worte, fast wie ein Lied, als wäre es sein eigenes Kind.

Hedda Bengtson hatte die Augen geöffnet.

Und so geht es weiter ...

DAS ELFTE MANUSKRIPT

Der elfte Fall für Hanne Wilhelmsen

Erscheint am 11. September 2024

Hanne Wilhelmsen ist längst aus dem Polizeidienst ausgeschieden und lebt seit Jahren im selbstgewählten Exil in ihrer Wohnung. Als das Leben in Norwegen durch den pandemiebedingten Lockdown stillsteht, sieht sie ihre Chance, die leergefegte Stadt zurückzuerobern. Zur gleichen Zeit kämpft der Polizeibeamte Henrik Holme mit einem mysteriösen Mordfall, der niemanden sonderlich zu interessieren scheint: Eine Frau wurde nackt im Kofferraum eines Autos gefunden, das Gesicht bis zur Unkenntlichkeit entstellt. Keiner hat sie als vermisst gemeldet, keiner weiß, wer sie ist. Schließlich sucht Holme Rat bei seiner alten Mentorin Hanne Wilhelmsen. Diese hat allerdings keine Zeit für ihn. Hanne hat einen Kriminalroman geschrieben, und ihr Verlag ist in heller Aufruhr, denn das wichtige Manuskript einer Bestseller-Autorin ist verschollen. Die junge Lektorin Ebba Braut arbeitet gerade erst ein paar Tage beim Verlag und soll trotzdem bereits das Buch betreuen. Nun muss sie es dringend wiederfinden, und Hanne Wilhelmsen hilft ihr bei der Suche. Schließlich taucht das Manuskript wieder auf – bei einer weiteren Leiche ...

ATRIUM